BETTINA SZRAMA

Die Hure und der Meisterdieb

VERRATENE LIEBE Thüringen, im Dezember 1695. Der ehemalige Soldat und Wirt Nickel List, eigentlich ein ehrlicher und herzensguter Kerl, zündet seine Wirtschaft an, um sich an seinem verräterischen Eheweib Magdalena und ihrem Liebhaber zu rächen. Mit Genugtuung nimmt er in Kauf, dass beide in den Flammen umkommen.

Nickel kehrt seinem Heimatort Rahmsdorf den Rücken und trifft auf die schöne Diebin Anna. Diese war ihrem Mann, dem reichen Hamburger Weinhändler von Sien, davongelaufen und mit einem Wandertheater durchs Land gezogen. Nach einem Raubüberfall ist sie nun ebenso wie Nickel auf der Flucht.

Jahre später ziehen die beiden als Herr von der Mosel und Anna von Sien durch den Norden. Selbst die größten Kirchen sind vor dem berühmt-berüchtigten Räuberpaar nicht mehr sicher. Doch ihre Häscher sind ihnen bereits auf den Fersen …

Bettina Szrama, geboren 1952 in Meißen, absolvierte ein Literaturstudium in Hamburg. Danach war sie als freie Journalistin für diverse Tageszeitungen und Zeitschriften tätig, seit 1994 veröffentlicht sie auch im belletristischen Bereich. Sie ist Mitglied im Verband deutscher Schriftsteller und bei QUO VADIS, dem Autorenkreis Historischer Roman.

Bisherige Veröffentlichungen im Gmeiner-Verlag:
Die Konkubine des Mörders (2010)
Die Giftmischerin (2009)

BETTINA SZRAMA

Die Hure und der Meisterdieb

Historischer Roman

Original

GMEINER

Dieses Buch wurde vermittelt von
der Literaturagentur erzähl:perspektive, München
(www.erzaehlperspektive.de).

Besuchen Sie uns im Internet:
www.gmeiner-verlag.de

Im Ehnried 5, 88605 Meßkirch
Telefon 07575 / 2095-0
info@gmeiner-verlag.de

1. Auflage 2011

Herstellung: Christoph Neubert
Umschlaggestaltung: U.O.R.G. Lutz Eberle, Stuttgart
unter Verwendung des Bildes »Der Heiratsvermittler« von Gerrit van Honthorst; Quelle: http://en.wikipedia.org/wiki/File:Gerrit_van_Honthorst_-_De_koppelaarster.jpg
Druck: Appel & Klinger, Schneckenlohe
Printed in Germany
ISBN 978-3-8392-1214-1

1.

In dieser Dezembernacht des Jahres 1695 waren nur wenige Fellhändler in der Händlergasse im Brühl auf einen Krug Bier unterwegs. Sie staunten nicht schlecht, als plötzlich eine verspätete Reisekutsche über das Pflaster polterte. Die dunkle Karosse war vom Schmutz der Straßen völlig verdreckt, und die vier Pferde davor glänzten vor Schweiß, was vermuten ließ, dass sie seit Tagen ohne längere Rast unterwegs waren. Wenn man genau hinsah, konnte man am Kutschenfenster eine gepflegte Hand erkennen, die vergeblich versuchte, dem Kutscher Anweisung zu geben. Mit starrem Gesicht lenkte der Mann die dampfenden Rösser weiter, vorbei an verwaisten Heringstonnen, Lagerhäusern, Fleischhallen und feinen Pelzhäusern. Am Eselsmarkt angekommen, änderte das Gefährt plötzlich die Richtung, in die es fuhr, bog nach Westen ab und steuerte auf ein doppelstöckiges Holzhaus zu, vor dem die Umrisse eines Wandertheaters zu erkennen waren. Hier zügelte der Kutscher die Pferde und umfuhr langsam die in einem Halbkreis stehenden Planwagen. Doch gleich darauf lenkte er, wie nach einer plötzlichen Sinnesänderung, sein Gefährt auf eines der Gasthäuser am Straßenrand zu, aus dem Licht und Lärm drang. Vor dem Eingang unter einem Schild mit drei ineinander verschlungenen Schwänen kam das Gefährt endlich zum Stehen.

»Wir sind angekommen, Herr«, rief der Kutscher und wies mit dem Finger auf das Schild. »Dies muss das Wirtshaus ›Zu den drei Schwänen‹ sein. Das Wirtshaus für das fahrende Volk, Herr.«

Er hatte noch nicht zu Ende gesprochen, als mehrere Knechte aus dem Wirtshaus geschäftig herbeieilten, ihm die Pferde abnahmen, ausschirrten, tränkten und ihnen lederne Futterbeutel um die Köpfe hängten. Es war Messe und so wunderte er sich nicht weiter über die etwas übertriebene Geschäftigkeit, sondern kletterte rasch vom Bock und riss mit einer Verbeugung den Kutschenschlag auf. Er verharrte einen Moment in gebeugter Stellung, bis der Fahrgast in der Tür erschien. Der Reisende, ein Mann von hoher Gestalt, der in einen schwarzen Mantel gehüllt war, ließ den dargebotenen Arm unbeachtet und eilte an seinem Kutscher vorbei. Vor dem Eingang stoppte er vor einem Plakat. Aus den vom Regen verlaufenen Farben warb ein schönes Weib mit einem noch schöneren Lächeln für die Aufführung einer Oper. Nach einem kurzen Blick darauf riss er es wütend von der Tür. Offenbar schien es schmerzliche Erinnerungen in ihm wachzurufen, denn er war blass geworden und die Fältchen um seine Mundwinkel traten noch schärfer hervor.

Im Inneren der Wirtsstube empfingen ihn die seltsamsten Gerüche und die müden Augen brauchten einen Moment, um sich an die rauchgeschwängerte Luft zu gewöhnen. Den späten Reisenden interessierten weniger die Pelzhändler und Dirnen, die im Halbdunkel an den spärlich beleuchteten Tischen zechten. Eine Gruppe Komödianten im hintersten Teil der Wirtsstube stand im Mittelpunkt seines Interesses. Noch lachten und lärmten die Schauspieler ausgelassen, ohne ihn wahrgenommen zu haben. Aber das sollte sich gleich ändern. Er hatte sein Ziel erspäht und seine Wangen begannen sich zu verfärben. Rasch ging er, den Blick fest auf ein Weib gerichtet, das sich besonders auffällig hervortat, auf die Gruppe zu. Fast hatte es den Anschein, als habe er gefunden, wonach er suchte. Denn die Auserwählte erblasste bei seinem Anblick unter der glänzenden Maske, was er nicht ohne Genugtuung bemerkte. Aber sie wäre keine gute Komödiantin, ließe sie sich durch das unerwartete Auftauchen ihres Ehemannes durcheinanderbringen. Mit einer hochmütigen Geste warf sie die schwarzen Locken in den Nacken, rieb provozierend die Wange an der kräftigen, männlichen Schulter des jungen Gecks neben ihr und lächelte ihrem Gatten unschuldig entgegen. Es war genau dieses Lächeln, das sein Blut reizte. Nur zu gut wusste sie, dass sie ihn damit mitten in sein Herz traf. Hatte sie es in ihrer kurzen Ehe doch immer schon verstanden, ihn auf diese Weise zu bezirzen, um sich von ihm Geld für ihren übertriebenen Kleiderputz zu erschleichen und ihn seine Vorwürfe wegen ihrer Verschwendungssucht vergessen zu lassen. Sie war ein liederliches Frauenzimmer, das sich lieber in der Welt herumtrieb, anstatt ihr Leben an der Seite ihres Ehemannes zu verbringen. Eine Hexe mit einem Lächeln, dem ein Mann so leicht nicht widerstehen konnte. Sie war seine Wonne und sein Unglück zugleich. Wieder einmal war er ihr von Hamburg nach Leipzig hinterhergefahren, um sie zurückzuholen, obwohl er längst in Unfrieden mit ihr lebte. Dabei wäre es besser gewesen, er hätte die schöne Anna auf der Straße gelassen, auf der sie vor ihrer Ehe, gemeinsam mit ihrer Schwester, der Hurerei und anderen Liederlichkeiten nachgegangen war. Aber er war eben nur ein alter, dummer Mann, der sich der trügerischen Hoffnung hingab, sich die Liebe eines jungen Weibes erkaufen zu können. Als er sie nun so fröhlich in den Armen eines Jüngeren erblickte, schmerzte ihn diese Erkenntnis umso mehr. Die Unverschämte ließ es zu, dass ihr Begleiter, offenbar der Anführer der Truppe, ungeniert ihren weißen Hals küsste. Sie bog sich ihm dabei mit einer so augenscheinlichen Koketterie entgegen, dass ihr Mann nicht umhin konnte, wütend den Degen zu ziehen. Er fühlte sich auf das Schmählichste von ihr beleidigt und zischte, während er dem Unverfrorenen die Degenspitze vor die Brust hielt: »Lass deine unreinen Finger von ihr, Hanswurst, wenn dir dein Leben lieb ist!« An sein Weibe gewandt sagte er: »Du kommst mit, oder ich werde dich Metze in die Gosse zurückstoßen, wo du hingehörst!«

Seine Worte schienen sie zur Besinnung zu bringen. Aber nur für einen Moment, dann zeigte sie ihr wahres Gesicht. Sie erhob sich, schob lachend den Degen zur Seite und streckte kampfeslustig das Kinn nach vorn. Als sie, wie erwartet, lebhaften Beifall vonseiten ihrer Kumpane erntete, bereitete es ihr ein besonderes Vergnügen, ihren alten Mann der Lächerlichkeit preiszugeben.

»Dann töte mich doch, du Feigling«, verhöhnte sie ihn, angefeuert von ihren zweifelhaften Freunden, die sich von der Auseinandersetzung einen interessanten Bühnenstoff erhofften. »Aber nicht einmal dazu bist du fähig. Sieh dich doch an, du alter Mann. Dein Körper ist vom Zerfall gezeichnet. Was kann so ein welker Körper einem Weibe wie mir bieten?«

Zur Bekräftigung ihrer Worte wippte sie mit den prallen, weißen Brüsten, bis sie fast aus dem Mieder hüpften, und lachte ihm frech ins Gesicht. »Sieh sie dir an. Willst du diese prächtigen Kunstwerke der Liebe wirklich in die Gosse zurückschicken? Oder willst du sie etwa mit Blut besudeln? Ist es nicht besser, sie von einem ›Hanswurst‹ mit Küssen verwöhnen zu lassen, als sie mit deinen alten Fingern zu erschrecken? Der ›Hanswurst‹ hier ist wenigstens ein echter Mann, ein besserer, als du es jemals gewesen bist.«

Plötzlich wurde sie ernst, und leiser fügte sie hinzu: »Erinnere dich, was du mir vorm Altar geschworen hast, damit ich dein Eheweib werde. Warte, ich helfe deinem greisen Gedächtnis nach …« Die Späße ihres Begleiters, der sich nun gleichfalls erhoben hatte, um die Worte der Geliebten mit provozierenden Gesten zu untermalen, ließen sie sich schier ausschütten vor Lachen. »Es war vereinbart, dass du mir alle Freiheiten lässt, insbesondere die fleischlichen Gelüste und den Umgang mit meinen Freunden …«

Jetzt war der Ehemann endgültig mit seiner Geduld am Ende. »Hure!«, entfuhr es ihm, während er grün wurde vor Galle. »Für ein Weib wie dich ist selbst ein gut gezielter Degenstich zu schade.« Bebend ließ er die Waffe sinken. Seine Hände in den seidigen Handschuhen waren schweißnass. »Und wenn das hier deine Freunde sind«, mit zitterndem Finger wies er auf seinen Konkurrenten, der jede seiner Bewegungen lachend nachäffte und ihn verhöhnte, »dann bist du nur zu bedauern, Weib.«

Um seiner Wut Ausdruck zu verleihen, warf er seinen Federhut schwungvoll über den Tisch und schnappte einen Moment nach Luft, als ob ihm die Worte im Halse stecken geblieben wären. Dann drohte er dem jungen Mann mit der Faust. Das Maß seiner Leiden war voll, doch seine Ehre ließ er sich nicht nehmen. Er vergaß seinen vornehmen Stand, griff sich einen Krug vom Tisch und goss dem verdutzten Komödianten das Bier mitten in das maskierte Gesicht. Einen Augenblick lang herrschte Verwirrung unter den Beteiligten, dann sprang der junge Mann galant über den Tisch und baute sich zornig vor seinem Herausforderer auf. Das blonde, wellige Haar klebte ihm, nass vom Bier, in der Stirn. Der Spott war aus den blauen Augen verschwunden. Hinter den Augenschlitzen funkelte es böse, während er sich mit einer wütenden Handbewegung seiner Harlekinsmaske entledigte. Hervor kam ein bleiches Gesicht mit so ebenmäßigen Zügen, dass der alte Edelmann sich trotz seiner Erregung überrascht fragte, weshalb Gott das Altern erfunden hatte.

Der Komödiant, etwas kleiner, aber sehniger und muskulöser als er selbst, spielte nun die Rolle seines Lebens. Theatralisch warf er sich in die Brust: »Vielleicht bin ich Eures Standes nicht würdig, mein Herr, der es sich erlaubt, mir wie einem Hund Bier ins Gesicht zu schütten. Es scheint mir auch, dass Ihr zu jener Sorte Herren gehört, die uns fahrendes Volk lieber als Zigeuner am Galgen sehen würde als auf der Bühne des Lebens, dessen Ihr bereits weit entrückt seit, weil Ihr offensichtlich keinen Spaß versteht. Aber bei Gott, ich war nicht immer ein umherziehender Spaßmacher und muss mich nicht von Euch demütigen lassen. Ich denke, dass Ihr weiterhin über Euren vornehmen Stand hinwegseht und mir, einem ›Hanswurst‹, Satisfaktion gewährt.« Mit geübtem Griff zog er den Theaterdegen aus dem Futteral seines Gürtels, warf Anna den Koller zu und ging in Fechtstellung.

Sofort bildete die Gruppe einen Kreis um die beiden Gegner und feuerte sie mit derben Sprüchen und witzigen Einlagen an. Doch was bisher wie ein gut inszeniertes Theaterstück gewirkt hatte, weitete sich rasch zu einem tödlichen Drama aus. Als der gehörnte Ehemann erkannte, dass seine Lage aussichtslos war und sein Weib, anstatt ihm bußfertig zu folgen, lachend auf dem Tisch tanzte, stach er blitzschnell zu. Die Attacke war so heftig und kam so unvermittelt für den Komödianten, dass er den Hieb nicht parierte und stattdessen verwundert auf die Spitzenrüschen an seinem Hemdsärmel sah, die sich plötzlich blutrot färbten. Das Weib hörte erschrocken auf zu tanzen und hielt gebannt den Atem an. Sie hatte ihren Ehemann unterschätzt. Jetzt endlich begriff auch sie, dass sich die ach so amüsante Auseinandersetzung zu einem Kampf auf Leben und Tod entwickelt hatte. Voller

Angst sprang sie zwischen die Kämpfenden, um den Streit zu schlichten. Doch ihre Reue kam zu spät. Wild fuhren die Klingen aufeinander und sie selbst wurde gegen den Tisch geschleudert. Augenblicklich waren die letzten Lacher verstummt. Es war totenstill im Raum. Lediglich das Keuchen der Kämpfenden und der harte Klang der heftig aufeinanderschlagenden Eisen war zu hören. Niemals hatte Anna ernsthaft angenommen, dass ihr Ehemann fähig wäre, derart wild um sich zu schlagen. Aber sie sah auch, dass es die Verzweiflung war, die ihn dazu trieb, und ihr wurde klar, dass sie in ihrer Bosheit zu weit gegangen war. Von dieser Erkenntnis entmutigt, floh sie vor den Kämpfenden wie ein aufgeschrecktes Huhn von einer Ecke in die andere. Plötzlich hielt ihr Ehemann inne und blickte erstaunt auf die Degenspitze herab, die aus seiner Brust herausragte, als könnte er nicht begreifen, wie sie dort hinein gekommen war. Das Hemd klebte ihm am verschwitzten Körper, während ein Blutsfaden aus der Wunde die Hosen und die weißen Kniestrümpfen hinabfloss und die Schuhe beschmutzte.

Doch anstatt nun endlich zu ihm zu eilen, wie es sich für ein treues Eheweib gehörte, ließ Anna sich erneut vom Satan lenken und dachte: Ich sollte lieber weglaufen, bevor die *Polizey* eintrifft. In Gedanken sah sie bereits, wie ihr Ehemann sein Leben aushauchte und der Mörder seines am Strang beendete. Hinzu kam die Angst vor der eigenen Festnahme, sodass sie beschloss, die herrschende Aufregung zu nutzen, um unbemerkt das Wirtshaus zu verlassen. Ihr nicht allzu großer Wuchs und ihr zierlicher Körperbau halfen ihr dabei. Geduckt, wie eine Katze auf allen vieren, schlich sie zwischen den gaffenden Gästen hindurch bis zur Tür. Vor der Schänke atmete sie befreit die kühle Abendluft ein und lief dann flink, mit geschürzten Röcken, die Gasse hinunter. Der leise

Regen ging in Schnee über, und so dauerte es nicht lange, bis ihr die Kleider am Leib klebten und die Füße in den aufgeweichten Schuhen steiffroren. Doch sie hetzte weiter, ohne sich umzuschauen, bis die Wagen des Wandertheaters vor ihr auftauchten.

Erleichtert stellte sie fest, dass der Wächter schlief und die angepflockten Pferde in den Pferchen vor sich hindösten. Selbst der Hund, der bei ihrem Erscheinen leise knurrend unter einem der Wagen hervorgekrochen kam, ließ sich rasch von ihr beruhigen. Als sie sich dann auf die Bretter schwang, auf denen sie am Tag zuvor noch vor Publikum gesungen und getanzt hatte, verharrte sie einen Moment unschlüssig. Aber für Sentimentalitäten war keine Zeit. Sie schüttelte die Gedanken ab wie Regentropfen, schürzte erneut die Röcke und kletterte behände in den Requisitenwagen hinter der Bretterwand der Bühne.

Es war der Wagen von Lorenz Schöne, dem Prinzipal, in dessen Späße sie sich vor ein paar Tagen verliebt hatte. Doch was war schon eine leichtfertig begonnene Liebe, wenn es nun ums nackte Überleben ging. Sie brauchte Geld, um in ihre Heimat zu reisen, und durchwühlte hastig die Berge von umherliegenden Kostümen, Töpfen, Waffen und kleineren Möbelstücken, bis sie die Schatulle mit Lorenz' Barschaft in den Händen hielt. Hastig öffnete sie den Deckel des Kästchens und warf es dann zornig auf den Boden. Es war leer. Lediglich zwei armselige Dukaten verschwanden in ihrem Mieder. Verächtlich verzog sie den schönen Mund, dachte an das sorglose Leben, das sie bisher geführt hatte, und begann bei dem Gedanken daran, nun völlig mittellos zu sein, heftig zu weinen. Sie gab sich der Verzweiflung hin und warf all den bunten Tand, der in den vergangenen Tagen ihr Leben ausgemacht hatte, durch den Wagen, bis ihr plötzlich die

Tageskasse einfiel. Zugegeben, sie war feige vor ihrem Mann geflohen, aber bei dem Gedanken, die Freunde zu bestehlen, die ihr Unterkunft und Brot gegeben hatten, war ihr nicht ganz wohl zumute. Sie fürchtete, dass Gott so etwas nicht ungestraft geschehen lassen würde und es besser wäre, arm zu sein als ein gemeiner Dieb. Zugleich meldeten sich Zweifel wegen des Wächters bei ihr, in dessen Wagen die Kasse aufbewahrt wurde. Sollte er sie entdecken, würde er bestimmt nicht sanft mit ihr verfahren. Lorenz hatte ihm sicher ans Herz gelegt, die Einnahmen wenn nötig mit seinem Leben zu verteidigen. Der Mann war vierschrötig, bullig wie ein Stier und hatte Handflächen so groß wie ein Teller. Außerdem war er der beste Fechter der Truppe und verstand es als ehemaliger Soldat meisterhaft, mit dem Gewehr umzugehen.

Sie kletterte erst einmal vom Wagen herunter, zurück auf die Straße, und lief hinunter zum Flussufer, um nachzudenken. Sie starrte auf das still vor sich hinfließende Gewässer und musste an Hamburg denken, an die Heimat, in der sie jetzt als Witwe ein reiches Leben führen könnte, und die so unerreichbar weit weg für sie war. Der Weg von Leipzig bis Hamburg nahm viele Tage in Anspruch und war zu Fuß nicht zu bewältigen. Ihre Furcht vor der Armut und der Einsamkeit in der wilden Landschaft wurde noch allgegenwärtiger. Doch Annas Gier war stärker als ihre Ängste. Sie fasste sich ein Herz und lief noch einmal zurück zum Wandertheater. Diesmal zitterten ihre Hände nicht, und sie bewegte sich sicher wie auf einer Bühne. Unbemerkt schlich sie zwischen den Wagen hindurch zu dem schlafenden Wächter, lenkte den anschlagenden Hund mit dem letzten Stück Brot aus ihrem Rock ab und entwendete vorsichtig eine Laterne von einem Kutschbock. Leise öffnete sie das Glas, entnahm die brennende Kerze, beschattete sie mit ihrer

Hand, damit der Wind sie nicht ausblies, und lief damit zur Bühne. Es war nicht schwer, die leicht entflammbaren Requisiten in Brand zu setzen und den Wachposten dadurch aus seinem Wagen zu locken. Es dauerte nicht lange, bis die ersten Flammen den schweren Bühnenvorhang hinaufzüngelten. Wie erwartet erwachte der Wächter durch den Feuerschein, stürzte schlaftrunken aus dem Wagen, vergaß die Gelder der Theatergruppe und versuchte unter lauten Hilferufen, den Brand zu löschen.

Diesen Augenblick nutzte die Diebin. Unbemerkt schlich sie sich in das Wageninnere und begann eifrig mit der Suche nach der Tageskasse. Das Glück meinte es gut mit ihr. Schon nach wenigen Augenblicken spürte sie die schwere Eisenschatulle zwischen den Fingern. Stimmen und Hundegebell wurden laut. Das Prasseln des Feuers kam bedrohlich näher. Sie musste sich beeilen, wollte sie nicht entdeckt werden. Doch das war leichter gedacht als getan. Die Schatulle war mit einem Eisenschloss versehen, zu dem nur der Prinzipal einen Schlüssel hatte. In ihrer Not sah sie sich nach einem Gegenstand um, mit dem sie dem Schloss zu Leibe rücken konnte. Als sie keinen fand, wollte sie mit der verschlossenen Schatulle fliehen und sie später öffnen.

Da teilte sich plötzlich der Stoff vor dem Eingang und eine Gestalt erschien in der Öffnung. Es war ihr Geliebter, Lorenz. Sein Gesicht konnte sie nicht sehen. Sie erkannte ihn allein an den langen, blonden Haaren, die ihm wild über die Schultern hingen, und am Schweißgeruch seines blutverschmierten Hemdes. Es gab Momente im Leben, da half es nicht, lange über das Für und Wider nachzudenken. Da musste in Sekundenschnelle die richtige Entscheidung getroffen werden. So erschien es ihr nach dem ersten Schreck als das Vernünftigste, sich ihm in gespielter Naivität an den Hals zu werfen. Doch etwas lag in seiner

Haltung was sie davon abhielt. Es schien ihr, als hätte er begriffen, was sie vorhatte, zögerte aber noch. Ein fataler Fehler. Dieses Zögern sollte über Leben und Tod entscheiden, da ihr genau in diesem Augenblick der Satan eine geladene Radschlosspistole zuspielte. Ohne nachzudenken, hob sie die Waffe, ein Theaterrequisit, vom Boden auf und drückte ab, just, als Lorenz einen Schritt auf sie zu machte. Sie vernahm das Klicken, den ohrenbetäubenden Knall, hustete und sah zwischen Rauchschwaden, wie er erstaunt den Mund öffnete, als wollte er etwas sagen, und dann wie ein gefällter Baum in sich zusammensackte.

Obwohl ihr das Herz bis zum Halse schlug, ertasteten ihre Finger das Pulversäckchen zwischen den Requisiten und den hölzernen Ladestock mit dem Metallpopper. Am ganzen Körper zitternd lud sie noch einmal nach und zielte auf das Schloss am Deckel der Schatulle. Nachdem sich der Pulverrauch aufgelöst hatte, sah sie, dass sie Erfolg hatte: Das Eisen war in zwei Hälften zerbrochen. Sie öffnete den Deckel, ließ die Taler in den Taschen ihres Kleides verschwinden und ergriff rasch noch ein Wams, einen Umhang und ein Paar Stiefel. Schnell stieg sie über den in seinem Blute liegenden Geliebten und sprang leichtfüßig vom Wagen. Niemand von den Menschen, die verzweifelt gegen die Flammenbrunst kämpften, bemerkte den einzelnen Reiter am Flussufer, der kurze Zeit später durch die Nacht davonjagte, als säße ihm der Teufel im Nacken.

II.

Zur gleichen Zeit blickte ein weiterer Reiter einsam von einer Anhöhe oberhalb der Straße, die vom Vogtland nach Thüringen führte, zurück auf sein Leben, das gerade in Schutt und Asche zerfiel.

»Herrgott, du hast mir nicht erlaubt, als Christ zu leben, aber ein Mann zu sein, das konntest du mir nicht nehmen«, murmelte er und dachte daran, dass das Haus, das unter ihm niederbrannte, bis zum letzten Stein des Fundaments und bis zum letzten Sparren unterm Dach einmal ihm gehört hatte. Mit ihm fielen sein ungetreues Weib Magdalena und ihr Liebhaber den Flammen anheim, und er spie voller Verachtung in den Sand.

Viel zu wenig Weiber haben die Gerichte auf dem Scheiterhaufen verbrannt, dachte er, denn sie sind alle Hexen und haben den Feuertod verdient. Eigentlich waren ihm solche Gedanken zuwider. Er sehnte sich einzig nach einem Leben in Ruhe und Frieden. Doch das war ihm nicht vergönnt gewesen, seit er beschlossen hatte, gemeinsam mit Magdalena – die eigentlich Margaretha Göden hieß und die er nach dem Krieg mit zu sich nach Hause genommen hatte –, eine Schankwirtschaft aufzubauen. Er hätte wissen müssen, dass die schwarzäugige Schönheit es mit der Treue nicht so genau nahm, und fragte sie dennoch eines Sommerabends beim Reifenspringen unter der Linde, ob sie sein Weib werden wolle. Zwar florierte das Schankleben mit ihr, aber seine Ehe war alles andere als glücklich. Nicht zu Unrecht nannten alle das Weib Magdalena. Mit verführerischen Blicken umgarnte sie jeden, der in ihrer Schänke einkehrte. Kein

Mannsbild war vor ihr sicher. Das brachte oft Streit und böse Worte mit sich.

Es war ein Fehler von ihm gewesen, sich in die Bücher zu vergraben und das Weib nach Lust und Laune gewähren zu lassen, anstatt den verhassten Liebhaber mitsamt seinem Freund, einem Studenten, vor die Tür zu setzen, als es noch nicht zu spät war. Sein Zögern öffnete den zwei früheren Regimentskameraden alle Türen und er ahnte nicht, was die beiden wirklich im Schilde führten. Denn als sie sich seiner Freundschaft sicher waren, fielen sie wie Schmeißfliegen über seine Schänke her, brachten immer mehr Halunken mit, soffen und fraßen sich auf seine Kosten die Bäuche voll und planten ihre dunklen Geschäfte. Das Schlimmste daran war, dass ihn die Satansbrut zu einem Raubzug nach Mechelgrün überredet hatte – was ihr gelungen war, weil er dringend ein Pferdegeschirr und einen neuen Schauer brauchte. Der Einbruch bei Frau von Trettau hatte sich tatsächlich gelohnt.

Aber nicht für ihn. Von den fünftausend Talern Beute kassierte der Anführer, ein ehemaliger Wachtmeister, den Löwenanteil. Er war von spindeldürrem Wuchs und trug immer einen goldenen Ring im Ohr – das andere war ihm im Krieg abgeschlagen worden –, weshalb er sich ›Perla Einohr‹ nannte.

Irgendwann hatte der Hundsfott seinen Anteil versoffen und sich von da an schadlos an dem Wirt gehalten. Nicht nur, dass er weiterhin auf seine Kosten lebte, nein, er richtete sich zudem häuslich unter seinem Dach ein und trieb es vor seinen Augen mit Magdalena. Als der Wirt sich weigerte, Perla Einohr seinen Anteil von tausendfünfhundert Talern zu überlassen, verwüstete der Galgenvogel mit sechs seiner wilden Gesellen sein Haus, raubte ihm dreihundertzwanzig Taler, trieb es noch ärger mit seinem Weib und verhöhnte ihn obendrein. Letztendlich legten sie es darauf an, ihn gänzlich aus seinem Haus zu vertreiben.

Als er nun am gestrigen Sonntagabend vom Pfarrer aus dem Nachbarort zurückgekehrt war, um reinen Tisch zu machen, und im leeren Schankraum eine für zwei gedeckte Tafel vorfand, an der eine ganze Hochzeitsgesellschaft satt geworden wäre, sah er es als seine ganz persönliche Rache an, sich an dem erlesenen Mal gütlich zu halten. Er ließ sich viel Zeit, schaufelte so viel sein Magen fassen konnte in sich hinein, zog sich dann die Stiefel aus, um keinen Lärm zu machen, und schlich leise, die Pistole in der Hand, zur Schlafkammer hinauf. Als er die Tür öffnete, sah er auf dem ehelichen Bett Magdalena und Perla Einohr liegen, wie Gott sie geschaffen hatte. Sie waren betrunken und schnarchten laut. Er betrachtete sie lange und nachdenklich und überlegte, wen von beiden er zuerst treffen sollte. Mit der inneren Überzeugung endlich das Richtige zu tun, zielte er mit der Waffe auf den Kopf des Vermaledeiten. Aber dann besann er sich und ließ den Arm wieder sinken. Diese beiden Galgenvögel waren das Schießpulver nicht wert. Leise zog er die Tür hinter sich zu.

Danach überlegte er nicht lange, ging die Treppe hinauf in seine Stube, steckte Geld und Kleidung in einen Quersack, stieg damit wieder hinab und packte den restlichen Braten, das Brot und etliche Flaschen Wein obenauf. Als das erledigt war, ging er in die Scheune, suchte nach getrocknetem Reisig und Holz und legte alles unter die Treppe, die zur Schlafkammer hinaufführte. Nur einen Augenblick lang kamen ihm Zweifel, dann lief er rasch zum Schank, holte ein Fass Branntwein, goss den Inhalt auf dem Boden aus und zündete den Reisighaufen an. Geduldig wartete er, bis die Flammen durch die Treppe schlugen und sich an den Balken hinauffraßen. Erst dann lächelte er zufrieden, holte den Quersack und verließ das lichterloh brennende Haus. Mit einer seltsamen, wie einstudiert wirkenden Sorgfalt verschloss er hinter sich das Tor, warf den Schlüssel weit fort und schwang sich auf das gesattelte Pferd. Ohne sich noch einmal umzusehen, ritt er langsam die Straße zum Dorf hinaus.

Die Rauchschwaden zogen jetzt die Anhöhe hinauf, bis hin zu ihm. Sie bildeten einen dünnen Nebel mit einem Geschmack aus Ruß und Vergänglichkeit. Er riss sich los und sagte leise zu sich: »Ich werde nach Beutha zurückkehren. Vielleicht steht ja meine alte Schankwirtschaft noch.« Dabei fuhr er sich flüchtig mit dem Handschuh über die Stirn, was er immer tat, wenn er lästige Gedanken zu verscheuchen versuchte; wie etwa die Erinnerung an sein erstes Eheweib, die verstorbene Gretha. Zu lange war es schon her, dass er sie in Beutha zurückgelassen hatte, um als Reiter gegen die Türken zu ziehen. Viel zu lange, als dass sich dort noch jemand an den jungen Nickel List erinnert hätte, dem aus dieser Zeit nur eine Tochter geblieben war, die er nie zu Gesicht bekommen hatte. Mittlerweile war er älter geworden, fühlte sich aber jung, kräftig und vor allem frei, frei für einen neuen Anfang, ohne Weib und ohne falsche Kameraden. Er nahm sich vor, nun noch mehr auf seinen Verstand und seinen Säbel zu vertrauen, und lächelte bei dem Gedanken an den erbeuteten Türkenschatz hinter sich im Quersack, den er vor der gierigen Magdalena und ihrem Galan in Sicherheit gebracht hatte.

So ritt er ungefähr eine Stunde die Heerstraße entlang und schlug dann, kaum dass er selbst wusste, wozu, einen Feldweg ein, der ihn im großen Bogen um das nächste Dorf herum in die Berge führte. Die Pistole hatte er in den Gürtel gesteckt, und wie er so träumend, ohne auf den Weg zu achten, durch die Nacht ritt, bemerkte er plötzlich neben sich die Silhouette eines fremden Reiters. Sein Säbel hatte im Krieg so manchen Kopf gespalten, und seine Kugel selten einen Reiter verfehlt. Aber bei dem Gedanken an die Schlucht vor ihm, mit dem wilden unwegsamen Tal, aus dem angeblich die Nixen an den Steinen aus der Elster stiegen und unter den Augen des Teufels auf den Wiesen tanzten, wurde ihm Angst und Bange. Er trieb Lore, seine Stute, an und sprach mit ihr, weil er sich dann sicherer fühlte. Doch der Reiter ließ sich nicht abschütteln. Immer deutlicher wurde sein Umriss, mal tauchte er ganz plötzlich zwischen den Bäumen auf, dann wieder warf er seinen Schatten wie Luzifer an die kahlen Felswänden. Nickel List zügelte seine Stute, stellte sich in die Steigbügel und brüllte mit gezogener Pistole: »Hey, zeig dich, Freund oder Feind!«

Aber der Wald blieb stumm, nur das Schnaufen des fremden Pferdes war jetzt ganz dicht neben ihm. Da spannte er den Hahn und drückte ab. Ein Plumpsen, als hätte man einen Baum gefällt, und ein klägliches Wiehern, gefolgt von einem Gurgeln und Pfeifen war die Antwort. Im gleichen Atemzug sprang er aus dem Sattel, die rauchende Waffe noch in der Hand. Rasch teilte er mit dem Säbel die Zweige an der Stelle, von wo er glaubte, das Geräusch vernommen zu haben. In diesem Moment schien der helle Mond durch die zerrissene Wolkendecke und er sah etwas Dunkles, das hastig ins Gebüsch flüchtete. Er rief hinterher, drohte, dass er nicht lange fackeln und erneut schießen werde, und drehte sich erschrocken um, als es mit einem Mal neben ihm knackte und eine Stimme, halb ängstlich und halb wütend, fluchte: »Verdammt, Fremder, du hast mein Pferd getroffen. Willst du mir jetzt etwa auch eine Kugel durch den Kopf jagen?«

»Seid Ihr ein Mann, dann zeigt Euch und flieht nicht wie eine Memme vor mir. Oder seid Ihr gar ein Weib?«, antwortete er, wütend, aber erleichtert und mit gutmütigen Spott.

»Ich bin kein Weib«, kam es beleidigt aus der Dunkelheit zurück, während Nickel fast über den Pferdekörper zu seinen Füßen gestolpert wäre. Am Kopfende des Tieres sah er den Umriss einer gebeugten Gestalt.

»Es tut mir leid, das mit Eurem Gaul«, versuchte er sich zu entschuldigen und berührte den Pferdeleib, in dem offenbar seine Kugel steckte, mit der Stiefelspitze. Leise pfeifend stieß das Tier Luft durch die Nüstern. Sein Bauch hob und senkte sich schwer. Der Gedanke, dass er der Verursacher seiner Qualen war, tat ihm weh, und er holte ein Messer hervor um, um ihm den Gnadenstoß zu geben. Doch irgendetwas in der Haltung des Fremden hielt ihn davor zurück. Zu gern hätte er die Tat rückgängig gemacht. Er hatte er doch nur einen Warnschuss abgeben wollen. Das Unglück schien ihn weiter zu verfolgen, und das machte ihn umso trauriger. Er wollte den Reiter an der Schulter berühren, aber der entzog sich ihm brüsk. Zerknirscht und etwas verärgert darüber, weil der Fremde seine Anteilnahme zurückwies, sagte er: »Eurem Gaul kann keiner mehr helfen. Ihr müsst ihn von seinen Schmerzen erlösen. Wenn ich die Lore nicht so dringend brauchen würde, gäbe ich sie Euch gern. Aber ich habe gerade selbst alles verloren. Die Stute ist das Einzige, was mir geblieben ist.«

»Da scheinen wir ja Leidensgefährten zu sein, nur dass mir gerade von Euch der Gaul unter dem Hintern weggeschossen wurde«, kam es sarkastisch zurück, und Nickel wunderte sich über die glockenhelle Stimme. So sprach kein Mann, höchstens ein Junge; einer, der gerade in dem Alter war, in dem er anfing, den Mädchen nachzusteigen. Er überlegte, wie er seinen Fehler wiedergutmachen konnte.

»Nehmt es Euch nicht so zu Herzen. Ich habe eine Idee. Ihr habt eine schlanke Gestalt. Meine Stute, die Lore, ist von kräftiger Statur und hat sicher nichts dagegen, zwei Reiter auf ihrem Rücken zu tragen. Zuvor sollten wir jedoch ein Feuer machen und etwas zu uns nehmen. Der Weg bis zum nächsten Wirtshaus ist weit.«

Der Reiter hatte sich erhoben und stand jetzt unmittelbar vor ihm. »Mal sehen, was der Quersack hergibt«, sagte er.

Währenddessen versuchte List, soweit es die Dunkelheit zuließ, das Gesicht vor sich zu ergründen. Es wurde von einem übergroßen Hut verdeckt und zudem verbargen sich Augen und Nase hinter einer Ledermaske, die lediglich ein energisches und feingeschwungenes Kinn preisgab.

»Das Feuer wird uns wärmen und das Essen wird uns guttun. Freundschaften schließt man besser mit vollen Bauch.« Auffordernd hielt er ihm die Hand hin, blieb aber auf der Hut und dachte, was rede ich da nur? Der Fremde verbirgt sicher etwas. Umsonst läuft er nicht maskiert umher. List wusste nicht, wie recht er damit hatte: Der Reiter war in Wahrheit eine Reiterin – unsere Diebin Anna.

»Ich bin übrigens der Nickel, und das mit Eurem Pferd, glaubt mir, tut mir wirklich von Herzen leid. Es ist die unheimliche Gegend hier, die meinen Finger zu schnell an den Abzug führt. Habt Ihr einen Namen, Fremder?«

Anna war nicht auf den Mund gefallen, doch der Schreck saß ihr tief in den Gliedern. Während ihr Blick misstrauisch zwischen dem sterbenden Pferd und Nickel hin- und herwanderte, ergriff sie zögernd die dargebotene Hand und überlegte, was sie ihm antworten sollte.

Der Schuss hatte alle ihre Pläne durchkreuzt. Nicht nur, dass ihr Pferd getroffen am Boden lag, auch der Quersack mit dem Geld aus der Tageskasse war bei ihrem Sturz verschwunden. Sie musste ihn unbedingt wiederfinden und log: »Ich bin Hannes und das geschwollene Gerede kannst du lassen. Hilf mir lieber mein Gepäck wiederzufinden. Nachher können wir uns noch immer den Bauch vollschlagen.«

»Das haben wir gleich.« Seine direkte Art gefiel Nickel, was er mit einem breiten Grinsen beantwortete. Bevor er ihm bei der Suche half, wollte er erst ein Feuer entfachen. Er begann, verstreut umherliegende Zweige aufzusammeln. Als er genügend zusammenhatte, schichtete er sie rasch auf und fragte: »Wohin führt dich dein Weg, Hannes?«

»Nach Hamburg …«, tönte es jetzt unmittelbar neben ihm aus dem Gehölz, während er in die Flamme blies.

Die Antwort überraschte ihn so sehr, dass er hustete und sich dabei fast die Haare versengt hätte. Das gibt es doch gar nicht, dachte er und murmelte: »Da musst du arg vom Wege abgekommen sein, Hannes. Wir sind hier im Vogtland, und Hamburg liegt, soweit ich mich entsinne, weit im Norden.« Suchend schaute er sich nach dem Burschen um und sah, wie Hannes sich mühte, seinen Quersack unter dem Pferdekörper hervorzuziehen. Er stemmte sich mit beiden Beinen in die Erde und zog mit weit nach hinten gebogenem Oberkörper an dem Sack. Nickel schaute den Bemühungen eine Weile zu, ohne einzuschreiten, bis er plötzlich im Feuerschein hinter Hannes eine abschüssigen Weg gewahrte, der in eine Felsspalte führte und der Hannes nun bedrohlich nahe kam. Der Bursche ahnte nichts von der Gefahr, und so sprang Nickel rasch hinzu, stemmte den Fuß gegen das Pferd und versuchte nun seinerseits, den Pferdekadaver zu bewegen. Irgendwie gelang es sogar. Doch dann geriet der Pferdekörper auf dem abschüssigen Boden ins Rutschen und er und Hannes vermochten sich nur noch durch eine Flucht in das Gebüsch zu retten. Der Pferdekörper glitt über den Boden bis an die Felskante heran und riss den Quersack, begleitet von lautem Gepolter, mit in die Spalte. Einen Augenblick horchten beide entgeistert hinterher, dann ging Hannes plötzlich auf Nickel los, boxte ihn in den Rücken, würgte ihn und brüllte: »Du Hundsfott! Warum hat der Herrgott mich nur so gestraft? In dem Sack war alles, was ich besaß. Soll dich der Teufel holen!«

Nickel war schnell wieder auf den Beinen und warf den vermeintlichen Hannes mit einem geübten Griff über die Schulter zu Boden. Auf seinem Gesicht wechselten sich Wut und Überraschung ab. Hannes hatte plötzlich Haare, lange, wilde, schwarze Locken, die seine Schultern wie ein Mantel bedeckten. Bei dem Ausbruch war Anna der Hut vom Kopf gefallen und hatte ihre herrliche Lockenpracht freigelegt. »Du … du bist ja überhaupt kein Bursche, du bist ein Weib! Zum Kreuzdonner, sind die Hexen denn überall? Das Allerletzte, was mir jetzt noch fehlt, ist ein Weib«, fluchte er.

Anna kochte ebenso vor Wut. Seit Tagen schonte sie weder sich noch ihr Pferd. Durchquerte Täler, Flüsse und Felsspalten. Die Dukaten immer sicher im Beutel verwahrt. Und jetzt musste ihr dieser Schelm über den Weg laufen und sie um ihr Diebesgut bringen, was nun für alle Ewigkeit in der Schlucht begraben lag. »Du hast mich gerade um meinen gesamten Besitz gebracht. Ach, hättest du Mistkerl mich doch erschossen«, schimpfte sie und blieb beleidigt auf dem Boden sitzen. »Wozu hat der Herrgott nur den Mann erschaffen? Außerdem, was heißt hier ›Weib‹? Für dich bin ich Hannes.« Wütend band sie sich mit ein paar geübten Griffen das Haar wieder zusammen und stülpte den Hut darüber.

Nickel begab sich derweil verärgert zum Feuer. Was sollte er sich noch weiter mit einem Weib unterhalten. Er schnallte den Quersack auf und zog Brot, Wurst, Butter und Wein hervor. »Ist mir egal, wer du bist, Hauptsache, du bleibst mir vom Leib. Von den Weibern habe ich allezeit genug. Einen Freund hingegen hätte ich gut gebrauchen können.«

Es benötigte nicht viel an Verstellungskunst, um Nickel zu überzeugen. Und die im Theaterspielen geübte Anna war eine Meisterin. Sie wusste genau, wie ihre Aussichten standen, ohne Pferd und Geld jemals nach Hamburg zu gelangen. Also war sie gezwungen, sich so lange an den Nickel zu halten, bis sie wieder auf eigenen Füßen stand.

»Dann lass mich dein Freund sein?« Listig drehte sie ihm ihr Gesicht zu.

»Ein Weib als Freund?« Er stocherte nachdenklich im Feuer, grinste und sagte schon wieder mit gutmütigen Spott: »Dann lass dir einen Bart wachsen und benimm dich wie ein Erwachsener. Und lass dir gesagt sein, der Mann ist von Gott gemacht, das Weib hingegen vom Satan.«

Sein Spott ärgerte sie und sie überlegte, wie sie ihn umstimmen und wieder zu dem Burschen werden konnte, den er eben noch in ihr gesehen hatte. Aber das brauchte sie gar nicht. Denn ein voller Bauch macht versöhnlich und so warf er ihr ein Stück Brot zu und forderte sie ungeduldig auf: »Komm, setz dich schon zu mir und stopf dir endlich was zwischen die Zähne. Sonst verhungerst du mir noch und ich müsste mir ewig Vorwürfe machen.«

Zögerlich kam sie der Aufforderung nach, erhob sich und begab sich zu ihm ans Feuer. Als sie nach dem Brot griff, trafen sich einen Moment lang ihre Blicke. Dieser Augenblick genügte, um ihr die Röte ins Gesicht zu treiben. Verlegen zog sie die Hutkrempe tiefer ins Gesicht.

Nickel sah es verwundert und fragte mit vollem Mund: »Warum trägst du eine Maske und versteckst dich hinter einem Hut? Bist du so hässlich, dass jeder bei deinem Anblick erschrickt?«

»Mein Gesicht ist von einer Krankheit entstellt«, log sie und begann mit mahlenden Bewegungen den Brotkanten zu kauen.

»Teufel noch mal«, murmelte er, nahm einen Zweig und stocherte damit schweigend im Feuer herum. Zur Antwort spie die Flamme Funken, die wie tausend kleine Glühwürmchen in der Dunkelheit verschwanden.

Kauend dachte Anna, er hat die warmen Augen der Madonna, die Stirn von einem Studiosus und das verwegene Aussehen eines Räubers. Aber er benimmt sich wie ein Tölpel. Wenn sein Geist genauso schnell ist wie seine Hand und der Teufel nicht seine Finger im Spiel hat, sollte ich mich ihm anschließen. Was für ein Glück, dass ich die Idee mit der Augenmaske hatte. Sie wird mir jeden Mann fernhalten, solange ich es will. Außerdem ist er recht hübsch anzusehen, mit seinen dunklen Locken und den feinen Zügen. Sie räusperte sich und log, um ihn für sich zu gewinnen: »Es sind nicht nur die Narben der überstandenen Krankheit, die mich zwingen, eine Maske zu tragen. Ich befinde mich auf der Flucht vor meinem Ehemann.«

Sie legte in ihre Worte so viel Traurigkeit, das Nickel erstaunt von seiner Wurst aufsah. »Nanu, hat er dich schlecht behandelt oder hast du ihn hintergangen?«

»Eher das Erstere. Ich war ihm eine gute Ehefrau, bis die Krankheit meinem Gesicht die Schönheit nahm. Danach hielt er mich wie eine Gefangene, sperrte mich ein und quälte mich, während er unsere gesamte Habe mit Huren und Bauerndirnen durchbrachte.«

Nickels Blick ruhte mit ehrlicher Anteilnahme auf ihrem Gesicht. »Seltsam«, bemerkte er, »wie sehr sich unsere Schicksale doch gleichen. Das kann kein Zufall sein.« Er wurde nachdenklich, wirkte abwesend und senkte, als er sah, dass sie es bemerkte, verlegen den Kopf. »Ich war auch so ein verirrtes Schaf. Habe mich lange von meinem Weib drangsalieren lassen und niemanden gehabt, mit dem ich ein ernstes, wohlgemeintes Wort hätte reden können. Das Frauenzimmer war wie verhext gewesen, hatte ihre Augen überall, nur nicht da, wo sie hingehörten. Die Wirtschaft verfiel zusehends, das Geld, das am Abend reinkam, war Morgens wieder ausgegeben. Ich habe im Stall und auf dem Hof geschuftet, was meine Arme hergaben. Mein Verdienst wurde sofort in Wein und Braten umgesetzt. Ihre Liebhaber habe ich durchgefüttert und als ich sie zur Rede stellte, da wurde sie frech und drohte mir, mich mit einem dieser Galgenvögel zu verlassen.« Es schien, als wollte Nickel sich alles Leid von der Seele reden. Das Weib hörte still zu, ohne ihn zu unterbrechen. Es war so erleichternd, einmal alles Elend aus sich herauszulassen, dass er nicht darüber nachdachte, ob es sie überhaupt interessierte. »Ich glaube, ich war wie ein lahmer Gaul, der kraftlos im Geschirr hing. Habe zu lange gewartet und es nicht fertiggebracht, den Hundsfott aus dem Haus zu werfen. Vielleicht bin ich einfach zu schwach gewesen.«

»Du warst ein guter Christ«, antwortete Anna leise, etwas betreten von der Reaktion auf ihr Lügengespinst. Mit dem feinen Sinn des Weibes spürte sie, dass da noch ein unsichtbares Band war, das Nickel – anders als bei ihr – in der Vergangenheit festhielt.

»Möglich, dass ich eine Zeit lang ein guter Christ

war. Aber ebenso wollte ich oft genug zur Pistole greifen und hab sie dann doch wieder an die Wand zurückgehängt.«

»Und jetzt, jetzt hattest du den Mut dazu …?«, unterbrach sie ihn vorsichtig und wich seinem Blick aus, hin zur bepackten Lore, die mit ihrem Maul in der dünnen Schneedecke nach ein paar Halmen suchte. Er bemerkte es, erhob sich, scharrte mit der Stiefelspitze etwas von der feuchten Erde lose, warf sie auf das Feuer und trat sie mit den Füßen fest. Dann ging er zu der Lore und zog die Gurte an. Er schien nicht mehr gesprächig, flüsterte stattdessen der Stute etwas zu, klopfte ihren Hals, als ersuchte er sie um ihr Einverständnis. Plötzlich drehte er sich mit einem seltsamen Gesichtsausdruck zu Anna um: »Willst du bei mir bleiben, als mein Knecht, Weib, Hannes, sei es bis Beutha und weiter?«

Anna frohlockte und nickte zugleich, schamrot im Gesicht. »Ja, Nickel, das will ich.«

»Dann schlag ein, Weib, und vergiss, woher du gekommen bist und wohin du willst, und reite mit mir. Wir wollen sehen, was es uns bringt.«

Später, als Anna hinter ihm auf dem breiten Pferdrücken saß, die Arme um seine Hüften geschlungen, um sich festzuhalten, war Nickel immer noch in sich gekehrt. So wie er vor Kurzem auf seinem Weg noch ein fröhliches Lied auf den Lippen gehabt hatte, so wenig machte er jetzt den Mund auf, und das kam nicht allein daher, dass der Wind ihm eisig ins Gesicht blies.

Sie sprachen wenig auf ihrem Ritt, bis sie nach einigen Wochen des Umherirrens im freiherrlichen Hartenstein eintrafen. In den am Wege liegenden Wirtshäusern, wo sie Rast machten, hatte Nickel ausgekundschaftet, dass seine frühere Wirtschaft unbeschadet war und jetzt von einem Pferdehändler betrieben wurde. Angeblich käme ihm ein Verkauf sehr gelegen, weil er wohl vorhatte, sich ins Kursächsische abzusetzen. Nickel wollte die Schänke kaufen, sofern sein Geld dafür ausreichte.

Er hatte Anna in einer der am Wege liegenden Fuhrmannsschänken zurückgelassen, wo sie am Abend zuvor abgestiegen waren, und begab sich in der Dämmerung des letzten Dezemberabends nach Beutha zu seiner früheren Wirtschaft, nahe dem Schinderacker. Als ihm auf sein Klopfen geöffnet wurde, verschlug es ihm vor Überraschung die Sprache. In der Tür stand kein Unbekannter: Es war der Student, den er trotz seines glatt rasierten Gesichtes und dem kurzen, krausen Haar sofort wiedererkannte. Bis zu diesem Zeitpunkt wähnte er ihn eigentlich im fernen Österreich. Der Student zog Nickel in die Diele und verschloss rasch hinter ihm die Tür. Dort nahm er ihn mit gespielter Freundlichkeit in die Arme und wollte sich gar nicht beruhigen, dass Nickel so gesund und munter vor ihm stand.

»Wie schön, dass du bei mir vorbeischaust, Kamerad«, sagte er, schob ihn bis in die Wirtsstube, drückte ihn auf die Ofenbank neben dem Schank, holte rasch einen Krug Branntwein und zwei Gläser, schenkte ein und setzte sich dann zu ihm. Nickel erholte sich nur langsam von seiner Verblüffung, zu tief waren die Wunden. Zögerlich nippte er an dem Branntwein, in Gedanken bei dem Weib ›Hannes‹, dem er solche Gesellschaft nicht zumuten könnte, und so sah er sich bereits mit ihr, einem Mietpferd und der Lore Beutha weit hinter sich lassend. Zudem hatte er sich geschworen, sich niemals wieder mit dem ehemaligen Spießgesellen einzulassen.

Doch der scharfe Schnaps zeigte rasch seine Wirkung. Es dauerte nicht lange, und sämtlicher Hemmungen beraubt, begann sich seine Zunge zu lösen.

Er erzählte dem Studenten, der Christian Müller hieß und aus Stolpe stammte, wie übel es ihm ergangen sei, und berichtete von dem Brand, den er in seinem Hause gelegt hatte. Daraufhin raufte sich der Student das Haar, bezeugte unter kräftigen Fluchen, dass der Wachtmeister ein übler Verräter sei und schwor, jedem Hundsfott kräftig eins draufzuhauen, der dem Nickel jemals wieder Übel wollte.

Als Nickel mit seinem Anliegen rausrückte, nämlich, dass ihm zu Ohren gekommen war, die Wirtschaft wäre zu verkaufen, fing der Student lauthals an zu lachen, klopfte sich auf die Schenkel und wieherte: »Mensch, Nickel! Du hast die Weisheit wirklich nicht mit Löffeln gefressen, glaubst tatsächlich jeden Mist, den man dir auftischt. Eigentlich müsstest du mich doch kennen … Ich und ein ehrlicher Hausbesitzer! Wie soll ich verkaufen, was mir gar nicht gehört?« Er hielt sich den Bauch vor Lachen, spie den Selbstgebrauten in hohem Bogen auf den Boden. Nachdem er sich beruhigt hatte, schaute er Nickel ernst in das Gesicht. »Wäre ich ein ehrlicher Mann, Nickel, säßest du jetzt längst im Gefängnis. Denk nur an den Ritt nach Mechelgrün. Weil ich es nicht bin, mache ich dir einen Vorschlag. Das hier soll einmal deine Wirtschaft gewesen sein, für dich natürlich ein Schock, dass ausgerechnet ich sie mir kurzzeitig ausgeborgt habe. Aber wir beide sind doch zwei rechte Spitzbuben. Werde mein Partner, Nickel. Du weißt, dass ich immer schon im Rossgeschäft zuhause war und dir bei dem Raub in Mechelgrün wohl auf die geschickten Finger gesehen habe. Die Wirtschaft hier ist der beste Ausgangspunkt für ein sicheres Gewerbe. Außerdem bedenke, dass die Leute ihre Münzen in ihren Häusern aufbewahren, die wir unter der Tarnung des Rosshandels nur zu holen brauchen. Einem biederen Schankwirt wird niemand so schnell etwas unterstellen. Viel zu lange schon habe ich nach einem wie dir gesucht, Nickel.«

Nickels Kopf wurde immer schwerer vom Alkohol, sodass er nicht merkte, wie Christian ihm Honig ums Maul schmierte. Er vergaß, was er ihm einst angetan hatte, und antwortete mit einem grimmigen Lachen: »Auf unsere alte Freundschaft, Kamerad.«

Sie besiegelten die neu geschlossene Partnerschaft mit einem Handschlag. Und da Nickel an der Wirtschaft gelegen war, öffnete er umständlich den Quersack, zog den Beutel mit den restlichen Talern aus dem gemeinsamen Raub hervor und drückte ihn schweren Herzens dem Studenten die Hand.

Christian lachte in sich hinein, machte eine abwehrende Geste, als wäre das nicht nötig, und ließ das Geld rasch in seinem Hemd verschwinden. Dann tranken sie auf gute Bruderschaft die Gläser leer, ihnen folgten noch viele andere, bis sie derer nicht mehr zählen konnten. Nach der durchzechten Nacht tastete Nickel sich am frühen Morgen zu Anna in das Stroh, rüttelte die Schlafende und lallte mit schwerer Zunge: »Auf, Hannes, sattle die Lore, Fortuna ist uns gnädig gesinnt. Wir sind jetzt Hausbesitzer und unsere Zukunft ist der Pferdehandel.«

Wenige Stunden später zogen sie zu dem Studenten in die Schänke und stellten ihre Pferde in den Stall. Während Nickel, noch benommen vom Branntwein, die Stufen hinauf in sein Bett torkelte, um sich erst einmal auszuschlafen, saß Anna in der Wirtsstube in einer versteckten Ecke und beobachtete mit wachen Augen ihre Umgebung. Schon auf dem Weg zur Schänke war ihr klar geworden, dass es sich hierbei um keines der üblichen Wirtshäuser handelte. Gelegen in einem unzugänglichen

Waldgebiet, mit einem Hof, durch den eine ausgefahrene Landstraße führte, war es nicht unbedingt der ideale Ort für eine Abenteuerin, die von einem reichen, sorglosen Leben träumte. Das Wirtshaus mit seiner efeubewachsenen Vorderfront, den schweren, in die Steinmauern eingeschlagenen Eisenringen und den bis zum Erdgeschoss herabreichenden Schieferwänden war beeindruckend.

Drinnen, in dem von mächtigen Holzbalken getragenen Gastraum fand sie schnell heraus, was das tatsächlich für ein Pferdehandel war, von dem Nickel gesprochen hatte. Solange es hell war, spannten hier Fuhrleute aus, die ihren Pferden nach dem Ritt über den morastigen Waldweg eine kurze Verschnaufpause und sich einen frischen Trunk gönnten. Bei den wenigen vornehmen Herrn, die sich auf der Durchreise befanden und hier einkehrten, schlug ihr Herz sofort höher. Doch mit der einbrechenden Dunkelheit hielt sie es für ratsamer, in ihrer Nische zu verharren. Denn dann füllte sich die Schänke immer mehr mit sonderbaren Gesellen. Gesindel, dem man auf einen Büchsenschuss anmerkte, dass es Dreck am Stecken hatte. Galgenvogelgesichter, denen sie in der Stadt noch nie begegnet war, weil sie die großen Heerstraßen scheuten. Sie kamen als Händler getarnt, viele mit verdeckten Wagen, die sie auf dem Hof stehen ließen, und andere mit auffällig großen Koffern im Gepäck. Hinter vorgehaltener Hand fielen Namen wie Pollack, Rotkopf oder Kleiner David.

Die Zeit verging, und es erschienen drei besonders auffällige Gestalten. Der eine, der Kessel-Peter, schien der Anführer zu sein. Beim Anblick der beiden anderen, Hahntoffel und Hirtentoffel, der eine mit stoppligem, rot glänzendem Schädel, auffällig abstehenden Ohren und der zweite, verwachsen, mit spindeldürren gebogenen Beinen, verschluckte sich Anna vor Heiterkeit fast am Wein. Anders erging es ihr mit dem Studenten. Denn solange Nickel noch im Obergeschoss schnarchte, hielt er sich an sie, was ihr äußerst unangenehm war. Neugierig geworden über ihr seltsames Aussehen und ihre selbst auferlegte Zurückgezogenheit, versuchte er, ähnlich wie er es bei Nickel getan hatte, ihre Zunge mit Branntwein zu lösen. Es schien ihm egal zu sein, dass sie sich vor dem Getränk ebenso ekelte wie vor seiner aufdringlichen und etwas widersprüchlichen Art. Zudem war seine linke Hand verkrüppelt und auf dem breiten Gesicht unter dem kurz geschorenen Haar spiegelten sich die Laster seines Lebens. Er war so hässlich, dass Anna glaubte, einem auferstandenen Toten in das verwesende Antlitz zu sehen. Bis in die Nacht hinein redete der Student von Diebereien, Mordanschlägen, liederlichen Weibern und schrecklichen Torturen, die er überlebt hätte und brüstete sich immer wieder von Neuem damit. Irgendwann war sie es leid und sie verspürte nur mehr den einen Wunsch, seine Gesellschaft so schnell wie möglich zu verlassen. Soll Nickel doch hier glücklich werden, dachte sie. Ich werde lieber gleich nach Hamburg aufbrechen.

Ärgerlich stieg sie die Stufen zu Nickels Kammer hinauf, trat entschlossen an sein Bett und rüttelte ihn: »Wach endlich auf, Nickel. Habe lange genug zwischen diesen windigen Gesellen in der Wirtsstube darauf gewartet, dass du herunterkommst. Nun habe ich es mir anders überlegt, ich werde das Pferd satteln und verschwinden. Vorher aber wirst du mir noch das verloren gegangene Gepäck bezahlen.« Um ihren Worten Nachdruck zu verleihen, zog sie ihm den Säbel aus den Händen, den er wie ein Weib an seine Brust gedrückt hielt, und kitzelte ihn mit dessen Spitze unter dem Kinn.

Das reichte aus, um Nickel aus seinen Träumen zu reißen. Erschrocken fuhr er hoch, blieb dann, im offenen Hemd, auf der Bettkante sitzen, fuhr sich mit der Hand durch das zerwühlte Haar und stierte sie an, als hätten ihn sämtliche Erinnerungen verlassen. Doch schnell hatte er sich erholt. Vielleicht half der Anblick der Stichwaffe in ihrer Hand ein wenig nach, die er jetzt mit dem Handrücken zur Seite schob, während er sie verwundert fragte: »Was soll das, Weib Hannes? Du hast dich bereit erklärt, mir als mein Knecht zu folgen. Als Hausbesitzer ist es mir erlaubt, mich in meinem Haus auszuschlafen. Du solltest es mir gleich tun. Auf uns warten große Dinge.«

»So ein einfältiger Tor ist mir noch nicht begegnet«, fauchte sie ärgerlich über so viel männlichen Unverstand. »Kauft sein Eigentum einem Dieb ab. Wenn die Schänke einmal dein war, hat der Hurensohn da unten sie sich hinterlistig angeeignet und du fällst auch noch darauf herein. Er macht dich zu einem Gefangenen in deinem eigenem Haus und das ist nichts für mich. Ich ziehe die Freiheit vor.«

Wütend über sich selbst, weil sie dem Tor vertrauensvoll gefolgt war und nun wertvolle Zeit verloren hatte, hob sie den Quersack, von dem sie annahm, dass er ausreichend Talern enthielt, vom Boden auf und dachte bei sich: Er ist viel zu betrunken, um mich zurückzuhalten. Mit rauer Stimme sagte sie, während sie langsam rückwärts zur Tür ging: »Den Sack nehme ich als Entschädigung mit. Ich denke, es wird für mich reichen.« Sie wollte sich umdrehen und einfach hinausgehen. Der Mann bedeutete ihr nichts. Er würde ihr nie das geben können, was sie suchte. Zudem gefiel ihr die Gesellschaft nicht, in der er beabsichtigte, zu verkehren. Dennoch zögerte sie. Die schwere Klinke bereits in der Hand, hielt sie inne.

Es muss wohl der Blick seiner schwarzen Augen gewesen sein, diese Mischung aus grenzenlosem Staunen und stummer Bitte, der sie davon abhielt, weiterzugehen. Die Erkenntnis, dass gerade das Letzte, was ihm noch geblieben war, der Rest seiner Beute aus dem Türkenkrieg, auf Nimmerwiedersehen durch diese Tür ging, bewirkte, dass Nickel sich nun wie ein Mann aufrichtete. Nachdem er sich von seiner Überraschung erholt hatte, änderte er sein Verhalten. Er sah ihr scharf in die Augen und versuchte ihre Gedanken hinter der Maske zu lesen. Hart lachte er auf und sagte mit beißendem Spott in der Stimme: »Eigentlich habe ich es nicht besser verdient. Mein Pech ist wohl meine Gutgläubigkeit und der Branntwein. Die Welt ist schlimm und voll von Ungerechtigkeiten, Anna«, zum ersten Mal nannte er sie bei ihrem richtigen Namen, »und wenn einer wie ich glaubt, dass sie sich ändert und rein wird, ist er wohl ein Narr. Sieh, ich war jahrelang ein ehrlicher Soldat, fragte nicht nach Geld und tat meinen Dienst als herzoglicher Reiter. In drei Dutzend Schlachten habe ich dem Feind ins Auge gesehen, ohne jemals Angst zu verspüren, bis der Teufel in Gestalt der Magdalena mit all den dunklen Gesellen in mein Leben trat. Ich habe es geduldet, dass sie mit den Dukaten ebenso klimperten wie die ehrlichen Leute mit ihren Groschen, konnte aber nicht verhindern, diesem teuflischen Einfluss selbst zu erliegen. Ich weiß, dass ich ein Träumer bin und mich nicht genug gegen die Heuchelei eines Weibes und die falschen Versprechungen fremder Gesellen wehren kann. Deshalb hat es der Wachtmeister auch geschafft, mich um meinen Anteil zu betrügen. Irgendwie verstehe ich dich, wenn du mich jetzt bestiehlst. Ist es doch ein schönes Gefühl, immer genügend Geld im Säckel zu haben, auch wenn man dabei seine eigene Seele verkauft. Im Grunde genommen ist mir der Sack nicht so wichtig, aber ich würde dich auf der Stelle töten, hättest du es gewagt, Hand an meine Bücher zu legen. Denn sie sind mein eigentlicher Schatz.«

Sie sah, wie sein Blick mit einer seltsamen Verträumtheit zu den auf dem Bett verstreut liegenden Büchern wanderte und wie er über die Umschläge aus Ziegenleder strich, so sanft, als streichle er eine Geliebte.

Sie hatte seinen Worten ohne Erwiderung zugehört. Nun ließ sie überrascht den Sack sinken. »Du kannst lesen, Nickel?«, fragte sie und kam neugierig zurück. Bisher war sie der Überzeugung gewesen, dass nur die besseren Leute lesen konnten, so wie ihr Ehemann. Sie streckte die Hand nach einem Buch mit goldbestresstem Einband aus, das auf dem Tisch lag.

Doch Nickel war schneller. »Nicht anfassen!«, warnte er und schob sich zwischen sie und das Buch, das sie umso mehr anzog, weil sein Inhalt mit einem kleinen Schloss am Ledereinband verschlossen war. »Das sind die Schriften des großen Theophrastus Paracelsus und viel zu wertvoll für deine klebrigen Finger. Merke dir, sie sind tabu für dich und jeden, der danach trachtet, sie ohne meine Einwilligung zu berühren. Ich würde ihn an den Füßen aufhängen und ihm Ohren und Nase abschneiden.«

In seinen schwarzen Augen loderte ein solches Feuer, dass sie fast ein wenig belustigt dachte: Sieh an, der Nickel, was für ein Mann er sein kann. Wie viele verborgene Seiten gibt es wohl noch an ihm zu entdecken? Dass sie ihn bis vor wenigen Augeblicken verlassen wollte, hatte sie vergessen. In ihrem Blick lag jetzt ehrliche Bewunderung und sie fragte ihn, beinahe ehrfürchtig: »Dann bist du wohl so etwas wie ein Gelehrter oder ein Doktor?«

Zur Antwort lächelte er. Ihr erwachtes Interesse schmeichelte ihm. Schnell zog er sich an und nahm vorsichtig eines der Bücher in die Hand. So behutsam, als hielte er ein rohes Ei zwischen den Fingern. Er begann, langsam in den vergilbten Seiten zu blättern. Als er sah, wie gespannt sie jede seiner Bewegungen beobachtete, setzte er sich mit dem Buch auf die Bettkante. »Komm her zu mir!«, sagte er und griff nach ihrer Hand. Während sie sich zögernd neben ihm niederließ, steckte er wieder die Nase in die Seiten und erklärte ihr die seltsamen Abbildungen und Schriften. Wie die meisten Mannsbilder prahlte er ein wenig mit seinem Wissen und versuchte sie zu beeindrucken. Dabei tauchte er immer mehr in eine Welt ein, die ihr fremdartig vorkam, sie mal gefangen nahm und mal langweilte, weil sie so wenig davon verstand, ohne sich jedoch wegen ihrer Unwissenheit zu schämen.

»Die Armut meiner Eltern verwehrte mir das Studium an einer Akademie«, erzählte er ihr, während er weiterblätterte und sie auf die heilende Wirkung dieser und jener Giftpflanze hinwies. »Aber ich habe nicht aufgegeben, mich mit der ›Arznei-Kunst‹ beschäftigt und mich im Kurieren von Krankheiten geübt. Bald betrieb ich meine geheime Kunst wie ein anderer die Jagd und den Fischfang. Ich sammelte Kräuter und braute Getränke, mit denen ich im Feldzug die Wunden von so manchem Gesellen heilte. Sieh hier, Anna …« Er legte ihr den schweren Band auf die Knie. »Die Schriften des Paracelsus habe ich aus dem großen Krieg mitgebracht, mein Hauptmann hat sie mir aus Dankbarkeit für seine Genesung während der Belagerung von Budapest geschenkt. Später, wenn die Magdalena mir zu sehr zusetzte, habe ich mich mit dem Buch in meine Kammer zurückgezogen und, um mich abzulenken, Wurzeln wie die des Löwenzahn und der Minze zu Staub verrieben und den so entstandenen Blutwurz so lange gekocht, bis blauer Dampf aufstieg. Kam dabei zufällig ein Nachbar die Stiege heraufgepoltert, um mir über die Schulter zu schauen, rümpfte er zwar erst die Nase, doch war er dann krank und mein Trank verhalf ihm zur Genesung, machte es mich stolz, wenn er mich wie ein gelehrter Professor von der Akademie weiterempfahl. Stell dir vor, Anna, ich war ihr Doktor, ohne studiert zu haben.«

Er machte eine Pause, holte tief Luft und wartete, den Blick erwartungsvoll auf ihre Lippen gerichtet. Anna hatte ihm aufmerksam zugehört. Doch Wissen allein macht bekanntlich nicht reich und so war sie, nachdem er geendet hatte, mit ihren Gedanken rasch wieder bei den Dingen der Gegenwart. Sie nahm das Buch von ihren Knien, seufzte, als wollte sie sagen: ›Das ist alles gut und schön, aber es glänzt nicht‹ und drückte es ihm in die Hände. Dann sprang sie auf, lief zurück zur Tür und lauschte in den Flur hinaus. »Was ist das für ein Geschäft mit dem Pferdehandel?«, fragte sie, durch das Schlüsselloch spähend.

Den plötzlichen Sinneswandel musste Nickel erst einmal verdauen. Enttäuscht dachte er: Sie hat mich nicht verstanden. Sie ist eben nur ein Weib. »Weißt du, Anna, was nützt in dieser Welt ein Gewissen und ein scharfer Verstand, wenn man beides nicht richtig zu gebrauchen versteht.« Er legte die Schriften beiseite, gürtete seinen Säbel und suchte in den Kissen nach den Pistolen. »Aber du hast ja recht, Anna. Da unten in der Wirtsstube sind ein paar Kerle, die es verstehen, an Geld zu kommen. Dass das Geld stimmt, ist bei allem nun mal die Hauptsache, wenn Gott und der Teufel die Rechnung machen. Wenn dir so sehr daran liegt, reite heute mit mir bei einbrechender Dunkelheit nach Brausdorf und sei mir dabei behilflich, den Herrn Pfennigmeister um sein Geld zu betrügen, dann wird sicher für dich etwas abfallen.«

In der folgenden Nacht saß Anna auf einer Wurzel, mit dem Rücken an die borkige Rinde einer Tanne gelehnt, und ließ sich die Zeit nicht lang werden. Die Aussicht auf einen ordentlichen Batzen Geld war für sie so verführerisch, dass sie sich Nickel auf dem Ritt zu Seiner Römisch Kaiserlichen Majestät, Reichshofrat und Pfennigmeister, auch Freiherr von Meusbach genannt, ohne lange darüber nachzudenken, angeschlossen hatte. Sie waren am späten Nachmittag zu dritt aufgebrochen, sie, Nickel und der Student, der sofort die Führung durch das unwegsame Gehölz des Thüringer Waldes übernommen hatte. Gleich nachdem sie durch das Tor hinaus waren, hatte sie ihr Pferd neben Nickels Lore gelenkt und war ihm nicht mehr von der Seite gewichen. Immerhin hatte er schon einmal bewiesen, dass er es verstand, mit Pistolen umzugehen. Ein vertrauensvoller Umstand, zumal ihr Christian nach wie vor nicht geheuer war. Geredet wurde untereinander nicht viel, die letzten Worte waren ein paar Stunden zuvor die des Salomon David gewesen, den sie auch Rotkopf nannten, ein übler Geselle, der mit dem Studenten auf vertrautem Fuß stand. Er war als Kundschafter mit dem Planwagen vorausgefahren und hatte ihnen zum Abschied zugerufen: »Also dann, im Morgengrauen wieder in der Schenke!«

Bis der erste in den Felsen gehauene Weg auftauchte, der sich von einer Wassermühle hinab nach Unna schlängelte, hatte der dichte Wald ihre Aufmerksamkeit gefordert. An einer Kreuzung stießen zwei unbekannte Galgengesichter zu ihnen und einige hundert Schritte talabwärts wurden sie von Hahntoffel und Hirtentoffel bereits erwartet. Alle gaben sich sehr geheimnisvoll, begleiteten sie eine Weile auf ihrem Weg und trennten sich dann wieder von ihnen. Es war ausgemacht, bis zur vereinbarten Stunde immer zu zweit in den umliegenden Schänken einzukehren, weil sieben mit Pistolen bewaffnete Männer schnell Aufsehen erregten. Eine Logik, die sie bei jedem ihrer Raubzüge beibehielten.

Nickel nutzte die Zeit, ließ für sich und für seinen Knecht etwas Ordentliches zu Essen auftragen, lachte und trank mit dem Studenten. Dabei vergaß er beinahe, dass sein vorgeblicher Bursche eine Frau war und sie ließen gemeinsam die Weiber hochleben, Christian mit allerlei zotigen Bemerkungen und Nickel mit ingrimmigen Spott.

Gegen Mitternacht brachen sie wieder auf, ritten bergab bis zu einer dunklen Schneise, wo der Student Anna anwies, die Pferde tiefer in den Wald hineinzuführen und darauf zu achten, dass sie keinen Lärm verursachten. Ihr erster Gedanke war gewesen, er wollte sie um ihren Anteil bringen und im dunklen Wald zurücklassen. So zögerte sie zunächst, seine Anweisung auszuführen.

Doch Nickel beruhigte sie mit den Worten: »Fürchte dich nicht, Bursche, wir sind bald zurück. Ich werde darauf achten, dass du nicht zu kurz kommst.«

Kurze Zeit später vernahm sie nur noch Knacken im Unterholz, während sie, wie befohlen, die Pferde halfterte, sie nacheinander an den Stämmen festband und ihnen die Hafersäcke unter die Köpfe band, damit sie fraßen und keinen Lärm machten. Dann lauschte sie, den Kopf an eine rissige Rinde gelehnt, in die Dunkelheit auf die verschiedensten Waldgeräusche. Das Rascheln, Knacken und Tapsen machte ihr Angst. Sie wickelte sich eine der Pferdedecken um die Knie, legte die Pistole griffbereit in den Schoß und versuchte, sich auf die Pferde zu konzentrieren. Das friedliche Schnaufen und Mampfen gab ihr für kurze Zeit die Sicherheit zurück und sie hielt sich mit der Vorstellung munter, was sie alles mit den schönen Dingen anstellen würde, die die Diebe ihr mitbrachten. Sie begann mit offenen Augen zu träumen, von schönen Kleidern, prunkvollen Hofbällen und eleganten Kavalieren, und versuchte sich den Pfennigmeister vorzustellen, dessen hohes Amt ihn am Ende nicht vor der menschlichen Gemeinheit schützte. Am schlimmsten aber war die quälende Vorstellung, was wohl geschähe, wenn der Raubzug misslänge und die Diebe verhaftet würden. Bei diesem Gedanken wäre sie am liebsten aufgesprungen und davon geritten. Doch letztendlich siegte ihre Geldgier. Was hatte sie schon zu verlieren? Nichts, außer ihr nacktes Leben, und das war auf Erden nur etwas wert, solange es mit Talern aufgewogen wurde. Einfach feige zu fliehen, das wollte sie Nickel nicht antun. Sie war zu der Überzeugung gekommen, dass er ein anständiger Mensch war, auch wenn der Student versucht hatte, sie eines Besseren zu belehren, und behauptete, Nickel wäre ein Lump.

Andererseits musste sie immerfort über das nachdenken, was Christian beim Abendessen herausgerutscht war: Nickel könnte nichts geschehen, weil er angeblich unverwundbar sei. Und so besiegte sie die Angst mit der Vorstellung, Nickel als gefürchteten und unverwundbaren Räuber an ihrer Seite zu wissen, der mit Argusaugen über sie wachte. Endlich, nach langer Zeit des Wartens, hörte sie Schritte im Unterholz und eine Stimme flüsterte: »Schnell, die Pferde! Aber mach keinen Lärm!«

So rasch hatte sie noch nie eine Anweisung ausgeführt. Im Handumdrehen hatte sie zwei Gäule am Halfter und folgte Christian mit den Pferden bis zur Straße. Dort warteten bereits Nickel und der Hirtentoffel. Sie strahlte über das ganze Gesicht, als sie Nickel auf einem prallgefüllten Quersack sitzen sah.

»Nimm den Sack vor dich auf das Pferd«, sagte er leise und schwang sich auf Lore. Sie sah, dass jeder der Männer einen gefüllten Beutel vor sich über dem Pferdehals hatte, und fühlte hartes, sprödes Metall unter den Fingern.

Als sie im leichten Trab die bekannten Pfade zurückritten, begannen gerade die Hähne in den Gehöften am Wegesrand zu krähen. Noch hatte sich die Sonne nicht über die grünen Wipfel der Berge geschoben und die Läden vor den Fenstern waren geschlossen. Keine Menschenseele kreuzte ihren Weg. So kamen sie wohlbehalten in der Schänke an. Christian verriegelte rasch hinter ihnen die Tür und wies den Hahntoffel an, mit der Flinte am Fenster Stellung zu beziehen und ja achtzugeben, dass kein Fremder sie bei ihren Geschäften störte.

Der Rotkopf war, nachdem er die Lage zu Nickels Zufriedenheit ausbaldowert hatte, wieder auf einem Umweg zur Schänke zurückgefahren und erwartete sie bereits am Tisch vor seinem Krug Branntwein. Er befand sich in der Gesellschaft von drei weiteren Bandenmitglieder und einem Händler. Letzterer war ein Mann von recht kleinem Wuchs, mit langen, schwarzen Zöpfen, die unter einer Kappe ohne Rand hervorhingen. Sein magerer Körper steckte in einem Gewand aus Kamelhaar, was Anna als Jüdin vertraut vorkam. Sie hatte es mit einem Gleichgesinnten zu tun, der die Eintretenden mit kleinen, stechenden Augen unruhig musterte, sich dann beim Anblick des Studenten erhob und ihn wie einen alten Freund umarmte. Seine Begleiter, ein Kerl mit nur einem Fuß, von allen ›der Lahme‹ gerufen, und die beiden Brüder, der Riese Hans und der kleine Friedrich, machten sich sogleich hastig an den prallen Quersäcken zu schaffen.

Christian begrüßte den Händler mit einem breiten Grinsen auf dem Gesicht. Tatsächlich hielt sich die Freude über das Wiedersehen in Grenzen. »Tag, mein Freund Samuel, da seid Ihr ja wieder«, sagte er. »Stellt Euch vor, der Gott der Diebe war uns heute Nacht wohlgesinnt. Fünf Säcke sind es diesmal.«

Dem Händler war es zu eigen, seinen kleinen Körperwuchs mit seinem losen Mundwerk auszugleichen, weshalb er gereizt entgegnete: »Die Herren Diebe haben sich wieder einmal reichlich verspätet, ich dachte schon, sie wollten keinen Handel mehr mit mir treiben.«

»Ach was«, winkte Nickel ab, trat mit seinem Sack an den Tisch heran, schob die Krüge mit dem Ellbogen zur Seite und schüttete den Inhalt des Beutels vor ihm aus. »Könnt es nur nicht abwarten, uns zu betrügen.«

Anna hatte geholfen, den Sack zu tragen, und sich wie ein Mann zwischen den anderen hindurch an den Tisch gedrängelt. Während sie über die Bemerkung lächelte, konnte sie sich nicht zurückhalten, die Hände zwischen das blinkende Metall zu schieben, um zu prüfen, wie viel von dem Gold in ihre Hand passte.

Der Händler schlug ihr, wie einem ungehorsamen Kind, auf die Finger und machte ein beleidigtes Gesicht. Mit einem Blick auf Nickel rang er die Hände und beteuerte unter lautem Gezeter: »Der Herr kann es bezeugen und alle anwesenden Herren, dass ich ein redlicher Handelsmann bin. Aber auch ich muss zusehen, gute Geschäfte zu machen. Ihr holt den Kram nur heraus. Es kostet Euch nicht mehr als eine Stunde Arbeit und dann wollt Ihr noch dran verdienen, so wie ich, der Samuel, den Gott strafen soll, wenn er seine Leute übers Ohr haut.« Er zog rasch ein Vergrößerungsglas aus dem Kaftan, putzte es mit einem Zipfel blank und rieb sich dann vergnügt die Hände. »Eine reiche Ausbeute, gute Stücke. Meinen

Glückwunsch. Habt dem hochwohlgeborenen Herrn wohl diesmal eine besonders lange Nase verpasst.«

Der Student, der ihm misstrauisch über die Schulter sah, antwortete: »Es sind kostbare Stücke, Samuel. Wir vertrauen Euch, dass Ihr uns gut entlohnen werdet.«

»Was redet Ihr da, Christian? Der Herrgott im Himmel sei mein Zeuge, dass ich Euch noch nie um einen Groschen betrogen habe.«

»Nein, Samuel, nicht um einen Groschen, aber um unzählige Taler.«

»Nun lasst das Gerede, sagt uns lieber, wie viel das alles wert ist«, unterbrach sie Nickel. Der Händler bekam große Augen, als Nickel jetzt den zweiten Sack vor ihm entleerte. Es funkelte und flimmerte in einem solchen Glanz, dass Hirtentoffel rasch noch einmal die Riegel an den Fensterläden überprüfte, damit kein Schein nach außen drang. Alle, Anna eingeschlossen, hatten sich über den Tisch gebeugt und verfolgten das Geschehen. Gierig, jeden Augenblick bereit, übereinander herzufallen, sahen sie dem kleinen Mann auf die Finger, wie er die Kannen, Schalen, Leuchter und Schwenkkessel beklopfte, betastete und sie prüfend in den Händen wog, die Zunge zwischen den Mundwinkeln hin- und herschob und dann listig von einem zum anderen sah.

»Das sind hübsche Sachen, äh …«, sagte er schließlich nach einer Schweigeminute gedehnt, faltete die Hände über dem Bauch und überlegte. »Doch die Wahrheit ist, es ist alles nichts wert.«

Wütend packte ihn der Student am Kragen. Er umschloss den Stoff mit den Fingern, bis Samuel vor Angst die Augen aus den Höhlen quollen. »Nehme er sich in Acht, Halunke«, knurrte er.

Nickel legte Christian beschwichtigend die Hand auf den Arm und befahl Anna ruhig: »Pack alles wieder ein,

Hannes. Wir werden uns nach einem anderen Käufer umsehen.« Und sogleich half er ihr, die Schüsseln und Kannen wieder in den Sack zu stopfen.

»Halt!«, keuchte da der Händler, der seine Felle wegschwimmen sah. »Was tut Ihr? Habe ich gesagt, dass ich nicht bezahlen will? So wahr ich hier vor Euch stehe, ich schwöre Euch, es ist alles wertloser Plunder. Wer fragt heutzutage noch nach Silber. Es ist eben ein schlechtes Metall. Obendrein das herrschaftliche Wappen im Zierrat. Das ist viel zu gefährlich für mich. Seht doch selbst, meine Herren. Die Mühe und den Hauptanteil der Arbeit habe am Ende ich. Ich muss alles einschmelzen, so kann ich es nicht verkaufen. Ja, wäre es Gold, würde ich nichts sagen. Aber ich mache Euch trotzdem einen fairen Preis. Samuel bezahlt immer, das wisst Ihr doch, meine Herren.«

Als wollte er alle Heiligen um Beistand bitten, richtete er die Augen an die Decke. Dann forderte er den Studenten auf, der ihn nicht loslassen wollte: »Nun nehmt endlich Eure Finger von meinem Gewand, damit ich die Sachen wiegen kann.«

»Rede Er nicht so lange«, knurrte darauf Nickel, gab dem Studenten ein Zeichen, damit er den Mann auf den Boden zurücksetzte, und fragte lauernd: »Was will Er uns denn für das Ganze geben?«

»Wir wollen es erst wiegen. Bring mir die Waage, Bursche!«, befahl Samuel Anna und prüfte bedächtig Stück für Stück auf sein Gewicht. Nickel hielt die Waage an einer Kette in die Höhe und verfolgte mit wachem Blick, wie er jedes einzelne Gramm ungelenk in ein Buch kritzelte und am Ende alles zusammenrechnete. Nach einer Weile forderte er Samuel auf: »Beeile Er sich endlich, wenn die Sonne aufgeht, muss Er hier verschwunden sein und mit ihm die Sachen. Gebe Er uns dreizehn Taler für das Pfund und Er verdient sich eine goldene Nase daran.«

Der kleine Mann gebärdete sich darauf, als hätte ihm einer eins über den Schädel gezogen. »Soll mich auf der Stelle der Schlag treffen. Ich kann Euch nicht mehr geben als elf Taler.«

Er erntete einen bösen Blick vom Studenten, und Nickel sagte rasch: »Gebe Er Zwölf und wir sind zufrieden.«

»Gott der Gerechte. Ich bin ein ruinierter Mann. Zwölf Taler! Wer soll das bezahlen?«, stöhnte er. »Ihr vergesst, meine Herren, es ist gestohlenes Gut. Wollt Ihr außer dem Freiherrn auch noch mich ausplündern?« Rasch ging er in sich, als ihn Christians Blick erneut traf. Nach kurzer Überlegung gab er sich endlich geschlagen. »Gut, Ihr sollt sie haben, die zwölf Taler. Aber bedenkt, Ihr zieht mir das Fell über die Ohren.«

»Macht viertausend Taler«, sagte Nickel, vor Ungeduld schon ganz nervös, weil Samuel das Geschäft hinauszögerte. »Das ist nicht mehr als ein Fliegendreck für jeden.« Er biss sich auf die Unterlippe und rechnete nach, während der Händler unter Jammern, was für ein armer Hund er sei, dem man den Knochen nicht gönne, die Geldkassette öffnete und mit blutendem Herzen jeden Taler einzeln auf den Tisch zählte. Anna ließ indessen keinen Blick von den aufgestapelten Gold und zählte mit. Viel zu lange war es nun schon her, dass sie so viel Geld auf einmal gesehen hatte.

Als er den letzten Taler obenauf legte, forderte Christian den Kaufmann auf: »Nun packt Euch! Bringt Euer Silber an den Mann, und wenn Ihr wieder Geld in der Kasse habt und gewillt seid, es gegen gute Ware zu tauschen, wisst Ihr ja, wo Ihr uns findet.«

Samuel antwortete darauf nicht. Mit hastigen Bewegungen stopfte er alles in die mitgebrachten Koffer und befahl Anna, ihm zu helfen. Gemeinsam luden sie die Sachen auf seine Pferde und in der Angst, man könnte ihm den Schatz am Ende wieder wegnehmen, ritt er schnell zum Tor hinaus.

»Na also«, sagte der Student, und nachdem er sich vergewissert hatte, dass der kleine Hirtentoffel die Tür erneut gut verriegelt hatte, schob er jedem Beteiligten rasch seinen Anteil über den Tisch, für Nickel nicht einmal die Hälfte von dem, was ihm für seine Arbeit zustand. Das meiste steckte er sich für seine Anführerrolle selbst in die Taschen. Nickel nahm den Betrug wortlos hin. Doch als Anna den winzigen Haufen vor sich sah, hätte sich beinahe das Weib in ihr verraten, so wütend war sie auf Christian. Geblendet von ihrer Gier vergaß sie, wer sie gerade betrogen hatte, und wollte wie eine Furie auf ihn losgehen. Nickel sah rechtzeitig das zornige Flackern in ihren Augen und legte ihr beruhigend die Hand auf den Arm, während er ihren mageren Anteil von 100 Talern kritisch musterte.

Der Student sagte grinsend: »Zähl ruhig nach, Nickel, aber lass den Branntwein dabei nicht warm werden. Das hier soll nicht das Letzte von unserem Rosshandel sein.«

Doch Nickel tat, als überhörte er seine Worte, hielt Anna, deren Finger die Tischkante umklammerten, davor zurück, eine Dummheit zu begehen, und schüttelte den Kopf. »Wenn du immer so kalkulierst, Christian«, sagte er gefährlich leise, »wird nichts aus unseren Geschäften. Du weißt, die Wache bei den Pferden ist für einen Neuling, wie mein Bursche einer ist, ein schwieriger und verantwortungsvoller Dienst. Deshalb kannst du ihn nicht so abspeisen. Er hat genauso viel zu bekommen wie jeder andere gute Gaudieb. Gib mir die restlichen Taler für ihn.«

Der Student sah Nickel einen Moment an, als verstünde er ihn nicht, lächelte etwas dümmlich und ließ dann seine heile Pranke auf Annas Schulter niedersausen. Spöttisch sagte er: »Man sieht, dass der Nickel zu lange bei den studierten Leuten war. Schreib es dir hinter die Ohren, mein Bursche, beim Nickel wird es dir nicht schlecht ergehen. Der lässt sich nicht so leicht übers Ohr hauen.« Dann zählte er ihr die fehlenden Taler in die Hand, während Anna für Nickel ein Gebet zum Himmel schickte, und überlegte, ob sie nicht vielleicht ihre Pläne ändern und bei ihm bleiben sollte. Doch bereits wenige Minuten später verschwendete sie kaum noch einen Gedanken daran.

Als die anderen das gelungene Rossgeschäft im Branntwein ersäuften, fasste sie den Entschluss, Nickel heimlich zu verlassen. Was konnte sie jetzt noch davon abhalten, ihre Welt zu erobern? Sie klimperte mit den Münzen im Beutel, ließ das kalte Metall immer wieder durch die Finger gleiten, um sich jedes Mal von Neuem daran zu erfreuen. Dabei lief sie zum Stalltor. Sie wollte rasch zu den Pferden und Nickel vergessen. Doch er hatte sie fair und ehrlich behandelt, was ihr noch nie widerfahren war, sodass sich so etwas wie ein Gewissen bei ihr meldete. Aber schnell beruhigte sie es, indem sie sich einredete, Nickel sei zu weich, zu leicht beeinflussbar und dass aus einem versoffenen Gaudieb nie ein weltgewandter Edelmann werden würde.

Und während sie überlegte, wie viele Tage sie mit dem Pferd nach Hamburg unterwegs sein würde und ob sie sich von dem Geld nicht vielleicht lieber eine Postkutsche mieten sollte, ahnte sie nichts davon, was bereits wie ein nahendes Gewitter im Gebälk hing. Erst bei den Pferden beschlich sie ein seltsames Gefühl. Irgendetwas stimmte nicht. Sie bemerkte zuerst die erloschenen Talglichter in den Mauervertiefungen am Eingang. Die Dochte waren nur zur Hälfte heruntergebrannt und noch warm. Es musste jemand im Stall sein. Ein Fremder. Sie sah hinauf zu den kleinen Fenster über den Raufen. Es drang nur wenig Licht in den Stall. Also tastete sie sich wie eine Blinde mit ausgestreckten Armen über die Stallgasse und hoffte, ihre Augen würden sich bald an das Dämmerlicht gewöhnen. Auf der Futterkiste stand eine Laterne mit einem Talglicht und einem Feuerzeug. Sie ertastete den Riegel, öffnete das Türchen, nahm die Kerze vom Sockel und entzündete den Docht. Die Flamme flackerte rasch auf und verbreitete einen warmen Lichtschein. Jetzt sah sie die Pferde, die ihr die Köpfe zudrehten und leise zur Begrüßung schnaubten. Alles schien wie immer.

Doch Anna war auf der Hut und beobachtete die Tiere aufmerksamer als sonst, wie sie friedlich das Heu aus den Raufen zupften. Dabei fiel ihr Lore ins Auge. Sie bemerkte, dass die Stute nicht mehr am Balken festgemacht war, und erinnerte sich, den Strick fest im Ring verknotet zu haben, so wie es ihr Nickel befohlen hatte. Verwundert griff sie nach dem lose baumelnden Seil des Halfters. Es war durchgeschnitten. Die Stute drehte ihr vertrauensvoll den Kopf zu und wieherte leise. Beruhigend strich sie dem Tier über die Kruppe. Irgendwer hatte es abgesattelt. Verwundert schaute sie sich um. Sie konnte das Sattelzeug im Halbdunkel nirgends entdecken. Für den Fall einer unvorhergesehenen Flucht hatte ihr Nickel aufgetragen, die Pferde nicht abzusatteln, lediglich die Riemen zu lockern. Alle achteten auf die Einhaltung solcher Anordnungen. Sie spitzte die Ohren und lauschte mit angehaltener Luft. Aber abgesehen von dem Durcheinander der Stimmen aus der Gaststube und dem Scharren der Hufe im Stroh hörte sie nichts. Es wird wohl die Angst sein, dass Nickel meine Flucht entdecken könnte, dachte sie, und versuchte sich zu beruhigen, während sie die bereits gezogene Pistole zurück in den Gürtel steckte.

In diesem Augenblick fühlte sie einen Luftzug und gleich darauf einen dumpfen Aufprall. Ein dunkler Schatten wuchs vor ihr aus dem Boden und die Taler im Hosensack wogen plötzlich schwerer als Blei. Trotz des Schreckens galt ihr erster Gedanke dem Geld, das sie nicht wieder verlieren wollte. Sie stolperte rückwärts, prallte gegen den Pferderücken und spürte im gleichen Moment eine Hand auf ihrem Mund. Kleine feste Finger, die einen Geruch von Ammoniak verbreiteten.

»Still! Keinen Lärm«, zischte es aus dem Dunkel.

Anna war so verblüfft, dass sie dem Schlag nicht auswich, der sie voller Wucht traf. Lore keilte vor Schreck nach allen Seiten. Sie verlor den Boden unter den Füßen, riss die fremde Gestalt mit sich und rollte mit ihr über die Stallgasse. In einer Ecke fand sie sich in einem Heuhaufen verwirrt wieder. Sie lag auf einem Körper und hielt ihn mit beiden Händen auf den Boden gedrückt. Überrascht lockerte sie den Griff. Unter ihren Fingern spürte sie eine weibliche Brust.

Bis an das Ende ihrer Tage konnte sie sich nicht erklären, warum sie das Weib im Heu nicht sofort getötet hatte. Vielleicht lag es daran, dass die Frau unter ihr sich nicht wehrte. Sie lag auf dem Rücken und wartete ab. Auf der Futterkiste stand die Laterne. Anna konnte sie mit ausgestrecktem Arm erreichen, schwenkte sie über den Körper bis zu dem vermummten Kopf und riss mit der freien Hand die Kapuze herunter. Die Fremde wehrte sich noch immer nicht. Anna leuchtete ihr jetzt direkt in das Gesicht. Sie wollte die Hexe sehen, die sich erdreistete, sie von ihrer Flucht abzuhalten. Doch welches Entsetzen! Das Weib schielte sie aus einem gesunden Auge an. Die rechte Gesichtshälfte war entsetzlich entstellt. Wo einst weiche, rosige Haut gewesen war, spannte sich dünnes, pergamentartiges Gewebe über einem hervorstehenden Knochengerüst. Nase, Mund und Auge bildeten eine einzige blutrote Narbe. Selbst das dunkelbraune Haar, das in dichten Locken die gesunde Kopfhälfte umspielte, fehlte auf der anderen Seite, die von wulstigen Narben durchzogen war wie das Geäst einer blattlosen Baumkrone.

Verwirrt erhob Anna sich und klopfte sich das Heu vom Wams, während sie das Teufelsweib beobachtete, wie es mit geschickten Fingern den Satansschädel wieder unter der Kapuze verbarg. Sie wollte ihr Zeit geben zu verschwinden. Zwar hätte sie gern gewusst, was das Frauenzimmer im Stall suchte, aber die Zeit drängte, sie musste sie nutzen, solange die Gesellen in der Wirtsstube ihren Raubzug mit Branntwein feierten.

»Worauf wartest du noch?«, klang es plötzlich dünn vom Boden her. »Ich bin ein Weib … Nimm es dir schon …«

Dass sie selbst das Weib hatte täuschen können, entlockte ihr ein Lächeln. Sie überließ das Frauenzimmer sich selbst und wandte sich wieder ihren Reisevorbereitungen zu. Ohne sie weiter zu beachten, leuchtete sie mit der Lampe das Gebälk ab, immer noch auf der Suche nach dem verschwundenen Sattelzeug. Als sie Schritte in ihrem Rücken hörte, fragte sie mit verstellter Stimme: »Ihr habt nur ein halbes Gesicht? Zum Teufel noch mal, warum?«

»Was glaubst du wohl, wie man zu solchen Narben kommt, Narr? Das Feuer war es, das mir die andere Hälfte genommen hat.«

Ihre Worte riefen Erinnerungen in Anna wach. Sie musste an Nickel denken und an das, was er ihr über sein Weib erzählt hatte. Überrascht drehte sie sich nach ihr um: »Feuer wird von Hand gelegt oder von Gott. Wer also hat Euch das angetan? War es ein höheres Gericht oder etwa …?«

Ihr lagen die Worte ›Euer Ehemann‹ auf der Zunge, doch die andere war schneller und antwortete bissig: »Meine Name ist Magdalena List.«

Ihre Vermutung hatte sich bestätigt. Nickel wird das nicht gefallen, dachte sie, vergaß, weshalb sie in den Stall gekommen war, und begann das Pferd neben der Lore abzusatteln, um Nickels Stute den Sattel aufzulegen. Sie war noch nicht lange Nickels Knecht, dennoch waren ihr diese Handgriffe zur Gewohnheit geworden. Dabei überlegte sie, ob das Weib die Lore abgesattelt hatte und vielleicht einen Verrat plante, bei dem die Hexe von ihr gestört wurde.

Magdalena trippelte indessen aufgeregt um sie herum. »Du bist der Bub vom Nickel. Ich habe euch beide beobachtet«, stichelte sie jetzt und zupfte an ihrem Ärmel. »Ich kann mich nicht entsinnen, dich in Ramsdorf gesehen zu haben. Aber ich bin mir sicher, dass du mir helfen wirst, ihn umzustimmen. Schließlich bin ich vor Gott immer noch sein Eheweib.«

»Beweist es«, fauchte Anna. Das Frauenzimmer machte sie wütend.

»Der Nickel hat unsere Wirtschaft angezündet. Ich habe lange nach ihm gesucht«, keifte sie. »Das hier …«, sie riss sich die Kapuze vom Kopf und vertrat ihr den Weg, » … hat er mir angetan, dein feiner Herr. Als ein guter Christ muss er mich wieder bei sich aufnehmen und für mich sorgen, so wie er es vor Gott geschworen hat, und er wird es tun, da bin ich mir sicher. Oder er wird sich vor unserem Schöpfer dafür verantworten müssen.«

Wenn du dich da nur nicht irrst, dachte Anna, zog die Stirn kraus und sah einen Moment lang nachdenklich in das zerstörte Gesicht. Dann sagte sie spöttisch: »Von mir erwartet keine Hilfe, Weib. Ich bin nicht mehr länger sein Bursche und weshalb sollte ich Euch vertrauen? Ebenso gut könnten die Narben von einer Folter herstammen und Ihr seid eine Hexe, die dem Nickel Böses will. Mein Herr hat nie von einem Weib wie Euch gesprochen.« Sie schob das Frauenzimmer zur Seite und knurrte: »Außerdem … was geht's mich an.« Ärgerlich zog sie die Gurte unter dem Bauch der Lore fest, ließ eine Handbreit Luft, dass das Pferd weiter fressen konnte und drehte Magdalena wieder den Rücken zu, um ihr zu zeigen, dass sie ihr lästig wurde. Sie beachtete das Weib nicht weiter und besah sich dem großen Wallach einen Stand weiter, in der Nähe der Tür.

Das Frauenzimmer blieb jedoch hartnäckig und redete weiter wie ein Wasserfall auf sie ein: »Du verbirgst Dein Gesicht wie ich hinter einer Maske, hast Du vielleicht ebenfalls etwas zu verheimlichen …?«

»Ich habe Aussatz«, fauchte Anna, um das aufdringliche Weib loszuwerden, ging einmal um den Wallach herum und dachte, der ist gut für mich, mit ihm könnte ich ein schönes Stück Weg schaffen. Sie löste ihn vom Strick und führte das Pferd an ihr vorbei zur Tür, wo sie sich, ohne weiter auf ihr Gezeter einzugehen, in den Sattel schwang.

Doch Magdalena lief flink wie ein Wiesel um den Gaul herum und griff beherzt in die Zügel. »Ich weiß, warum du dein Gesicht hinter der Maske verbirgst. Nicht der Aussatz ist es. Du bist ein Weib und bestimmt hast du deine Gründe, es vor dem Nickel zu verbergen«, bemerkte sie mit einem seltsamen Lauern in der Stimme, während sie mit dem heilen Augen listig zu ihr hinaufblinzelte. »Ein Weib erkennt ein Weib eher als ein Mann. Deine Hüften sind breiter, dein Gang ist graziler und deine Finger …«

»Still«, zischte Anna gereizt und kletterte wieder vom Pferd. »Ihr seid eine Hexe. Euer Ehemann hat recht damit getan, wenn er Euch mitsamt Eurem Galan in die Hölle schicken wollte. Was wollt Ihr von mir?«

»Ich sagte es doch schon. Ich brauche deine Hilfe. Aber ich kann auch hinüber zu dem Nickel gehen und ihm sagen, dass sein Bursche gerade ein Pferd aus dem Stall stielt.«

Anna lag ein derber Fluch auf den Lippen. Doch bevor sie sich damit erleichtern konnte, verebbte alles in einem unterdrückten Schrei. Sie spürte plötzlich den Druck von kräftigen Fingern an ihrer Kehle. Kalte Angst überfiel sie. Instinktiv begann sie, wild mit den Armen zu rudern und wie ein Fisch auf dem Trockenen nach Luft zu schnappen. Der Druck an ihrem Hals wurde nur noch stärker und sie spürte, wie ihr die Augäpfel aus den Höhlen quollen.

Magdalena stand vor ihr und schaute geduldig zu. Sie wartete, bis ihre Abwehr schwächer wurde. Erst als Anna mit einem Seufzer, so tief, als sei es ihr letzter, zu Boden plumpste, rief sie: »Nimm ihr die Maske ab! Ich will sehen, ob sie schön ist.«

Alles Weitere nahm Anna wie durch einen Nebelschleier wahr. Der Griff um ihren Hals lockerte sich und die Maske, mitsamt dem Hut, wurde ihr vom Kopf gerissen. Mit verdrehten Beinen hockte sie auf dem Boden neben dem Wallach und hustete sich die Seele aus dem Leib. Als die Schmerzen im Hals endlich nachließen und der Nebel sich auflöste, versuchte sie die Gedanken zu ordnen und sich zu erinnern. Aber ihr Kopf war wie ein fremder Hohlkörper. Das Einzige, was in ihr hämmerte, war, dass sie wieder auf die Füße kommen musste. Mühsam tastete sie nach einem Halt und klammerte sich am Steigbügel fest. Das kalte Eisen zwischen den Fingern gab ihr neuen Mut und so zog sie sich zitternd daran hoch. Endlich wieder auf den Füßen, taumelnd und noch immer hustend, vernahm sie eine Stimme in ihrem Rücken, die sie unter Tausenden herausgehört hätte und die sie vor Schreck bis unter die Haarwurzeln lähmte. Von einer furchtbaren Ahnung erfüllt, benutzte sie das Weib vor sich wie einen Spiegel und als sie sah, wohin ihr gesundes Auge schielte, drehte sie sich langsam um. Hinter ihr, an einer Säule, in einen Umhang gehüllt, fast eins mit der Dämmerung im Stall, lehnte der von ihr Totgeglaubte: Lorenz Schöne.

»Gottes Wege sind seltsam, Anna«, sagte er und schickte seinen Worten ein höhnisches Lachen hinterher. »Freust du dich nicht, mich wiederzusehen?«

»Ich dachte, du bist längst …? Ich habe dich sterben sehen«, röchelte sie und war erstaunt, dass sie überhaupt etwas über die Lippen brachte. Vielleicht war alles nur eine böse Sinnestäuschung, Teufelszauber oder das falsche Spiel von Galgenvögeln, die sie auf die Probe stellen wollten. Doch sie wurde sofort eines Besseren belehrt.

Der vermeintlich Tote machte einen Schritt auf sie zu und schlug den Umhang zurück. »Du hättest es nicht so eilig haben dürfen, wegzulaufen. So schnell stirbt es sich nicht, Anna. Wie du siehst, stehe ich sehr lebendig vor dir. Deine Kugel aber steckt noch immer irgendwo in meinem Leib und lässt ihn wie einen madigen Apfel faulen. Ich habe dich gesucht, Anna, und mit Gottes Hilfe gefunden. Jetzt wirst du es wiedergutmachen, sonst werde ich zu einem deiner schlimmsten Albträume.«

Es dauerte eine Weile, bis sie sich von ihrer Verblüffung erholt hatte. Dann nahm sie all ihren Mut zusammen und lachte spöttisch zurück. »Was verlangst du von mir, Lorenz? Du kannst mich töten. Dazu hättest du das Recht. Aber mir etwas befehlen …?«

»Ich höre Taler in deinem Hosensack klimpern. Du wirst sie mir als Entschädigung für die geraubten Theatereinnahmen überlassen.« Er streckte ihr die offene Hand hin und schnipste auffordernd mit den Fingern.

Als sie zögerte, sah sie in den Lauf ihrer eigenen Pistole. Sie erschrak und erkannte, dass er keinen Spaß machte. Kampflos wollte sie ihm ihre Beute sicher nicht überlassen. Entschlossen presste sie die Hände auf die Tasche. »Mein Geld bekommst du nicht, dann musst du mich schon töten«, fauchte sie und starrte grimmig in das lächelnde Gesicht.

Lorenz ließ sich nicht beirren und gab dem Weib ein Zeichen, ihm das Gewünschte zu bringen. Sofort machte Magdalena sich an Annas Wams zu schaffen. Aber sie hatte nicht mit Gegenwehr gerechnet. Annas Körper schnellte herum und ihre Fingernägel krallten sich in das entstellte Gesicht, um es noch weiter zu zerstören. Magdalena kreischte, als die Nägel sich in ihr Gesicht gruben, und Anna kratzte und trat nach ihr, bis Lorenz hinzusprang und die beiden kämpfenden Frauenzimmer trennte. Ein gezielter Schlag mit der Pistole traf Annas Schläfe, Blut lief ihr über die Wange und sie verlor für einen Moment die Orientierung. Doch der Schmerz verflog rasch. Viel schmerzhafter war es für sie, zu sehen, wie Lorenz mit ihrem Geld spielte und es dann mit einem breiten Grinsen in seinem Beutel verschwinden ließ.

»Ich habe beschlossen, dich noch nicht zu töten«, sagte er und gab ihr die Maske zurück. »Lebend bist du mir mehr wert. Du wirst uns nämlich zu deinem Herrn führen – als gute Freunde, versteht sich. List steht in dem Ruf, ein Doktor zu sein. Er wird mir die krankmachende Kugel herausschneiden. Macht er es nicht, kann ich dich immer noch töten.«

Erst jetzt bemerkte Anna, dass er sich nur mühsam aufrecht hielt und bei jeder Bewegung seines Armes das Gesicht verzog. »Ich habe wohl keine andere Wahl«, sagte sie und dachte an Nickel, der untrennbar mit ihrem Schicksal verknüpft schien und den sie nicht wieder los wurde.

Lorenz spielte sie die reuige Sünderin vor. Mit weiblicher Schläue beteuerte sie: »Ich musste flüchten, Lorenz. Zufällig standest du mir im Weg. Wenn ich könnte, würde ich das, was in Leipzig geschehen ist, rückgängig machen. Aber bedenke auch, du hast meinen Ehemann getötet, meinen Ernährer.«

»Und du Luder hofftest, dass er im Kampf stirbt und ich gefangen werde. Ich kenne dich«, knurrte er abfällig. »Doch dein Plan ist nicht aufgegangen. Gott lässt solche Ungerechtigkeiten nicht ungesühnt. Und so hat er mir die Magdalena geschickt. Ja, so kurios es sich auch anhört, Gott hat uns zwei nicht ohne Grund zusammengeführt. Das Weib hier hat mich in meinem Blute gefunden, nachdem ich tagelang durch die Gegend geirrt bin. Ihr wurde ebenso übel mitgespielt wie mir, sie ist dem Feuer entkommen, das ihr Ehemann für sie bereitet hatte. Aufopfernd hat sie mich gepflegt, bis wir unseren Weg gemeinsam zurücklegen konnten. Im Wirtshaus zu Heinsdorf bei Caspar Starcke sind wir dann auf Lists Spur gestoßen.«

Anna hatte ihm regungslos zugehört. Ihre Gedanken kreisten um die verlorenen Münzen und wie sie sich diese zurückholen könnte, und so zeigte sie sich einsichtig. »Gut, ich werde euch zu meinem Herrn führen, allerdings müsst ihr beide mir schwören, dass in seiner Gegenwart kein Sterbenswort von dem Vorfall im Stall über eure Lippen kommt. Ich bin nur sein Knecht und das soll auch so bleiben. Ansonsten müsst ihr mich auf der Stelle töten. Meiner ehrlich verdienten Taler hast du mich ja schon beraubt.«

»Ehrlich verdient …?« Lorenz lachte laut und hart. »Uns ist bekannt auf welchem Wege du zu den Münzen gekommen bist. Gerade des Geldes wegen wollen wir ja den Nickel sprechen. Es soll sein Schaden nicht sein. Mich stört es nicht, dass du jetzt sein Bursche bist.« Er schlug den Umhang um seine Hüften, packte sie an den Schultern und drehte ihr Gesicht zur Tür. »Also los, gehen wir!«, befahl er ihr und schob sie vor sich her. Magdalena folgte ihm wie ein gehorsamer Hund.

Wohl dem, der da nicht kräftig mitschwamm, um nicht in dem Meer von Branntwein zu ersaufen. In der Wirtsstube war das Zechen nach dem erfolgreichen Raubzug in vollem Gang. Stickiger Dunst schlug Anna an der Tür entgegen, angefüllt von Bratenduft, Zwiebel, gegorener Milch und menschlichen Ausdünstungen. Wäre der Tisch im hinteren Teil der Stube nicht aus schwerem Eichenholz gewesen, wäre er längst gespalten vom fortwährenden Aufschlagen der Zinnkrüge. Zwei der fröhlichen Trinker schnarchten ihren Rausch bereits unter der Bank aus und wie Anna feststellen musste, hatte sich rasch Ersatz für sie gefunden. Ein paar Neuankömmlinge umgarnten gerade Nickel, der ernst und wortlos zwischen ihnen saß und seltsam nachdenklich mit seinen schwarzen Augen von einem zum anderen sah. Es waren der kleine, vogelgesichtige Caspar Starcke und sein breitschultriger Sohn Christoph, zwei üble Gesellen, die als Kundschafter am großen Diebstahl teilgenommen hatten. Sie erinnerte sich sofort, dass Lorenz sie in Verbindung mit der Herberge in Oberheinsdorf erwähnt hatte. Bei ihrem Eintreten steckten die Männer die Köpfe noch dichter zusammen und Anna hörte, als sie nähertrat, wie Caspar Nickel Honig um das Maul schmierte. »Mein Wirtshaus liegt weit ab der großen Heerstraße. Keine Maus findet so schnell den Weg zu mir. Glaubt mir, List, bei mir ist das kostbare Gut viel sicherer aufgehoben als hier bei Euch in Beutha. Machen wir Euer Wirtshaus zum Treffpunkt und meine Schänke zum Lager.« Er rückte näher an Nickel heran und führte ihm an Händen und Füßen vor, was ihm drohte, würde das Diebesgut bei ihm entdeckt werden. Nickel hatte Mühe, den vom Branntwein schweren Kopf aufrecht zu halten. Mit glasigen Augen sah er Caspar zu, wie er das am Halse aufziehen demonstrierte, was er, nach seinen Worten, bereits schon einmal am eigenen Leibe erfahren hatte.

Der Student, der Nickel gegenübersaß, wollte einiges dazu sagen und rief sogleich: »Ach, Tortur hin oder her! Ich weiß ein Lied davon zu singen, wie es ist, hat einen der Henker erst mal zwischen seinen Fingern.«

Anna unternahm den schwachen Versuch, Nickel vor die Tür zu locken. Doch der Student ließ sie nicht zu Wort kommen, wie sie es schon von ihm kannte, und redete durcheinander von den Torturen, die er alle überstanden hatte; zu Stolpe und Leipzig, vor fünf Jahren die Daumenstöcke und die Beinschrauben und wohl an die drei Dutzend Mal den Staupenbesen. Er streifte einen Ärmel hoch und legte seinen verkrüppelten Arm auf den Tisch, wies auf einen braunen Riegel am Oberarm und sagte großspurig in die Runde, dass er von einem gewaltsamen Raub zu Meißen stamme, wo man ihm das Fleisch über offenem Feuer mürbe gemacht habe. Da sich die anderen nun entsetzten und auch Anna vor Schreck vergaß, was ihr eigentlich aufgetragen worden war, schwenkte er seinen verunstalteten Arm laut lachend über dem Kopf und rief: »Ich wusste es doch! Memmen seid ihr allesamt, dass ihr die scharfe Frage so sehr fürchtet. Am Anfang tut es ein bisschen weh, doch nachher achtet man nicht mehr darauf. Mich mögen sie zehn ganze Tage von morgens bis abends foltern, und ich werde es aushalten, wenn ich mein Leben damit retten kann.«

Als ihm kurz die Luft ausging, und Caspar, um Christian auszuspielen, mit noch grusligeren Begebenheiten aufwartete, nutzte Anna die Gelegenheit und nahm Nickel zur Seite: »Zwei fremde Reisende warten auf dich vor dem Haus. Sie möchten dich kennenlernen, Nickel.«

»Warum kommen sie dann nicht herein?«

»Es sind ein Mann und ein Weib. Der Mann braucht deine Hilfe. Ihm ist zu Ohren gekommen, dass du ein Doktor bist.«

Nickel las länger als gewöhnlich in Annas Gesicht und während ein Lächeln sein Gesicht zierte, stemmte er sich von der Bank hoch und ging von den anderen unbemerkt hinter ihr hinaus. Auf der Schwelle blieb er stehen und blickte etwas verloren auf das Tor und den Brunnen davor.

Als er neben Anna stand, auf seinen wackligen Beinen, und die Umgebung mit den Augen absuchte, bekam sie so etwas wie ein schlechtes Gewissen. Was bist du nur für ein gutgläubiger Mensch, Nickel?, dachte sie bei sich. Zur Hölle würdest du mich wünschen, wüsstest du, warum ich dich vor die Tür gelockt habe ... In dem Augenblick nahten Schritte in der Dämmerung, und Lorenz und Magdalena schoben sich in den Lichtkreis der schwankenden Flurlaterne, der über die ausgetretenen Steinstufen fiel. Der Komödiant war vor Schmerzen in sich zusammengesunken und stützte sich auf das graue Weib, das kaum von dem Eichenstamm neben der Tür zu unterscheiden war.

In der Dunkelheit des Stalles hatte Anna nicht auf ihre Kleider unter den Mänteln geachtet. Umso erstaunter war sie jetzt, den Geliebten in einem Bühnenkostüm des fürstlichen Hofmarschalls wiederzusehen. Allerdings war von dem höfischen Prunk wenig übriggeblieben. Der bleifarbene Tuchrock, die blauen Strümpfe und der goldabgesetzte Tuchmantel hatten auf dem beschwerlichen Weg hierher stark gelitten, sie waren verschmutzt und zerschlissen, zudem klebte Lorenz die Perücke zerknautscht in der Stirn.

Er spielte immer eine Rolle, ob im Leben oder auf der Bühne. Das änderte er auch jetzt nicht, als er sich wie einstudiert vor Nickel verbeugte. Der blickte etwas verwundert, unter tief herabhängenden Lidern, von einem zum anderen, schob den Hut ins Genick und fragte dann: »Was ist Euer Begehren, mein Herr?«

Was für ein Schauspieler, dachte Anna amüsiert, als sie Lorenz' leidvolle Miene sah. Er stützte sich noch mehr auf die Schulter des Weibes, bevor er mit einer seltsam gepressten Stimme bat: »Helft mir, List! Ich habe gehört, dass Ihr über Wunderkräfte verfügt und als guter Doktor bis über die Lande hinaus gerühmt werdet.« Er öffnete die Jacke und schlug sie sich über die Schulter, sodass der Nickel das mit Eiter befleckte Hemd über der nur schlecht verheilten Narbe sah. List war seine letzte Hoffnung. Seine fiebrig glänzenden Augen verrieten, dass ihm nicht mehr viel Zeit blieb. Die Kugel hatte sich tief im Fleisch eingenistet und begann jetzt, sein Blut zu vergiften.

Nickel sah mit einem Blick, was los war, und war sofort nüchtern. Er verschwendete keine Zeit mehr und gab Anna den Befehl: »Geh schlafen, Bursche. Ich werde mich in meiner Stube um die Herrschaften kümmern.« Dem maskierten Weib warf er einen flüchtigen Blick zu, dann kümmerte er sich um den Leidenden. »Und Ihr, mein Herr, wie darf ich Euch nennen …?«

»Lorenz … Lorenz Schöne.«

» … Lorenz, geduldet Euch noch ein Weilchen. Ich werde Euch verarzten, so gut ich es vermag. Folgt mir auf meine Stube. Dort sind wir ungestört.« Er machte eine Handbewegung, die einer raschen Einladung glich, dann stieg er mit ihm die Stufen zu seiner Kammer hinauf.

Anna trat einen Schritt zurück und ließ das Weib an sich vorbei. Den spöttischen Blick ignorierte sie. Sie folgte ihr langsam, in einem gewissen Abstand. Es war für sie undenkbar, sich jetzt schlafen zu legen. Schließlich wollte sie ihr Geld zurück und durfte den Mann, für dessen Liebe sie einst ihren Ehemann verließ, und das Weib, das vorgegeben hatte, zu Nickel zu gehören, nicht aus den Augen verlieren. Ihr plötzliches gemeinsames Auftauchen erschien ihr wie ein gut eingeübtes Stück, nur dass es diesmal auf der Bühne des Lebens spielte. Zudem schien ihr, Lorenz würde, so lange er lebte, eine ständige Bedrohung für sie sein, und so wartete sie auf eine günstige Gelegenheit, den Schuss so zu wiederholen, dass er ihn nicht überlebte. Sollte Nickel Lorenz ruhig die Kugel herausschneiden, vielleicht starb er ja dabei, das machte die Sache nur einfacher für sie.

Oben auf seiner Stube forderte Nickel Lorenz auf: »Sitzet so lange nieder, bis ich fertig bin!« Er holte sein Rezeptbüchlein hervor, las einen Augenblick darin und machte sich dann wortlos daran, im Mörser etwas von seinen getrockneten Wurzeln und Kräutern zu zerstampfen, gab das Pulver nachher in eine kleine Pfanne mit Wasser und erhitzte alles über einer brennenden Kerze, bis das Wasser verdampfte und ein brauner Satz zurückblieb.

Diesen versetzte er abermals mit Wasser und bestrich damit Lorenz' Schulter, nachdem er die Wunde mit einer Schere vom Stoff befreit hatte.

Anna lehnte wachsam am Türpfosten und fixierte Lorenz. Er hielt ihrem Blick stand. Er zeigte sein gefrorenes Lächeln, während sie mit Genugtuung sah, wie er sich heimlich in den Stoff seiner Kleidung verkrallte, um sie seinen Schmerz nicht sehen zu lassen. Irgendwie zollte sie ihm sogar Respekt. Er war ein tapferer Mann. Unter anderen Umständen wäre sie seinem Charme sicher von Neuem verfallen. Aber er war eben nur ein kleiner Schauspieler mit dem Herzen eines Halunken. Sie hätte nur zu gern gewusst, was er vorhatte und warum er ihr, unter diesen Umständen, den langen Weg hierher gefolgt war. Da sie nicht hinter seine Stirn sehen konnte, fragte sie sich, wie lange er wohl die Schmerzen vor ihr zu verbergen versuchte, und lächelte kalt zurück, als Nickel die Schere mit den nach außen gebogenen Klingen in die Tinktur tauchte, um damit den Schusskanal fachgerecht zu erweitern, aus dem er gleich darauf mit einer Zange die stark deformierte Kugel hervorzog.

Die ganze Prozedur über aber hatte Lorenz ihr nicht den Gefallen getan, sondern die Zähne zusammengebissen und keinen Ton von sich gegeben. Erst als Nickel ihm die Kugel vor die Nase hielt und sagte: »Es ist vollbracht. Hier ist er der Quälgeist«, wandte er den Blick von ihr, stieß pfeifend Luft durch die Nase und wischte sich mit der anderen Hand den Schweiß von der Stirn. Erleichtert knurrte er: »Jetzt stehe ich bis an mein Lebensende in Eurer Schuld, List. Ihr seid ein wahrer Meister Eurer Kunst. Habt mir das Leben gerettet. Der Teufel soll mich holen, wenn ich Euch das jemals vergesse.«

Auch Lorenz redete Nickel nach dem Mund, so wie Christian und Caspar unten in der Wirtsstube, und sie sah, wie er geschmeichelt ob des Lobs lächelte, während er die Wunde mit sauberen Leinen verband.

Als er fertig war, ergriff er die Hände des Schauspielers. »Ich weiß nicht, welche Gründe Euch und Euer Weib ausgerechnet zu mir geführt haben, Lorenz. Doch ich sehe, dass es Euch nicht gut ergangen ist. Der weite Weg mit der Verletzung hat Euren Körper geschwächt. Deshalb lade ich Euch ein, mein Gast zu sein. Ihr habt dringend einen Schluck und etwas Warmes nötig, ebenso Euer Weib«, sagte er und sah sich nach Magdalena um, die es bisher verstanden hatte, sich seinen Blicken zu entziehen.

»Sie ist nicht mein Weib«, antwortete Lorenz Schöne. Er erhob sich und rückte seine Perücke zurecht. »Aber wäre sie nicht gewesen, hätte ich es bestimmt nicht bis zu Euch geschafft.«

»Dann verdankt Ihr Euer Leben einem Frauenzimmer?«

»Wenn Ihr es so seht, will ich nicht widersprechen, List. Sie hat mich auf ihren Schultern getragen, die Wunde gewaschen und für mich Essen und Kleidung gestohlen.«

»Darf ich fragen, wer Euch die Schusswunde beigebracht hat, waren es Räuber …?« Nickel packte die Scheren und das Rezeptbüchlein in einen Lederkoffer und sah Lorenz interessiert in das fahle Gesicht.

»Auch das war ein Weib. Ihr seht, List, mit den Weibern ist das so ein Ding …«

Nickel vergaß darauf die Tasche zu schließen. Wortlos drehte er Lorenz den Rücken zu, verknüpfte umständlich den Rest der Kräuter mit einem Seil und hängte sie zum Trocknen am Ofen auf. Das seltsame Schweigen zog sich eine Weile hin. Lorenz überlegte, was er Falsches gesagt hatte, und Nickel machte sich seine Gedanken.

Anna wurde es unbehaglich an der Tür. Die schlimmsten Vorstellungen gingen ihr jetzt durch den Kopf. Sie trat rasch in das Zimmer, bis an den Tisch, warf Lorenz einen warnenden Blick zu und sagte dann, langsam, jede Silbe betonend zu ihm: »Ich habe von einem Vorfall in Leipzig reden gehört. Ist es möglich, dass Ihr derjenige seid, der den Weinhändler von Sien, aus Hamburg, im Duell getötet hat?«

Lorenz' Brustkorb hob und senkte sich darauf schwer. Miststück, dachte er, willst mich bei List anschwärzen. Seine Augen funkelten böse. Aber nur so lange, bis Nickel sich wieder zu ihm umdrehte und vorgab, er hätte ihre Worte nicht gehört. »Ja, Lorenz, es ist schon ein seltsames Ding mit den Weibern, auch dass ich mich immer mit Spitzbuben, Dieben und Mördern umgeben muss. Doch wenn Gott es so will, Kamerad, dann sind wir jetzt Verbündete.«

Erstaunt und zugleich sprachlos über jemanden, der entweder den Teufel nicht fürchtete oder besonders naiv und gutgläubig war, reichte Lorenz Nickel zögernd die Hand. Der ergriff sie freudig und sah sich nach der Begleiterin des Verletzten um. Das Teufelsweib hatte die Gelegenheit genutzt, als Anna an den Tisch getreten war, und sich heimlich aus dem Staub gemacht. Der Schemel am Bettende, wo sie die ganze Zeit über still gesessen hatte, war leer. Nickel zeigte sich merkwürdig überrascht, tauschte mit Lorenz einen Blick und winkte Anna ihm zu folgen. Auf der Treppe flüsterte er Lorenz zu: »Ich glaube, ich kenne das Weib.«

Im gleichen Moment hörten sie eilige Schritte in der Diele. »Sie läuft zur Gaststube«, rief Anna und beugte sich über das Geländer.

Nickel stürzte die Treppe hinunter und stieß Anna zur Seite. Um nicht zu fallen, musste sie sich an Lorenz festhalten. Auf der letzten Stufe zog Nickel die Pistole und brüllte: »Bleib stehen, Magdalena!«

Was nun kam, verblüffte alle. Nickel drehte sich mit der Waffe in der Hand herum und richtete sie auf den Schauspieler. »Ihr sollt wissen, Lorenz, meine Freundschaft zu Euch gilt und meine Gesellen sollen Euch kein Haar krümmen. Aber Ihr habt mir Eure Kebse in mein Haus geschleppt, mein listiges und leichtblütiges Weib, das ich tot geglaubt hatte und nimmer als das meine achten werde. Ich nehme an, dass Ihr nichts davon wusstet.« In seinem Gesicht stand ein Lächeln, so unheimlich, dass Lorenz bis auf den Grund seiner Seele erschrak. Gleich darauf sprang Nickel in die Diele und landete genau vor Magdalena, die zu Tode erschrocken unter ihrer Kapuze erbleichte.

Als er ihr plötzlich so nah gegenüber stand, sie seine Haut durch den Stoff spürte und sein Atem sie kitzelte, griff sie beherzt nach seiner Hand, mit der er versuchte, ihr die Kapuze herunterzureißen. Sie drängte sich an ihn und flüsterte, mit der gleichen, heißen Stimme, die er wohl kannte: »Nickel, wärst du damals so gewesen wie du heute bist, dann hätte ich nur dich geliebt und nie nach einem anderen Ausschau gehalten. Du wolltest mich töten. Es war dein Recht. Doch Gott hat es verhindert.« Statt Angst oder Reue, das Mindeste, was er von ihr erwartete, standen Anbetung und Verwunderung in ihrem Gesicht. Heißblütig drängte sie sich an ihn und griff ihm an die Hose, an sein Gemächt.

Doch Nickel sah sie kalt an, von ihrem zur Hälfte verdeckten Gesicht bis hinab zu den Füßen. Dann riss er ihr mit einer einzigen Handbewegung die Kapuze vom Kopf und lachte voller Hohn: »Was habe ich mit dir zu schaffen, Weib? Dein Atem ist mir wie eine böse Sucht!« Gleichzeitig gab er ihr einen Stoß vor die Brust, dass sie taumelte.

Lorenz sah es wohl, sagte aber kein Wort, sondern fasste Anna bei der Hand und zog sie rasch in die Wirtsstube, wo Christian ein weiteres Fass angestochen hatte.

Einige Augenblicke später saß Anna gemeinsam mit Nickel, Anna und Lorenz in der Gaststube an der großen runden Tafel, mitten unter den betrunkenen Dieben. Nickel thronte wie ein König an der Stirnseite, soff seinen Becher leer und warf ihn in die Luft, sodass er lärmend über den Tisch rollte. Er erzählte, wie er durch eine göttliche Fügung zu einem neuen Kameraden gekommen war, der ihm, ohne es zu ahnen, sein Weib Magdalena zurückgebracht hatte, die er längst verstorben geglaubt hatte. Die Gesellen grölten zustimmend zu seinem Entschluss, die beiden in ihre Reihen aufzunehmen.

Nickel lachte höhnisch und sagte zu Magdalena, die mit entblößten Gesicht am Tisch saß und sich schämte: »Ich will dich nicht verdammen, Magdalena. Das liegt mir fern. Denn schließlich hast du mich zu dem gemacht, was ich jetzt bin, und irgendwie bin ich sogar stolz darauf. Die Vergangenheit wäre auf meiner Haut geblieben wie ein Furunkel, hätte ich mich nicht von ihr befreit. So sind wir quitt, Weib. Ich habe mein altes Leben hinter mir gelassen und habe vergessen, was du mir zugefügt hast. Deshalb bleib hier bei uns, sei von mir aus eine Diebin unter Dieben, deine Verschlagenheit kann uns vielleicht von Nutzen sein, aber halte dich fern von mir.«

Während er auf ihre Antwort wartete, erhob sich Lorenz in seiner ganzen stattlichen Größe, wies auf seine Verletzung, lobte Nickels kunstfertigen Hände und gelobte allen, mit redlichem Eifer, fortan ein wackerer Dieb zu sein. Er streckte Nickel vor aller Augen theatralisch die Hand hin mit den Worten: »Also – auf eine gute Bruderschaft!«

Nickel schlug ein und alle anderen auch. Nur Anna zog die Stirn kraus wegen eines solchen bühnenreifen Auftritts und hielt sich wohlweislich zurück. Zu schnell und zu glatt ging ihr das alles und sie ließ Lorenz nicht aus den Augen.

Der erwiderte spöttisch ihren Blick und machte zu ihrem Verdruss eine Bewegung mit der Hand zum Beutel, womit er ihr sagen wollte, dass ihre Taler bei ihm sicher aufgehoben waren. Er schleuderte sein Glas gegen die Wand, dass es zerbrach und schrie: »So wahr ich aus diesem Gefäß nie mehr trinken werde, so wahr werde ich Euch bis ans Ende meiner Tage dienen, List!« Dann ließ er sich auf den Stuhl zurückfallen, langte reichlich bei den Speisen zu und wusste kauend von etlichen Überfällen in der Gegend zu erzählen.

Während er eifrig Suppe löffelte, nach Brot griff und sich Schinken schmecken ließ, plauderte er, als sei er nie etwas anderes als ein Dieb gewesen: »Ich weiß, List, dass man in jedem Handwerk ein Gesellenstück ablegen muss. Ohne das bleibt ein Gesell immer ein Gesell und da Ihr mich so großzügig in Eure Bruderschaft aufgenommen habt, will ich mich nicht lumpen lassen und Euch berichten, was mir auf meinem Weg hierher aufgefallen ist. Sehet, da ich aus Eurer Unterhaltung heraushörte, Ihr seid erfolgreich nach Halle geritten, erinnerte ich mich, dass ich mit meiner Theatergruppe unlängst durch das Hallensische gezogen bin, wo wir bei dem hiesigen Floßverwalter Quartier nahmen. Ich habe mich in dessen Gewölbe umgesehen und so mancherlei Schätze entdeckt, die es lohnen würde zu stehlen. So ein Weib aus meiner Truppe, das sich an dem Schmuck und Gelde nicht hatte sattsehen können, nahm heimlich, ohne mein Wissen, in der Nacht die Abdrücke von den Schlössern der Hintertür und dem Gewölbe. Ich habe ihr natürlich ...«, hier machte er eine Pause und sah zu Anna hinüber, »sofort die wächsernen Formen abgenommen, schließlich bin ich ein ehrlicher Mann. Seitdem trage ich sie mit mir herum, ohne eine rechte Verwendung dafür zu finden. List, Ihr habt geschickte Hände, und da es sich für mich als schwierig erweisen könnte, die Abdrücke nachzubilden, könntet Ihr es vielleicht versuchen ...?« Er hörte mitten im Kauen auf. Sein Blick hing gespannt an List, der still vor sich hinlächelte. Lorenz hatte mehr Beifall erwartet und begann etwas hilflos in die Runde zu blicken. Aber auch hier stieß er eher auf spöttische Ablehnung. Da neigte er sich zu Christian hinüber und flüsterte ihm etwas ins Ohr, worauf der Student einen Koffer aus dem Stall holte, den Lorenz dort zuvor gut versteckt hatte. Sich seiner Sache sicher, öffnete Lorenz den Koffer und legte die Abdrücke vor Nickel auf den Tisch. »Was ist nun, List?«, fragte er. »Seid Ihr bereit für größere Dinge?«

Nickel lächelte noch immer, seltsam und unergründlich, wie er es immer hielt, wenn er über etwas nachdachte oder sich geschmeichelt fühlte. Er legte ihm anerkennend die Hand auf die Schulter und nahm die Wachsformen an sich.

Am nächsten Morgen, als die anderen noch ihren Rausch ausschliefen, schloss Nickel sich mit den Formen in seiner Stube ein und ließ später am Tag niemanden zu sich, außer seinen Burschen und Lorenz. Auf Annas fragenden Blick antwortete er: »Habe lange überlegt. Will nun sehen, was sich machen lässt. Hol mir rasch das Lötzeug, eine Feile, etwas Kupfer und Salpetersäure aus dem Stall. Ich glaube, ich könnte es hinbekommen.« Und während die beiden, Lorenz und sie, heimlich einen Waffenstillstand vereinbarten und Nickel zur Hand gingen, erzählte dieser: »Ich glaube, ich beherrsche das Handwerk nun an die zehn Jahre. Unsere Kompanie lag vor Budapest, da rief mich mein Obrist eines Tages zu sich und sagte zu mir: ›Dragoner, ich sehe, du hast zierliche Hände, die müssen ziemlich geschickt sein. Es ist ein Koffer von meinem Weib angekommen und sie hat vergessen, den Schlüssel mitzusenden. Der Wachtmeister hat mir deine Fertigkeit gerühmt. Wenn es dir gelingt, einen Schlüssel anzufertigen, damit ich den Koffer nicht aufbrechen muss, würde ich dir eine ganze Woche freigeben und du dürftest zusätzlich aus meiner Küche speisen.‹ So etwas ließ ich mir natürlich nicht entgehen.« Er hob den Kopf und schmunzelte: »Also habe ich mich mächtig rangehalten und nach zwei Tagen war der Schlüssel fertig und das Schloss auf.«

Am späten Abend war das Werk vollbracht und Nickel zeigte seinen Gesellen stolz die gefertigten Schlüssel. Vor Begeisterung über seine Fingerfertigkeit ließen sie keine Zeit mehr verstreichen und da selbst der Student kleinlaut beipflichten musste, das Nickel die Fähigkeiten zum Hauptmann hatte und seine Rolle als partieller Befehlshaber eigentlich nie richtig abgetreten hatte, wählten sie Nickel einstimmig zu ihrem neuen Anführer. In einer Woche wollten sie nach Halle reiten.

III.

In der Nacht vor dem Ritt lag Anna lange wach und fand keinen Schlaf. Sie saß, leicht benommen vom Wein, auf ihrem Bett, befühlte immer wieder ihre leeren Taschen. Zuweilen war es ihr, als wäre sie in einem fremden Land gefangen, so fern von ihrer Heimat, dass die Hoffnung, jemals zurückzukehren, mit jeder Minute schwand. Tagsüber zechte sie mit Nickel und war ein geduldiger Zuhörer seiner Ängste. In der Nacht aber, wenn sie endlich allein war, lief sie in ihrer Stube umher wie ein verwundetes Wild und suchte nach einem Weg, diesem Leben zu entfliehen. Selbst ihre weiblichen Reize konnte sie in der abgewetzten Männerkleidung nicht einsetzen. Das machte sie wütend, wütend auf sich, auf Lorenz und darauf, dass ihr das Schicksal Nickel geschickt hatte. Sie brauchte sich nur auf ein Pferd setzen und durch das Tor hinaus reiten. Aber zweimal hatte das Schicksal es zu verhindern gewusst. So verfluchte sie es, dass sie gezwungen war zu warten, um sich ihr Reisegeld weiterhin als eine kleine Diebin zu beschaffen, und seufzte am allermeisten ihrem Leben als elegante Frau von Sien hinterher. Traurig betrachtete sie die weißen, schmalen Hände in ihrem Schoß, die nicht für grobe Arbeiten gemacht waren, und fragte sich, ob ihr die feinen Linien wohl den Weg vorbestimmt hatten, den sie jetzt einschlug.

In diesem Augenblick öffnete sich leise die Tür und Lorenz trat in die Stube. Anna fuhr wie aus einem Traum empor, war aber nicht überrascht über sein Auftauchen. Sie schaute der nächtlichen Abwechslung eher mit heiterer Miene entgegen, sehnte sich ihr Körper doch gerade jetzt nach einem Mann. Deshalb war es nicht verwunderlich, dass sie den Eintretenden mit einem bezaubernden Lächeln empfing.

Lorenz blieb für einen Moment im Türrahmen stehen und betrachtete sie ernst und nachdenklich. Als er ihre verheißungsvoll auffordernden Augen sah, vergaß er, was er eigentlich vorgehabt hatte, trat rasch auf sie zu, kniete vor ihr nieder und griff in das lange, wallende Haar. Wortlos entfernte er die Maske von ihren Augen, zog ihr den Kopf in den Nacken und küsste sie hart auf den Mund. Als sie sich nicht wehrte, bedeckte er ihren Hals mit wilden Küssen, riss ihr die Bluse auf und saugte sich an den kleinen, festen Knospen ihrer Brüste fest. Anna bog den Oberkörper wollüstig zurück und kicherte. Wie im Rausch, als ginge es ihr nicht schnell genug, riss sie ihm Hemd und Koller vom Leib und ließ sich dann willenlos in seine starken Arme fallen. Ihre Schenkel öffneten sich und ihr Schoß schob sich ihm in wilder, neu aufflammender Gier entgegen.

Sie liebten sich wie zwei Ertrinkende bis zum Morgengrauen, bis sie ermattet in die Kissen sanken. Und während sie sich im Nachhinein dafür zu hassen begann, sich dem Mann hingegeben zu haben, den sie zutiefst verabscheute, hielt sie die Augen geschlossen und genoss seine Küsse, die nun sanft ihren Bauchnabel umkreisten. Er schob sich zwischen ihren Brüsten hinauf und betrachtete ihr Gesicht, als versuchte er, die Gedanken hinter der glatten Stirn zu ergründen

Dann setzte er sich zurück auf die Bettkante. »Ist es jetzt nicht angebracht, dass wir unsere Fehde begraben? Ich vergebe dir, Anna. Ich bilde mir sogar ein, dass du nicht vorhattest, mich zu töten, sondern dass der Teufel es war, der deine Hand geführt hat. Zu was sind wir Menschen nicht alles fähig, wenn wir uns in die Enge gedrängt und in unserer Eigenliebe verletzt fühlen. Allerdings – den Diebstahl vergebe ich dir nicht. Deshalb brauchst du auch nicht zu hoffen, dass du die Taler von mir zurückbekommst.«

Anna hatte sich halb aufgerichtet, spielte mit seinen Haaren und schmollte: »Und was denkst du, was ich dir darauf antworte, mein Liebster?«

»Ich kann es in deinen schönen Augen lesen, Weib. Bevor du mich jedoch weiter mit deinem Hass verfolgst und versuchst mich zu bestehlen, höre meinen Vorschlag. Was nutzt dir List? Ich hatte Zeit ihn zu beobachten. Der Mann ist viel zu naiv und wird es niemals weit bringen. Lass uns mit den anderen zum Floßverwalter reiten und uns unauffällig verhalten, bis sich eine Gelegenheit bietet, mit dem Diebesgut zu verschwinden. Wir beide sind vom gleichen Schlag und durchaus für mehr geschaffen, als unser Leben als kleine Diebe zu bestreiten. Du weißt doch: Schön und fromm stehen selten in einem Stall!« Er strich ihr über die Haare, beugte sich über sie und wartete gespannt auf ihre Antwort.

Sie aber spürte die Ironie seiner Worte wie beißenden Spott und wich seinem Blick aus. Lorenz hätte sie nicht mehr demütigen können. Sein Vorschlag hieße für sie, die Freiheit aufzugeben, sich seinem Willen zu beugen und Abschied von ihren Träumen zu nehmen. Er war ein Gauner mit einem schönen Gesicht, der von ihr verlangte, sich ihm als Verbündete auf Gedeih und Verderb auszuliefern. War das seine Rache?

»Was ist nun? Warum schweigst du, Anna?«, fragte er ungeduldig, als sie nicht antwortete, und schlüpfte umständlich mit dem verbundenen Arm in die Hemdsärmel.

Auf der Treppe wurde es laut, verschlafene Stimmen drangen von der Diele herauf durch die Tür. Im Hof vor dem Fenster knarrten schwere Holzräder über den Kies, Pferde schnaubten und sie hörten Christian verhalten fluchen. Erst, als Lorenz sich das Koller mit den Pistolen umgeschnallt hatte, rang Anna sich zu einer Antwort durch. Leise sagte sie: »Ich hätte nie vermutet, dass mich mal jemand an Verstellung übertrifft. Du hast recht, wir gehören wohl zusammen. Wir sind Komödianten. Unsere Bühne ist die Welt, die uns, wenn nicht zu Ruhm und Ehren, wenigstens zu Reichtum verhilft. Außerdem, welche Wahl lässt du mir denn? Aber lass Nickel aus dem Spiel. Er darf nie erfahren, wer ihm übel will. Er ist im Gegensatz zu dir ein Mann, dem man Achtung entgegenbringt.« Insgeheim dachte sie nicht im Geringsten daran, sich mit Lorenz zu verbünden, und überlegte, wie sie aus der Sache wieder herauskommen könnte.

Sein Lachen riss sie aus den Gedanken. »Du hast doch nicht etwa ein Herz?«, fragte er ironisch. Wie es schien, hatte sie gewonnen. Er wirkte erleichtert und heiter und erlaubte sich eine weitere Spöttelei. Fertig angezogen reichte er ihr die Hand und grinste: »Komm, wir sollten unseren Wohltäter nicht warten lassen!«

Sie schwieg dazu, deutete ihm nur mit einer Kopfbewegung an, dass sie sich ankleiden wollte, und gebot ihm vorauszugehen. Sie wünschte sich, dass ihn auf der Stelle der Teufel hole. Als er endlich die Tür hinter sich schloss, nahm sie das Koppel vom Bettpfosten, zog die Pistole und zielte spielerisch auf die Tür, durch die Lorenz soeben verschwunden war. Dann schlüpfte sie rasch in die Kleider, stopfte das Haar sorgfältig unter den Hut und verbarg ihr hübsches Gesicht unter der abgewetzten Ledermaske. Sie war so sehr mit ihren Gedanken beschäftigt, dass sie Magdalena nicht bemerkte, die in der offenen Tür stand. »Was suchst du hier?«, fragte

Anna und bückte sich nach etwas Belanglosem, um die Verwunderung vor ihr zu verbergen.

»Ich habe Euch belauscht«, sagte das Weib ihr gerade auf den Kopf zu. »Entweder lasst Ihr mich an Eurem Plan teilhaben oder ich verpfeife Euch bei den Gaudieben.«

»Dir wird keiner ein Wort glauben, Hexe«, antwortete Anna und mimte die Gelassene, schob sie zur Seite und stieg die Stufen hinab.

»Dann werde ich Euch alle beim Landrichter verraten und keiner hat etwas von dem Diebesgut«, rief sie.

Das wirkte und Anna blieb stehen. Langsam, die Drohung noch im Ohr, drehte sie ihr das Gesicht zu. Sie konnte sich nicht vorstellen, dass jemand so dumm war, sich selbst in Gefahr zu begeben. Weib, du machst mir keine Angst. Ich habe längst andere Pläne, dachte sie sich. Dann antwortete sie gedehnt: »Du hast doch den Gesellen selbst den Vorschlag mit dem Floßverwalter gemacht? Warum willst du jetzt Unfrieden sähen? Ist dir der schnöde Mammon plötzlich nichts mehr wert? Bedenke: Wenn du die Gaudiebe verrätst, wirst du selbst in der Hölle schmoren.« Mit diesen Worten ließ sie die verblüffte Magdalena stehen. Ihr Lachen klang noch im Hausflur, als sie bereits die Tür hinter sich geschlossen hatte.

Auch der Raub zu Halle hatte sich für die Diebe reichlich gelohnt. Sie stopften sich die Taschen mit Talern, Silbergeschirr, Ringen, Perlen und anderen Kostbarkeiten voll und beruhigten ihr Gewissen damit, dass unter dem Vorwand des Rosshandels ja keiner körperlich zu Schaden kam und man ja nur die beraubte, die es zuvor dem kleinen Mann genommen hatte. So verbreitete sich die Kunde von dem lohnenden ›Rosshandel‹ wie ein Lauffeuer und Nickels Stube wurde bald zum Diebesnest und

Treffpunkt für alle beutewilligen Spießgesellen. Und bei jedem Raubzug war Nickel ihr Anführer und Lehrmeister, und sein Ansehen als Hauptmann stieg von Stunde zu Stunde. In der Kunst, Schlösser abzudrucken und nach der abgedruckten Figur Schlüssel zu formen und auszufeilen, war er bald ein unübertroffener Meister und so manch einer munkelte hinter vorgehaltener Hand, er wäre ein Zauberer. Überhaupt unternahm die Bande kaum noch etwas ohne den Rat ihres Räuberhauptmannes, der einmal getarnt als der biedere Gastwirt von Beutha, ein andermal als ein im Lande umherziehender Pferdehändler zu keiner ordentlichen Arbeit mehr zurückfand. Den Gesellen, mit denen er sich umgab, erging es ebenso und gemeinsam durchstreiften sie das weite Thüringer Land nach Beute. Der diebische ›Handel‹ blieb den Gerichten allerdings nicht lange verborgen. Denn Missgunst und Verrat waren Begleiter dieser Geschäfte und so schlich sich in einer jener Nächte, als es in Nickels Wirtschaft wieder einmal hoch herging, eine vermummte Gestalt zu dem Landschöffen in die Waldschänke.

Hinter der Vermummten verbarg sich niemand anderes als Magdalena, die unter Nickels Zurückweisung litt und in der Räuberbande, wo jeder ihre Geschichte kannte, mit ihrem entstellten Gesicht eher Spott als Mitgefühl erntete. Der Hass saß tief und so hatte sie sich mit dem Amtmann zu einem Techtelmechtel verabredet, bei dem beide zunächst recht lustig zusammen schmausten und tranken. Als der Amtmann nun seinen Lohn forderte und übermütig begann, dem Weib den Unterarm mit Küssen zu bedecken und sie bedrängte, ihren Mantel abzulegen, weil es ihm nach mehr von dem weißen Fleisch verlangte, begann sie recht auffällig mit den Talern in der Tasche zu klimpern. Erstaunt fragte er sie, wie sie zu so viel Geld käme.

Das verräterische Weib lachte gurrend und flüsterte ihm hinter vorgehaltener Hand ins Ohr, ihr Ehemann, der Nickel aus Beutha, sei ein reicher Herr und seine Goldmünzen trügen über dem Kaiserbildnis sogar eine Freiherrenkrone. Zur Bestätigung zog sie eines der Goldstücke aus ihrem Rock und hielt es ihm unter die Nase. Lachend erzählte sie, sie habe gehört, dass in so manchem Schlosse noch viele solcher Goldfische schwämmen und es für einen so verwegenen Kerl wie ihrem Ehemann ein Leichtes wäre, sie zu holen.

Als das Weib sich dann auf den Heimweg machte, konnte der Landschöffe, der schon lange wegen des Diebstahls am Freiherrn zu Meusbach auf der Lauer lag, die frohe Kunde nicht schnell genug zu seinem Herrn, dem Landrichter, tragen. Dieser sah in dem Hinweis eine Gottesfügung, endlich dem Raubgesindel auf die Spur zu kommen, das im ganzen Land die ehrlichen Leute beunruhigte, und besprach sich sofort mit seinen Räten.

Zur gleichen Zeit, als Nickel schon über die Maßen gezecht hatte, quälte er Anna mit seltsamen Fragen. Er redete mit ihr über Magdalena, als ahnte er etwas von einem Verrat, und versuchte zu ergründen, ob er für sie als Liebhaber infrage käme. Doch als er in ihr maskiertes Gesicht sah, in die Augen, die ohne Interesse auf ihm ruhten, ließ er von ihr ab. Verärgert dachte er sich: Was rede ich nur mit diesem Holzklotz von Weib?, und zechte mehr und lärmte lauter als die anderen.

Spät in der Nacht stieg er einmal von Selbstvorwürfen gequält hinauf in seine Kammer. Eine innere Unruhe über sein unfrommes Leben und die Frage, wie lange es noch unentdeckt bleiben würde, trieben ihn um. Er kniete sich vor seine Truhe und begann die Münzen zu zählen, die er dort aufbewahrte. Er spielte mit ihnen, ließ sie wie Kiesel durch die Finger rieseln und stapelte sie dann zu einem Turm aufeinander. Lange saß er davor, bis ihm das Kreuz und die Knie schmerzten, und er schwor sich, den räuberischen Rosshandel nur noch so lange zu betreiben, bis der Goldschatz auf eine Summe angewachsen war, die ihm ausreichte, um das Land zu verlassen und ein redliches Gewerbe zu beginnen.

In diesem Augenblick kam Anna zur Tür herein und sah ihn kniend vor dem Gold, mit dem Rücken zur Tür. Nickel ahnte nichts von ihrem Komplott mit Lorenz und wusste nichts davon, dass Lorenz seine Pläne nach dem Raub am Floßverwalter wieder geändert hatte und es vorzog, für eine unbestimmte Zeit bei ihm zu bleiben und abzuwarten, wie die Dinge sich entwickelten. Anna suchte immer noch nach einer Gelegenheit, dem Räuberleben zu entfliehen, und sie sah diesen Zeitpunkt jetzt gekommen.

Auf dem Tisch, in seinem Rücken, lag sein Gürtel mit der Pistole und auf dem Boden, zum Greifen nah, funkelte das glänzende Metall. Ihr Traum vom luxuriösen Leben war so nah … Jetzt oder nie, dachte sie. Leise zog sie den Gürtel zu sich heran, nestelte am Futteral. Kaltes Metall. Fort mit dem Gewissen. Dann lag ihr Finger wie von ganz allein am Abzug. Sie erinnerte sich an die Nacht im Wagen des Wandertheaters, wie sie auf Lorenz gezielt hatte und wie ernst es ihr damals gewesen war. Auch diesmal war es ihr todernst und doch zögerte sie. Da war er wieder, der Gedanke, dass er sich zu ihr umdrehen würde und sie ihm dann in die ehrlichen Augen sehen müsste …

Nickel dagegen war nicht umsonst Soldat gewesen und für seine Schnelligkeit bekannt. Er fuhr jäh wie aus einem Traum empor, während seine Faust nach vorn schnellte.

Anna zuckte erschrocken zusammen, als er gegen die Schusswaffe trat und sie weit weg flog. Die Faust landete aber nicht, wie sie erwartete hatte, in ihrem Gesicht, sie fuhr wie eine Anklage oder Erkenntnis vor seine eigene Stirn. Einen Moment schien es ihr, als müsste er erst die Enttäuschung verarbeiten. Dann starrte er sie an und sagte mit heiserer Stimme: »Ist das der Dank dafür, dass ich dir vertraut habe wie einem Manne, Weib?«

Augenblicke später saß Anna vor ihm auf der Bettkante. In ihren dunklen Augen blitzten Tränen und sie antwortete kleinlaut, mit Blick auf den Boden: »Du solltest mich töten, Nickel. So wie du es im Unterholz vorgehabt hattest, als du mein Pferd an meiner statt getroffen hast. Das teuflische Metall weckt das Böse in mir. Die Verführung ist so groß, dass ich immer aufs Neue versuchen werde, dich zu bestehlen.«

Die erste Wut über ihren Verrat verrauchte rasch. Nickel zog sich einen Stuhl heran und setzte sich ihr gegenüber. Eine Weile sah er sie wortlos an, schüttelte mehrmals verständnislos den Kopf und stützte dann nachdenklich das Kinn in die Hände.

Anna überließ ihn seinen Gedanken, bis sie es nicht mehr aushielt und ihn anschrie: »Warum machst du es mir nur so schwer, Nickel? Wenn du wüsstest, wie ich es hasse, immer im Sattel zu sitzen! Ich hasse dein wildes zügelloses Leben, Nickel, das betrunkene Grölen deiner Gesellen, das sich in der Nacht wie das Toben der Hölle anhört. Wenn ich bei dir bleibe, muss ich eine Ewigkeit darauf warten, wieder ein Weib zu sein, muss weiter auf all die edlen Kostbarkeiten verzichten, von denen ich nachts träume. Nicht nur, dass ich mit ansehen muss, wie du dich von jedem übers Ohr hauen lässt ... Seitdem Lorenz und Magdalena bei uns sind, läufst du umher wie ein Gaul mit Scheuklappen.«

Das hätte sie nicht sagen dürfen. Nickel hielt den Atem an, seine schwarzen Augen funkelten. »Weib«, presste er zwischen den Lippen hervor, »hast du nicht immer genug Beute abbekommen? Haben wir uns nicht immer gut verstanden? Ist es dir jemals an meiner Seite schlecht ergangen? Aber wie es scheint, willst du dich nur herausreden oder du machst dich lustig über mich. Aber ich hätte es wissen müssen, ein Weib ist kein Mann. Den Frauenzimmern trachtet es nur danach, sich zu schmücken und mit den Kerlen schönzutun. In dir hatte ich gehofft nicht das Weib, sondern einen wahren Freund zu finden, und wie es aussieht habe ich mich getäuscht ...«

Sie sah ihn mit großen Augen an. So aufgelöst hatte sie ihn noch nie erlebt. Deshalb riss sie sich die Maske vom Gesicht, sie war es ihm schuldig, und hielt ihm ihr Gesicht hin, das er so zum ersten Mal sah. »Sieh mich an Nickel, sieht so ein Bursche aus? Ich glaube, du siehst in mir etwas, was ich nicht bin.«

Doch die Überraschung blieb aus. »Wo sind die Narben, von denen du mir erzählt hast?«, fragte er und fand in den makellosen Zügen nur eine weitere Lüge. Enttäuscht lachte er auf. »Du hast recht, Weiber sollten eben nicht in Männerhosen umherlaufen. Ihr Handwerk ist die Lüge und dazu bedarf es nun mal der Röcke.«

Beschämt suchte Anna nach einer Rechtfertigung, wollte etwas entgegnen und rang sich lediglich stotternd zu dem Satz durch: »Mein Anliegen, weswegen ich dich aufgesucht hatte, war, dich vor der Magdalena zu warnen. Sie plant einen Verrat ...« Als sie in das noch immer regungslose Gesicht sah, verstummte sie und wartete ab, wie er die Nachricht aufnahm.

Er antwortete nicht. Ihre Botschaft erreichte ihn nicht mehr. Sein Vertrauen war zerstört. Er zuckte nur gleichgültig mit den Schultern. Dann drehte er sich weg von ihr und bückte sich nach der Pistole. Es war ein Schock, dass sie ihn eben kaltblütig niederschießen wollte. Er fragte sich traurig, warum er sein Vertrauen immer den Falschen schenkte, wo es doch bestimmt Bessere gab, so wie der Sohn vom Buttelstedt, der ihn erst gestern hier in der Stube darum gebeten hatte, ihn in seiner Kompanie aufzunehmen. Der Bub war gerade einmal fünfzehn und himmelte ihn an. In dem kindlichen Gesicht hatte so viel Ergebenheit und Entschlossenheit gestanden, dass ihm die Bitte des Jungen jetzt wie Hohn in den Ohren klang: »Meister, ich bin zwischen den Gesellen aufgewachsen, aus mir wird nie etwas Vernünftiges werden. Seit dem Tag, als ich Euch das erste Mal sah, ist mein einziges Streben, Euch zu dienen. Ich bin bereit, mein Leben für Euch zu geben, sofern Ihr das verlangt.« Es zeriss ihm das Herz, dass er den Jungen weggeschickt hatte. Was war er nur für ein Narr, der die Spreu nicht vom Weizen unterscheiden konnte.

Wütend über seine eigene Unfähigkeit, hob er den Arm mit der Schusswaffe, zog den Hahn und richtete den Lauf mitten in das schöne Gesicht. Als er ihre Furcht sah und bemerkte, wie sie erbleichte, glitt ein spöttisches Lächeln über sein Gesicht. »Keine Angst, sie ist nicht geladen.« Er warf ihr die Waffe in den Schoß. Dann fügte er heiser hinzu: »Du stehst deinen Träumen selbst im Weg, Anna. Ich werde mich deinetwegen mit den Gesellen beraten.«

Er begab sich wieder hinunter in die Trinkstube, wo eine kleine Gruppe Gaudiebe noch immer feiernd und grölend beieinander saß, und ließ Anna in der Kammer verstört zurück. Die Geldtruhe hatte er offen gelassen, um sie auf die Probe zu stellen.

Tatsächlich vermochte sie sich nicht lange dem Reiz des Geldes zu erwehren. Sie wartete eine Weile, ob er noch einmal zurückkam, dann erhob auch sie sich. Die Münzen winkten, der Weg ist frei, und sie beugte sich über die Truhe, wühlte in dem blinkenden Metall und stopfte davon so viel sie tragen konnte in ihren Beutel. Dann ließ sie sich heulend neben die Kiste fallen. Sie wollte mit dem Geld wegrennen und blieb doch, ohne zu verstehen, warum. Noch lange, bis in die frühen Morgenstunden grübelte sie auf dem Boden sitzend, über sich, Nickel und das Leben an seiner Seite nach und wartete auf seine Rückkehr. Doch sie wartete vergebens. Nickel kehrte nicht zurück. Da erhob sie sich, nahm sich einen Anteil, von dem sie dachte, dass er ihr zustand, und verschloss sorgsam den Deckel der Truhe. Sie begab sich in ihre Kammer und packte ihre Siebensachen. Vor der Tür der Wirtsstube blieb sie noch einmal stehen und lauschte.

Nur noch die Hälfte der Männer ließ die Becher kreisen, den anderen waren die Köpfe vornüber auf den Tisch gesunken. Auch Nickel wurde der Kopf immer schwerer vom Branntwein. Er pfiff auf die Weiber und das Gold und grölte mit Lorenz, Christian und dem Rest der Bande wilde Lieder. Zeitgleich ritt Anna auf ihrem Pferd und einem mit Koffern bepackten Esel am Strick durch die Dunkelheit zum Tor hinaus.

Der Krach aus dem Wirtshaus verfolgte Anna eine halbe Meile, als sich plötzlich in den Lärm noch andere Geräusche mischten. Sie drangen von der Straße zu ihr herauf. Es war das Hufgetrappel von Pferden, das Klirren von Waffen und das Durcheinander von Stimmen. Misstrauisch geworden, zügelte sie ihr Pferd und brachte es und den Esel rasch in den Schutz des Waldes, wo sie, sicher vor Entdeckung, beide an einem Baum festband. Dann kletterte sie eine bewaldete Anhöhe hinauf, von der aus sie mühelos die Straße überblicken konnte, ohne bemerkt zu werden. Ein Meer von kleinen Lichtern loderte unter ihr auf und im Schein der Fackeln sah sie, wie eine Reiterschar ausschwirrte und gleich darauf das Gehöft von der Vorderseite her umzingelte. Sie erkannte sofort die Gefahr und ihr erster Gedanke galt dem ahnungslosen Nickel. Noch schneller als sie die Anhöhe hinaufgeklettert war, lief sie wieder zu der Stute zurück, zog die Pistole aus der Satteltasche und rannte auf einem geheimen Weg durch das Holz zum Hof. Atemlos angekommen, rollte sie sich an der Hinterseite des Gebäudes unter dem Holzzaun hindurch und lief geduckt zu der eisernen Kellertür, die kaum jemandem bekannt war.

Als laute Schläge gegen die Haustür donnerten und Stimmen schrien: »Öffnen! Sofort öffnen!«, riss sie die Hintertür auf und brüllte aus Leibeskräften in den halbdunklen Raum: »Gefahr! Gefahr!«

Doch ihre Stimme war zu leise, um von den Zechern gehört zu werden. Lediglich Nickel vernahm sie und taumelte auf sie zu. Er sah die Pistole und riss sie ihr aus der Hand. Nur ganz kurz sah sie sein verblüfftes Gesicht, einen letzten Moment lang tauchten ihre Augen ineinander, dann rannte er zur Diele, wo bereits das Holz der Tür splitterte. Als sie ihn im Flur schreien hörte: »Wer ist da?«, folgte sie ihm nicht, wie es sich für einen gehorsamen Diener geziemt hätte, sondern drehte sich um und lief auf dem gleichen Weg zurück, in den Schutz des Waldes. Das Pferd empfing sie mit einem leisen Schnauben, während der Esel an den Blättern eines herunterhängenden Astes zupfte. Rasch holte sie die Packtaschen aus dem Versteck im Gebüsch und warf sie dem Esel über den Rücken. Als sie mit geübten Griffen die Riemen festzog, kam ihr eine Idee. Sie machte eine von den Taschen wieder los, kippte den Inhalt auf den feuchten Waldboden und blickte dann zufrieden auf den Berg von Kleidern aus dem Besitz ihrer kaiserlichen Majestät, der Baronin zu Meusbach, die sie hatte verschwinden lassen. Ohne groß nachzudenken, entledigte sie sich ihrer Männerkleider, schlüpfte in die feinen Frauenkleider und verwandelte sich gleich darauf in die Frau Hofrätin. Dann bekreuzigte sie sich, sah noch einmal zurück zur Wirtschaft, wo jetzt die ersten Schüsse fielen, und murmelte leise vor sich hin: »Herrgott, ich habe meine Schuldigkeit getan, nun hilf du dem Nickel weiter!«

Auf ihrem Weg durch das sächsischen Land, nur wenige Stunden später, wurde Anna von einer schweren Kutsche mit vier schwarzen Hengsten aufgehalten. Zunächst vermutete sie eine neue Gefahr und gab ihrem Pferd die Sporen. Als die Karosse jedoch näher kam und sie das fürstliche Wappen an der Wagentür bemerkte, zügelte sie ihr Pferd und wartete, bis das Gefährt auf gleicher Höhe mit ihr war. Der Kutscher brachte die vier Hengste zum Stehen und als sie eine mit Ringen und Rüschen besetzte Hand am Fenster winken sah, lächelte sie ihr schönstes Lächeln. Sie konnte es sich ja auch leisten, im eleganten Reitkleid der Hofrätin. Schnell prüfte sie den Sitz der wilden, schwarzen Locken, die sie unter einem Barett aus Samt, mit einer prachtvollen Straußenfeder, gebändigt hielt. Nachdem sie nichts an sich auszusetzen fand, spitzte sie die roten Lippen und neigte den Kopf zum Gruß. Am Karossenfenster erschien jetzt ein männliches Gesicht, nicht mehr ganz jung, aber mit kleinen Lachfalten und markanten, schönen Zügen, die, eingerahmt von einer der neuesten Mode entsprechenden Perücke, ihre Aufmerksamkeit verdienten.

Der Kavalier schwenkte zur Begrüßung den Hut und musterte sie amüsiert. »Wohin des Wegs, schöne Frau?«

»Nach Norden, mein Herr«, antwortete sie höflich und beugte sich noch tiefer zu ihm hinab.

»Eine so weite Reise, ohne Bedienstete? Seid Ihr etwa vor Eurem Ehemann auf der Flucht oder hat man Euch gar beraubt?«

»Letzteres, mein Herr, trifft eher zu. Ich bin eine arme Witwe und wurde von Wegelagerern ausgeraubt. Ich allein konnte den Räubern entfliehen«, log sie, zog ein kleines Spitzentüchlein aus dem Mieder und tupfte sich damit seufzend, als wollte sie eine Träne entfernen, die Augenwinkel. Als sie sah, dass ihr Plan aufging und der Herr elegant aus der Kutsche sprang, täuschte sie eine Ohnmacht vor und ließ sich in seine Arme sinken.

Da sie so allein reiste, ohne männlichen Schutz, fühlte sich der Kavalier verpflichtet, das schwache Weib in seine Kutsche einzuladen. Er gab seinem Bediensteten ein Zeichen und sagte: »Georg, nehme Er das Pferd der Dame und den Esel und binde Er beide an die Karosse.« Dann wandte er sich lächelnd ihr zu: »Schöne Frau, ich bitte Euch, meine Einladung anzunehmen, mit mir gemeinsam zu reisen. Ich werde Euer Beschützer sein.«

Anna hatte nichts dagegen und so trug er sie auf seinen Armen leicht wie eine Feder in seine Kutsche. Als sie ihm zwischen Brokat und Atlas gegenüber saß und sich die Karosse knarrend in Bewegung setzte, konnte er nicht umhin, dem Zufall zu danken, der ihm das Glück bescherte, mit einer so schönen Dame zu reisen, und war alsbald in eine höfliche Plauderei mit ihr verstrickt.

So erfuhr sie, dass er den Rang eines Regimentsquartiermeister inne hatte und Hans Guidon Peermann hieß. Gefangen von ihren mandelförmigen Augen und den glutroten Lippen erzählte er ihr, dass er ein altgedienter Offizier wäre, der erst kürzlich den Säbel niedergelegt hätte und zu Wunstorf verheiratet wäre. Als Anna ihm sagte, sie käme aus Sachsen, empfand er es als eine besondere Schicksalsfügung und plauderte munter darauf los, dass er eine Schwester gehabt hätte, die mit einem von Tauchwitz verheiratet gewesen wäre. Anna sah sofort ihre Chance gekommen, zukünftig in reichem Hause zu verkehren, und antwortete ihm listig, dass sie mit diesem von Tauchwitz weitläufig verwandt sei. Vor Freude über die frohe Botschaft, eine so liebe Base getroffen zu haben, zog er sie beglückt in seine Arme. Dem Anstand gemäß, zierte sie sich ein wenig, aber nur so viel, dass sie ihn nicht langweilte.

Das machte ihn mutiger und er stammelte beglückt: »Da kommt man nun zu Verwandtschaft und weiß nicht, wie. Macht mir die Ehre und logiert in meinem Hause, Madam. Wir wollen diese schicksalhafte Begegnung und unsere verwandtschaftlichen Beziehungen gebührend feiern.«

Anna lehnte sich zufrieden in die Polster zurück, sie hatte ihr Ziel erreicht. Mit ein paar verheißungsvollen Blicken hielt sie den Regimentsquartiermeister bei Laune und fuhr einer vielversprechenden Zukunft entgegen.

Als Anna in jener Johannisnacht des Jahres 1696 im Begriff war, ihren Platz als Dame der Gesellschaft wieder einzunehmen, wurde dem Nickel gar übel mitgespielt. Nachdem der Landrichter Johann Zechendörfer sich mit Gewalt Zugang zum Gasthof verschafft und Nickel aufgefordert hatte, sich zu ergeben, war der so gar nicht bereit, dem Folge zu leisten. Mit dem Recht des Hausherrn, nur in Hosen und Brustlatz, und mit der lautstarken Unterstützung seiner Gesellen im Hintergrund, lachte er dem Richter frech ins Gesicht und schrie: »Zieh deine Landsknechte zurück, du Buschklepper!«

Darauf flogen von beiden Seiten böse Worte und der Richter befahl Nickel, sich für die Reise fertigzumachen. Der Räuber versuchte Zeit zu schinden, rief nach seinem Diener, damit er ihm das Pferd sattle, und gab vor, bis Hartenstein nicht zu Fuß gehen zu wollen. Doch der Schöffe fasste seine Worte als Verhöhnung seiner Person auf und wollte ihn jetzt, ohne Wams und ohne Pferd, mitnehmen. Da wurde Nickel böse, schrie zornig, er wolle den sehen, der ihm das Reiten verbieten möge, griff nach der Pistole und fuchtelte drohend damit umher, bis einer von den Landsknechten das Gewehr anlegte und auf ihn zielte.

Niemand hatte vorhersehen können, was nun geschah. Von einer späten Reue gepackt, einem letzten Gewissen oder einfach nur, um nicht unbeachtet zu sterben, was ihrem Wesen eher entsprach, sprang plötzlich Magdalena nach vorn, vor Nickel, und schrie in Todesangst: »Nei-i-i-n! Ihr dürft ihn nicht töten!« Im selben Moment krachte der Schuss. Magdalena griff sich an die Schulter und stürzte vornüber, genau vor die Füße des Richters.

Der stieß sie mit der Fußspitze an und als er sah, dass sie noch atmete, sagte er zu einem seiner Leute: »Das Weib nehmen wir mit. Wir übergeben es dem Henker.«

Bei diesen Worten starrte Nickel entgeistert erst auf das Weib auf dem Boden und dann auf den Richter, nannte ihn wütend einen Hundsfott und legte auf ihn an. Einer der Landsknechte war jedoch schneller und schlug ihm die Waffe aus der Hand. Wütend griff Nickel sich eine zweite von der Wand und schoss blindlings in die Menge hinein. Seine Kugel traf den Landschöffen, der röchelnd zusammenbrach. Aus der Schar der Gesellen, die sich hinter ihm im engen Flur drängte, fielen nun ebenfalls Schüsse. Gellende Schreie waren die Antwort. Tödlich in den Hals getroffen sackte der Hofschlächter, der als

Letzter durch die zersplitterte Tür gestürmt war, in sich zusammen.

Als Nickel über die beiden Getroffenen hinwegstieg und ins Freie vordrang, sah er, wie der Rest der Kerle eilig aufsaß, die Pferde wendete und in die Nacht entfloh. Er starrte ihnen mit wild klopfenden Herzen hinterher, bis er taumelnd stolperte und Lorenz ihn auffing.

»Sie haben Magdalena mitgenommen«, sagte er müde, während ihn Lorenz stützte.

»Es ist nicht schade um sie«, versuchte der ihn zu trösten. »Sie war ein schlechtes Weib. Ich weiß von Hannes, dass sie es war, die uns verraten hat.«

»Dieses eine Mal hat sie christlich gehandelt«, entgegnete Nickel leise, raffte sich auf und rief seinen Gesellen zu: »In die Wirtsstube mit den Verletzten!«

Gemeinsam schleppten sie die Männer in die Gaststube und legten sie auf den Boden, wo Nickel ihren Puls fühlte und den Brustkorb des Landsknechts untersuchte, der voller Blut war, bis er sich sicher war, dass beide tot waren.

Im Flur wurde es still, totenstill, bis die Ruhe erneut von Stimmengewirr gestört wurde, das die Straße heraufdrang. Es klang drohend und bewegte sich auf das Haus zu. Und Nickel, der sich seit der Schlacht vor Budapest geschworen hatte, nie wieder einen Menschen zu töten, deutete die Gefahr richtig. »Das sind die Bauern aus dem Ort. Sie sind uns schon lange nicht wohlgesonnen wegen unserer Zechgelage. Nicht umsonst meiden sie die Wirtschaft. Sicher haben sie ausspioniert, was für einen Handel wir betreiben und der Lärm hat sie angelockt.« Sogleich ordnete er die Flucht an: »Wir hauen ab. Packt alles zusammen!«

In Windeseile beluden sie die Pferde, stopften ihre Satteltaschen wahllos voll mit Geld und anderen Sachen und ritten eilig davon. Nickel hatte seine Bücher in einen Quersack gepackt, der vor ihm über dem Hals seines Pferdes lag, und ritt hinter den anderen her, bis auch er im Schutz des dichten Waldes verschwand. An einer Wegkreuzung zügelten sie ihre Pferde.

Nickel sagte: »Kameraden, es ist an der Zeit getrennte Wege zu gehen. Wenn Gott es will, werden wir in der Schänke, beim Buttelstedt zu Stedten, wieder zusammen finden. Schwört mir, dass niemals einer von uns Verrat am anderen üben wird und wir uns für immer die Treue halten.«

Sie legten ihre Hände übereinander und schworen Nickel Kameradschaft bis in den Tod. Bis zur Grenze von Hartenstein ritten sie noch eine Meile miteinander. Dann gaben sie ihren Pferden die Sporen und ein jeder stob davon in eine andere Richtung. Nickel lenkte sein Pferd aufwärts in das wilde Gebirge. Hinter ihnen glühte der Horizont. Die aufgebrachten Bauern von Beutha machten das Wirtshaus dem Erdboden gleich, begruben die Leichen und setzten auf die Stelle, wo das Haus gestanden hatte, eine Schandsäule.

IV.

Nachdem Nickel im Thüringischen der Boden unter den Füßen zu heiß geworden war, zog er ohne festen Wohnsitz umher und fristete sein Räuberleben mit dem, was ihm Raub und Diebstahl einbrachten. Unter falschem Namen ritt er als Kopf einer kleinen Räuberbande im Lande umher, immer auf der Flucht vor seinen Häschern. Dabei hielten sie sich gern in Leipzig auf, wo die alljährliche Messe den Spitzbuben reichen Gewinn versprach. Nachdem ihnen 1696 ein letzter Kirchenraub im Thüringischen ordentliche Beute einbrachte, die sie im Walde aufteilten, wurden die Überfälle der Räuberbande brutaler. Wohl ein Dutzend Diebstähle und Entleibungen gingen inzwischen auf das Konto der Bande und am 09. November 1697 wurde öffentlich die Acht über Nickel verhängt.

Die verräterische Magdalena indessen gebar im Gefängnis in Hartenstein einen Knaben, der Lorenz sehr ähnlich sah. Da sie aber hartnäckig leugnete, den Räuber Nickel List oder einen anderen aus der Bande zu kennen, wurde sie am Morgen des 26. Novembers dem Scharfrichter übergeben und der peinlichen Befragung unterzogen. Als ihr der Henker die Daumenschrauben angelegt hatte, schrie sie wie wahnsinnig und rief Gott als Zeugen, dass sie von nichts wüsste. Mit ihrer mannhaften Standhaftigkeit sühnte sie einen Teil ihrer Schuld und Gott hatte ein Einsehen mit ihr. Sie wurde schließlich im Dezember 1697 aus der Haft entlassen.

Ein Bauer brachte die entkräftete Magdalena einen Monat später mit seinem Wagen nach Gera, von wo aus sie mit ihrem Sohn über Leipzig in ihre Heimat reisen wollte. Auf dem Weg dorthin verlor sich für immer ihre Spur.

An einem schwülen Sommerabend kamen vier berittene Männer an die Toreinfahrt zum ›Weißen Ross‹ bei Stedten und klopften an das mit Efeu berankte Holztor. Eine Stimme fragte nach ihren Namen und ihrem Gewerbe und wollte wissen, woher sie kamen.

Sogleich sprang einer vom Pferd und antwortete leise, mit jugendlicher Stimme: »Adlerhorst.«

Als ob das Wort Wunder vollbringen könnte, öffnete sich knarrend die Tür und der Wirt, genannt ›Der Buttelstedt‹, ein Mann mit wettergegerbten Gesicht, auffallenden buschigen Augenbrauen und einer stark von violetten Äderchen durchzogenen Nase, trat ihnen entgegen. »Willkommen, Kornett, Salomon David, genannt der Rotkopf, und du, Christoph Vieritz. Er wartet schon.«

Der Schlanke, Biegsame, der mit ›Kornett‹ angeredet worden war, lachte leise. »Das war eine wirklich frohe Kunde, die Euer Sohn Ernst uns hinterbrachte, dass der Hochberühmte hier ist. Meint Ihr, er wird uns empfangen?«

»Und ob er das wird!«, antwortete der Wirt verschmitzt. »Er hat sich in den Kopf gesetzt, hier eine Bande zu bilden, und will unbedingt ihr Hauptmann sein. Stellt die Gäule in den Stall, meine Herren, mein Sohn wird ihnen was vorschütten. – Ihr drei aber kommt mit mir. Der Hochberühmte sitzt am Ofen mit Caspar, Samuel und der Dore. Sie brüten neue Raubzüge aus.«

Rasch gingen sie in das Haus, traten in die niedrige und verqualmte Wirtsstube und sahen vor einem mächtigen Kachelofen den Gesuchten: einen mittelgroßen, sehnigen Mann mit einem von einem schwarzen Bart eingerahmten, markanten Gesicht mit hoher Stirn und langen, feinen Fingern.

Buttelstedt rief: »Hier, List, hier bring ich Euch drei neue Kumpane. Mein Jüngster, der Ernst, hat Werbung gemacht. Sind wackere Gesellen, denen Ihr nicht unbekannt seid und die begierig darauf warten, Euch endlich die Hand zu schütteln.«

»Nehmt Platz, Kameraden!«, sagte Nickel darauf, rückte auf der Bank zur Seite und reichte jedem zum Gruß die Hand. Die des Kornetts hielt er lange fest und sah ihm prüfend in die Augen. »Wie kommt Ihr zu dem Namen Kornett?«, wollte er wissen. Er hatte Lorenz wiedererkannt, obwohl dieser sich seit ihrem Abschied in Hartenstein sehr zu seinen Gunsten verändert hatte. Er war vornehm gekleidet und steckte in der Uniform eines Oberstleutnants der Hannover'schen Garde. Das blonde Haar unter dem mit Gold abgesetzten Barett hatte er im Nacken zu einem Zopf gebunden.

»Nichts leichter als das, Nickel, mein Freund. Kleider machen eben Leute. Ich war gezwungen, in eine andere Haut zu schlüpfen, um den Häschern zu entgehen. Mir hat dabei geholfen, dass ich für einige Zeit in der fürstlichen Garde unterkam, bis ich auf meinen Freund, den Vieritz, traf. Er war in Dresden verhaftet worden und ausgerechnet ich bekam den Befehl, ihn nach Hannover zu überführen. Da habe ich ihn gleich mitgebracht.« Er lachte leise und machte mit der Hand die Bewegung des Halsabschneidens.

»Ihr seid ein durchtriebener Schelm, Lorenz. Genau das, was ich brauche. Habe lange auf Euch gewartet und bin froh, Euch wieder an meiner Seite zu wissen.« Er zog Lorenz in seine Arme und drehte sich zum Wirt um: »Und Ihr, Buttelstedt, ruft schnell den Korporal und den Studenten herunter, damit wir alle beisammen sind.«

»Eure Finger, List, sind ja mittlerweile im ganzen Land berühmt«, stellte Lorenz fest, als sie alle versammelt waren, und nahm einen kräftigen Schluck. »Kein Schloss ist mehr vor Euch sicher. Eine hochlöbliche Wissenschaft, von der hoffentlich auch wir in Zukunft etwas haben werden.« Er erhob sich, prostete in die Runde und als er deren Zustimmung hatte, rief er laut: »List, ich glaube, die ist Zeit gekommen ... Wollt Ihr der Räuberhauptmann von einem starken Räuberheer sein?«

Vor Rührung wurden Nickel die Augen feucht. Er umarmte den Freund. »Das will ich wohl, wenn Ihr, Kameraden, mich annehmt. Leipzig ist reich an Gelegenheiten. Die Frauenzimmer sind der Meinung, auf der Messe gäbe es in diesem Jahr reichlich zu holen, und haben mir schon ein paar wertvolle Tipps gegeben. Als Erstes werden wir nach Leipzig ziehen. Das ›Weiße Ross‹ in Stedten soll unser Schlupfwinkel werden. Hier können wir uns frei bewegen, unsere Beute lagern und uns verstecken. Wie Ihr wisst, steht die Wirtschaft des Butelstedt auf dem Boden des Grafen von Stollberg, was für uns zusätzlich von großem Vorteil ist.«

»Aber wir sind zu wenig, wir brauchen mehr Männer«, warf Vieritz ein. Der Schatten seiner gedrungenen, breitschultrigen Gestalt flackerte an der Wand, als er sich erhob, die mächtigen Pranken auf den Tisch stützte und Nickel ins Gesicht sah.

Er hatte seelenlose, graue Augen und Nickel fragte sich, was es wohl gewesen war, was das Leben in ihm ausgelöscht hatte. Doch genau so einen brauchte er und er antwortete: »Es werden noch mehr kommen, verlass dich darauf, Kamerad.«

Dore kam nun die Stufen heruntergetrippelt. Sie war

ein hübsches, feingliedriges Weib, nach dem Lorenz sich heimlich den Hals verrenkte. Sie warf ein: »Wenn sich der Ruf erst im ganzen Land verbreitet hat, dass Nickel List, unser Hauptmann, hier zu finden ist, werden sie aus allen Himmelsrichtungen angeflattert kommen.«

»Wenn zu viele kommen, ist es auch nicht gut«, antwortete Nickel. Er sah, wie Lorenz Dore mit heißen Blicken verschlang, gab sich aber den Anschein, als bemerkte er nichts. »Was wir vorhaben, Kameraden, muss in aller Heimlichkeit geschehen. Dazu brauchen wir zuverlässige Leute. Was eine allzu leichte Zunge vermag, habe ich zweimal am eigenen Leibe erfahren müssen. Ich verspüre keine Lust nach mehr.« Er schwieg und seufzte leise, denn er dachte an Anna. Einer Eingebung zufolge zog er den Henker auf die Seite und fragte ihn leise: »In Eurer Zunft bleibt doch nichts verborgen. Habt Ihr was von meinem Diener, dem Hannes, gehört, Meister Vieritz?«

Der Scharfrichter schüttelte nur das graue Haupt und Lorenz, der bemerkte, was in Nickel vor sich ging, hob sein Glas und sagte rasch, um ihn aufzuheitern: »Ich werde allen von Euch erzählen, List, dann werden Euch die Richtigen schon finden. Und wenn unser Ruf erst bis nach Norden dringt, wird es uns ein Vergnügen sein, mit der dortigen Zunft gemeinsame Sache zu machen.«

Nickel schüttelte den Kopf. »Das lasst schön bleiben, Lorenz. Ich war ein Christ, jetzt bin ich der Anführer der sächsischen Diebeszunft. Wie ich dazu gekommen bin – was schert es andere. Seit dem Überfall auf Beutha habe ich eine Rechnung offen mit den feinen Leuten, wenn Ihr mir dabei helfen wollt, sie zu begleichen, dann ist das, so Gott will, gerecht und ich sage, hoch die Krüge auf eine Kameradschaft bis in den Tod!«

Der Student trat ein, im Schlepptau der Korporal, ein kleiner blasser Mann, der etwas von einem Schreiberling an sich hatte, nie ohne Feder hinter dem rechten Ohr anzutreffen war und mit richtigem Namen Barthold hieß. Sie setzten sich mit auf die Bank und der Wirt brachte Wein an den Tisch. Alle bis auf Dore, die Lorenz schöne Augen machte, zechten und feierten lärmend ihren Räuberhauptmann. Zu später Stunde hingen die beiden dann aufeinander, wie zwei schnäbelnde Tauben. Lorenz fummelte hier und da, griff dem Weib unter den Rock, bis es Nickel zu wild wurde und er ärgerlich rief: »Schafft mir das Weib hinaus! Wir müssen ungestört reden können.«

Christian ließ sich das nicht zweimal sagen, er schnalzte mit der Zunge, grinste vergnügt und packte das Frauenzimmer, um es wegzuführen, wobei es kreischte und lachte und sich wie toll gebärdete. Als er zurückkam, wischte er sich die Hände am Wams ab und machte eine obszöne Geste. »Wenn Dores Ehemann wüsste, das sein Weib mit uns nach Leipzig auszieht – dorthin, wo ihr Steckbrief hängt und wo die Hexe unlängst gefoltert wurde –, würde er sie an den Haaren in seine Schänke zurück nach Wunstorf holen. Wie Euch sicher zu Ohren gekommen ist, ist er beinahe in Berlin gerichtet worden und jetzt vorsichtig geworden.«

Als der Scharfrichter das hörte, schlug er sich auf die Schenkel. »Wenn es danach geht, müsste sich so mancher gepfählte und gehenkte Geselle dem Nickel anschließen, wenn er denn noch könnte.« Er begann von grausamen Geschehnissen zu berichten, die er in seiner Heimat, der Neumark, erlebt hatte, bevor er selbst die Halsschlinge ausprobiert hatte. Er erzählte von grässlichen Torturen, von Spitzbuben und rollenden Köpfen, von dem Rabengeschrei ums Hochgericht und dem giftigen Kraut, das am Fuße alter Galgen durch das Blut der Gerichteten wuchert.

Nur Nickel wurde immer ruhiger und in sich gekehrter. Am späten Abend winkte er dem Wirt, flüsterte ihm ins Ohr, dass er den Verzehr aller Neuankömmlinge auf seine Rechnung setzen solle, und schlich sich von den anderen unbemerkt hinaus in die sternenklare Nacht. Er stand lange vor dem Tor, an den Stamm einer alten Eiche gelehnt, den Blick in die Dunkelheit gerichtet, und dachte an den schicksalsvollen Abend in Beutha, an die Schar der Häscher, die ihm seitdem auf den Fersen war und daran, dass er nun alle feinen Leute gegen sich hatte und es kein Zurück mehr für ihn gab. Dabei sah er immer wieder die Leiche des Landschöffen vor sich, wie sie mit grässlich verzerrten Zügen in seinem Flur lag, und die erschrockenen Augen seines Dieners, der Anna, als er die Waffe an sich genommen hatte, und er seufzte leise vor sich hin: »Ach Herrgott, wo sind nur die Zeiten geblieben, als ich noch vorhatte, ein guter Christ zu werden. Jetzt lastet auf meinem Gewissen der Tod zweier Menschen, diese Tat wird mir der Herrgott niemals verzeihen. Ich werde immer ruhelos umherirren. Doch Anna, das schwöre ich bei meiner Seele, werde ich es vergelten, sollte ich ihr jemals wieder begegnen.«

V.

Während Nickel in Stedten die beutelustigen Gesellen um sich scharte und mit einer langen Reihe von Plünderungen das Land durchzog, keine Mauer zu hoch, kein Graben zu tief für ihn und kein Schloss mehr sicher war, spielte Anna in Hamburg die elegante Dame von Welt.

Man traf sie oft in der Herberge ihres Schwagers, des Seefahrers Christian Schwancke, am Elbufer an. Aber noch häufiger zog es sie in die viel besuchten Kaffeehäuser Hamburgs, in denen die elegante Gesellschaft aus aller Herren Länder verkehrte. In dem stets überfüllten Saal am Jungfernstieg, inmitten von allerhand Glücksrittern mit prallen Geldbeuteln, fühlte sie sich am wohlsten. So war es auch an diesem Wintertag im Jahre 1697, als sie aus ihrer Kutsche stieg und wie ein glitzernder Vogel am Arm ihrer neuesten Errungenschaft, des weltmännischen Jonas Meyer, in das Kaffeehaus flatterte. Meyer war mit seinen neunundzwanzig Jahren Kornlieferant des kurfürstlichen Marstalls in Hannover und Vetter des dortigen Schutzjuden und Hofbankiers Leffmann Behrens, der nicht nur einmal mit seinem guten Namen und seinem Geld für den vergnügungssüchtigen Verwandten gebürgt hatte.

Er erspähte in dem Gedränge einen freien Tisch nahe dem Fenster und geleitete die schöne Frau an ihren Platz. Dabei durchquerten sie eine Allee von hohen, in Gold gefassten Wandspiegeln, wo Anna kritisch den Sitz ihres nach der neuesten Mode frisierten Haares prüfte. Sie fand, ihre blauschwarze Haarfarbe passte hervorragend zu dem eleganten, mit schwedischen Pelzwerk gefütterten Rock und stellte abschließend fest, dass sie beide recht vornehm aussahen.

Ihr Kavalier rief indessen nach einem Diener und schob ihr dann galant den Stuhl zurecht. Anschließend ließ er auftischen, was sie befahl: schwarzen Kaffee in kleinen, zierlichen Tassen aus feinstem Porzellan, mit aufgesetzten, hauchzarten Rosen und einem Griff in Form eines Feigenblattes. Da die Männer, mit denen sie verabredet waren, auf sich warten ließen, bestellte sie sich einen schweren Likör und süß gefülltes Schaumgebäck. Jonas Meyer ließ kein Auge von Anna, obwohl sie seine heißen Blicke nur selten erwiderte und sich lieber den zart geschminkten Mund mit Zuckerwerk füllte. Zwischendurch sah sie ungeduldig zum Fenster hinaus auf die verschneite Straße.

»Sie kommen«, sagte sie einmal, und wies auf die zwei galoppierenden Reiter, die die winterlich kahle Lindenallee heraufritten. Als sie den Druck seiner Hand auf ihrem Arm spürte, drehte sie ihm ihr Gesicht zu und hob die Augenbrauen unter dem schwarzem Tüll. Einen Augenblick sah sie ihn nachdenklich an, ehe sie rasch den Blick abwandte. Leise seufzte sie bei dem Gedanken, dass sie lieber die markanten Züge ihres Guidon Peermann gesehen hätte als die seinen. Der große, breitschultrige Jonas mit dem sauberen Hochdeutsch und dem eisenharten Herzen, der sein Aussehen öfter wechselte, als eine Schlange sich häutete, wie man ihm nachsagte, war nur ein weiterer Mann in ihrer Sammlung. Sie verstand es geschickt, seine Verliebtheit für sich zu nutzen. Sein dichtes, krauses Haar, das ihm nicht nur auf dem Kopf, sondern auch auf Brust und Rücken wuchs, seine lose Zunge und seine Lasterhaftigkeit stießen sie eher ab. Lediglich seine Wirksamkeit im kurfürstlichen Marstalls in Hannover machte ihn für sie begehrenswert.

Nachdem sie im Hause Peermann, wo sie sich das erste Mal begegneten, erfahren hatte, dass es nicht sein einziger Handel war und er mit sehr interessanten Kaufleuten, vornehmlich wohlhabenden Juden, in Hamburg verkehrte, genoss er ihre Gunst. Seit dem Krämerleben mit ihrem Ehemann und ihrer Flucht aus der Räuberhöhle hatte sie eine fast krankhafte Begierde nach Luxus, prächtigen Kleidern, schönem Schmuck und rauschenden Festen entwickelt. Dabei fragte sie sich oft, woher dieses Verlangen kam, und sie führte es auf ihr Elternhaus in England zurück, wo sie als Kind des reichen Juweliers Mojers all diese schönen Dinge kennengelernt hatte.

Doch Jonas Meyer, der seine Gewinne beim Bankettieren, Saufen und Spielen oftmals wieder zum Fenster hinauswarf, zeigte sich recht knauserig, wenn es um ihren kostspieligen Lebenswandel ging. Ebenso der hagere Kaufmann Lipmann, der nun gemeinsam mit Annas Schwager Christian den Raum betrat und sich suchend umschaute. Bis jetzt hatte sie die Hoffnung gehegt, ihr schmucker Guidon würde vielleicht durch die Tür treten, in seinem prächtigen, mit Hermelin abgesetzten Rock, von Ränken und Kriegsspielen berichten und sie mit der Glut seiner verträumten Augen verzehren. Aber wahrscheinlich vergnügte er sich gerade mit seinem Eheweib, einer gemeinen Bäckerstochter, im Ratskeller in Wunstorf und ließ dort sein Geld, anstatt es mit ihr auszugeben.

Wie betrübt sie darüber war, ließ sie sich nicht anmerken. Sie hatte im Moment andere Sorgen. Ihre Anteile aus den Raubzügen waren aufgebraucht, die geerbte Barschaft schmolz ihr unter den Händen weg und so war sie nicht untätig gewesen. Schnell hatte sie im Hause Peermann herausgefunden, dass so mancher von den ehrenwerten Wunstorfer Bürgern auf zu großem Fuße lebte, und so war ihr Vorschlag, sich zu einer Verschwörung von Gentleman-Dieben zusammenzuschließen, nach reichlicher Erwägung einstimmig angenommen worden. Seitdem traf man sich regelmäßig an unterschiedlichen Orten, um zu beratschlagen, wie man ohne viel Aufwand zu Reichtum kam. Sie setzte ihr schönstes Lächeln auf, ließ ein Singvogel ähnliches Lachen hören, entzog Jonas rasch die Hand und verwirrte mit Lippen, voller Spott und Süße zugleich die Herren Lipmann und Schwanke.

»Sei gegrüßt, schöne Schwägerin!« Geräuschvoll trat Christian an den Tisch, hauchte einen Kuss auf ihren Handrücken und sparte nicht mit Komplimenten. Dann zog er Jonas erfreut in seine Arme. Der herbeieilenden Dienerin reichte er seinen Hut mit den Worten: »Reinigt ihn und bringt ihn mir gleich wieder zurück!« Wie alle Seeleute hatte er eine vom Wetter gegerbte Haut. Ohne Hut wirkte sein Kopf ungewöhnlich schmal, was die bis auf die Schulter reichenden, wachsfarbenen Haare unterstrichen. »Der Gott der Meere war mir wohlgesonnen, Schwägerin. Wie Ihr seht, hat mich mein Schiff in Windeseile zu Euch gebracht, um der schönsten Frau Hamburgs zu dienen.« Mit einer Verbeugung ließ er sich ihr gegenüber nieder. Er sah sie an, als hätte er ihr hübsches Gesicht viel zu lange entbehrt, und hielt ihre schmalen Finger fest in seinen Händen.

Kaufmann Lipmann, in die Schöne bis über beide Ohren verliebt, kämpfte mit seinem gefüllten Geldbeutel um ihre Gunst und machte so den Mangel an Schönheit und Jugend wett. Nach einer steifen Verbeugung ließ er sich auf einem Stuhl an ihrer Seite nieder und versuchte, ermutigt von ihrem Lachen, ihr den Arm um den Hals zu legen und den sanften Flaum ihrer Halsbeuge zu küssen. Er erreichte aber nur, dass seine Angebetete ihm ein ungeduldiges Lächeln schenkte, bevor sie sich erneut dem Schwager zuwandte, der die nervösen Bewegungen ihrer Finger, die jetzt mit dem Kaffeelöffel spielten und das Zuckergebäck zerbröckelten, richtig deutete: Anna wartete voller Ungeduld darauf, was er ihr Neues zu berichten hatte. Dass sie ausgerechnet den wohlhabenden Lipmann etwas stiefmütterlich behandelte, verwunderte ihn nicht. Seine Schwägerin beherrschte das Liebeshandwerk wie keine andere, sie wusste, wann sie das Liebesband lockern und wann sie es wieder fester ziehen musste.

»Nun sprecht schon, Schwager, was habt Ihr über den gewissen Herrn von der Mosel herausgefunden?« Anna vermochte ihre Neugierde nicht länger zu zügeln und hing mit ihren schwarzen Augen an seinen Lippen.

Der Schiffskapitän lächelte und hob sein Glas, um auf ihre Gesundheit und die aller Anwesenden zu trinken. Als sie das Glas mit spitzen Fingern zum Munde führte, verglich er die schöne Frau heimlich mit seinem Weib Gertrud, ihrer Schwester, die so wenig mit dem raffinierten Biest gemein hatte. Bei sich dachte er, sie ist ein verdorbenes Aas, an dem drei Dutzend Köter schon geknabbert haben und das schließlich jeder liegen lässt, doch was schert es mich. Er stellte die Weinkaraffe auf den Tisch zurück, gähnte gedehnt und sagte: »Äh, der hochwohlgeborene Herr von der Mosel … Ich denke, Ihr habt gute Gründe, Schwägerin, für Euer Interesse an diesem vornehmen Herrn.«

»Lieber Schwager, spannt mich nicht unnötig auf die Folter. Ihr wisst, wie sehr mir dieser Herr, von dem jedermann spricht, am Herzen liegt …« Sie machte eine Pause, zog ein Spitzentüchlein aus ihrem Mieder, betupfte ihre Lippen, beugte sich dann zu ihm über den Tisch und wisperte durch das feine Brüsseler Tuch: » … von dem ich vermute, dass er etwas mit dem großen Räuber aus

Sachsen gemein hat, vielleicht sogar ein und dieselbe Person ist.«

Jonas Meyer hatte sich still zurückgelehnt und Anna sowie den Seefahrer unverwandt beobachtet. Ein Monat Fieber hätte sein Gesicht nicht mehr verändern können, als es durch die Eifersucht geschah. Er versuchte sich zu beherrschen und gab Schwancke ein Zeichen, die Flasche zu entkorken, die er gerade bestellt hatte. Dann schob er das Kinn nach vorn und heftete seine Augen fest auf den Seemann. Dieser hielt dem Blick so lange stand, bis Meyer sein Gesicht abwandte, Anna ein Stück Zucker reichte und nebenbei erwähnte: »Wie Euch sicher schon zu Ohren gekommen ist, Monsieur Schwancke, bringt man die Anschläge in Schlettau zu Halle und den Raub in der Paulinen Kirche zu Leipzig in gewissen Kreisen mit diesem Herrn von der Mosel in Verbindung. Soll man den Gerüchten glauben schenken, steckt jener List aus dem thüringischen Stedten dahinter, den unsere schöne Frau von Sien erwähnte. Soviel ich weiß, ist unsere Freundin hier die Einzige, die den Berühmten von Angesicht kennt.«

»Ach, was erzählt Er da, Jonas.« Lipmann winkte großspurig ab: »Dieser Nickel List ist ein kleiner Dieb mit einem wilden, schwarzen Bart, und der hohe Herr von der Mosel soll ein weltgewandter und berühmter Doktor sein. So einer hat es bestimmt nicht nötig, unsere Gotteshäuser auszurauben. Erst kürzlich ist mir aus sicherer Quelle zugetragen worden, dass ein Edelmann mit dem Namen Mosel in der Kirche zu Wunstorf gesehen wurde. Er soll in Begleitung eines herrschaftlichen Jägers unterwegs gewesen sein und einen Chorstuhl erworben haben. Handelt so ein gemeiner Kirchenräuber?«

Jonas Meyer hatte dafür nur ein geringschätziges Lächeln übrig. »Ist der Besuch in der Wunstorfer Kirche nicht ein Beweis dafür, dass es sich um den Berühmten handelt? Mir ist zu Ohren gekommen, er besuche seine Opfer bei Tag, bevor er sich bei Nacht lautlos ihrer Schätze bemächtigt.« Er winkte nach dem Diener, der gleich darauf mit einem schneidigen Gardeoffizier an den Tisch kam. »Zu dieser Angelegenheit, meine Herren, möchte ich Euch gern mit einem Kameraden bekannt machen. Er ist der galanteste Haudegen, den ich je gesehen habe, und ein Meister der Konversation. Ich halte ihn für verwegen genug, mit dem Herrn von der Mosel in Kontakt zu treten.« Er breitete die Arme aus und drückte den Neuankömmling an seine Brust: Es war ein schlanker, altersmäßig schwer einschätzbaren Mann in der schneidigen Uniform der Gardeoffiziere, mit einem rosigen Milchgesicht, eingerahmt von langen, blonden Koteletten, die am Kinn in rötlichem Flaum endeten. Niemand hätte vermutet, dass in diesem Mann mit dem Gesicht eines Jünglings ein wildes und unbändiges Wesen steckte, das der Sauferei und Spielerei ergeben war und sich durch eine schnelle Degenführung auszeichnete.

Meyer machte eine ausladende Handbewegung über die Köpfe der Anwesenden hinweg und stellte sie dem Neuankömmling vor. »Die hoch geschätzten Herren Christian Schwancke, der Hofjude und erfolgreiche Kaufmann Monsieur Lipmann und unsere schöne Jüdin Frau von Sien.«

Beim Anblick der schönen Frau knallte der Offizier kaum hörbar die Hacken zusammen, beugte sich der Etikette gemäß über Annas Hand und schnarrte, während er nicht mit heißen Blicken sparte: »Oberstleutnant Christoph Pante, Gardereiter beim fürstlichen Regiment Hannover.« Es war ihm anzusehen, dass er bereits über die Maßen getrunken hatte. Da er leicht schwankte, nahm er schnell den angebotenen Stuhl, zog ihn etwas ungelenk zu sich heran und ließ sich an der Seite des Seefahrers nieder. Pante verschwendete keine Worte mehr, schob mit dem Arm die Karaffe und Gläser zur Seite und rollte sogleich ein vergilbtes Papier auf dem Tisch aus. Augenblicklich steckten alle die Köpfe zusammen. »Dies ist der Grundriss des Hamburger Doms, meine Freunde«, erklärte er leise und zeichnete mit dem Finger die Linien der Karte nach. Bei einem dicken, schwarzen Kreuz stoppte er seine Wanderung. »In diesem Teil des Gewölbes lagern Reichtümer von fürstlichem Ausmaß. Ein Kästchen voll prachtvoller Edelsteine, ein königliches Schmuckcollier und ungefähr eine Tonne pures Gold. Mein Freund Kramer«, er wandte sich an Anna. »Madam, Ihr habt den jungen Gardereiter bereits kennengelernt im Hause Peermann?«

Anna nickte und antwortete rasch: »Wenn Ihr den Sohn von Hinrich Kramer, dem Wirt des Ratskellers in Wunstdorf, meint, der ist mir bekannt.« Dabei rümpfte sie ihr Näschen und fügte hinter vorgehaltener Hand hinzu: »Er hat nicht den besten Ruf.«

»Das stimmt, Madam. Er ist ein Tunichtgut und dem Suff ergeben. Doch seine Informationen stammen aus sicherer Quelle und ich verbürge mich dafür, dass er sich selbst ein Bild vom Wert des Domschatzes gemacht hat. Meine Schwester Dorothea, Madam, die mit dem Blumenauer Wirt Otto Müller verheiratet ist – vielleicht erinnert Ihr Euch? –, sie ist Euch sicher während Eures bedauerlichen Aufenthaltes unter den Räubern begegnet. Sie ist meine wichtigste Verbindung zu ihm. Und nun haltet Euch fest, der Herr Doktor von der Mosel gewährt uns eine Audienz.« Er ließ seine Worte wirken, dann sah er sich misstrauisch um, senkte die Stimme noch etwas mehr und sagte mit geheimnisvoller Miene: »Der vornehme Herr und der Räuber Nickel

List sind ein und dieselbe Person. Dafür verbürge ich mich, und da es für uns beschwerlich ist, als geachtete Bürger in das gut bewachte Gewölbe des Doms einzudringen, denke ich, werden wir den Meister um seine Hilfe bitten.«

»Man erzählt sich, er soll mit dem Teufel im Bunde stehen und mühelos durch die dicksten Kirchenwände ein und aus gehen.«, bemerkte Schwancke unsicher. Als Seefahrer mit den Dämonen der See vertraut, meldeten sich bei ihm Zweifel.

»Alles Geschwätz. Ebenso gut, so munkelt man, könne ihn nur eine Silberkugel töten, weil er unverwundbar sei«, behauptete Meyer, und der Gardeoffizier grinste breit: »Stimmt, es sind aber eher seine eigenen Pistolen, die mit Silberkugeln geladen sind.«

Nachdem der süße, spanische Wein seine Wirkung getan hatte, wollte der Offizier etwas zur Erheiterung beitragen. Er stand schwankend auf, legte seinen Zwicker auf das Papier, stützte sich auf Meyers breiter Schulter und hob das vom Diener neu gefüllte Glas. »Der große Meisterdieb ist auch nur ein Mensch. Hört, was man sich Neues über ihn erzählt ... Nicht unweit von Lohburg sollen List und seine Gesellen nach dem Raub bei einem Prediger nachts im Stroh gelegen haben, als der Vogt sie überraschte, mit einer Handvoll Bauern in ihre Stube trat und sie gefangen nehmen wollte. Dabei kam es zu einem derben Handgemenge und die Diebe haben von den Bauern eine ordentliche Tracht Prügel bezogen. Am Ende gelang ihnen wohl die Flucht, aber in der Eile haben sie sich ohne Hosen auf die Pferde schwingen müssen.«

Alle lachten und der Diener brachte für jeden eine neue Karaffe Wein. Noch lange saßen sie im Kaffeehaus beisammen, ließen sich die edelsten Speisen auftischen und berieten sich für das große Treffen. Dabei vergaßen sie nicht, sich den schweren Wein munden zu lassen, mehr als mancher vertrug, und die Rivalitäten schienen begraben. Gemeinsam ließen sie das vornehme Leben hochleben, denn schließlich hatten sie einen Goldesel gefunden, den Doktor Johann von der Mosel, der ihnen die leeren Taschen mit reichlich Goldtalern füllen sollte.

Aber drehen wir die Zeit etwas zurück, um zu erfahren, wie es dem Nickel ergangen ist. Inzwischen zog sich Nickels Raubzug quer durch das thüringische Land und hätte man seine räuberische Spur nachgezeichnet, stünden dicke schwarze Kreuze bei Mechelgrün und Braunsdorf, Reichenbach, Halle, Buttstedt, Gummern, Zwochau und Hof und schließlich auch bei Altenburg, Arnstadt und Zerbst. Die Kunde, dass der Räuber nach Thüringen zurückgekommen war und sein Quartier in die Herberge von Stedten verlegt hatte, verbreitete sich wie ein Lauffeuer unter den zweifelhaften Gesellen Fast stündlich trafen sie in der Herberge des Buttelstedt ein, sodass Nickel keinen Mangel an Männern litt und manchmal sogar Mühe hatte, sich der großen Zahl Freiwilliger zu erwehren. Wie ein Feldherr vor einer großen Schlacht sammelte er seine engsten Getreuen um sich: Christian, den Studenten mit seinem lahmen Arm, Lorenz, genannt ›der Kornett‹ oder auch ›der Schöne‹, der ihm Treue bis in den Tod geschworen hatte, und den ›Drachenstüber‹, der so gerufen wurde, weil der Teufel in Gestalt eines Drachens zu seiner Mutter in die Stube gekommen war, der Korporal, die Juden Schmul und Samuel, die beiden Toffel, den Kesselpeter und Christoph Vieritz, den Scharfrichter zur Neumark und den, der sich Horn-Nickel nannte, der aber eigentlich Krause hieß und aus dem Vogtland stammte.

Wenn er sie so beieinander sah, mittendrin das Weib Dorothea, vergaß er, dass er eigentlich immer ein ehrlicher Mann sein wollte, und er rief: »Buttelstedt, komm her und fahr Wein auf, wir saufen Brüderschaft bis in den Tod! Elf wackere Männer habe ich um mich gescharrt, die für mich durch die Hölle gehen. Auf, Kameraden, wir wollen den Geldsäcken Feuer unterm Arsch machen und ihnen ein neues Evangelium um die Ohren blasen!« Insgeheim wusste er nur zu gut, dass es genau die wahren, die ihn betrogen und ihm übel mitspielten. Wirkliche Freunde hatte er noch immer nicht gefunden. Lediglich die Hartnäckigkeit des jungen Buttelstedt, der häufig zu ihm sagte: »List, ich werde nicht aufhören Euch darum zu bitten, mich als Euren zwölften Mann aufzunehmen. Zu sehr verehre ich Euch. Ich will Euch zeitlebens ein treuer Gefährte sein!«, machte ihn nachdenklich.

Einmal sah er Ernst lange in das junge, bartlose Gesicht. Und je länger er in die großen, glänzenden Augen blickte, umso mehr war es ihm, als stünde sein Knecht Hannes vor ihm. Er fand, das Milchgesicht hatte große Ähnlichkeit mit der schönen Anna. Die Verletzung saß tief in seiner Brust, sodass er den Jungen, obwohl er ihn recht lieb gewonnen hatte, erneut zurückstieß und hart antwortete: »Ich dulde keine Kinder und Weiber in meiner Bande. Verdiene es dir, einer von uns zu sein, und dann komm wieder!«

Bei ihren unzähligen Raubzügen gingen sie immer auf die gleiche Weise vor. In Altenburg machten sie Rast in einem sicheren Wirtshaus und berieten sich, wie sie am besten durch die verschlossenen Tore in die Stadt gelangen konnten. Nickel war der Meinung, dass er durch jede Mauer käme. Da der Herbst ziemlich trocken war in diesem Jahr und es lange nicht geregnet hatte, kroch er unbemerkt mit zwei Gesellen durch ein Wasserloch unter der Mauer hindurch in die Stadt. Draußen, vor der Mauer, wartete indessen Horn-Nickel bei den Pferden. Dorothea hatte zuvor als Magd die Lage bei dem Ratsherrn Hieronymus Pittmann erkundet und einen Wachsabdruck von den Schlössern genommen. Nickel hatte damit einen Schlüssel gefertigt, mit dem er die kleine Tür am Torweg aufschloss. Dann erbrachen sie mit einem Brecheisen die Gewölbetür und während Kesselpeter und Christian am Hoftor wachten, ging Nickel mit dem Kornett ins Gewölbe hinein. Und wie bei all ihren Einbrüchen waren auch hier die Kisten randvoll mit Silberwerk, Ringen, Diamanten und Edelsteinen. Sie steckten alles in die mitgebrachten Säcke und krochen zurück durch das Wasserloch. Dann stiegen sie auf die Pferde und Nickel gönnte ihnen keine Pause. Er setzte sich an die Spitze, winkte und rief: »Auf nach Arnstadt!«

In Arnstadt stiegen sie mit einer langen Wagenleiter über die Palisaden. Vor einem Krämerladen, den diesmal der Kesselpeter ausgekundschaftet hatte, ereilte sie zum ersten Mal das Missgeschick. Nicht ein einziger von den mitgebrachten Dietrichen wollte in das Schloss passen. Sie standen eine Weile ratlos vor der verschlossenen Kirchentür und wären fast unverrichteter Dinge abgezogen, hätte nicht Nickel sein scharfes Brecheisen hervorholt. Er bohrte ein faustgroßes Loch in die morsche Tür, griff hindurch und schob mühelos den Riegel zurück. Daraufhin gelangten sie ungehindert in das Innere. Nebenan schlief der Hausherr mit seiner Familie. Sie vermieden es, ein Licht anzuzünden, und tasteten sich blind zu den Schätzen vor, die sie alle mitnahmen. Wieder waren es allerhand kostbare Bänder, Stoffe aus Seide und Atlas, goldene und silberne Gallonen, Brüsseler Spitzen und bares Geld, alles, was in der Lade lag.

Ihr nächster Ritt führte sie nach Zerbst, wo sie einen

Goldspinner um sein Gold und Silber brachten, genug, um die Reiter und Pferde, die unter den prall gefüllten Säcken schwitzten, mit einem riesigen Netz aus Gold umspinnen zu können. Nach zwei segensreichen Wochen kehrten sie von ihren Beutezügen zurück nach Stedten, wo sie ihre Schätze mehr oder weniger gerecht untereinander aufteilten. Nickel erwachte in seinem Goldsegen erst wieder aus seinen Träumen, als die jüdischen Kaufleute ihn mit ihren falschen Gewichten über den Tisch gezogen hatten, sodass er am Ende selbst am allerwenigsten von seiner Beute abbekam.

Es war fast noch Winter, doch ein lauer Wind über den Berghängen kündigte bereits den nahen Frühling an. Ein junger Mann kämpfte sich ganz allein durch den dichten Wald, immer den schmalen Pfad vor Augen, der durch die Felswand hinab zur Straße führte. Obwohl sich bei jedem Schritt Schmerzen auf dem jungen Gesicht abzeichneten, war es von einer solchen künstlerischen Vollendung, dass sich jetzt selbst die Sonne neugierig durch die dünne Wolkendecke wagte, um dem jungen Mann mit ihren wärmenden Strahlen den Abstieg zu erleichtern. Das Auffälligste an ihm waren die grünschimmernden Augen, die schon manches Frauenherz zum Schmelzen gebracht hatten. Er war recht groß gewachsen, mit schmalen Schultern und schmalen Hüften. Sein Gang war seltsam steif, so hölzern, dass er fast wie der einer Puppe wirkte. Vielleicht, weil er sich schon seit Stunden nur mehr mit Mühe vorwärts schleppte und den rechten Fuß auffällig verdreht hinter sich herschleifte. Dabei hinterließ er einen feinen Blutfaden im verharschten Schnee, wie die Spur eines angeschossenen Wildes. An besonders unebenen Stellen passierte es manchmal, dass er strauchelte und sich dabei blutige Blessuren im Gesicht und an den gepflegten Händen zuzog. Tapfer hielt er die Lippen aufeinandergepresst, um jeden Laut zu unterdrücken. Er schien Höllenqualen zu leiden und doch trieb ihn eine seltsame Macht vorwärts. Stedten, sein Ziel, schien nicht mehr weit, und das gab ihm neue Kraft.

Als der Wald sich endlich lichtete und er über das weite Tal schauen konnte, verschnaufte er. Er lehnte sich mit dem Rücken gegen den Stamm einer alten Eiche und sah auf die Giebel herab, die in den aufgehenden Sonnenstrahlen unter der langsam weichenden Schneedecke silbern glitzerten. Er schirmte die Augen mit der Hand ab und versuchte die Herberge ›Zum Weißen Ross‹ auszumachen. Doch so sehr er sich mühte, das Bild verschwamm immer wieder. Er rieb sich die müden Augen, um besser sehen zu können, doch ein Schwächeanfall überfiel ihn, aus dem er sogleich erschrocken auffuhr. Während er noch überlegte, wo er sich befand, spürte er eine Hand auf seinem Arm und sah in zwei schwarze Augen.

»Ist Euch nicht wohl, Herr?«, vernahm er wie aus weiter Ferne und war sogleich hellwach.

»Wenn Ihr der Hausherr vom ›Weißen Ross‹ seid, dann bitte ich Euch um ein Obdach, bis ich mein verletztes Bein auskuriert habe«, sagte er schwach, in der Annahme, es mit dem Wirt der Herberge zu tun zu haben, und erntete schallendes Gelächter. Erst jetzt bemerkte er, dass er von einem Trupp Reiter umgeben war, vernahm das Schnaufen ihrer Pferde und spürte deren warmen Atem auf seiner Haut. Die Männer, es waren ihrer fünf, wovon zwei abgesessen waren und neben ihm knieten, trugen schwarze Röcke und schwarze Hüte mit schwarzen Federn. Sein Blick wanderte von den beiden neben ihm hinauf zu den Reitern, die neugierig auf ihn herabsahen. Ihre Gesichter gefielen ihm nicht. Durch ihren wilden Ausdruck erinnerten ihn die Fremden an Wegelagerer.

Der jüngere der am Boden Knienden sagte zu einem der Reiter, der mehr Pockennarben und Schmisse im Gesicht hatte als ein Graben Furchen: »Er ist zu sich gekommen. Scheint ein reiches Herrensöhnchen zu sein.«

Der Pockennarbige machte zum Spaß das Zeichen des Halsabschneidens und bekam von seinem Kumpan mit den dunklen Augen zur Antwort: »Lass gut sein, Student, du weißt, wie ich über das Töten denke.«

Es war kein anderer als Nickel, der das gesagt hatte. Leise murmelte er in seinen Bart: »Es ist schon schlimm, dass wir den Herrn Pastor und sein Weib fesseln und mit Gewalt zur Herausgabe ihrer Wertsachen zwingen mussten. Der Herrgott möge uns noch einmal verzeihen.« Dann wandte er sich wieder dem Verletzten zu: »Der Herbergsvater bin ich nicht, aber ich will Euch gern zu ihm führen.«

Der junge Mann war froh und vergalt ihm innerlich seine Hilfe. Sein Retter hakte ihn unter, während der Bursche das Pferd führte, und geleitete ihn vorsichtig die Straße ins Tal hinab, über den Hof zu dem Wirtshaus bis in die Gaststube.

Dort angekommen gab er ihm warme Kleidung und besah sich seinen Fuß. Er bewegte den blau geschwollenen Knöchel sanft hin und her, tastete fachmännisch die Sehnen und Knochen ab und bemerkte, während er in das schmerzverzerrte Gesicht des Fremden sah: »Es ist gebrochen. Ihr werdet länger hier verweilen müssen.«

Der Verletzte, dem das Feuer im Ofen und der gute Wein wieder Röte auf die zarten Wangen trieb und der die prall gefüllten Quersäcke auf den Pferden gesehen hatte, fragte mit neugieriger Stimme: »Meine Herren, ist es wahr, was sich die Leute in Leipzigs Gassen erzählen: Hat der berühmte Räuber Nickel List in dieser Herberge seine Zuflucht?«

Nickel, den das Katz und Mausspiel amüsierte, grinste belustigt. »Warum fragt Ihr das?«

»Weil ich ihn gern von Angesicht sehen würde und wissen möchte, ob er wirklich alle Schlösser öffnen kann und unverwundbar ist, wie man überall munkelt.«

»Hat man Euch auch erzählt, dass er seinen Pferden die Hufeisen verkehrt herum annagelt oder dass er seinen Gesellen auf ihren Beutezügen die Degen verkehrt herum in die Scheide stecken lässt, um die Häscher auf diese Weise von ihrer Spur abzulenken?« Nickel kratzte sich amüsiert hinter dem Ohr, tauschte reihum Blicke mit seinen Gesellen, die gespannt darauf warteten, welche Wendung das Gespräch nehmen würde. Sie bliesen die Backen auf, wie Schweinsblasen so groß, um jeden Augenblick in ein wieherndes Gelächter auszubrechen. »Wenn er so ein großer Räuber ist, wie die Leute meinen, wird er sich wohl kaum bei Neugierigen, wie Ihr einer seid, blicken lassen …« Lange vermochte er den Heiterkeitsausbruch nicht mehr zurückzuhalten und so drehte er sein Gesicht Buttelstedt hinter dem Schanktisch zu: »Hey, Wirt, was meint Ihr, gewährt Ihr dem Fremden Kost und eine Unterkunft?«

»Hat er Geld?«, fragte Buttelstedt mit einem breiten Grinsen.

Der Fremde griff in seinen Rock, holte eine Handvoll Münzen heraus und ließ sie über die Holzplatte des Tresens rollen. Erstaunt wechselte Buttelstedt einen Blick mit Nickel, dem es genug war mit dem Versteckspiel. Er überlegte, was er von dem Fremden halten sollte.

Der Student kam ihm zu Hilfe und nahm ihn zur Seite: »Vorsicht, Hauptmann. Das könnte eine Falle sein. Seine

Kleider sind viel zu fein für diese Gegend und sein Geldbeutel ist zu prall gefüllt. Denk an den Vogt, den wir im Herzogtum Magdeburg unweit von Lohburg erschießen mussten. Du bist seitdem in der Acht. Der Fremde könnte einer von den herzoglichen Soldaten sein, der uns gefolgt ist, um uns auszukundschaften.«

Die Worte gaben Nickel zu denken. Er beschloss, den Fremden zu testen: »Ich sehe, Ihr tragt viel Geld mit Euch herum. Das ist ungewöhnlich. Ihr sollt aber wissen, dass Ihr in Sicherheit seid. Niemanden von uns interessiert es, woher Ihr so viel Geld habt. Befindet Ihr Euch auf der Flucht, findet Ihr in der Herberge eine Zuflucht, ebenso könnt Ihr hier Euer Hab und Gut aufbewahren, ohne Angst zu haben, dass es Euch jemals verloren geht.«

Jetzt war es an dem Fremden, erstaunt zu sein. Er prägte sich jedes der Gesichter genau ein. »Wie kommt Ihr zu der Annahme, dass ich mich auf der Flucht befinde?«

Nickel lachte schallend und mit ihm wieherten seine Gesellen. Doch er blieb auf der Hut, bandagierte mit ruhiger Hand dem Fremden den Knöchel mit Hölzern und Leinen und sagte mit einem warnenden Unterton: »Seht Ihr meinen Kameraden hier, den Studenten, er hat scharfe Augen und blickt den Menschen nicht nur bis auf den Grund ihrer Taschen, sondern auch hinter ihre Schädel. Ihr braucht also vor keinem von uns mit der Wahrheit zurückzuhalten. Ich denke, Ihr seid auf der Suche nach Gesellschaft, in der Ihr Eure Taler vermehren könnt. Dazu kann ich Euch nur sagen, Ihr seid hier richtig. Ist aber Euer Herz voller Verrat, dann geht schnell wieder, wenn Euch Euer Leben lieb ist.«

»So war der beschwerliche Weg hierher nicht umsonst gewesen«, antwortete der Fremde, streckte den Arm aus und ergriff freundschaftlich Nickels Hand. »Seht mir in die Augen, sollte nur ein Funken Verrat in ihnen zu sehen sein, erschießt mich auf der Stelle. Ich kann mit reinem Herzen sprechen, dass ich froh bin, in der Herberge angekommen zu sein, nach der ich so lange gesucht habe. Ihr müsst wissen, ich soll in Leipzig einen Menschen getötet haben und werde gesucht. In Wahrheit habe ich ihm nur seine Taler abgenommen. Aber wer soll mir glauben, dass er schon tot war, als ich ihm den Beutel mit den Talern abschnitt? Seitdem bin ich ein Geächteter, dem niemand Unterschlupf gewähren darf, wenn er nicht sein Leben riskieren will. Auf dem eiligen Marsch hierher habe ich mir den Fuß gebrochen. Dabei war es mein sehnlichster Wunsch, den berühmtesten aller Räuber, Nickel List, und seine Gesellen zu finden. Wer von Euch ist der Berühmte? Ich denke, er ist hier im Raum.«

Mit seiner Erklärung hatte er Nickel und seine Spießgesellen nicht vollkommen überzeugt, was ihre grimmigen Gesichter deutlich machten. Trotzdem gefiel Nickel der Bursche und er hoffte insgeheim, dass der Herrgott ihm endlich den Freund gesandt hatte, nachdem er schon so lange suchte. Seinen Gesellen, auch wenn sie ihm ins Gesicht die Treue schworen, traute er keinen Furz lang über den Weg. Andreas Schwartzer, wie er sich nannte, war ein hübscher Bursche, der sich mit seinem guten Benehmen und seinem guten Aussehen sicher in der eleganten Welt zurechtfand. Gleichfalls besaß er etwas Wildes und Entschlossenes und war, wie es Nickel schien, nicht auf den Mund gefallen.

Als er noch überlegte, ob er ihm die Wahrheit sagen sollte, nahm ihm Buttelstedt die Entscheidung ab, indem er sich an Andreas wandte: »Wenn Ihr lange genug bleibt, werdet Ihr den Nickel bestimmt irgendwann zu sehen bekommen. Der Berühmte kommt zuweilen hier vorbei. Bleibt also bei uns und pflegt Eure Verletzung. Ich werde

Euch Bescheid geben, wenn er hier auftaucht.« Er zwinkerte Nickel geheimnisvoll zu und der verstand, dass er den Neuankömmling noch ein Weilchen hinhalten und sich nicht zu erkennen geben sollte.

Nachdem Buttelstedt Andreas die Dachkammer zugewiesen hatte, ließ Nickel sich vom Wirt ordentlich Wein und Gebratenes auftischen, setzte sich zu seinen Gesellen und beschwor sie, sich vor dem Fremden zurückzuhalten. Die vielen Taler, die Nickel in dessen Beutel gesehen hatte, ließen ihn verdächtig erscheinen.

Nachdem Andreas den Vorschlag zu bleiben angenommen hatte, ließ Nickel ihn nicht mehr aus den Augen. Täglich stieg er zur Dachkammer hinauf, um Verband und Schiene zu wechseln, wobei er dem Burschen mit geschickten Fragen auf den Zahn fühlte. Doch je mehr er mit ihm redete, umso mehr gelangte er zu der Überzeugung, dass in seiner Brust ein mutiges und aufrichtiges Räuberherz schlug. Bei so manchem Gespräch beeindruckte Andreas ihn mit der geschickten und wohldurchdachten Wahl seiner Worte, und er kam immer mehr zu dem Schluss, dass Andreas zwar aus vornehmem Hause stammen musste, aber wohl einen triftigen Grund hatte, das zu verschweigen.

Was seine Herkunft betraf, verwickelte er sich manchmal in Widersprüche. Mal behauptete Andreas, er sei der Sohn eines Bauern aus Weimar, ein anderes Mal wieder war er in reichem Hause aufgewachsen. Als Nickel ihm endlich sagte, die Geschichten nehme ihm niemand ab, schwor Andreas bei Gott und der heiligen Jungfrau, er habe die Wahrheit gesagt und die feinen Manieren in Stellung bei einem General gelernt. Dessen Gemahlin habe sich Hals über Kopf in ihn verliebt und er sei ihr als herrschaftlicher Jäger in allerhand delikaten Dingen zu Diensten gewesen. Zuzutrauen war ihm das, und Nickel wollte ihm gern glauben, doch wie er manchmal gehetzt um sich sah und erschrak, wenn Schritte auf der Treppe ertönten, legte die Vermutung nahe, dass er etwas verschwieg.

Und tatsächlich, eines Tages verriet er sich. Nickel hörte aus seinen Erzählungen heraus, dass er an dem Duell in Leipzig nicht so unschuldig war, wie er angegeben hatte. Andreas hatte versucht seinen Herrn zu bestehlen, war von ihm überrascht worden und hatte sich seiner Haut wehren müssen. Dass er auch nur ein Dieb war, freute Nickel umso mehr, da er ihm ebenbürtig war und den Verstand mitbrachte für größere Dinge. Andreas hatte es verstanden, ihm geschickt auszuweichen, und sich gewollt in Widersprüche verwickelt. Weshalb auch sollte er die Wahrheit einem Wildfremden preisgeben.

Andreas schien für Nickel der rechte Mann zu sein. Aber er musste herausfinden, ob er diese Freundschaft wert war, und auf das Glück vertrauend, setzte Nickel alles auf eine Karte. Er holte seine Blasebalg-Maschine hervor, an der er seit fünf Jahren heimlich bastelte, die er bisher vor jedem geheim gehalten hatte und stets in einem verschlossenen Koffer mit sich trug. Mit ihrer Hilfe war er in der Lage, jeden Schlüssel so zurechtzufeilen, dass er jedes noch so komplizierte Schloss mühelos zu öffnen vermochte. Stolz führte er ihm die Maschine vor. Andreas sah gespannt zu, wie er an dem geheimnisvollen Gerät schraubte. Nach einer Weile hob Nickel den Kopf, schaute über seinen Kasten hinweg lange zu ihm hinüber und blinzelte belustigt unter den schwarzen Brauen hervor. »Sagt, Andreas, was wollt Ihr eigentlich von Nickel List?«

»Dienen will ich ihm«, antwortete der Bursche. »Sein Schatten will ich sein bis an mein Lebensende. Er wird keinen Ergebeneren finden als mich.«

Er machte dabei ein so ehrliches Gesicht, dass Nickel

seine Maschine in den Koffer packte und ihm nach reichlichem Überlegen antwortete: »Das trifft sich gut. Ich weiß nämlich, dass Nickel schon lange nach einem treuen Diener sucht. Er hat mir selbst gesagt, das er es leid ist, noch länger allein als Gaudieb, umgeben von höchst zweifelhaften Gesellen, durch das Land zu ziehen.«

»Das stimmt«, antwortete Andreas jetzt lebhaft. Er hatte Farbe bekommen wie ein junges Mädchen und zitterte vor Begeisterung. »Wer mit solcher Intelligenz ausgerüstet ist wie er, sollte sein Leben nicht als Wegelagerer und Dieb verschwenden. Wäre ich Nickel List, würde ich mich reich kleiden und mir einen vornehmen Namen geben. Ich würde mich mit fürstlichen Freunden schmücken, denn nur so gelangt man an die ganz großen Unternehmen, anstatt immer nur in den Schänken mit dem Diebsgesindel umherzulungern.«

»Herrgott, das ist es. Warum bin ich nur nicht selbst darauf gekommen?«, lachte Nickel und sah ihn mit seinen schwarzen Augen vergnügt an. »Was gäbe ich für so einen Freund und Verbündeten. Ich würde ihn nie mehr von meiner Seite lassen und ihn reich beschenken. Ich bin es, Andreas, der, nachdem Ihr gesucht habt, ich bin Nickel List. Wollt Ihr auf ewig mein Jäger sein, mein Freund und Diener? Dann schlagt ein!«

Andreas verschlug es vor Überraschung die Sprache und Nickel reichte ihm die Hand. Dann öffnete er rasch eine Schublade, holte ein Blatt Papier hervor, zog sein Messer aus dem Gürtel, öffnete den Hemdsärmel und brachte sich eine kleine Wunde am Handgelenk bei. Er ließ das Blut auf eine Feder tropfen und schrieb seinen Namen auf das Papier. Danach hielt er Andreas das Messer hin und ermunterte ihn, es ihm gleich zu tun.

»Dass Ihr es seid …?« Langsam fand Andreas die Worte wieder. Wie im Taumel griff er nach dem Messer.

»Auf ewige Bruderschaft. Bis in den Tod, besiegeln wir es mit unserem Blut, Andreas!«, forderte ihn Nickel auf, den Pakt zu bestätigen.

Da umschloss der junge Mann fest den Messergriff. Blitzschnell fuhr er mit der Spitze der Klinge über die weiße Haut seiner Handfläche und unterschrieb den Vertrag mit seinem Namen und seinem Blut.

VI.

Wie der Leser schon bemerkt haben wird, gab es zwischen Wunstorf und Hamburg ein Gaunersyndikat von ehrenwerten Bürgern, die sich ihren eleganten Lebensstil durch das Berauben von Armenkästen und kleinere Einbrüche und Diebstähle finanzierte. Zu ihnen gehörte unter anderem der uns bereits bekannte Jonas Meyer, der Honigkuchenbäcker Michael Keyser – über den man hinter vorgehaltener Hand tuschelte, er sei ein Erzdieb, Saufheld und übler Raufer –, der vornehme Offizier Guidon Peermann, die beiden Gardereiter Jürgen Kramer und Christoph Pante sowie der ebenfalls schon in Erscheinung getretene Schiffskapitän Christian Schwancke und dessen Schwägerin, unsere leichtlebige Anna von Sien. Zu erwähnen wären noch der Blumenauer Wirt Otto Müller, in dessen Herberge die feine Diebesgesellschaft sich gern versammelte, sowie der jüdische Kaufmann Lipmann. Die Verschwendungssucht der acht Gauner forderte ihren Tribut und da es sich besser mit einem gefüllten als mit einem leeren Geldbeutel lebte, beschloss man vor dem Treffen mit dem großen Herrn von der Mosel, rasch noch in das am Wege liegende Haus des reichen Bokeloher Amtmüllers einzubrechen.

Es war der Vorschlag der schönen Anna gewesen, die sich damit ihre Stellung als das einzige Weib in der Gruppe sichern wollte. Sie hatte sich zunächst, um die Lage auszukundschaften, unter dem Vorwand, etwas verkaufen zu wollen, allein zum Haus des Opfers aufgemacht. Die Mühle lag etwas außerhalb, auf einer bewaldeten Anhöhe, umgeben von Wiesen und einem Bach, was ihr Vorhaben erleichterte. Wie erwartet, dauerte es nicht lange, und die schöne Jüdin erhielt Zutritt zum Schlafzimmer des Müllers, wo er seine Schätze und Barschaften aufbewahrte. Hier gelang es der listigen Diebin, während sie den Witwer in ihre Verführungskünste verstrickte, sich die Räumlichkeiten genau einzuprägen. Ein Fehler war ihr dabei allerdings unterlaufen: Sie hatte vergessen, sich nach dem täglichen Reiseverkehr zu erkundigen, weshalb ihr entgangen war, dass die Straße nach Bokeloh wegen der alljährlichen fürstlichen Jagd an diesem Ostermorgen gesperrt war.

Als die Kutsche nun den ersten Schlagbaum passierte, war dies eine unwillkommene Überraschung, aber auch kein großes Hindernis, zumal die Wachmänner die herrschaftliche Karosse ungehindert passieren ließen, nachdem Guidon Peermann sich seinem Stand gemäß ausgewiesen hatte.

Es war noch vor dem ersten Hahnenschrei. Dichter Nebel schwebte über dem lang gestreckten Fachwerkhaus mit dem mächtigen Mühlrad, als sie sich ihrem Ziel näherten. Von Anna wussten die Diebe, dass der Amtmüller an diesem Morgen zeitig zu seinem Stiefsohn nach Haste aufgebrochen war, um ihm einen Besuch abzustatten, und die gesamte Dienerschaft mitgenommen hatte. Nur ein alter Knecht war in der Scheune zurückgeblieben.

Etwa einhundert Schritt hinter der Kutsche tauchte aus dem Nebel ein Reiter auf. Es war Jonas Meyer. Er lenkte sein Pferd an Annas Seite, galoppierte ein Stück neben dem Kutschenverschlag her und beugte sich hinunter zum Fenster.

»Ich bleibe zurück«, sagte Meyer, als sie das Fenster öffnete.

»Ja, Jonas. Ich weiß, dass Ihr anderswo mehr gebraucht

werdet. Monsieur Peermann und mir wird schon etwas einfallen, wie wir die Jagdgesellschaft aufhalten.« Ein fast unmerkliches Lächeln umspielte die rosigen Lippen. Es sollte dem Galan die Sorge um sie nehmen.

Jonas Meyer erwiderte ernst: »Gebt auf Euch acht, Anna. Ich würde es mir nie verzeihen, wenn Euch etwas zustößt.«

»Aber Jonas«, beruhigte sie ihn. »Ihr könnt auf mich vertrauen. Ich lasse mich nun mal gern in einer Mausefalle fangen. Ihr wisst doch, wehe den Katzen, die sich an einer solchen Maus reiben.« Erneut überflog ein Lächeln das schöne Gesicht. »Sollten mir die Jäger meine kleinen Lügen nicht abnehmen, wird Monsieur Peermann ...«, sie wies mit einer Kopfbewegung auf ihren Begleiter, der die Flurkarte von Bokeloh auf seinen Knien ausgebreitet hielt und sie mit großer Aufmerksamkeit studierte, »es übernehmen, sie mit einer kleinen List abzulenken ... Doch Ihr müsst Euch beeilen, Jonas, lasst den Berühmten nicht warten.«

Nur widerwillig befolgte Jonas Annas Anweisungen. Es war ihm anzusehen, wie schwer es ihm fiel. Er war ein mutiger Mann, der es durchaus mit mehreren Gegnern aufnehmen konnte, und wären nicht die Vorbereitungen für das Treffen mit dem edlen Johann von der Mosel gewesen, hätte er die Geliebte keinen Augenblick ohne seinen Schutz zurückgelassen. Es gefiel ihm gar nicht, dass dies sein Nebenbuhler Peermann übernehmen sollte. Während er an ihr Lächeln dachte, das für ihn das reizendste der Welt war, gab er seinem Pferd die Sporen, beschrieb einen Bogen und galoppierte zurück.

Die Kutsche jagte währenddessen über das freie Feld, die Anhöhe hinauf zur Mühle. Ein paar Meter vor dem Gehöft tauchte der Gardereiter Kramer aus dem Schutz des Nebels auf und Peermann streckte den Kopf zur Kutsche hinaus. Zur Begrüßung salutierte Kramer mit dem Degen. Er trug die Uniform der Musketiere der kurfürstlichen Durchlaucht, hatte eine Blendleuchte am Sattel und eine geladene Pistole unter dem Rock.

»Die Monsieurs Keyser und Pante sind im Haus. Die Tür zum Schlafzimmer ist offen. Sie ließ sich einfach aufbrechen. Lediglich in den Koffer müssen sie noch ein Loch bohren, was sich ein wenig schwierig gestaltet. Ich sichere die Umgebung …«, rief er und versuchte den nervösen Hengst zu bändigen. Den Rest der Worte verschluckte der Wind.

Peermann hatte den Mantelkragen hochgeschlagen und hielt mit der Hand seinen Hut fest. Er nickte zustimmend: »Gut so, Jürgen! Sollte es vonnöten sein, schießt Euch den Weg frei.«

Kramer grinste zurück. »Falls es nicht zu umgehen ist …«

»Wir treffen uns beim Herbergswirt Otto Müller!«

Der Reiter riss sein Pferd herum, die Hengste vor der Kutsche stemmten sich in die Riemen. Dann verschwanden Reiter und Wagen, jeder in eine andere Richtung, erneut im Nebel.

Die Kutsche fuhr die Straße zurück, auf der sie gekommen war. Anna betete gerade aus einem reizenden, in blaues Samt gebundenes Büchlein für die Diebe, da hörte sie schnell näher kommendes Hufgetrappel. Zugleich war es ihr, als vernähme sie das Gewieher von Pferden. Sie konnten nicht weiter als fünfzehnhundert Schritt entfernt sein. Ihr Klang war so deutlich, dass man die Zahl der Pferde an ihrem Hufschlag hätte abschätzen können. Verdrießlich beobachtete sie die dunstige Umgebung, bis sie aus dem Nebel Hüte glänzen und Federn wogen sah. Sie zählte zwei, dann acht, dann zehn Reiter.

Die Reiterschar umkreiste mit viel Lärm die Kutsche. Sie wurde von einer wild kläffenden Hundemeute begleitet, die wie Schatten zwischen den Pferdebeinen umherschwirrten. Einzelne sprangen knurrend an den Rädern hoch. Die Reiter trugen elegante Kostüme und zwei von ihnen führten Falken mit einer Haube aus Leder an einer goldenen Kette auf dem Arm mit sich. Christian Schwancke, der den Kutscher mimte, hatte Mühe die nach vorn drängelnden Hengste zu bändigen. Während er versuchte, die Zügel fest in die Hand zu bekommen, lenkte ein Reiter sein Pferd dicht an die Kutsche heran und galoppierte neben dem Kutschenverschlag her. Offenbar schien er die Meute anzuführen, was das zerzauste Fuchsfell am Sattel verriet, mit dem er die Fährte für die Hunde legte. Er klopfte, während die Kutsche langsamer wurde, mit der Reitpeitsche an die Scheibe.

Anna wechselte rasch einen Blick mit dem Offizier an ihrer Seite, zeigte dann ihr schönes Gesicht am Fenster und schenkte dem Jäger im roten Rock ein zaghaftes Lächeln. Zugleich setzte sie eine so leidvolle Miene auf, die selbst einen Stein zum Erweichen gebracht hätte. »Monsieur, mit freudigem Herzen würde ich mich unter Euren Schutz stellen. Man hat versucht uns auszurauben. Meinem Begleiter ist unwohl geworden. Ist vielleicht ein Doktor unter den Herren?«, rief sie und beugte sich weit zum Fenster hinaus, sodass der Reiter ihr Dekolleté sehen musste.

Der Blick des Jägers, hinter dem sich der Ober-Amtmann Hugo von Stolzenau verbarg, saugte sich an ihrem Busen fest, legte den Finger zum Gruß an die Hutkrempe und richtete einige Worte an seine Begleiter. Da ertönte erneut der dumpfe Ton des Jagdhornes. Augenblicklich rissen die Männer ihre Pferde herum. Anna bemerkte auf dem Gesicht des roten Kavaliers ein saures Lächeln, als bedaure er es, die schöne Dame verlassen zu müssen. Dann verschwand die Meute so schnell, wie sie aufgetaucht war.

Wütend, weil es ihr nicht gelungen war, die Reiter von der Straße fernzuhalten, blickte sie ihnen hinterher. Im nächsten Moment traf sie die Erkenntnis, dass die Reiterschar genau auf den Hof des Amtmüllers zuritt. »Mein Freund, nun sind wir alle verloren«, hauchte sie totenbleich, ließ einen Seufzer hören und sank erschöpft in die Polster zurück.

»Nur Mut, meine Teure. Ich weiß, was in Euch vorgeht«, versuchte sie der Offizier zu beruhigen. »Ihnen jetzt hinterherzufahren, um die Kameraden zu warnen, wäre unklug.« Er ergriff ihre vor Erregung kalten Hände. »Unser Plan ist noch nicht fehlgeschlagen, liebe Base. Wir sollten nur nicht den Kopf verlieren und werden als ganz normale Reisende zur Herberge nach Blumenau fahren, so wie wir es vorhatten. Die Monsieurs Keyser und Pante sind alte Haudegen, die sich mit List schon aus so mancher Schlinge befreit haben. Wie ich sie kenne, werden sie eher als wir am vereinbarten Ort eintreffen.« Guidon Peermann schlang seinen Arm um ihren Leib und als er sah, dass sie einer Ohnmacht nahe war, beeilte er sich, sie durch Beteuerungen seiner Ergebenheit zu beruhigen. Während sie zusehends zu sich zurückfand, küsste er ihre Fingerspitzen und versicherte ihr: »Mein Wort darauf, liebe Base, seid unbesorgt, Ihr werdet unsere Freunde gesund und munter wiedersehen, und Euer Herz wird vor Freude springen beim Anblick der reichen Beute, die sie uns mitbringen werden.«

»Ich vertraue auf Euer Ehrenwort als Soldat und Edelmann«, erwiderte Anna, die rasch zu ihrem Lächeln zurückfand. »Aber ich bin nun mal ein Weib und eine Stimme rät mir, nicht nach Blumenau zu fahren. Sollten die Reiter den Hof des Müllers erreichen und den Raub entdecken, wird man sich an die Kutsche erinnern.«

Peermann drückte seine Lippen leidenschaftlich auf die schöne Hand. »Euer Lächeln vermag Türen zu öffnen, mit ihm bezaubert Ihr jeden Mann, mein schöner Engel, warum nicht auch einmal einen allzu neugierigen Amtmann, wenn es denn vonnöten sein sollte?« Monsieur Peermann war der Einzige, der hinter die schöne Stirn sah und deshalb ungeschminkter mit der Wahrheit umging.

Sie hatte die Anspielung auf ihre kleinen Abenteuer verstanden, mimte kurz die Beleidigte und gab dann schlagfertig zurück: »In der Tat, aber solltet Ihr Euch bezüglich meiner kleinen Dienste nicht auch ein wenig großzügiger zeigen, Vetter? Ihr habt mich in der letzten Zeit stark vernachlässigt.«

Als sie durch Bokeloh fuhren, war es gerade sieben Uhr morgens. Sie beschlossen im Wirtshaus eine kurze Rast einzulegen, bestellten sich ein Frühstück und traten in eine Stube, von wo aus sie ungestört die Straße beobachten konnten, welche die Kameraden nehmen mussten. Es dauerte nicht lange, als Kramer und Keyser ohne Pante im Galopp auf den Hof ritten, von ihren Pferden sprangen und mit erhitzten Gesichtern Branntwein vom Wirt forderten. Sie waren sehr in Eile, stürzten das scharfe Getränk in einem Zug hinunter. Keyser gebärdete sich furchtbar wütend und brach als Erster wieder auf. Kramer verließ das Wirtshaus ebenfalls, aber in eine andere Richtung.

Da es früh am Morgen war, hatten sie das Wirtshaus ungehindert passieren können und niemand vermutete, dass kurz zuvor in der Mühle eingebrochen worden war. Erst eine Stunde später verbreitete sich im Ort die Kunde von dem Diebstahl. Der sofort informierte Amtmüller brachte auf Rat des Amtmanns seine Barschaften noch am gleichen Tag in den Turm des Amtshauses. Er war der festen Überzeugung, dadurch der Gefahr eines weiteren Diebstahlversuchs entronnen zu sein, hatte aber nicht mit der Dreistigkeit unserer Diebe gerechnet. Bereits in der folgenden Himmelfahrtsnacht stiegen sie in den Turm ein und diesmal war ihnen das Glück hold. Ungestört erbeuteten sie fünfhundert Reichstaler Spezies, dreihundert Reichstaler und zahlreiche goldene Ringe.

Doch wie es der Zufall wollte, hatte der Amtmann Hugo von Stolzenau den Gardereiter Kramer ein paar Tage vorher beobachtet, wie er beim Schmied in Bokeloh ein Brecheisen hatte anfertigen lassen. Als ihm dann der Müller von einer schönen schwarzhaarigen Dame berichtete, die in Begleitung Kramers bei ihm aufgetaucht war, um eine goldene Kette zu versetzen, und es danach mit ihm gar lustig im Schlafzimmer getrieben hatte, brauchte er nur eins und eins zusammenzuzählen. Die Beschreibung passte auf die elegante Dame in der Kutsche im morgendlichen Nebel und nachdem er rasch herausgefunden hatte, wohin sie mit ihrem Begleiter gereist war, ließ er den Wirt der Herberge in Blumenau verhaften. Sein Instinkt hatte ihn nicht betrogen.

Unter dem Druck der Daumenschrauben wurde der Wirt rasch geständig und verriet ihm, dass ein eleganter Herr ihn gebeten hatte, die gestohlenen Sachen aus einem Versteck in Bokeloh abzuholen. Er rief Gott zum Zeugen an, dass er den Auftrag nicht ausgeführt habe, und beteuerte, nicht mehr von der Sache zu wissen, sodass sich der Amtmann an die fremde elegante Dame hielt, die mit reichlichen Koffern in der Herberge Quartier genommen hatte. Als er nun in Begleitung seiner Amtsdiener in ihre Stube trat, war es bereits Nacht und er fand Anna beim Auskleiden vor.

»Wer seid Ihr, mein Herr«, fragte sie verwundert, »der sich die Vermessenheit herausnimmt, zu so später Stunde eine Dame meines Standes zu behelligen?« Blitzschnell hatte sie erkannt, dass der Grund für diese Begegnung das Diebesgut sein musste, das sich, ihrer Überzeugung nach, sicher in der Obhut des Wirtes befand. Sie bemerkte, dass der Amtmann Hugo von Stolzenau sie lange musterte, und schlüpfte rasch in die Rolle der Verführerin. Doch so sehr es ihr Gewohnheit war, mit ihren feurigen Augen die Herzen der Männer zum Schmelzen zu bringen, so kokettierte sie diesmal ganz umsonst mit diesen völlig unbeweglichen Zügen.

»Nicht Galanterie ist es, was mich zu Euch führt. Ich bedaure es zutiefst, Euch unter diesen Umständen wiederzusehen und bitte Euch, mir ohne Aufsehen in meine Kutsche zu folgen«, forderte er sie mit einer höflichen Verbeugung auf, was sie hart traf, zumal ihr Beschützer gerade nicht in der Nähe war.

Sie spürte, wie ihr die Knie zitterten und wie ihr verräterisch die Röte in die Wangen schoss. Sie versuchte dennoch, Haltung zu bewahren, und antwortete mit einem mühsam aufrecht erhaltenen Lächeln. »So vermute ich, hoher Herr, dass ich verhaftet werde? Welches Verbrechen wird mir vorgeworfen?«

»Das werdet Ihr früh genug erfahren. Jetzt macht es mir nicht noch schwerer und zwingt mich nicht, Euch in Ketten wegzuführen.«

»So werde ich Euch wohl als Eure Gefangene folgen müssen.« Sie spürte, wie ihre Sicherheit zurückkehrte, und wurde wieder mutiger: »Aber ich werde es nicht lange bleiben, das weiß ich bestimmt. Mein Gewissen ist rein und meine einflussreichen Freunde bürgen dafür.«

Der Amtmann ging weder auf ihre Drohungen noch Bitten ein, sondern verbeugte sich abermals steif vor ihr, befahl ihr, sich anzukleiden, reichte ihr dann seinen Arm und führte sie hinaus vor die Tür, wo sie in die Kutsche stieg. Er nahm neben ihr Platz und schloss den Kutschenverschlag. Die zwei berittenen Amtsdiener folgten dem Wagen.

Nach ungefähr einer Stunde Fahrt durch die Nacht neigte sie sich aus dem Kutschenschlag, um sehen zu können, wohin man sie brachte. Als sie in der Ferne die Spitze des Blumenauer Kirchturmes sah und bemerkte, dass sie wenigstens eine Meile vom Ort entfernt waren, ergriff sie erneut die Angst. »Wohin bringt Ihr mich, Herr?«

Der Amtmann erging sich weiterhin in Schweigen.

»Meine Freunde, mein Herr, sie werden Euch Schwierigkeiten bereiten.« Sie versuchte es mit Drohungen.

Da beugte sich Hugo von Stolzenau nach vorn und rief dem Kutscher zu: »Zum Turm, rasch!«

Der Wagen rollte mit zunehmender Geschwindigkeit weiter. Ohne sie eines Blickes zu würdigen, sank von Stolzenau zurück in die Polster.

Das machte sie wütend. Sie starrte ihn aus vor Zorn funkelnden Augen an. »Was haltet Ihr davon, wenn ich den Kutschenverschlag öffne und hinausspringe?«

»Nehmt Euch in Acht, Madam. Ich erschieße Euch, wenn Ihr springt.«

Wutschäumend lehnte sie sich wieder zurück und versuchte ihre Gedanken mit der Vorstellung zu beruhigen, dass ihr Vetter Peermann sie nicht im Stich ließe.

Nach einer weiteren Stunde Fahrt hielt die Kutsche vor einem hohen, eisernen Gitter, das den stark bewachsenen Weg zum Amtsgebäude verschloss.

»Ich denke, der Turm dürfte Euch bekannt sein, Madam«, sagte er, mit leichter Ironie in der Stimme, öffnete den Kutschenschlag, sprang hinaus und reichte ihr die Hand. Sie stützte sich darauf und trippelte an seiner Seite über den dunklen Hof. Durch eine Tür traten sie in das schwach beleuchtete Gewölbe und er führte sie zu einer steinernen Treppe. Dann blieb er vor einer zweiten eisernen Tür stehen, die sich, nachdem er sie aufgeschlossen hatte, schwerfällig in ihren Angeln drehte.

Mit einem einzigen Blick hatte sie das für sie bestimmte Zimmer in seinen Einzelheiten erfasst. Es war eine Stube, mit dem Einfachsten ausgestattet, einem Bett an der Wand, einem Stuhl und einem Tisch, der auf wackligen Beinen in der Mitte des Zimmers stand, und einem steinernen Abtritt. Die eisernen Stangen an den Fenstern und die Riegel an der Tür ließen sie nicht mehr daran zweifeln, dass sie sich in der Gefängniszelle des Turms befand, vor dem sie in der vergangenen Nacht Wache gehalten hatte, als ihre Kameraden über eine Leiter eingestiegen waren, um an die Barschaft des Müllers zu gelangen. So ganz allein, ohne ihre Beschützer, verließ sie jetzt, trotz ihres Selbstvertrauens, ihr ganzer Mut. Sie fiel auf den Stuhl, ließ den Kopf sinken, schlug die Hände vor das Gesicht und erwartete jeden Augenblick, dass der Richter mit dem Henker erschiene, um sie zu verhören, so wie sie es oft von Christian in den grausigsten Schilderungen gehört hatte. Aber es kam niemand außer einem Amtsdiener, der etwas zu Essen in eine Ecke stellte und sich wortlos entfernte.

Als auch der Amtmann ohne ein weiteres Wort das Gefängnis verließ und die Tür sorgfältig hinter sich verschloss, vermochte sie nicht mehr an sich zu halten, hämmerte dagegen und schrie: »Um Gottes willen, was soll das alles bedeuten? Sagt mir endlich, was mir vorgeworfen wird?« Sie erhielt keine Antwort. Da trat sie mit den kleinen Füßen gegen die Tür und stieß die schlimmsten Verwünschungen aus. Sie vergaß die Dame von Welt, die sie eben noch meisterhaft gespielt hatte, und schrie die unflätigsten Worte, raufte sich das schwarze Haar und spuckte um sich. Als das alles nichts nutzte, verlegte sie sich auf Bitten und Flehen und weinte herzzerreißend, bis der Wachmann den Riegel vor dem kleinen Fenster in der Tür zur Seite schob und mit den grauen Augen unter den buschigen Brauen neugierig zu ihr hereinschaute.

»Es wird alles wieder gut werden, edle Frau. Ihr müsst nur auf Gott vertrauen«, versuchte er sie zu beruhigen und fügte, weil ihm das schöne Weib dauerte, hinzu: »Solltet Ihr einen Wunsch haben, den ich Euch erfüllen kann, dann sagt ihn mir ruhig heraus. Ich werde sehen, was sich machen lässt.«

Anna erkannte in der Gutmütigkeit des Wachmannes sofort eine Gelegenheit, die ersehnte Freiheit wiederzuerlangen. Augenblicklich gewann sie an Sicherheit und ihre Züge begannen sich zu glätten. Rasch öffnete sie den Kragen ihres Mantels, schob das Mieder etwas höher, sodass ihre Brüste über den Stoffrand wippten und weiß wie Alabaster im Halbdunkel lockten. Sie schürzte die roten Lippen und trat an das Fenster. »Oh, ich hätte da schon einen Wunsch«, zirpte sie und dehnte die Stimme. »Seht Ihr hier diese herrlichen Äpfel?« Sie stellte sich auf die Zehenspitzen und wippte mit ihren Brüsten vor der Luke umher, sodass dem Wachmann ganz trocken im Hals wurde. Als sie sah, wie gierig er den Bewegungen folgte und sich mit der Zunge über die Lippen fuhr, hielt sie ihr Spiel schon fast für gewonnen. »Das hier könnt Ihr alles haben. Dazu braucht Ihr nur den Schlüssel in das Schloss stecken, ihn umdrehen und zu mir zu kommen. Ich habe noch viel mehr zu bieten, womit ich Euch glücklich machen kann.« Jetzt ging sie einen Schritt zurück, zog mit koketten Handbewegungen den Rock so weit hinauf, bis ihr seidenes Strumpfband zum Vorschein kam und lockte mit glockenheller Stimme: »Na, gefällt Euch, was Ihr seht?«

Sie erhielt keine Antwort, dafür drehte sich der Schlüssel mit einem lauten Quietschen im Schloss und sie überlegte eifrig, wie sie an dem Wächter vorbeischlüpfen könnte. Plötzlich war von der Treppe her lautes Sporengeklirr zu hören. Stimmen im Gewölbe wurden laut und verhallten wieder. Dann näherten sich eilige Schritte der Tür und auf der Schwelle erschien der Amtmann. Er hielt einen Koffer in der Hand, den sie als den ihren erkannte. Vor ihren erstaunten Augen öffnete er ihn und schüttete seinen Inhalt auf den Boden. Seine Hände wühlten zwischen Seide, Brüsseler Spitzen und Brokat und brachten eine silberne Schatulle zutage, die mit Dukaten gefüllt war.

»Madam, antwortet mir bei Gott, ohne zu leugnen, wie seid Ihr zu diesem Wohlstand gekommen? Durch Diebstahl oder Hurerei?«, fragte er.

Sie erkannte Unsicherheit in seinen Augen, was sie hoffen ließ. Zudem bemerkte sie sofort, dass es sich nicht um das Diebesgut handelte. Sie lächelte amüsiert. »Was denkt Monsieur von mir? Sieht so eine Hure und Diebin aus?« Sie warf ihm einen aufreizenden Blick zu und während sie mit ihm spielte, fügte sie mit dem ehrlichsten Gesicht der Welt hinzu: »Ich bin erst vor Kurzem von Halle hierher gekommen, weil ich Lust verspürte, mich in der Welt umzusehen. In Blumenau bin ich einzig und allein nur zu meinem Plaisier abgestiegen. Ist das mein Verbrechen?«

Verlegen wandte er sich ab und erklärte höflich: »Ihr seid hier in diesem Turmverlies, weil ich es mir zur Aufgabe gemacht habe, einen Diebstahl aufklären, bei dem

Ihr eine bedeutende Rolle spielt. Ich hoffte, Ihr könntet mir dazu etwas sagen?«

Anna zog es vor zu schweigen und während sie überlegte, wie sie ihn von ihrer Unschuld überzeugen könnte, wandelte sich plötzlich sein Benehmen. Er blickte zur Tür und nahm eine demutsvolle Haltung an. »Hier ist sie, hochgeborener Herr.«

Erst jetzt bemerkte Anna den Mann im grünen Mantel, der hinter dem Amtmann durch die Tür getreten war. Einer Statue gleich war er außerhalb des Lichtkreises der Lampe stehen geblieben und hatte sich ihren Blicken entzogen. Sein Gesicht war von einem tiefsitzenden Filzhut verdeckt und er trug einen silbernen, mit blitzenden Diamanten besetzten Degen an seiner Seite.

Dem Amtmann war es anzusehen, dass es ihm nicht leicht fiel, ihr zu sagen, was er sagen musste. »Madam, Ihr habt wahrlich einen Schutzengel. Ein sehr vornehmer Herr hat für Eure Unschuld gebürgt und für Euch eine Kaution entrichtet. So seid Ihr frei und dürft gehen, wohin es Euch beliebt.«

»Ihr spottet, hoher Herr?«, antwortete sie, um Zeit zu gewinnen und ihre Gedanken zu ordnen.

»Sehe ich wirklich so aus, Madam?« Er heftete seine Augen fest auf sie. »Aber wiegt Euch nur nicht zu sehr in Sicherheit. Ich werde Euch zu finden wissen und dann wird Euch keine Kaution vor der gerechten Strafe retten. Das überbringt auch Euren Freunden«, fügte er leiser, nur für sie hörbar, hinzu.

Anna presste die Nägel in die Stuhllehne, um jede Bewegung zu vermeiden, die ihre Freude verriet. Dabei beobachtete sie verstohlen den Mann im Halbdunkel. Sie vermochte sich nicht vorzustellen, wer von ihren Freunden so viel Geld aufbrachte, um es für ihre Freiheit zu opfern, und sprühte vor Neugierde, ihren Retter kennenzulernen. Zugleich wollte sie dem Amtmann einen Denkzettel verpassen. So entblößte sie mit einer anmutigen Handbewegung ihre linke Schulter, um ihm einen Ausblick auf das zu gewähren, was ihm gerade entging. Dabei lächelte sie ihm honigsüß in sein versteinertes Gesicht. »Ich werde auf Euch warten, Herr.«

Der Amtmann schluckte seinen Ärger hinunter, deutete eine Verbeugung an, sagte etwas zu dem Wächter und verließ mit steifen Schritten den Raum. Einen Moment war es totenstill. Dann näherte sich der Fremde langsam. Als er in den Lichtkreis trat, wich sie unwillkürlich ins Dunkel zurück.

»Wer seid Ihr?«, fragte sie mit höchstem Erstaunen über die edlen Züge und die Eleganz des Fremden.

»Moritz Richter, hochherrschaftlicher Jäger des Freiherrn Johann Rudolph von der Mosel«, antwortete er mit starkem sächsischem Akzent, trat zugleich eilig einen Schritt auf sie zu und zog seinen Hut. »Madam, erlaubt mir, Euch meine Dienste anzubieten. Mein Herr schickt mich, um Euch abzuholen und zu einem bestimmten Wirtshaus zu bringen. Ihr habt nichts zu befürchten. Er ist ein höchst ehrsamer sächsischer Edelmann, der es gut mit Euch meint. Aber wir müssen uns beeilen und dürfen keinen Augenblick länger an diesem Ort verweilen!« Er zwinkerte ihr aufmunternd zu, drehte sich zu dem Wachmann im Hintergrund um und gab ihm ein Papier zu lesen, das er unter dem Umhang hervorgezogen hatte. Dann winkte er ihr, ihm zu folgen, und stieg mit der Lampe in der Hand die Treppe hinab in den Hof.

So rasch wieder auf freiem Fuß, konnte sie ihr Glück kaum fassen und atmete zunächst einmal tief durch. Die neblige Nachtluft war trüb, feucht und kalt und das Gemäuer des Turmes hinter ihr ragte aus der Finsternis wie ein riesiger Steinhaufen. Zu einem anderen Zeitpunkt hätte sie sich schaudernd in ihre Pelze verkrochen, jetzt empfand sie die feuchte Kälte eher befreiend. Der Fremde wurde ungeduldig.

»Kommen Sie schnell, Madam!« Er warf seinen Mantel um ihren Körper und lief geräuschlos wie ein Schatten voran zu der Kutsche, die vor dem eisernen Tor auf sie wartete. Anna stieß einen Schrei der Überraschung aus über den Prunk des Wagens.

Erneut drängte der Fremde: »Vorwärts!«, sprang als Erster hinein und beugte sich ihr dann mit ausgestrecktem Arm entgegen. Entschlossen packte sie die Hand, die sie ins Wageninnere zog. Sofort setzte sich die Kutsche in Bewegung.

»Nach Hannover!«, rief Moritz Richter dem Kutscher zu und schloss den Kutschenverschlag. Er brauchte einen Moment, um zu verschnaufen, bevor er ihr erklärte: »Wir werden den Erlauchten in Hannover im Wirtshaus zu den ›Drei Kronen‹ treffen.« Er setzte sich ihr gegenüber auf die Bank, lehnte sich zurück und nahm eine nachdenkliche Haltung an.

Anna nutzte die Zeit, die ebenmäßigen Züge ihres Retters zu studieren. Sie schätzte ihn auf fünfundzwanzig oder sechsundzwanzig Jahre, er hatte eine bleiche Gesichtsfarbe und träumerisch wirkende grüne Augen, einen feinen, wohlgezeichneten Mund und sein kräftiges Kinn deutete Willenskraft an. Der edle, graue Rock, in dem sein hochgewachsener, schlanker Körper steckte, der vergoldete, mit Diamanten besetzte Hirschfänger an seiner Seite und die auffällige Kurzhaarperücke, all das entsprach durchaus ihrem Liebesideal. Ihre Dankbarkeit für die Befreiung aus ihrem Gefängnis nahm jetzt so etwas wie einen zärtlichen Charakter an. »Ihr seid fürwahr ein hübscher Edelmann. Wie vornehm muss erst

Euer Herr sein?«, fragte sie ihn, als ihr das Schweigen zu lang wurde.

Das Gesicht des Mannes errötete darauf leicht. Seine Einbildungskraft hatte ihm gerade ein amouröses Abenteuer mit der schönen Frau vorgegaukelt. Höflich antwortete er ihr: »Madam, ich fühle mich angenehm überrascht. Doch wenn Ihr erst meinem Herrn gegenübersteht, werdet Ihr Euch an seinen Diener nicht mehr erinnern.«

»Mache ich einen solchen Eindruck auf Euch?«, fragte sie mit einem koketten Lächeln und fügte rasch hinzu: »Zwar bin ich Eurem Herrn zu Dank verpflichtet. Doch sein Interesse an mir, einer Abenteuerin, verwirrt mich. Sagt mir, ist es wahr, was man sich erzählt, dass Johann von der Mosel der berühmte Nickel List aus Thüringen ist?« Sie wartete gespannt auf seine Antwort.

Die grünen Augen ruhten nachdenklich auf ihr. »Wie kommt Ihr zu der Annahme, mein Herr könnte etwas mit dem berüchtigten Räuber zu tun haben? Man hat Euch Gewalt angetan und Euch ohne richterlichen Befehl hierher verschleppt. Jeder Edelmann hätte so ritterlich gehandelt. Nickel List ist ein gesuchter Räuber! Was hätte ein so unchristlicher Mensch für einen Grund?«

»Er könnte mich wiedererkannt haben, da ich eine Bekannte von ihm bin. Vielleicht wollte er eine alte Rechnung begleichen …?«, fragte sie und erschrak über ihre Worte. Hinter diesem Moritz Richter könnte sich auch eine Amtsperson verstecken. In ihrem Blick lagen jetzt erhebliche Zweifel. Sie hob die Augenbrauen und sagte: »Eure Worte verunsichern mich, Monsieur Richter …« Eine Frage lag ihr besonders auf dem Herzen: »Weshalb das Aufsehen um meine Person, weshalb Hannover? Ich werde in Blumenau erwartet.«

Der Jäger erriet ihre Ängste, griff nach ihren Händen, die unruhig an einer Schleife zupften, und betrachtete einen Moment ihr zartes Gesicht. »Ihr seid sehr schön, Madam. Aber zu unbedacht mit Eurer Zunge.« Und über ihre Hand gebeugt, zärtlich ihre Fingerspitzen mit den Lippen berührend, fügte er hinzu: »Ich denke, ich kann Eure Zweifel mit ruhigem Gewissen zerstreuen. Mein Herr, der sächsische Edelmann, ist tatsächlich der berühmte Nickel List, denn wäre er es nicht, steckte Euer Kopf jetzt sicher in einer Schlinge, aus der Euch keiner mehr befreien könnte. Ich denke, er erwartet Euch schon ungeduldig in Hannover, in den ›Drei Kronen‹. Dieser Ort erschien uns sicherer als die Herberge in Blumenau.« Mit einem Lächeln zerstreute er den Rest ihrer Zweifel. Dann beugte er sich zum Fenster hinaus und rief dem Kutscher zu, die Pferde nicht zu schonen.

Beruhigt gab sich Anna wieder heiter. Ihre Neugierde auf Nickel wuchs und darauf, zu erfahren, wie es ihm ergangen ist. »Ihr seid noch nicht lange in des Nickels Diensten?«, wollte sie wissen.

»Das stimmt, Madam. Dennoch kann ich von mir behaupten, sein engster Vertrauter zu sein. Mein richtiger Name ist Andreas. Mein Herr hat mir von Euch berichtet. Ich glaube, Ihr habt als Hannes, in Männerkleidung, einen bleibenden Eindruck hinterlassen. Jetzt hat der Bub vom Buttelstedt, der Ernst, Euren Platz eingenommen. Der wäre allerdings lieber sein Jäger gewesen. Ich glaube, er hat es nie verstanden, dass der Nickel mich, einen Fremden, ihm vorgezogen hat.« Er hob die Schultern. »Woher sollte ein fünfzehnjähriger Bursche die feinen Manieren haben, die ich schon im Blut mitbringe?«

»Ihr macht Euch lustig über einen Jungen?« Ihre Worte klangen etwas verwunderlich.

»Nichts liegt mir ferner als das, Madam«, erklärte er, griff nach dem Köfferchen neben sich und brachte eine

Karaffe mit Wein und etwas Gebäck zum Vorschein. Er reichte es ihr mit einer höflichen Geste. »Auch der Pferdebub des Herrn von der Mosel bekommt neben fürstlicher Kleidung seinen Anteil an Talern und Kost. Ich werde mich hüten, mich über jemanden lustig zu machen, der gerade mit sicherer Hand die Pferde von unserer Kutsche durch die Nacht lenkt.«

Neugierig warf sie einen Blick durch das Fensterchen in ihrem Rücken zu dem Kutschbock hinauf. Doch sie sah nur eine nach vorn gebeugte Gestalt, eingehüllt in einen schwarzen Mantel mit einem tief in das Gesicht gezogenen Hut, die Zügel in einer Hand, die Peitsche mit der anderen schwingend, während die Hengste durch die Finsternis jagten, dass die vorbeiziehenden Bäume wirkten wie große, schwarze Gespenster.

Sie drehte Andreas wieder das Gesicht zu, ordnete ihre Röcke und setzte sich bequem hin, soweit das Geschaukel des über die Steine holpernden Wagens es zuließ. »Ich kann mir Nickel nicht vorstellen. Wie ist er als eleganter Herr von der Mosel?«

»Gar vornehm, mit hochgetürmter Perücke, glatt rasiert, nur mit einem schwarzen Bärtchen über der Oberlippe und ungeduldig wie alle edlen Herren.«

»Wie mir zu Ohren gekommen ist, soll er das Gold der Pauluskirche in Leipzig gestohlen haben?«

»Das stimmt, Madam«, bestätigte er und da er seine redelustige Zunge zu gebrauchen wusste, fügte er locker hinzu: »Dieser Kirchenraub war eine Schicksalsfügung. Hätte uns unser christlicher Herr nicht im richtigen Augenblick einen Retter geschickt, ich glaube, dann hätte Nickel seine Prunkkleidung wieder ausgezogen und wäre ein ehrlicher Mensch geworden. Stellt Euch nur vor, obwohl die Leipziger Michaelismesse in vollem Gange war, gab es dort für uns nichts zu holen. Eine ganze

Woche haben wir die Augen vergeblich offen gehalten, bis mein Herr die Stadt mitsamt ihrer Messe verfluchte und meinte: ›Wir sitzen in dieser verhexten Stadt nur fest. Es beißt kein Fisch. Lediglich Geld kostet uns die Maskerade. Lasst uns nach Stedten zurückkehren.‹ Und gerade in dem Augenblick erschien uns ein Engel, in der Gestalt eines Studenten vom Theologiekollegium. Bei diesem armen, abgedankten Studiosus war gerade Schmalhans Küchenmeister. Deshalb war dieser blasse, junge Mann mit den Spuren eines ausschweifenden Lebens im Gesicht auch so recht nach dem Geschmack meines Herrn und er lud ihn ein, mit ihm zu speisen. Beim schweren Wein wurde der alsbald gesprächig und begann sich großspurig mit dem Wissen über einen Schatz in der Paulinenkirche zu brüsten. Als mein Herr ihn fragte, woher er davon Kenntnis hatte, erzählte er von einem befreundeten Küster, der ihm anvertraut hatte, dass drei mit Gold gefüllte Kisten erst kürzlich in das unter der Kirche liegende Gewölbe gebracht worden waren. Mein Herr gab mir einen Wink, die Karten zu mischen, und trug mir auf, ihm reichlich Wein einzuschenken. Ich habe das Spiel ein wenig zu unseren Gunsten verändert, sodass der betrunkene Tor meinem Herrn von der Mosel zum Schluss eine beachtliche Summe schuldete. Wie Ihr sicher schon erraten habt, beglich er seine Ehrenschuld, führte uns am nächsten Tag zur Paulinenkirche und machte uns mit dem Küster bekannt. Geschmeichelt darüber, dass so ein hoher Herr sich für seine Kirche interessierte, zeigte uns der Küster alle kirchlichen Sehenswürdigkeiten und vergaß auch nicht, uns zu der Klapptür zu führen, die den Weg zu dem Gewölbe mit den Kisten voller Gold freigab. Es gelang mir, den Küster abzulenken, während mein Herr rasch einen Wachsabdruck vom Schlüsselbund nahm, den der einfältige Kirchendiener im Schloss hatte stecken lassen. In der darauffolgenden Nacht drangen wir mit dem gefertigten Nachschlüssel in das Gewölbe ein, nahmen die siebentausend Goldtaler mit und spazierten auf demselben Wege wieder hinaus. Im Wirtshaus ›Zum Goldenen Löwen‹ wurde das Geld dann aufgeteilt, wovon wir nun schon eine Zeit in Saus und Braus leben, und gleichzeitig nach weiteren lohnenden Einbrüchen Ausschau halten.«

»Aber ist die Beraubung der Gotteshäuser nicht ein schweres christliches Verbrechen, auf das der Tod steht?«, begann sie ihrem Gegenüber auf den Zahn zu fühlen. Sie war ein wenig verwundert über die freizügigen Schilderungen, bei denen ihr wieder die Geschichten von den überstandenen Torturen des Studenten einfielen.

»Seht, Madam, so viele reiche Leute lassen ihren Besitz irgendwo herumstehen, verschließen ihn in Gewölben, während derweil das arme Volk hungert und sich für ein paar Groschen abrackert. Wir Gaudiebe sorgen dafür, dass die Reichen nicht noch reicher werden. Haben wir deshalb den Tod verdient?«

Seine Worte erinnerten sie an den auf seinem Geld sitzenden Bokeloher Müller und sie dachte: ›Recht ist dem Geldsack geschehen‹. Doch sie wollte ihrem redseligen Begleiter noch mehr entlocken und fragte nach kurzem Überlegen: »Und wie steht es mit den Armen? Handelt ihr nach Gottes Gebot, dass da sagt, der reiche Jüngling soll sein Habe verkaufen und es unter den Armen verteilen …?« Neugierig wartete sie darauf, wie er sich wohl aus der Schlinge ziehen würde, und ließ es lächelnd geschehen, dass er den Platz wechselte und sich neben sie setzte.

Mit der unschuldigsten Miene der Welt und einem Augenaufschlag, der sie alle Zweifel vergessen ließ, antwortete er ihr: »So ein Gaudieb ist doch selbst arm, sonst würde er nicht stehlen. Hat nicht Christus gepredigt, dass die Reichen nicht in den Himmel kommen? Verfälschen diese Reichen, die sich ihre Bäuche vollschlagen und den Keller mit Gold füllen, nicht immer wieder Gottes Wort, indem sie von Sünde schreien, wenn so ein Elender von ihrem Überfluss nimmt, um seinen Hunger zu stillen? Würden sie wenigstens einen kleinen Teil ihrer Habe an die Armen abgeben, ich glaube, dann wäre mit einem Schlag die Dieberei aus der Welt verschwunden und wir wären dem Paradies ein Stückchen näher. Ich denke, so jemand wie mein Herr ist von Gott gesandt mit all den ausgestoßenen und gehetzten Männern, die ihm im ganzen Land folgen, den Reichen keine Ruhe zu gönnen, um sie auf seine Weise an Gottes Gebot zu erinnern.«

Mit einer solch philosophischen Antwort hatte sie nicht gerechnet. Sie stimmte sie nachdenklich und so war sie für den Rest des Weges eher etwas wortkarg als amüsiert plaudernd. Sie war dem schönen Mann von Anbeginn sehr zugetan und hatte sich bereits heimlich Hoffnungen gemacht. Seine Worte hatten sie nun ins Grübeln gebracht und sie ärgerte sich, Nickel verlassen zu haben, der jetzt in Saus und Braus lebte, während sie unentwegt nach reichen Gelegenheiten suchte. Doch woher hätte sie wissen sollen, dass er eines Tages die christlichen Gefühle wie einen Mantel ablegen würde? Seine Unentschlossenheit und sein ewiges Zweifeln an seinem Christenglauben hatten sie von ihm weggetrieben. Wohingegen es ihr nie in den Sinn gekommen wäre, einen Herrn von der Mosel zu verlassen. Ach, hätte sie nur auf die Stimme ihrer Seele gehört und wäre an seiner Seite geblieben! Aber vielleicht war es ja noch nicht zu spät.

Mit solchen und ähnlichen Gedanken zermarterte sie sich ihren hübschen Kopf, bis sich am Fenster der Schatten der Stadtmauer zeigte. Im starken Galopp ging es durch die Gärten und sie preschten durch das östliche Stadttor. Der Jäger, der Anna schon lange seltsam betrachtet hatte, beugte sich zu ihr: »Madam, nehmt Euren Mantel, es ist frisch draußen.« Er schob ihr ein Billett zu, und als sie das Siegel vor seinen Augen erbrechen wollte, legte er seine Hand darauf und schüttelte lächelnd den Kopf. »Lest es, wenn Ihr allein seid, Madam, wenn der Augenblick gekommen ist und Ihr das Bedürfnis nach einem wahren Freund verspürt.«

Die seltsame Wendung ihrer Bekanntschaft verunsicherte sie erneut und so antwortete sie mit verlegenem Schweigen. Sie sah ihn lange an und versuchte die Gedanken zu erraten, die er hinter seinem Lächeln verbarg. Als die Kutsche vor der Auffahrt zu den ›Drei Kronen‹ anhielt, ließ sie den Brief langsam in den Falten ihres Rockes verschwinden.

»Ich bedaure zutiefst, sollte ich Euch mit meiner Anwesenheit gelangweilt haben. Unsere gemeinsame Reise ist zu Ende. Ab jetzt …«

»Still«, sagte sie und legte ihre Hand auf seine Lippen. Und bevor er begriff, was mit ihm geschah, umfasste sie mit beiden Händen sein Gesicht, presste ihre Lippen auf seinen Mund und verschloss ihn mit einem flüchtigen Kuss. Kaum dass er seine Verwirrung überwunden hatte und sie sicher an seiner Hand die Kutsche verließ, hatte sie den schmucken Jäger an ihrer Seite bereits vergessen. Sprunghaft, wie ihr Herz nun einmal war, begann es jetzt heftig zu klopfen. Mit Ungeduld fieberte sie der Begegnung mit dem Herrn von der Mosel entgegen.

Zur gleichen Zeit saß Nickel bei Kerzenschein in den ›Drei Kronen‹ in seiner Kammer und blätterte gedankenlos in seinen Büchern. Dabei war ihm, als tanzten alle Buchstaben und Zeichen höhnisch und mutwillig vor seinen Augen herum und wollten sich nicht als vernünftige Zeile von ihm lesen lassen. Die Gaststube ein Stockwerk tiefer war bis unter die Dachbalken angefüllt mit fremden und reichen Herren. Bereits zur Mittagszeit waren die Tische bis auf den letzten Platz besetzt gewesen, sodass der hochwohlgeborene Herr von der Mosel, wie es bei einem Manne von adligem Stande üblich ist, sich das Essen auf die Stube hatte bringen lassen. Während er lustlos aß, bedauerte er es, dass sein Jäger nicht bei ihm war, um ihn mit seiner flinken Zunge auf andere Gedanken zu bringen. Denn die Sehnsucht nach seiner sächsischen Heimat saß tief. Aber sie war bereits so sehr von seinem Ruf erfüllt, dass jedes Kind seinen Namen kannte und Flugschriften mit seinem Bildnis in ganz Sachsen umherschwirrten. Deshalb war er ausgewandert und hatte sich ein neues Gebiet gesucht. Seine Prunkkleidung, in der er in den ›Drei Kronen‹ in der morgendlichen Frühe abgestiegen war, hatte er ausgezogen und an einen Nagel an die Wand gehängt. Darunter, auf dem Boden, standen fein ordentlich nebeneinander die langen, gespornten Reitstiefel. Er steckte nun wieder in seinen alten Hosen und seinem abgewetzten Wams.

Als er Schritte auf der Treppe hörte, schloss er mit einem Seufzer das Buch und rief Lorenz herein, der an der Tür klopfte. Hinter ihm trat der Student in die Stube. Nickel begrüßte beide mit einem Nicken, ging zum Fenster, verriegelte es sorgfältig, damit niemand von ihrer Zusammenkunft etwas mitbekam, und bot den Männern einen Platz auf seinem Bett an. Zugleich setzte er sich ihnen gegenüber auf einen Hocker. Sein Gesichtsausdruck war ernst. Er sah von einem zum anderen, als wollte er ihnen hinter die Stirn blicken und es dauerte eine Weile, bis er leise mit der Sprache herausrückte: »Freunde, Ihr wundert Euch sicher über die späte Zusammenkunft. Aber ich muss mich noch heute mit jemanden besprechen, dem ich vertrauen kann. Deshalb verzeiht mir, wenn ich die Gunst der Stunde nutze, solange die anderen unten im Saale beim Speisen sind. Der Dritte im Bunde, Andreas, mein Jäger, ist sicher schon auf dem Weg hierher und ich hoffe, er kommt noch rechtzeitig und ist wachsam genug. Ihr wisst, dass es mit dem Zusammenhalt unter uns Dieben nicht zum Besten steht. Vor ein paar Tagen erst habe ich den Kesselpeter ertappt, als er sich von der Beute einen Teil in die eigene Tasche steckte. Dann musste ich erfahren, dass Caspar Starcke den Anschlag zu Lutter zu seinem eigenen Vorteil vereitelt hat, nachdem er ein Gespräch mit mir und Ernst belauscht hat. Wie es mit den Kaufleuten steht, wisst Ihr selbst. Sie betrügen uns, allen voran der Pollack, mit seinen unechten Gewichten. Am schlimmsten aber ist: Es wird getuschelt und hinter dem Rücken geredet, sodass mir manchmal Angst und Bange wird, wir könnten allesamt durch Verrat im Kerker landen. Schon viel zu lange habe ich dem stillschweigend zugesehen, so wie damals meinem untreuen Weib Magdalena. Zudem kostet die Edelmannskomödie viel Geld und im sächsischen Land ist nichts mehr zu holen. Deshalb überlege ich ernsthaft, ob ich weitermache oder alles hinschmeiße.«

»Was?«, rief Lorenz und sprang auf; doch Nickel drückte ihn zurück auf das Bett.

»Halte dein Temperament im Zaum und warte ab, was ich zu sagen habe. Deine Meinung kannst du mir später mitteilen. Wie ihr wisst, treffen wir uns morgen zum Mittagsmahl mit den Diebeszünften von Wunstorf und der Hamburger Alster. Arrangiert hat das ein Bote von ihnen, der sich Leopold nennt. Er ist zu mir nach Leipzig gekommen und hat mir von einem riesigen Schatz im Hamburger Dom erzählt, der laut eines Bekannten mit Namen Vincent Niclas mindestens eine Tonne Gold wert sei. Er habe ihn selbst gesehen. Den beiden können wir vertrauen. Da der Schatz sehr leichtfertig aufbewahrt werden soll, haben die Hamburger bereits versucht, zum Gewölbe vorzudringen. Letztendlich sind sie jedoch an den fehlenden Schlüsseln gescheitert. Nun haben die Herren mich eingeladen, ihr Hauptmann zu werden. Sie haben Großes vor und hoffen auf eine Zusammenarbeit bei allen weiteren Anschlägen, die sie bereits ausbaldowert haben.« Nickel zog einen Zettel aus der Tasche und warf einen Blick darauf. »Unter anderem den Hamburger Dom und die kurfürstliche Kammer zu Hannover. Ich habe lange nachgedacht und bin zu dem Schluss gekommen, dass ich es satt habe, immer wieder hintergangen zu werden. Auch bin ich das ewige Umherziehen leid. Ich denke, es wird Zeit zu sehen, wie in Niedersachsen die Elbe fließt und was uns die Alster an Beute bietet. Wollt ihr, meine engsten Vertrauten, mit mir hier im Niedersächsischen bleiben, ohne dass es die Spitzbuben, denen wir nicht vertrauen können, erfahren?« Er machte eine Pause und sah ihnen abwechselnd in die unbewegten Gesichter, bevor er hinzufügte: »Aber bedenkt, was ihr antwortet. Ihr riskiert euer Leben und das eurer Familien. Die hohe Herren werden es nicht hinnehmen, dass wir jetzt im großen Stil plündern.«

In diesem Moment trat der Jäger durch die Tür. Er hatte die letzten Worte mit angehört, ging rasch auf Nickel zu und umarmte ihn. »Meister, natürlich werden sie Euch immer und überall hinbegleiten, denn sie brauchen einen Mann wie Euch.« Er hielt Lorenz die Hand hin: »Schlag ein, Kornett, und Du auch, Christian.«

Nickel sah Lorenz an und dachte, der Kornett ist wahrlich von einem anderen Schlag als die übrigen, er hängt an mir wie ein Sohn, von ihm möchte ich mich nie trennen, ebenso wenig von Andreas und Christian, der sein Vergehen von damals mit seiner Treue wieder gutgemacht hat. Wenn ich diesen Weg einschlage, dann nicht ohne die drei.

Kornett und Christian erhoben sich und legten bereitwillig ihre Hände darüber, Nickel packte seine obenauf und Lorenz sagte: »Mein Leben für Euch, Nickel.«

Der Student lachte: »Nicht ohne mich, meine Freunde, ich bin von Herzen bereit.«

Der neu geschlossene Pakt verlangte, besiegelt zu werden. Also befahl Nickel Andreas, vier Krüge Wein zu bringen. Als der Jäger mit den Gefäßen auf einem silbernen Tablett zurückkehrte, warf er einen verstohlenen Blick auf Nickels vornehmen Rock mit dem Dreimaster und dem Jabot mit den Goldknöpfen an der Wand und sagte an Nickel gewandt: »Ihr seid ein kluger, mutiger und berühmter Mann, Nickel, und da wir uns alle einig sind, schlage ich vor, dass Ihr Euch als der hochwohlgeborene Herr von der Mosel zu Eurer Sicherheit mit einem standesgemäßen Hofstaat umgeben solltet.«

»Zu einem Hofstaat gehören aber auch die Weiber«, unterbrach ihn Lorenz und grinste breit wie über einen gelungenen Witz.

»Du willst ja nur an die Dore ran«, sagte der Student. Er lehrte das Glas als Erster und schielte aus dem Augenwinkel über den Rand hinweg zu Lorenz.

»Gott strafe mich, aber ich hänge nun mal an den Weibsbildern. Sie sind mein Plaisier.«

Nickel lächelte verschmitzt. »Du schienst mir bisher der Klügste zu sein, Lorenz, und hast genau wie ich deine Erfahrung mit den Weibsbildern gemacht. Also, lass die Finger von ihnen. Das bringt nur Ärger. Außerdem ist bekannt, dass sie es bereits mit Hahntoffel, Vieritz und dem Korporal getrieben hat.« Plötzlich, als sei ihm etwas

Wichtiges eingefallen, wechselte er das Thema. Er fragte den Jäger mit rauer Stimme: »Ist sie gut angekommen?«

Andreas nickte. »Es ist alles zu Eurer Zufriedenheit geschehen. Sie befindet sich auf ihrer Stube und schläft.«

Nickel war zufrieden und wandte sich wieder Lorenz zu: »Ich will keinen Ärger und werde weiter ein Auge auf Dorothea haben, das bin ich allein ihrem Ehemann Otto Müller schuldig. Aber ihre Verschlagenheit hat uns schon oft geholfen, deshalb wird sie mitkommen als das Eheweib des Herrn Leutnant von Götzel, eines abgemusterten Offiziers vom Celler Regiment, den du, Lorenz, ab jetzt spielen wirst.«

Lorenz Schöne lächelte geschmeichelt zurück. »Dass Dore verheiratet ist, schert mich nicht. Ich will mich mit ihr nur amüsieren. Wartet ab, Nickel, auch Euch wird es bestimmt noch mal erwischen.« Dann drehte er sich zu dem Jäger um und fragte ihn, mit einem Lauern in den blauen Augen: »Es soll eine sehr schöne Frau sein, die Ihr da aus dem Kerker geholt habt?«

»Fürwahr, das ist sie«, antwortete Andreas und senkte den Blick. »Ihr werdet Eure Finger von ihr lassen. Sonst bekommt Ihr meine Klinge zu spüren.«

»Na, da haben wir es ja schon. Weibsbilder bringen nur Unfrieden.« Nickel lachte herzhaft und schüttelte den Kopf. »Was für ein Glück, dass ich von ihnen weg bin. Habe es einmal erprobt und bin für den Rest meines Lebens kuriert. Trotzdem möchte ich Euch warnen, denkt an den Anschlag auf die Paulinenkirche, wo die Liebste von Christian, die Vogel-Liese, uns beinahe alles verdorben hätte, nur weil er ihretwegen mit einem Rivalen die Kugeln wechseln musste. Nicht wahr, Christian? Hast jetzt noch mit der Wunde zu tun, die du dabei abbekommen hast …«

Der Angesprochene saß peinlich berührt über seinen Weinkrug gebeugt und zog es vor zu schweigen. Seine rechte Schulter hing etwas tiefer herab als man es von seiner Lähmung her kannte. Aus dem geöffneten Rock schimmerten Fetzen eines Verbandes.

»Und was diese Anna betrifft ... Wie Ihr wisst, habe ich für die hochgestellte Dame der Wunstorfer Diebeszunft die Kaution bezahlt«, rechtfertigte er sich. »Es war ein Entgegenkommen, ein Freundschaftsbeweis. Ich denke, wir werden alles, was wir besprochen haben, noch einmal überschlafen und morgen in der Frühe aufbrechen. Gute Nacht, meine Freunde!«

Sie gingen und Nickel warf sich aufs Bett, von einer plötzlichen Müdigkeit übermannt. Er schlief, aber es war ein dumpfer, von Albträumen zerrissener Schlaf.

Im Traum sah er die Türme Hamburgs, wie er sie einst vor Jahren auf einem Ölgemälde an der Wand einer Herberge gesehen hatte. Da war der spitze Turm des Domes und um ihn herum die kleineren Türme der anderen Kirchen über einem Meer von Dächern. Plötzlich wurden sie zu Galgen, an denen im Winde baumelnde Gestalten hingen, die ihn mit ihren ausgehöhlten Schädeln höhnisch angrinsten. Er warf sich unruhig auf die andere Seite, doch das Schreckensbild wollte nicht weichen, stattdessen kam es näher und näher und er erkannte ganz oben, auf der Domspitze, auf einem Pfahl, sein eigenes bleiches Haupt. Jäh fuhr er aus seinem Bett hoch, sah schlaftrunken zum Tisch, zu den Weinkrügen und lächelte dann erleichtert vor sich hin.

Ach, der verdammte Wein, dachte er und wollte sich wieder in die Kissen zurückfallen lassen, als er plötzlich Pferdegetrappel und das Ächzen von Kutschenrädern unter dem Fenster hörte. Im Zimmer war es dunkel. Es musste später Abend sein. Eilig warf er sich seinen Mantel über und lief barfuß zum Fenster. Hier sah er, versteckt hinter dem schweren Vorhang, wie in der Dunkelheit zwischen den Bäumen eine Kutsche vorfuhr. Gleich darauf erschienen zwei dunkle Schatten am Wagenverschlag und unterhielten sich leise. Er glaubte ein paar Sätze zu verstehen wie: »Ihr müsst Euch beeilen, Anna. Er darf Euch vor dem Treffen nicht mehr sehen.« Dann hörte er, wie der Wagen sich in Bewegung setzte. In Gedanken versunken, lief er zurück zum Bett und schlief wieder ein. Den Rest der Nacht warf er sich von großen, schwarzen Vögeln verfolgt schweißgebadet umher. Aber die schwarzen Vögel flogen weiter in Schwärmen mit ihm nach Norden … Sie flogen die ganze Nacht bis zum Morgengrauen.

Am nächsten Morgen wartete die Kutsche nach Hamburg reisebereit vor der Herberge, um den Doktor mit seinem Hofstaat und Lorenz in Gestalt des Herrn von Götzel und sein Weib Dore aufzunehmen. Sein Jäger begleitete den Wagen zu Pferd. Als Nickel sich vorm Einsteigen suchend umschaute, lenkte der Jäger das Pferd an seine Seite, beugte sich zu ihm hinab und flüsterte: »Ich habe heute Morgen, in aller Frühe, nach ihr gesehen. Aber ihre Stube war leer. Und ihre Koffer sind weg.«

»Hast du auch im Gastraum nachgeschaut und im Garten, Andreas?«

»Ich habe jeden Gast nach ihr gefragt. Doch niemand will sie gesehen haben.«

Also war das, was er in der Nacht gesehen hatte, kein Traum gewesen. Enttäuscht schloss der Nickel die Kutschentür hinter sich und nachdem er einen letzten verstohlenen Blick durch das Fenster geworfen hatte, gab er dem Kutscher das Zeichen zum Anfahren.

Lorenz zog die Vorhänge vor dem Fenster zu und bemerkte leise: »Ist es nicht seltsam, dass dieses Weib Euch ihre Freiheit auf solche Weise dankt?«

Nickel lächelte müde und zuckte mit den Schultern »Leider schützt uns vor den Weibern auch die größte Klugheit nicht.«

»Vielleicht hängt ihr Verschwinden mit der Festnahme der Wunstorfer Diebe Pante und Keyser zusammen?«

»Die Gardereiter wurden gefangen genommen …?« Nickel beugte sich vor gespannt vor. »Davon ist mir nichts bekannt!«

»Der Bote, der die Nachricht überbrachte, kam erst spät nach unserer Zusammenkunft in die Herberge. Man munkelt, ein Weib soll die Ursache gewesen sein, dass sie gefasst wurden. Man hat die beiden Diebe, ohne sie vor Ort in Verwahrung zu nehmen, sofort nach Hannover gebracht. Sie sollen im Wunstorfer Ratskeller den zwei Dienern eines Schutzjuden die Waren für den Jahrmarkt unter den Händen weggestohlen haben. Unter anderem …« Lorenz grinste verhalten. »Haltet Euch fest, List … Schmuckstücke aus unserem Raub, aus der Paulinenkirche, mit einem Wert von fünfhundert Rheinischen Talern.«

»Endlich hat der Herrgott einmal Erbarmen mit uns«, lächelte Nickel zurück. »Ich glaube, den jüdischen Handelsmann zu kennen und gönne ihm den Verlust.«

Lorenz' Bericht hatte Nickel von Annas Verschwinden abgelenkt. Ungeduldig wartete er, was sein Gefährte noch zu sagen hatte.

»Aber …«, Lorenz zuckte bedauerlich mit den Schultern, »sie sind bereits wieder auf freiem Fuß. Ein gewisser Jonas Meyer, ein ziemlich einflussreicher Mann hierzulande, hat sie in Frauenkleidern aus ihrem Gefängnis geholt. Ist er Euch bekannt?«

»Nicht persönlich. Habe jedoch einiges von ihm gehört. Soll ein Jude sein, mit viel Verstand und großer Kühnheit. Ich bin gespannt auf ihn. Warum fragst du mich das, Lorenz?«

»Sie ist zur Zeit seine Favoritin, die schönen Jüdin Anna. Ihr hattet ihr ein Billett zukommen lassen?«

»So, habe ich das?« Eine verräterische Röte überzog das Gesicht unter der fülligen Langhaarperücke, verstohlen wanderten Nickels schwarze Augen zum verhangenem Fenster, neben dem sein Jäger ritt.

»Ich habe es vorhin beim Einsteigen neben der Kutsche gefunden.«

»Und? Hast du es gelesen?«

»Zweifelt Ihr so an meiner Treue zu Euch?« Lorenz mimte den Gekränkten und reichte ihm das Billett. Dabei beobachtete Lorenz den Hauptmann aufmerksam.

»Es ist geöffnet?«, bemerkte Nickel. »Dann muss sie es gelesen haben.« Er drehte den Brief mit dem erbrochenen Siegel unschlüssig zwischen den Fingern und wusste nicht recht, worauf Lorenz hinauswollte. Er vermutete, dass er sich bei ihm einschmeicheln wollte.

»Versteht Ihr nicht, List, was ich Euch sagen will! Ihr solltet sorgfältiger mit Eurem Vertrauen umgehen.« Lorenz lächelte bedeutsam und beugte sich ungeduldig weiter vor. »Auch der beste Freund kann sich bisweilen als ein Judas entpuppen.«

»Du meinst Andreas missbraucht mein Vertrauen?« Energisch schüttelte Nickel den Kopf. »Vergiss es und hüte deine Zunge! Du weißt genau, dass ihr beiden mir von allen am meisten am Herz liegt.« Lorenz versuchte offenbar einen Stachel in seine Brust zu treiben, und deshalb gab Nickel dem Gespräch rasch eine andere Wendung: »Sie wird ihn wohl verloren haben«, bemerkte er uninteressiert.

Aber der Kornett stichelte weiter: »List, ich meine es nur gut mit Euch und möchte Euch warnen. Die Affären dieser Frau sind gefährlich. Wie schnell findet sich in Euren eigenen Reihen ein Opfer. Wenn Eure Feinde von Euren Schwächen erfahren, kann das alle unsere Pläne durchkreuzen. Egal, was Euch mit diesem Weib verbindet, List. Wir sollten uns den Domschatz holen und dann so schnell wie möglich in unsere Heimat zurückkehren. Ihr habt selbst gesagt, Finger weg von den Weibern, und dieses Weibsbild ist der Anfang allen Unglücks.«

Mit diesen Worten bewies ihm Lorenz, dass er den Brief gelesen hatte, und ihm fiel wieder ein, was er in der Nacht am Fenster beobachtet hatte. Dennoch antwortete er ihm nur mit einem gelangweilten Lächeln und zog sich in seine Ecke zurück, wo er über Leopold nachdachte, den Führer der Hamburger Diebe, der persönlich zu ihm nach Stedten gekommen war und von dem Schatz im Dom gesprochen hatte. Mit geschmeidiger und zäher Beredsamkeit hatte Leopold es verstanden, alle seine Einwendungen zu zerreden, und dabei von einem Weib erzählt, das solche Raubzüge ausbaldowerte, eine reiche Hamburger Witwe, die Nickel bekannt sein müsste. Nickel hatte sofort eine Vermutung gehabt, um welches Weib es sich handelte, und als Lorenz ihm später von der Gefangennahme der am Bokeloher Raub beteiligten Anna von Sien, getarnt als Anna Meyer, berichtete, erhielt er die Bestätigung. Nun verstand er nicht, dass Lorenz ihn vor dem Weibe warnte, wo er ihn doch erst auf die Idee mit der Kaution gebracht hatte. Seine Worte klangen ihm deutlich im Ohr: »List, was sind jetzt noch Türen für Euch, wo Ihr bereits durch Wände geht? Sich für eine von ihren Edeldamen einzusetzen, könnte bei den Dieben von der

Alster Eindruck hinterlassen und uns eine Beteiligung an größeren Unternehmungen einbringen.«

Doch er ließ nichts auf Lorenz kommen, eher auf das Weib mit seinem Hang zu Uneinigkeit und Streit.

VII.

Ein kräftige Bö wehte vom Meer herüber. Die Luft roch nach Salz und frischem Fisch und in der Ferne erklang das mächtige Grollen des Meeres, als sie den Gasthof am Rossmarkt erreichten, den ihnen Leopold genannt hatte. Es war ein großes Haus mit einer breiten Treppe davor, die von zahlreichen kleinen Öllampen beleuchtet wurde. Nachdem Andreas den Kutscher entlohnt hatte, trug er seinem Herrn die beiden schweren Koffer in das obere Stockwerk, wo Leopold für den edlen Herrn Doktor von der Mosel ein Zimmer vorbestellt hatte. Es war abgesprochen, dass der Bote gleich nach Nickels Zusage seinen Freunden die gute Nachricht überbringen würde. So wäre alles rechtzeitig für den hohen Empfang des Herrn von der Mosel vorbereitet.

Sobald Nickel in seine Stube hinaufgestiegen war und seinen Koffer geöffnet hatte, war das Erste, was er beim Wirt nachfragen ließ, ob der Leutnant Götzel mit seiner Gemahlin bereits eingetroffen sei. Bei ihrem letzten Aufenthalt vor Hamburg, in Lübeck, hatten sie beschlossen, zu ihrer Sicherheit auf getrennten Wegen weiterzufahren. Doch gemäß der Auskunft des Wirtes waren sie noch nicht angekommen, dafür aber ein Fremder mit Namen Lipmann, der den Herrn Doktor von der Mosel bereits erwarte. Als Nickel sich zu ihm begab, machte Lipman keine großen Umstände und fragte sogleich, ob es ihm angenehm sei, ihm an einen geheimen Ort zu folgen, wo er die anderen Herren des Syndikats treffen würde. Er führte an, dass sie ihrerseits Bedenken hätten, in einem Gasthof gemeinsam aufzutreten, wo es von vornehmem

Volk aus aller Welt nur so wimmelte. Auch wollten sie die Aufmerksamkeit des Wirtes nicht mehr als es notwendig auf sich lenken.

Nickel war dazu bereit, lobte die Vorsicht des Mannes und ließ ihn mit dem Jäger vorangehen. Er selbst folgte ihnen wenige Minuten später im Dunkeln zum Marktplatz. Um einen guten Eindruck zu hinterlassen, hatte er sich seinen neuen Pelz angezogen und das Barett aus erlesenem Zobelfell aufgesetzt. Beides war vor nicht ganz drei Wochen einem Kürschner aus Altenburg gestohlen worden.

Vom Marktplatz aus durchquerten sie ein Gewirr von Gassen, liefen über mehrere Brücken, passierten hohe Fachwerkspeicher und hörten die Glockenspiele von den Türmen, bis Nickel ungeduldig ihren Führer fragte, wohin er sie denn brachte. Der gebot ihm, still zu sein, und wies zur Elbe, wo der Giebel der Herberge von Christian Schwancke sichtbar wurde, das Ziel ihrer verwirrenden Wanderung. Vor ihnen öffnete sich ein breiter Weg, hinter dem dunkel und wellenplätschernd die See lag. Sie gingen ein paar Schritte den Weg entlang bis zu einem Eingang, dann führte sie Lipmann über eine kleine Treppe und durch einen niedrigen Flur, von wo aus sie in eine geräumige Gaststube kamen, ausgestattet mit präparierten, seltenen Fischen, kunstvoll geschnitzten Barkassen und Öllampen auf hölzernen Wagenrädern.

Der Besitzer dieser wundervollen Fischerschänke, Christian Schwancke, kam gerade mit ein paar Krügen frisch gezapften Weines aus dem Keller herauf. Als er die Ankömmlinge eintreten sah, verschloss er rasch die Klapptür und kam geschäftig hinter seinem Schanktisch hervor. Er ließ sich von Lipmann mit den Fremden bekannt machen und sagte erfreut: »Die Herrschaften sind alle schon im Hinterzimmer versammelt, zwei neue Händler, Moses und Schimmekuh, sind noch hinzugekommen. Leopold ist gerade gegangen, den Vincent zu holen.« Er gebot ihnen zu folgen, ging zu einem großen Wandschrank, öffnete eine dahinter verborgene Tür und ließ sie ins Hinterzimmer eintreten, wo unter einer Öllampe fünf Männer und eine Frau an einer mit den erlesensten Speisen gedeckten Tafel saßen und aßen.

Die beiden Händler am oberen Ende, auf einem Polstersofa, fielen Nickel als Erstes ins Auge. Ihr Anblick rief keine guten Erinnerungen in ihm wach und er nahm sich vor, auf der Hut zu sein. Es waren ein älterer Jude, mit einer scharf gebogenen Nase, der ihm als Moses Hoscheneck vorgestellt wurde, daneben sein Partner, mit kleinen unruhigen Augen, der seine Beleibtheit unter einen weiten Kaftan verbarg, sich Schimmekuh nannte und beim Sprechen leicht näselte …

Aber was Nickel noch mehr überraschte, war das Weib zwischen ihnen. Verwundert blieb er stehen. Er war darauf vorbereitet gewesen, sie hier zu treffen, doch jetzt war die Überraschung so groß, dass er weder den kleinen Mann wahrnahm, der auf ihn zutrat und ein Namensvetter von Leopold war, noch die beiden Gardereiter, Pante und Kramer, die sich ihm neugierig zuwendeten. Er hatte plötzlich das Gefühl, als befände er sich ganz allein im Saal, nur zusammen mit diesem zierlichen Geschöpf, mit dem sorgfältig frisierten, blauschwarzen Haar und der ihm so bekannten ebenmäßigen, wie von der Hand eines Malers gezeichneten Züge, voller Leidenschaft zum Guten wie zum Bösen. Und es war ihm, als hörte er sich überrascht »Hannes …« sagen, während er gedankenlos dem Mann die Hand reichte.

Alles Weitere lief wie im Traum ab. Er folgte der Einladung an den Tisch und aus seinen großen, schwarzen Augen schossen Blitze zu ihr hinüber, bis sie ihm errötend auswich und immer unruhiger wurde, wie von einem schlechten Gewissen gequält. Sie mischte sich mit verdächtigem Übereifer in das Gespräch der Männer, das sich zunächst um die glückliche Ankunft des Herrn von der Mosel drehte und dann rasch zu dem eigentlichen Anlass der Reise überwechselte. Auf die einzelnen Schritte des Planes vermochte er sich kaum noch zu konzentrieren. Stattdessen staunte er, wie er, der sich geschworen hatte, sich nie mehr mit einem Weib einzulassen, verzaubert der glockenhellen, ihm so vertrauten Stimme lauschte. Immer wieder unterbrach Anna mit ihrem Geplauder das Gespräch der Männer und verstand es geschickt, die Aufmerksamkeit auf sich zu lenken.

Mit Eifer lobte sie die Schänke als einen der sichersten Orte für solch delikaten Angelegenheiten, weil sie, wie sie mit einem Lächeln bemerkte, von den Stadtgerichten nicht als auffällig erfasst worden sei. Ihr Schwager, der Seefahrer Schwancke, hätte sie erst einige Wochen vor Michaelis eingerichtet, nachdem er mit seinem Schiff von Kopenhagen zurückgekehrt war und es nun den Winter über im Hafen stillgelegt hatte.

So erfuhr Nickel also, dass Christian Schwancke ihr Schwager war und sie mit ihrer Schwester zusammen in seinem Hause wohnte. Das Schicksal ging schon recht seltsame Wege. Als Leopold in Stedten von einem Weib in der Diebeszunft erzählt hatte, das von den Wunstorfern wegen ihres Namens von Sien und ihrer diebischen Finger ›Simse‹ gerufen wurde, ahnte er bereits, dass es sich hier nur um Anna handeln konnte. Obwohl er über ihre treulose Flucht nie richtig hinweggekommen war, war ihm für ihre Freiheit keine Geldsumme zu hoch gewesen, als man ihm von ihrer Gefangennahme berichtete.

An diesem Abend hielt er sich zunächst einige Zeit im Hintergrund und versuchte sie wieder aus seinem Kopf zu bekommen, bis er seine Gefühle nicht mehr unterdrücken konnte. Die bloße Erwähnung ihres Namens rief in ihm ein noch nie gekanntes Glücksgefühl hervor und die Aussicht, ihr plötzlich wieder nah zu sein, schien alles zu verändern. Mit einmal fing sein Herz an wild zu schlagen und ohne auf die Stimme zu hören, die ihn vor dem gefährlichen Spiel warnte, verfolgte er jede von Annas Bewegungen mit glühenden Blicken.

Eifersucht war ihm fremd gewesen, seit er mit Magdalena abgeschlossen hatte, das änderte sich jedoch rasch, als er sah, wie der hagere Lipmann Anna vertraulich seinen dürren Arm um den nackten Hals legte und sie besitzergreifend an sich zog.

Sie ist nicht anders als Magdalena, versuchte er sich einzureden, um wieder Herr über seine Gefühle zu werden. Sie wird mich mit Hörnern schmücken und mir das Herz aus der Brust reißen.

Im gleichen Moment aber war er sich sicher, dass er sie besitzen musste, so wie den Schatz im Hamburger Dom. Er behielt den Nebenbuhler im Auge, bis Anna ihm im richtigen Augenblick einen langen, herausfordernden Blick zuwarf, der ihn fast um den Verstand brachte. Gerade noch rechtzeitig trat Leopold mit dem Soldaten Vincent Niclas durch die Tür, gefolgt vom Wirt und von seiner Frau, mit dampfenden Schüsseln, und Nickel erinnerte sich wieder daran, warum er den weiten Weg bis nach Hamburg gemacht hatte.

Der große Schatz im Dom war ihr Hauptgesprächsthema. Nickel saß in seinem fürstlichen Rock als Herr Doktor von der Mosel neben seinem Jäger an der Tafel und ließ sich von ihm Speisen und Getränke reichen. Zwischendurch beugte er sich zu Vincent hinüber und wollte wissen, ob der Schatz wirklich einen unermesslichen Wert hätte und ob er tatsächlich noch in dem angegebenen Domgewölbe sei, damit nicht kostbare Zeit vertan würde.

Der Soldat schwor bei den Gebeinen seiner seligen Frau Mutter, dass alles seine Richtigkeit hätte, und er selbst geholfen habe, den Schatz eines Herrn von Reichenbach in das Gewölbe hineinzuschaffen. Alles stünde wohlverschlossen an derselben Stelle. Hin und wieder trafen sich die Blicke von Nickel und Anna, und irgendwann senkte sie nicht mehr die Augen, sondern lachte ihm so verführerisch ins Angesicht, dass ihn gleich mehrere heiße und kalte Schauer überfielen und er den Worten von Vincent und den anderen nur mehr mühsam folgen konnte.

Der Gardereiter Pante breitete den Grundriss vor ihm aus und Moses Hoscheneck legte ein paar Wachsformen daneben. Er wandte sich an Nickel: »Dies sind die Formen zu den Schlüsseln, die wir nur mit viel Aufwand bekommen konnten. Wie Ihr seht, Herr Doktor, hat keiner von uns das Geschick aufgebracht, sie richtig zu bearbeiten. Deshalb möchten wir Euch bitten, uns in der Kunst des Schlüsselfeilens, in der Ihr, großer Meister, es zu landesweitem Ruhm gebracht habt, zu unterrichten.«

Nickel erwachte wie aus einem Traum, nahm jede einzelne Wachsform in die Hand und betrachtete sie lange und gründlich. »Die Formen sind mit viel Geschick gefertigt, aber Ihr habt recht, es bedarf schon großer Fingerfertigkeit, um Schlüssel daraus zu feilen.«

Als nun die Bürgerstunde gekommen war und in den Straßen die Nachtwächter ihr Horn bliesen, kam der Wirt Christian Schwancke herein, um sie zum Aufbruch zu mahnen. Einer nach dem anderen erhob sich und verließ den Raum, Lipmann küsste Annas Hand und flüsterte ihr etwas Frivoles ins Ohr.

Doch sie tat so, als hätte sie nichts gehört, und sah an ihm vorbei zum sächsischen Edelmann von der Mosel, ging auf ihn zu und hauchte mit einer leichten Verbeugung: »Es würde mich freuen, Herr Doktor, dürfte ich Sie wiedersehen.« Wie versehentlich fiel ihr seidenes Taschentuch zu Boden und Nickel bückte sich, um es wie ein Kavalier aufzuheben. Als er es ihr zurückgab, schob sie seine Hand zurück und sagte leise: »Behaltet es als ein Freundschaftspfand von mir.«

Ihre schwarzen Augen trafen sich zu einem letzten langen Blick. Er nahm das Taschentuch, hauchte einen Kuss darauf und ließ es in seinem Rock verschwinden. In diesem Augenblick trat die Wirtin, Annas Schwester, zwischen sie, ein hübsches Weib, mit dunkelbraunem, hochgestecktem Haar, rundlichen Hüften und sehr schönen, weißen Zähnen. Verschwörerisch zog sie Anna an ihre Seite und ergriff für sie das Wort: »Mein Herr, meine Schwester und ich werden uns jetzt auf unsere Stuben begeben. Es würde sie erfreuen, würdet Ihr sie morgen in das große Opern-Teatrum am Gänsemarkt begleiten.« Dabei blinzelte sie Anna vertraulich zu.

Johann von der Mosel küsste artig erst die Hand der Schwester und dann inbrünstig die schmale, weiße der Angebeteten und sagte, dass es ihm eine Ehre sei. Einen Augenblick später folgten er und sein Jäger dem Kaufmann Lipmann, der sie zurück zum Gasthof am Rossmarkt brachte.

Dort angekommen, schickte er seinen Jäger Andreas zu Bett. Er selbst fand keine Ruhe, ging unruhig umher, setzte sich an den Tisch, blätterte geistesabwesend in seinen Büchern, legte sie wieder zur Seite, öffnete den Koffer mit der Maschine, nahm die Wachsfiguren zur Hand, versuchte an den Schlüsseln zu feilen, erhob sich wieder und ging zum Fenster. Hier drückte er die heiße Stirn gegen die Scheibe und starrte lange gedankenverloren in die Dunkelheit hinaus.

Irgendwann riss er das Fenster auf. Er atmete tief die frische Nachtluft und fühlte sich sogleich wie neu belebt. Er schloss das Fenster wieder, ging zum Spiegel an der Wand gegenüber und entzündete Kerzen zu beiden Seiten. Dann trat er ganz dicht an das Glas heran und betrachtete sein Gesicht, das aufgeblüht war vom guten Essen und Trinken der letzten Tage.

Aber je länger er sich betrachtete, umso mehr bemerkte er, dass in seinen Zügen eine Veränderung vorgegangen war. Hatte sich zwischen seinen schwarzen Augenbrauen über der Nase nicht eine tiefe Falte gebildet, so wie bei den Menschen, die viel über das Leben nachdachten? Blickten seine Augen nicht verträumter als sonst, war nicht sein ganzes Gesicht von der hohen Stirn bis zu den kleinen Fältchen um die Mundwinkel, ja selbst bis zum energischen Kinn, eine einzige Verzerrung von Schmerz und Seligkeit? Sollte dies das Werk eines Paars feuriger Augen und eines weißen, lockenden Halses sein – was vermochte dann erst die neu entdeckte Liebe in ihm alles zu verändern? Im Geiste die schöne Anna vor Augen, strich er an seinem reich bestressten Rock herunter, als könnte er nicht begreifen, dass er der Edelmann war, dem ihre Gunst galt. Er fragte sich, ob sie ihm wohl unter anderen Umständen ihre Beachtung geschenkt hätte und verglich im Geiste seine groben Hände mit ihren schlanken, in der Liebe erfahrenen, und der Gedanke, dass sie gerade den reichen Lipmann damit verwöhnte, schmerzte ihn sehr. Während ihm das alles zu Bewusstsein kam, entfuhr ihm ein bitteres und spöttisches Lachen und er fragte sich, ob tatsächlich alle Weiber an einem Manne nur den äußeren Glanz liebten? Dabei führte Anna ihren adligen Namen bestimmt nicht mit mehr Recht als er den seinen.

Aber einerlei; so war das Leben. Sie war eine Abenteurerin, ihm ebenbürtig, und sie war eine Schönheit. Das Glück, wenn es kommt, fragt nicht, ob es willkommen sei. Wer konnte ihm eine Antwort darauf geben, ob er nicht schon damals, ohne es zu wissen, in Anna verliebt gewesen war, in ihre geschmeidige Gestalt und in die schwarzen Augen hinter der Maske? Sicher kein anderer als er selbst, und da er das nicht vermochte, löste er sich von diesem Gedanken, befühlte das Taschentuch zwischen seinen Fingern, das sie ihm geschenkt hatte, und zog es rasch aus der Rocktasche.

Als er es verliebt an die Lippen führte und mit dem Parfüm ihren Duft tief einatmete, fiel ein kleiner, zusammengefalteter Zettel zu Boden. Erstaunt bückte er sich, hob ihn auf und lief mit klopfendem Herzen zu einer Kerze. Dort strich er das Papier glatt, hielt es in das Licht und las eilig, was auf ihm stand:

Kommt heute Nacht in der dritten Stunde in den Hafen zum Schiff meines Schwagers, der ›Sulamith‹.
Ich erwarte Euch
Hannes.

Die Nachricht rief ein so berauschendes Gefühl in ihm hervor, dass er das Grübeln vergaß, die kleine goldene Uhr aus dem Rock zog, einen Blick darauf warf und dann den Pelz vom Haken riss, ihn hastig überwarf, sich den Hut aufstülpte und leise die Stufen zum Herbergsvater hinabstieg, um ihn nach der ›Sulamith‹ zu befragen. Der Herbergsvater, ein kleiner, dicklicher Mann, empfing ihn verschlafen in der Gaststube und konnte nicht verstehen, dass ein so reicher Herr nach der Bürgerstunde noch das Haus verlassen wollte, und das ohne eine Begleitung.

Aber Nickel drückte dem Mann im Nachtgewand einige Taler in die Hand und beschwor ihn, ja seine Diener schlafen zu lassen. Um die Zweifel des Wirtes, der den liebenswürdigen Gast schätzte und ihn ungern einer Gefahr aussetzte, zu zerstreuen, zeigte er ihm seinen Degen und die Pistolen, die er unter dem Rock verborgen hielt, und beruhigte ihn mit den Worten, dass er darin geübt sei und gleich wieder zurückkäme. Als ihm der Mann daraufhin den Weg beschrieb, drückte er ihm dankbar die Hand und verließ raschen Schrittes die Herberge.

Auf der Straße zeigte sich kein Mensch. Es stürmte so eisig durch die schmalen Gassen, dass die Gildezeichen an ihren metallenen Gestängen und die Wetterfahnen auf den spitzen Giebeln schaurig hohle Knarrgeräusche von sich gaben. Hinter den niedrigen Fenstern brannte kaum noch Licht. So sah niemand den verliebten Mann über das Pflaster hasten, dem Mond entgegen, der ab und zu durch die jagenden Wolken blickte und das Ende der Straße am Hafen ausleuchtete, wo sich, wie riesige Schattengerippe, die Masten der am Dock liegenden Handelsschiffe und Schoner abzeichneten.

»Nickel!«, hörte er plötzlich eine Stimme im Dunkel und ehe er eine Antwort geben konnte, spürte er Annas schlanken Körper in seinen Armen.

Völlig überrascht packte er sie, riss sie an sich und fühlte, wie sie sich voller Begehren an ihn drückte.

Anna hatte die Arme um seinen Hals geschlungen und schrie gegen den Sturm: »Endlich, Nickel!«

Dann spürte er ihre Lippen auf seinem Mund und trunken vor Glück erwiderte er ihren Kuss. Beinahe zu schnell war er wieder Herr seiner Sinne, befreite sich aus ihren Armen, und um sie besser betrachten zu können, schob er sie an den Schultern ein Stück von sich: »Bist du allein gekommen?«, fragte er sie und ärgerte sich zugleich über sein Misstrauen.

»Du vertraust mir nicht. Nur zu Recht, mein Geliebter«, entgegnete sie. »Aber ich schwöre dir, außer mir ist nur Hannes gekommen.«

Mit Erstaunen bemerkte er, dass sie in den alten Kleidern steckte, die er nur zu gut kannte. Sie trug sogar die Maske, die ihr hübsches Gesicht zur Hälfte verdeckte, und genauso wie er hatte sie ihren Degen umgeschnallt und die Pistolen gehalftert. »Potz Blitz!«, rief er erstaunt, »Hannes hatte ich hier nicht erwartet. So küsse ich denn jetzt meinen getreuen Hannes«, lachte er und schloss sie erneut in seine Arme. Wie im Rausch presste er nun seinerseits den Mund auf die vollen Lippen, die seine Küsse voller Verlangen erwiderten.

Aber was er schmeckte, war Bitterkeit. Er hielt plötzlich inne und nahm ihr die Maske vom Gesicht. Zu viele unbeantwortete Fragen brannten auf seiner Seele und er fragte hastig: »Warum hast du mein Billett nicht beantwortet und bist stattdessen heimlich verschwunden? Und weshalb hast du mich in Beutha verlassen, wo du mir zuvor das Leben gerettet hast? Warum, sag mir, tauchst du auf und verschwindest immer wieder?«

Wäre es nicht dunkel gewesen, hätte er gesehen, wie sie bis zu den Haarwurzeln errötete. Einen Moment war es still, nur der Sturm heulte um die Häuserecken. Es kam ihm wie eine Ewigkeit vor, bis der Wind ihm schließlich ihre Worte zutrug: »Nickel, ich nahm an, das Billett wäre von deinem schmucken Diener. Nachdem du so edel an mir gehandelt hast, wollte ich dich nicht enttäuschen und ein Liebesverhältnis mit deinem Jäger beginnen.«

»Mein Diener ist mir treu ergeben«, erwiderte er eher belustigt und zugleich erstaunt über ihre Worte.

»Dein Diener ist ein eleganter und gebildeter Herr, er hat mich köstlich unterhalten. Aber noch begieriger brannte ich darauf, den mysteriösen Doktor kennenzulernen, von dem die ganze Stadt spricht. Früher war *ich* dein getreuer Diener, Nickel, und ich habe dich verlassen, weil der Räuber in dir und deine Verachtung für das Weib nie die Frau in mir akzeptiert hätten. Zu groß waren deine Wunden. Ebenso wäre ich nie bereit gewesen, dir, als Mann, bis in den Tod zu dienen. Doch ich habe dir mein Ohr geliehen, wenn du eines brauchtest, bis ich begriff, dass ich nicht der Mensch bin, nach dem dein Herz sich sehnt und den du in mir suchtest. Du weißt doch, Nickel, in jedem Weib steckt eine Magdalena, auch in mir. Ich bin kein Hannes, ich war es niemals und ich werde es niemals sein; ich bin eine Abenteuerin, nur eine jener schillernden Personen, in die sich heute Abend der elegante Herr von der Mosel verliebt hat. Niemand konnte die Wege des Schicksals voraussehen, du nicht und auch ich nicht, als wir uns im Thüringischen begegnet sind. Deshalb bedenke, Nickel, hier in dieser eleganten Welt sind wir nur Komödianten. Wir haben unsere Augen und Herzen sprechen lassen. In solchen schwachen Momente sind wir derart machtlos, dass uns kein Vorwurf daraus wachsen kann. In dieser Welt, Nickel, glauben wir zu lieben, doch wir handeln aus Eigenliebe, erwägen den Vorteil und den Nachteil wie bei einem guten Geschäft. Sieh an, ich habe mich heute Nacht in den eleganten Doktor von der Mosel verliebt, aber es ist ein gewaltiger Unterschied zwischen dem einfachen Genuss eines Glückes und der Fähigkeit, es mit Bewusstsein auszukosten. Ich gehöre zu der Sorte Weib, die sich nur behaglich fühlt unter Männern, die etwas aufs

Spiel setzen und die mir die Möglichkeit geben, sie zu beherrschen. Was ich damit sagen will, Nickel: Die großen Tugenden sind wie Goldstücke; sie sind nicht weniger im Umlauf als die Scheidemünze. Du, Nickel, bist ein zu guter Mensch, der seinen Schmerz zur Schau trägt, der Wonne in seinen Tränen findet, dessen Herz zu großen Gefühlen fähig ist, aber in unserem Jahrhundert bist du damit nur der Dumme. Nun sag mir, willst du für mich Nickel oder Johann von der Mosel sein?«

Es war, als hätte ihn gerade eine kalte Regendusche überrascht. Schweigend hatte er ihr zu gehört. Es schien, als hätte sie zwei Gesichter, wovon ihn das, welches sie jetzt offenbarte, zutiefst verwirrte. Krampfhaft nach den richtigen Worten suchend, entschloss er sich zu der Frage: »Hast du mich deshalb zum Hafen bestellt? Wolltest du mir das sagen, Anna?«

Er sah sie plötzlich mit anderen Augen und bewunderte insgeheim ihren Mut und ihre Ehrlichkeit. Der Wind spielte mit ihrem vollen, dunklen Haar und er spürte, wie sie erbebte, als er mit den Fingern sanft die Konturen ihres schönen Gesichtes nachfuhr. Sie waren wie füreinander geschaffen, der große Räuber und die edle Hure. Sie versprach ihm ein lockendes Abenteuer mit einem ungewissen Ausgang und er wollte es eingehen.

»Geliebte«, sagte er gerührt und presste sie erneut an seine Brust, so fest, dass sie nach Luft rang. »Es sind die Arme des Herrn von der Mosel, die dich umfangen. Aber hier in der Brust hinter der seidenen Weste schlägt weiterhin Nickels Herz. Wenn du mit beiden leben kannst, dann sollten wir den Augenblick nutzen und unsere Liebe genießen, bevor der neue Tag anbricht.« Er griff zärtlich nach ihrer Hand, berührte sie sanft mit den Lippen, drehte sich dann rasch um, ohne die Hand loszulassen, und zog Anna in eine geschützte Ecke, wo er ihr deutete, still zu sein. Dann sagte er leise, während er die Straße hinunterschaute: »Komm mit mir in meine Herberge. Es soll sich für dich lohnen.«

Hand in Hand liefen sie zum Gasthof, wo sie die Treppe zu seinem Zimmer hinaufschlichen und ihren Spaß daran hatten, sich die Kleider vom Leib zu reißen, jede Stelle am anderen Körper zu küssen und sich unbeschwert wie Kinder mit Kissen zu bewerfen. Nachdem er sich sanft losmachte, um die Kerze auf dem Tisch anzünden, riss er sie ungestüm in seine Arme und bedeckte ihr Gesicht mit wilden Küssen.

Es war, als wenn die beiden glühenden Körper, die einander begehrten, sich selbst nicht mehr gehörten. Keuchend bog sich Anna unter seinen Händen, deren Berührungen immer neuen Quellen der Lust in ihr entfachten, bis Nickel schwer atmend in sie drang. Sie täuschte nichts vor, schrie nicht gekünstelt auf, wie sie es bei den anderen Männern, wie Peermann oder Lipmann, hielt. Im Gegenteil, willenlos und ohne Schamgefühl bot sie sich seinen Liebkosungen dar und ließ sich vom Strom der Wollust mitreißen.

Nur einmal hielt er ermattet inne und strich ihr die feuchten Haare aus der Stirn. Er atmete tief und betrachtete versonnen ihr schönes Gesicht, dann zog er sie von Neuem an sich, lächelte und flüsterte: »Wie lange habe ich auf diesen Augenblick gewartet. Es scheint mir so, als habe ich dich schon damals geliebt, als du noch der Hannes für mich warst.

Er liebte sie die ganze Nacht hindurch mit einer Ausdauer, die sie erschreckte, ihr aber auch ein nie gekanntes Wohlgefühl bereitete. Mit geschlossenen Augen genoss sie die zärtlichen Pausen, entzog sich ihm, umklammerte ihn in einem Ansturm wilder Erregung und schmiegte sich bald wie ein Kind an seine männliche Brust. Sie hatte immer geglaubt, die Kunst der Liebe zu beherrschen, doch in seinen Armen geriet sie in einen solchen Strudel ungekannter Empfindungen, dass sie einmal im Taumel eines besonders heftigen Glücksgefühls dachte: Er hat die schönsten schwarzen Augen, die schönsten Haare, die wärmsten Hände ... Warum habe ich ihn nur verlassen? Wie konnte ich ihn nur jemals betrügen?

Und nachdem das Feuerwerk der Wollust, Zärtlichkeit und bedeutungsvollen Schwüren erloschen war, das dritte Morgengrauen nahte und Anna ermattet, mit einem unschuldigen Lächeln auf dem Gesicht, schlafend an seiner Seite lag, musste er an seine Knabenzeit denken, an die geleimte Kate seiner Eltern zu Waldenburg und den Dorfschulmeister, der ihn Lesen, Schreiben und Rechnen und den Katechismus des Doktor Luthers gelehrt hatte. Er dachte an die zügellosen Sehnsüchte, die Träume und Hoffnungen seines jungen Lebens und fragte sich beim Anblick der schlafenden Schönheit, ob er nicht den falschen Zielen nachgejagt war und einen Teil seines Lebens vergeudet hatte. Seine Jahre mit der Hexe Magdalena, das unstete Leben als vogelfreier Räuber – was hatte es ihm gebracht? Wäre sein Platz nicht von Anfang an hier gewesen, an der Seite dieser wunderschönen Frau in der reichen, eleganten Welt? Aber wer kann sich schon sein Schicksal aussuchen?

Über diesen Gedanken fielen ihm die Augen zu und er schlief bis zum Vormittag. Er erwachte erfrischt mit dem Gedanken an einen wundervollen Traum, und sein erster Blick galt ihr.

Als er sie jedoch wachküssen wollte, waren die weichen Kissen neben ihm leer. Während er noch schlaftrunken überlegte, ob er all das, was er in den letzten

Nächten erlebt hatte, nur geträumt hatte, klopfte es an die Tür. Auf sein Rufen hin trat Lorenz in das Zimmer. Er war kurz nach ihm im Wirtshaus angekommen, und hatte, wie abgesprochen, als Herr Leutnant von Götzel mit seiner Gemahlin das für sie bestimmte Zimmer bezogen. Dass Nickel sich fast drei Tage in seiner Stube eingeschlossen und niemanden empfangen hatte als den Wirt, nicht einmal seine engsten Freunde, ließ ihn etwas verärgert eintreten.

Doch Nickels Freude, Lorenz wiederzusehen war, groß. Lachend schnitt er ihm das Wort ab, ließ sofort nach seinem Jäger rufen und bei einem üppigen Frühstück beratschlagten sie sich wegen des Anschlags auf den Dom. Gerade als sie auf die Händler zu sprechen kamen, meldete der Wirt drei Herren und eine Dame, die den Herrn von der Mosel zu sprechen wünschten. Nickels Herz schlug sofort höher und er konnte sich nicht enthalten, Lorenz von der Geliebten zu erzählen und sie in den höchsten Tönen zu loben. Wenige Augenblicke später traten die Herren Lipmann, Leopold und Jonas Meyer gefolgt von Frau von Sien in den Raum, und Nickel war, als ging mit ihrem Eintritt die Sonne auf. Er warf ihr einen heimlichen Blick zu und suchte nach einer Vertraulichkeit in ihren Augen, nach einem geheimen Zeichen zwischen Verliebten, aber Anna schien völlig verändert, als hätte es diese Nächte der Liebe zwischen ihnen nie gegeben.

Sie bewegte sich steif und hielt die Augen starr auf den Boden gerichtet. Da er sich ihr Verhalten nicht erklären konnte, schrieb er die ungewohnte Kühle ihrem Galan Lipmann zu, der wohl nichts von ihrem Verhältnis bemerken sollte. Zudem konnte er sich des Gefühls nicht erwehren, dass der Kaufmann ihm heute anders gegenübertrat. Er lächelte nicht so unterwürfig wie am

Vortag, stattdessen kam es ihm vor, als hätte sich um die schmalen Lippen ein höhnischer Zug gebildet, als musterten seine grauen Vogelaugen ihn herausfordernd.

Nach einer kurzen Verbeugung kam er sehr schnell zum Anliegen seines Besuches. »Ich möchte Euch um die Schlüssel bitten, Herr Doktor von der Mosel. Wir hatte uns auf Eure Geschicklichkeit im Schlüsselfeilen verlassen. Seitdem sind drei Nächte vergangen … Der Anschlag muss heute Nacht geschehen. Wir haben bereits alles dafür vorbereitet. Es fehlen nur noch Eure kunstfertigen Ausführungen. Durch Euer Zögern muss ich annehmen, dass Ihr wortbrüchig werdet.«

Nickel beugte sich vor und seine Augen funkelten »Eure Vorwürfe verwundern mich und bringen mich in Verlegenheit. Ihr zweifelt mein Wort als Ehrenmann an. Es gibt triftige Gründe, welche meine Arbeit verzögern, kein Anlass mich der Wortbrüchigkeit zu bezichtigen.« sagte er. Wütend über die Dreistigkeit des Juden gab er seinen beiden Getreuen ein Zeichen, was Andreas und Lorenz veranlasste, aufzustehen und mit der Hand am Degen neben ihn zu treten. Aber auch Leopold, dessen langer Körper bis jetzt lediglich den Türrahmen ausgefüllt hatte, war einen Schritt nach vorn getreten.

Die Situation drohte zu eskalieren, weshalb Nickel es vorzog, vor der anwesenden Dame sein sächsisches Temperament zu zügeln, und klugerweise einlenkte. »Aber warum solche Eile, meine Herren? Es ist so ein schöner Tag und gute Arbeit braucht Zeit.« Er gab seinen Gesellen einen Wink, sich zurückzuhalten. Lipmann behielt er dabei im Auge. »Wir wollen uns doch nicht schon zu Beginn unseres Unternehmens zerstreiten.« Mit einer galanten Geste gebot er dem Juden, sich zu setzen. »Die Angelegenheit ist heikel und geht nicht so schnell vonstatten, wie Ihr es Euch wünscht.«

»Verzeiht mir. Es ist bereits der dritte Mittag, da sollen mir keine Zweifel kommen? Wer garantiert uns denn, dass Ihr tatsächlich diese Kunst beherrscht, wie man es behauptet? Es könnte ja sein, Ihr nehmt unseren Plan zum Anlass, auf eigene Faust den Domschatz zu heben.

Die Art und Weise, wie Lipmann vor ihm stehen geblieben war, er also der Einladung sich zu setzen nicht Folge leistete, seine Vogelaugen, die unruhig von ihm zu den zerwühlten Kissen schweiften, sprachen dafür, dass er von der Untreue seiner Mätresse erfahren haben musste und sich nun dafür revanchierte.

Nickel kam eine Idee, wie er sich herausreden konnte und den lästigen Nebenbuhler loswürde. »Es stimmt, ich habe den Herren meine rasche Hilfe zugesagt. Aber, Monsieurs, seid Ihr nicht auch der Meinung, dass ich meine Arbeit sicherer bei dem Seefahrer Schwancke ausführen sollte? Hier auf meiner Stube besteht die Gefahr, dass mein Hämmern und Feilen oder gar das Pfeifen meines Blasebalges von fremden Ohren gehört würde. Deshalb fand ich es sinnvoll, bis zum nächsten Morgen zu warten, um mich mit Christian zu bereden.« Zur Bestätigung suchte er erneut Annas Blick und jetzt erwiderte sie ihn. Seine schwarzen Augen sogen sich fest an ihr, während es ihn glücklich machte, nur in ihrer Nähe zu sein.

Der Jude schien zu überlegen, sah zuerst Leopold und dann Hoscheneck an, der sich hinter Jonas' breitem Rücken versteckt hielt. Nachdem er sich leise tuschelnd mit seiner schönen Begleitung ausgetauscht hatte, sagte Leopold: »Gut, ich werde es mit dem Schwancke bereden. Da Eile geboten ist, würde ich vorschlagen, dass uns Monsieur von der Mosel auf der Stelle begleitet.«

Eine Stunde später, saß der Herr von der Mosel in einer kleinen Kammer zum Hof hinaus, die ihm Annas Schwager zugewiesen hatte, und ihm gegenüber hatte die schöne Frau von Sien Platz genommen. Bisher hatte er außer seinem Jäger niemandem erlaubt, ihm bei der Arbeit zuzusehen. Umso verwunderlicher war es, dass er diesmal sogar Andreas aussperrte, um mit der Geliebten allein zu seinen. Lipmann hatte alle Künste aufgeboten, Anna davon zurückzuhalten, sich mit dem Doktor einzuschließen, und es wäre fast zu einer ernsthaften Auseinandersetzung zwischen den beiden Kontrahenten gekommen, hätte Anna den Streit nicht auf ihre kokette Art geschlichtet.

Nun saßen sich die Verliebten am Tisch gegenüber, sprachen nicht viel, außer wenn er einen Schlüssel besonders kunstvoll ausgefeilt hatte und ihn prüfend vor die Augen hielt. Dann ließ sie einen anerkennenden Laut der Bewunderung für seine Geschicklichkeit hören und Nickel sah von seiner Maschine auf, blickte sie verliebt mit seinen, vom vielen Feilen angestrengten Augen an und die Zeit schien für ihn stillzustehen. Er kam sich vor, als sei er über Nacht in eine andere Welt versetzt, eine Welt der Fülle und zauberhaften Entdeckungen. Ihre Verliebtheit wuchs und er bedauerte jede neue Stunde, die der Glockenschlag des Doms verkündigte, und dachte mit Wehmut an den Tag, an dem er die Geliebte wieder verlassen musste. Natürlich kam ihm der Gedanke, hier in Hamburg zu bleiben und ein Mitglied der hiesigen Diebeszunft zu werden. Aber wenn er dann seine geschickten und treuen Gesellen in Stedten mit den unerfahrenen Edelleuten und ihren hochgesteckten Zielen verglich, verwarf er den Gedanken rasch wieder.

Am vierten Tag vor Weihnachten war es dann so weit, das der Herr von der Mosel mit seinem Jäger, Lorenz und ein paar Dieben der Hamburger Bande mit Laternen und ein paar stattlichen Schlüsselbunden bewaffnet in das Gewölbe des Domes hinabstieg. Zwei Nächte brachten sie mit dem Raub zu, wobei Nickel feststellen musste, dass es Schlösser gab, bei denen selbst er an seine Grenzen stieß, und er begriff, dass man ihn nicht ohne Grund hierher gerufen hatte: Die Hamburger verwahrten ihren Schatz nicht leichtfertig. Sie hatten ihn mit vielen guten Schlössern versehen und Nickel wurde klar, dass alles, was er vorher in seiner Heimat mit Leichtigkeit geöffnet hatte, ein Kinderspiel dagegen gewesen war.

Doch mit geschickten Fingern öffnete Nickel auch diese Schlösser. Er arbeitetet sich mit den gefeilten Schlüsseln durch die Gewölbetür neben dem Altar durch, dann öffnete er eine doppelte Tür im Eingang und zum Schluss eine große, besonders gut gesicherte Tür, bis er endlich das Hauptgewölbe erreichte. Hier feilten sie die Krampen ab und legten die Schlösser auf die Erde, bevor Leopold und Lipmann die Türen mit Brecheisen aufstemmten.

Gepackt vom Goldfieber stürmten sie in das Gewölbe, allen voran Nickel. Gemeinsam mit Leopold machte er sich daran, die ersten der zahlreichen Kisten aufzubrechen, während Lorenz und drei andere Diebe von drei silbernen Aposteln angezogen wurden, die sie rasch zusammen mit einem zwölf Pfund schweren Kruzifix in einen der mitgebrachten Säcke stopften. Es folgte ein silbernes Bild des Johannes und ein ebensolches Bild der Gottesmutter. Dann nahmen sie mit, was sie greifen konnten, insgesamt vierzehn Bilder aus schwerem Silber, darunter der Kirchenschutzpatron Sankt Petri und fünf gekrönte Frauenbildnisse, einen Kelch mit einer goldenen Platte aus der Kapelle des Evangelisten Johannes und ein silberbeschlagenes Elendshorn. Aus anderen Kruzifixen und vergoldeten Platten brachen sie die Edelsteine heraus.

Insgesamt schleppten sie in dieser Nacht sechsundfünfzig Pfund Silber, Gold und Edelsteine aus dem Gewölbe. Die prall gefüllten Säcke mit der Beute brachten sie in ein speziell von Lipmann dafür bestelltes Haus, das Geld in Schwankes Saal. Die Edelsteine schaffte Nickel auf seine Stube.

Später, bei Aufteilung der Beute im Morgengrauen, kam es zu einer ernsthaften Auseinandersetzung zwischen den beiden Parteien. Die ganze Nacht hatten sie die Säcke auf ihren Buckeln aus dem Gewölbe geschleppt und als die letzten prunkvollen Stücke endlich über die Waagschalen von Lipmann gegangen waren, kamen Nickel erhebliche Zweifel an dessen Ehrlichkeit. Er erinnerte sich an Salomon und Samuel und an dessen Gewichte und Waagen, die Silber immer falsch wogen. Er sah den Schatz in seiner ganzen Größe vor sich und plötzlich konnte er sich des Gefühls nicht erwehren, dass all die Mühe umsonst gewesen war, weil sie hier an den Gewichten der schlauen Händler scheitern würden.

Und wirklich, als sie die Waagen von Hoscheneck und Schimmekuh genauer in Augenschein nahmen, zeigte sich, dass ihnen alle Hoffnung mit der sie ausgezogen waren, zunichte gemacht wurde und die beiden Händler ihnen für die Plackerei nicht mehr als zweieinhalbtausend Taler zahlen wollten. Augenblicklich bildeten die Anwesenden zwei Fronten. Andreas und Lorenz funkelten die vier Hamburger wütend an, während sie gefährlich mit ihren Hirschfängern spielten. Nickel rechnete nach, zählte Annas Anteil und den seiner Getreuen zu seinem dazu, nahm sich ein Stück Kreide und begann hastig auf der Tischplatte zu rechnen. Er hatte auf der Reise nach Hamburg das dreifache ausgegeben, als das, was er jetzt für die Plackerei bekam. Da war es mit seiner Beherrschung vorbei und er gebärdete sich, dass ihn seine Gesellen nicht wiedererkannten und Anna sich schützend vor Vincent stellte, der sich stumm und ergeben vor seinen Schimpfworten duckte. Nickel schoss das Blut in den Kopf, während er mit beiden Fäusten auf den Tisch hämmerte und Lipmann anschrie: »Verfluchter, mit Lügen und falschen Versprechungen habt Ihr mich hierher gelockt, damit ich Euch die Arbeit abnehme und Ihr hinter meinem Rücken abkassiert! Mit Eurem falschen Spiel habt Ihr mir mehr Schaden zugefügt, als Ihr je wiedergutmachen könnt. Wie wollt Ihr mir diesen Verlust ersetzen? Sprecht, bevor ich Euch mit meinem Degen aufspieße!«

Ermutigt durch Nickel, ergriff Anna die Gelegenheit, sich endlich ihres alten Galans zu entledigen, und begann ihn nun ebenfalls laut zu verhöhnen. Durch diesen Liebesbeweis angespornt, zog Nickel den Degen und sprang auf den verhassten Nebenbuhler zu, packte ihn im Genick, dass er bleicher wurde als die Wand und vor Angst schlotterte. Wütend schrie er ihn an: »Rache werde ich nehmen an Euch Betrügern, wenn Ihr mir nicht sofort meinen gerechten Anteil gebt!«

Anna zischte Lipmann ihre Verachtung in das blutleere Gesicht: »Es ist nur gerecht, wenn er Euch aufspießt. Nicht nur ihn, auch mich habt Ihr schmählich betrogen.« Sie funkelte Nickel mit ihren schwarzen Augen an, und als sie Zustimmung in seinen Zügen fand, gab sie noch einen drauf, schlang ihre weichen Arme um seinen Hals und sagte: »Stoß zu, mein Mosel, verdient hat er es!«

Doch bevor es dazu kam, fand Lipmann seine Sprache wieder und bat sich stotternd ein paar Minuten Bedenkzeit aus. Nickel gewährte sie ihm, zog sich mit seinen Gesellen in einen Winkel zurück und behielt ihn im Auge. Schließlich kam Hoscheneck mit der Geldkassette in den Händen als Abgesandter auf sie zu, öffnete die Lade und entnahm ihr fünfhundert Dukaten. Doch als Nickel nach dem Beutel mit dem Geld griff spuckte Hoscheneck plötzlich vor ihm aus und zischte: »Wir werden Euch in Erinnerung behalten, Nickel List. Betet zu Gott, dass Euch die Dukaten kein Unglück bringen und dass Euch Euer Verhalten niemals reut.«

»Kerl!«, schrie da der Jäger, zog seinen Hirschfänger heraus und stand kampfbereit vor dem Mann. »Du sprichst mit gespaltener Zunge. Willst du uns drohen?«

Wahrscheinlich wären sie aufeinander losgegangen, aber Nickel gab seinem Jäger einen Wink, sich an ihnen nicht die Hände schmutzig zu machen, und verließ mit der Geliebten rasch den Saal. Der Jäger und Lorenz sicherten ihnen mit gezogenen Waffen den Rückzug.

Im Gehen sah Nickel, wie Lipmann seine Fassung wiedererlangte und zornesrot die Faust ballte. Seine Worte blieben ihm noch lange im Gedächtnis haften: »Das vergesse ich dir nie, Nickel!«

Angekommen im Gasthof am Rossmarkt, schien mit Nickel eine Veränderung vorgegangen zu sein. Fast kühl und ohne das fröhliche Lachen in seiner Stimme, sagte er zu Anna: »Ich reise ab! Der Boden ist mir hier zu heiß geworden. Der Diebstahl war zu groß und die Ausbeute zu klein. Ich dachte, in Niedersachsen wären die Menschen anders als in Thüringen und ich könnte mit ihnen etwas Großes auf die Beine stellen, sodass die Nachwelt noch von uns spricht. Es ist ein sehr kläglicher Acker, auf dem ich versucht habe zu ernten.« Dabei sah er sie ernst an, so ernst, dass sie erschrak und überlegte, was ihn plötzlich so verändert hatte.

»Aber du hast mich doch geerntet?«, versuchte sie es mit einem Scherz, der ihr nicht recht gelang.

»Ach ja, das vergaß ich fast«, antwortete er und es schien ihr, als weilte er in Gedanken weit weg. Um seine Mundwinkel zuckte es und in seinen schwarzen Augen lag unendlich viel Traurigkeit, als er sie plötzlich vor die Wahl stellte: »Du musst dich entscheiden, ob du mitkommen willst …«

Sein plötzlicher Sinneswandel erschreckte sie. Sie fühlte sich betrogen und überlegte, wie sie seine trüben Gedanken verjagen und ihn enger an sich binden konnte. »Ich verstehe nicht …? Es ist viel Geld, genug für uns beide, und wenn es nicht reicht, hast du noch das Kästchen mit den Diamanten.«

»Der Schatz war wenigstens zwölftausend Taler wert. Ich habe mir meinen Anteil mit Gewalt nehmen müssen.«

»Dann planen wir etwas Neues. Hast du mir nicht einst unter Küssen und Tränen gestanden, deine Jahre in den kleinen obersächsischen Dörfern vergeudet zu haben, während deine Augen und Ohren hier so viel Gelegenheiten aufschnappen wie nie zuvor in deinem Leben?«, versuchte sie ihn verzweifelt umzustimmen. »Hier im Norden liegt das Geld auf der Straße, hast du zu mir gesagt, man muss es nur aufheben. Ich denke, du träumst von solchen vornehmen Orten, von der Rolle des Mannes von Welt, der große Städte bereist, wo die Kaffeehäuser noch viel reicher und schöner sind als in Hamburg. Irgendwann, glaube mir, wirst du gelernt haben, mit vornehmer Gelassenheit auf solche Betrüger herabzusehen. Dann musst du dich ihrer nicht mehr bedienen.«

Sie war ein wenig außer Atem gekommen. Eine Welle der Enttäuschung durchflutete ihren Körper. Mit banger Erwartung sah sie ihm ins Gesicht. Aller Spott war aus ihren Zügen verschwunden. Stattdessen bebten ihre Nasenflügel und um ihre Mundwinkel hatte sich ein feiner Zug von Bitterkeit gebildet. Die sonst so strahlenden Augen verdüsterten sich. »Ach, Nickel, es ist Johann von der Mosel, den ich liebe und dem ich folge. Hast du das schon vergessen? Bin ich dir so wenig wert, dass du mir das Leben an der Seite des vornehmen Herrn nicht gönnst? Willst du wieder zurück in deine alten Hosen? Ich will es nicht! Denn mein Ehemann ist tot und ich habe keinen Beschützer. Meine Schwiegermutter, schlimmer als ein Drachen, hat mich aus dem Haus geworfen und mich eine Erbschleicherin genannt. Meine ältere Schwester Ilsebe hat mir geschrieben und mich nach Holland eingeladen. Ich wäre gern dorthin gefahren, aber es war der einzige und letzte Brief, den ich von ihr erhielt. Danach habe ich die Verbindung zu ihr verloren. Meine Schwester Gertrud, die mich aufgenommen hat und mit Schwancke verheiratet ist, hat selbst nichts zu beißen. In meiner Lage ist es fast ein Glück, dass du mir über den Weg gelaufen bist. Sag, willst du mich wirklich zurück in Lipmanns Arme stoßen?«

Bei der Erwähnung des Betrügers durchfuhr ihn ein boshafter Gedanke. Doch die Liebe, die er für sie empfand, war stärker und ihre Vorwürfe trafen ihn dort, wo sie am meisten schmerzten. Er sah das Flehen in ihren dunklen Augen, das er für aufrichtige Liebe hielt, und gab seinem Herzen nach. Er verjagte die trüben Gedanken und ein amüsiertes Lächeln blitzte in seinen Augen, während er scherzhaft fragte: »Was bist du denn dem Herrn von der Mosel wert?«

Sie stutzte überrascht, dann lachte sie kurz auf, nestelte an ihrem Busen ein Billett hervor und gab es ihm. »Hier, sieh selbst, was ich dir wert bin.«

Da verdüsterte sich erneut sein Gesicht und vom Stachel der Eifersucht geplagt, griff er misstrauisch nach dem Schreiben und überflog es. Der Brief kam aus Wunstorf, der Regimentsquartiermeister Guidon Peermann hatte ihn geschrieben. Er ermahnte darin seine liebe Frau Base, dass sie ihm versprochen hatte, mit dem Herrn von der Mosel bei ihm vorbeizuschauen, und erwähnte, es gäbe bei ihm gutes Geld zu verdienen.

»Wer ist dieser Peermann?«, fragte er jetzt und kämpfte gegen die Eifersucht an.

»Oh«, antwortete sie lachend. »Mein Vetter ist von feinstem Adel. Ein altgedienter Offizier. Er hat mich in seinem Hause in Wunstorf logieren lassen, als ich aus Beutha geflohen bin und nichts mehr hatte als mein Leben und die Kleider an meinem Leib. Er ist der richtige Mann für uns. Wenn er uns zu sich einlädt, wird es sich bestimmt lohnen. Reisen wir zu ihm?«

Ihr aufreizender Augenaufschlag überzeugte ihn. Bevor er ihr jedoch zusagte, schlug er vor, im Gasthof zu speisen, und da sie lächelnd einwilligte, schickte er nach seinem Jäger und wies ihn an, ein Nachtmahl für sie bereiten zu lassen, das eines Königs und seiner Königin würdig sei. Nach einer Stunde, in der sie verliebt neue Pläne schmiedeten, stiegen sie hinab in ein Hinterzimmer, das der Jäger hatte vorbereiten lassen. Hier fanden sie den Tisch wie für eine Herrschaft gedeckt vor, mit gebratenem Fasan auf französischen Trüffeln und gefülltem Spanferkel. Andreas lief geschäftig auf und ab und füllte die Gläser seines Herrn und dessen Geliebten mit spanischem Wein. Beflissen achtete er darauf, dass sie immer zu trinken hatten und die schöne Anna bei Laune blieb. Da sie dem Alkohol recht viel zusprach, passierte es manchmal, dass sie Andreas heimlich heiße Blicke zuwarf. Aber da er ein schlauer Kopf war und seinem Herrn treu ergeben, zog er sich rechtzeitig zurück.

Am nächsten Mittag saßen alle gemeinsam in einer prächtigen Kutsche und fuhren auf der Straße von Hamburg nach Harburg voller Hoffnung ins Lüneburgische hinein.

VIII.

Der Regimentsquartiermeister Guidon Peermann nahm mit der Spitze seines Degens die seidenen Strümpfe auf, die unordentlich auf dem kostbaren Teppich herumlagen, und reichte sie Anna, die auf der Bettkante saß und das Hemd über die Knie zog. Seine Aufmerksamkeit galt ausschließlich der schönen Frau auf den seidenen Kissen und mit einem amüsierten Lächeln sagte er zu ihr: »Liebe Base, verkennt nicht mein frommes Gemüt, das wohl weiß, was in der Heiligen Schrift geschrieben steht: ›Du sollst nicht begehren deines Nächsten Weib.‹ Aber wenn ich Euch so ansehe, fühle ich mich durch Eure Schönheit immer wieder an die amourösen Abenteuer meiner Jugendzeit erinnert. Nur, wie bedauerlich, ist mein Feuer längst verraucht und wenn ich heute ein schönes Weib sehe, schwele ich lediglich noch in meinem Inneren wie ein erloschener Vulkan.«

Anna musste bei seinen Worten schallend lachen und wechselte einen bedeutungsvollen Blick mit ihm, in der Erinnerung an ihre heimlichen Nächte, voller Schwüre und Liebesspiele.

Nickel stand abseits und blickte grübelnd durch das Fenster auf den Hof hinunter zum Kutscher, der die Pferde anspannte. Die Worte Peermanns schmerzten und beleidigten ihn. Er konnte sich keinen Reim auf die Vertraulichkeiten des Regimentsquartiermeisters mit seiner Geliebten machen. Noch weniger verstand er, warum Peermann wegen eines unbedeutenden Briefes unangemeldet in seine Stube geplatzt war. Sie waren seit sechs Tagen Gäste im seinem Hause, doch das gab ihm nicht das Recht, ihren Schlummer zu stören. Nickel war nicht wohl in seiner Haut. Auch wenn Anna ein wahres Feuerwerk an Lachen, Witz und Koketterie abbrannte, um ihn auf andere Gedanken zu bringen. Ihre Verschwendungssucht schmälerte seinen Geldbeutel ungemein, zudem war er ständig eifersüchtig. Erst Lipmann, jetzt der Regimentsquartiermeister. Glaubte sie wirklich, er sah die Vertraulichkeiten zwischen ihnen nicht? Obwohl er einerseits froh war, von Hamburg weg zu sein, verschwand das Lachen aus seinem Gesicht immer mehr und selbst die Festlichkeiten im Hause Peermann, die Kartenspiele, die üppigen Bankette und Kriegsschwänke vermochten seine Laune nicht zu bessern. Seit Tagen saß er im Hause des Regimentsquartiermeister fest und musste mit ansehen, wie dieser Gockel Anna den Hof machte und sie mit seinen sprunghaften und verwirrenden Reden bei Laune hielt, während sie ihm mit jeder Geste und jedem Augenaufschlag zu gefallen versuchte. Nicht zum ersten Mal seit ihrem Wiedersehen fragte er sich, wohin ihn dieses Weib, dem er immer stärker verfiel, wohl führte.

Peermann traute er noch weniger als Lipmann über den Weg. Die Kerle, auf die er sich verlassen konnte, sahen anders aus als dieser verweichlichte Schwärmer. Möglich, dass in der Braunschweiger St.-Katharinen-Kirche ein Schatz lag, aber seit er Peermann kannte zweifelte er daran, dass es lohnende Beute wäre. Dennoch war es nicht mehr zu umgehen, er musste sich auf den Raub einlassen, sonst würde ihm bald das Futter für die Pferde ausgehen.

»Ich wollte Euch den Brief lieber gleich selbst vorbeibringen, liebe Base, bevor auch dieser unbeantwortet bliebe wie die letzten drei, die ich Euch schrieb«, flötete der Geck jetzt und riss Nickel aus seinen Gedanken.

Anna sprang aus den Kissen, und Nickel beobachtete, wie der Narr sich mit den Augen an ihren weißen Schenkel festsaugte.

»Auf, meine Herren. Helft der Schäferin sich anzukleiden.«

Als Nickel zögerte und sie die Blicke bemerkte, mit denen er den Regimentsquartiermeister durchbohrte, fiel sie ihm lachend um den Hals und sagte mit einem Augenzwinkern zu seinem Nebenbuhler: »Mein Mosel hier kann es beschwören. Ich habe nur eine Depesche von Euch erhalten. Glaubt mir, mein Liebster würde es bestimmt nicht gutheißen, wenn ich von Euch heimliche Post empfinge.«

In der Tür wartete Lorenz. Sein Gesicht trug deutlich die Spuren einer durchzechten Nacht; er wirkte müde. Dem Geplänkel sah er eher gelangweilt zu und Nickel musste plötzlich an das Billett und Lorenz' Worte in der Kutsche nach Hamburg denken.

»Doktor! Ihr wart äußerst grämlich in dieser Nacht. Eure Partie mit mir ist gar nicht fürstlich ausgefallen, wie es sich für einen so großen Meister geziemt. Deshalb freut es mich umso mehr, wenn ich mit meiner Nachricht Eure trüben Gedanken etwas vertreiben kann …«, richtete Peermann jetzt das Wort an Nickel und versetzte Anna, die in ihr Kleid stieg und kurz mit dem Berg aus Tüll und Spitze kämpfte, einen Klaps auf das Hinterteil.

Nickel beobachtete es ärgerlich. Es war an der Zeit, diesen Frechheiten ein Ende zu bereiten, und er sagte mit deutlichem Unmut und voller Hohn: »Ich denke, es ist genug der Aufmerksamkeiten, mein Herr, die Ihr an meine Liebste verschwendet. Eher wäre es an der Zeit, sich endlich den ach so wichtigen Angelegenheiten Eures Besuches zuzuwenden.«

Der Regimentsquartiermeister hatte begriffen, dass

er den Bogen ein wenig überspannt hatte, und deutete ein entschuldigendes Nicken an. »Christian Schwancke, meiner Base Schwager, schreibt mir, dass wir auf dem schnellsten Wege nach Hannover kommen sollen. Er erwartet uns in den ›Drei Kronen‹ mit der frohen Botschaft, dass in Braunschweig eine Menge Geld zu verdienen ist. Also, was meint Ihr? Die Kutsche steht im Hof bereit, brechen wir auf und lassen den Herrn Schwager nicht länger warten.«

Dummer Geck, dachte Nickel und seine Züge blieben ernst. Er stürzt in meine Stube, um mir etwas mitzuteilen, was mir längst bekannt ist. Aber eine Überraschung war es trotzdem für ihn, dass der Regimentsquartiermeister von der Verbindung zwischen Schwancke und Anna wusste, und ihn beschlich ein seltsames Gefühl. Die Bestätigung erhielt er sogleich, denn Guidon Peermann fügte rasch hinzu: »Ab Blumenau werden uns die Herren Meyer und Keyser begleiten.«

»Was haben diese Herren mit dem Schatz in St. Katharinen zu tun? Ich habe sie nicht eingeladen!« Nickel hatte plötzlich das Gefühl, alles Schlechte aus Hamburg wäre ihm hinterhergereist.

»Jonas Meyer hält die Fäden in den Händen und den Kontakt zu allen Kaufleuten und Handelsjuden. Ebenso Michael Keyser, dessen Idee es war, den Braunschweiger Kirchenschatz zu heben. Leider war unser wichtigster Mann, unser Jonas Meyer, bis jetzt unabkömmlich.« Peermann versuchte zu scherzen und verbarg sein Lächeln hinter einem Hüsteln. »Der große Jude hat gerade in Braunschweig wegen eines diebischen Händels mit zweihundertvierzig Dukaten und einer saphirbesetzten Rose im Kerker gesessen. Offensichtlich hatte er es auf die Schatulle des polnischen Residenten Berend Lehmann abgesehen.«

»Dann konnte er wohl entfliehen?«, fragte Nickel argwöhnisch, immer noch finster.

»Nein, man musste ihn gehen lassen, aber er wurde für alle Zeit der Stadt verwiesen. Es wird ihm den Kopf kosten, wenn er den Hoheitsbereich Braunschweigs jemals wieder betritt. Nun werdet Ihr sicher verstehen, Mosel, warum er der Stadt Braunschweig noch einmal einen letzten lohnenden Besuch abstatten möchte.«

Anna hatte sich still mit ihren Spitzen und Schleifen beschäftigt und aufmerksam zugehört. Dabei war ihr die düstere Falte auf Nickels Stirn nicht entgangen. Ihr feiner Instinkt sagte ihr, dass es an der Zeit war, die Wogen wieder zu glätten. Sie raschelte in ihren Kleidern zum Spiegel und forderte den Regimentsquartiermeister auf: »Mein Vetter, schließt mir rasch die Ösen am Kleid, aber erdreistet Ihr Euch, mir zu nahe zu kommen, bekommt Ihr es mit meinem Mosel zu tun. Von einem Händel mit ihm würde ich Euch abraten, auch wenn Ihr ein altgedienter Offizier seid!« Sie lachte aufreizend, warf Nickels Spiegelbild eine Kusshand und einen verliebten Blick zu.

Einige Zeit später saßen Anna und Nickel eng umschlungen in der Kutsche nach Hannover, Nickel im grauen Pelz, mit einer großen ungarischen Mütze auf dem Kopf und einem Ring mit einem wertvollen Diamanten am Finger, Anna, warm in weiche Decken gehüllt. Auf der Bank neben ihr stand der Koffer mit der so unerlässlichen Maschine. Das schöne Weib in seinen Armen, die Märzsonne, die ihre warmen Strahlen zu ihnen hinabschickte, die ersten Frühlingsblütler, die sich mit ihrem zarten Grün durch die Schneedecke den Sonnenstrahlen entgegenreckten, das alles vermochte nicht die düsteren Gedanken hinter seiner Stirn zu verjagen. Grübelnd blickte er auf die dampfenden Pferde, die holprige Landstraße und die Krähen, welche die Kutsche mit ihrem Geschrei verfolgten, und er dachte daran, wie es wäre, wenn er den vornehmen Rock ablegte, um wieder ein Mann unter Männern zu sein. Er hatte den Edelmann spielen wollen, aber diese Rolle war ihm nicht auf den Leib geschrieben. Zu wenig Geld war ihm geblieben. Wohin nur ging die Reise mit solchem Zehrgeld? Er vermochte es sich nicht zu beantworten. Aber es war immer noch ausreichend übrig, um sich in die Heimat abzusetzen.

Er dachte an Stedten, wo er wie ein Fürst unter seinen Gesellen gelebt hatte. Im Geiste erschien ihm Ramsdorf, wo er sich mit ehrlicher Arbeit im Schweiße seines Angesichtes ernährt hatte, und er verglich sein Leben mit einem Schiff, das auf den Wellen umhertrieb und verzweifelt gegen den Wind steuerte. Da kam ihm plötzlich ein Gedanke. Er griff nach dem Koffer, wühlte darin und zog die Schatulle mit den Diamanten hervor. »Anna!«, sagte er und stupste sie an.

»Oh, Mosel?«, hörte er eine verschlafene Stimme aus den Pelzen, die ihm wie ein Pfeil durch das Herz und heiß durch seine Lenden fuhr. Er spürte ihren Arm an seinem Hals und ihre Lippen an seiner Wange. Wie ein Igel rollte sie sich an seiner Brust zusammen und schlief weiter.

»Simse!«, rief er jetzt lauter und befreite sich rasch aus ihren Armen. Er packte ihr Kinn, hob es an und küsste sie auf den Mund. Doch seine Gedanken waren woanders und so kam ihr sein Kuss gedankenlos und kalt vor.

Schmollend sagte sie: »Geh, lass mich weiterschlafen. Ich bin es nicht gewöhnt, dass man mich wie eine Leiche küsst.« Ihre herabfallende Hand prallte gegen das Kästchen, in dem die Steine leise klirrten. Verwundert schlug sie die Augen auf und sah auf die Schatulle in seinen Händen. Er bemerkte sofort das begehrliche Glitzern in ihren Augen und weidete sich einen Augenblick an ihrer Verblüffung. »Es sind genügend Steine für uns beide. Was denkst du? Machen wir uns damit auf und davon. Ich habe keine Lust mehr zu teilen. Ich möchte, dass wir zwei, du und ich, die Steine verkaufen und mit dem Geld woanders neu anfangen. Ich brauche dem Kutscher nur Bescheid zu geben und er wendet sofort. Was uns in Hannover erwartet, ist ungewiss, und trauen kann ich dort keinem. Deshalb will ich fort und möchte, dass du mit mir gehst.«

»Du träumst, Nickel!«, lachte sie jetzt und war mit einem Schlag hellwach. »Willst du all die edlen Herren betrügen, die ihre Hoffnungen in dich gesetzt haben?«

»Ich bin niemandem Treue schuldig«, antwortete er trotzig. »Was kümmern mich diese Schmarotzer. Ich habe nicht meine Gesellen in Stedten verlassen, damit sich hier in Niedersachsen solche Trottel an mich hängen. Von all denen will ich nur dich, Andreas, Dore und Lorenz mitnehmen, die anderen kann von mir aus der Teufel holen.«

»Lorenz, ausgerechnet, Lorenz«, lachte sie böse auf, ließ ihm jedoch keine Zeit zu einer Antwort, sondern fragte mit halbgeschlossenen Lidern: »Was ist, wenn ich aber nicht mit will?« Sie wartete einen Moment und als er schwieg, fügte sie hinzu: »Denn glaube mir, es ist mein ernst, Nickel, ich will nicht mit dir weggehen.«

»Was soll das, du bist meine Geliebte, teilst mit mir das Bett, du musst mich begleiten!« Mit einer Weigerung hatte er nicht gerechnet. Er hatte gehofft, sie zu überraschen, was ihm wohl gelungen war. Plötzlich war er nur noch ratlos und zornig. Den Deckel der Schatulle hatte er wieder geschlossen, die Lippen trotzig aufeinandergepresst.

»Ich muss nicht, wenn ich nicht will, Nickel. Ich bin ein freier Mensch und niemandes Hund. – Du bist nicht der Erste, der das erfährt«, setzte sie schnippisch hinzu.

Beleidigt zog sich Nickel in die Polster zurück und starrte bekümmert auf die Straße. Sie beobachtete ihn, beugte sich etwas nach vorn, sodass sie von unten in sein Gesicht sehen konnte, und wartete.

Nach einer Weile, als er immer noch schmollte, lachte sie versöhnlich, nahm seine Hand und legte sie auf ihre Brust. »Ach, Nickel, warum quälst du dich mit solcherlei Fragen. Sind wir denn nicht glücklich hier? Du, der große Herr von der Mosel und ich, deine geliebte Simse? Am Ende wirst du mich noch verlassen. Solltest mich lieber küssen und lieben, Mann!«

Auf diese Worte erhielt sie nur ein Stöhnen zur Antwort. Die weibliche List hatte wieder einmal den Sieg davongetragen. Sie lächelte verheißungsvoll, die Fäden ihrer Liebe fest in den Händen, während er sie in seine Arme riss.

In Blumenau wollte man nur kurz anhalten, um die verschwitzten Pferde auszutauschen und die Herren Meyer und Keyser mitzunehmen, aber ein Zwischenfall zwang sie zu einem längeren Aufenthalt. Johann von der Mosel, Anna, Andreas und der Regimentsquartiermeister Peermann saßen in der Gaststube, als sich kurz nach ihrer Ankunft Jonas Meyer und Michael Keyser hinzugesellten. Letzterer war ein Mann mit fuchsroten Haaren und dunklen Rändern unter den hellblauen Augen. Erwartet wurde nun noch der Herr von Götzel mit seinem Eheweib, und als diese endlich eintrafen, speisten sie gemeinsam.

Dabei mühte sich Nickel redlich, Jonas Meyers Herz zu erforschen und versuchte ihm mit reichlich Wein die Zunge zu lösen, weil er hoffte, so etwas über Lipmann erfahren. Aber sein Gegenüber war nicht zum Sprechen aufgelegt. Er schien leicht verstimmt, weil der Regimentsquartiermeister ihn einen Dieb und Spitzbuben genannt hatte, und verteidigte sich brummig. Mit einer Stimme wie ein tosender Wasserfall ließ er keinen gutes Haar an den wohlhabenden Hamburgern und Nickel war beeindruckt von dem, was er alles über sie zu erzählen wusste.

»Das wird ein sauberes Stück Arbeit, was Ihr da vor Euch habt. Auch wenn man von Euch sagt, dass Ihr ein Meister im Öffnen von Schlössern seid, werdet Ihr noch viel Schweiß lassen müssen«, sagte er und fügte mit einem Blick auf Keyser hinzu, der jedes Schlüsselloch in Braunschweig kannte: »Dorothea Jordans, die Schließerin von St. Katharinen, hat Peermann vom Schatz der Generalin von Ehim erzählt und Keyser hat sie gegen ein kleines Handgeld den Weg gezeigt.«

»Das stimmt, gnädiger Herr Doktor«, pflichtete ihm Keyser bei und beugte sich über den Tisch. »Von dem Weib weiß ich, dass die einzigen beiden Fenster des Gewölbes mit zwei doppelten Gittern versperrt sind. Von innen sind sie zusätzlich mit einer eisernen Platte und zwei eisernen Hinterriegeln gesichert. Die Tür aus dickem Eichenholz ist in der Mitte, wo das Schloss liegt, mit Holz verdoppelt, wobei das blinde Schloss mit sechs Reifen versehen ist. Der Schlüssel hierzu ist fast eine halbe Elle lang. Das Vorlegeschloss ist ein wahres Kunstwerk und berühmt als Meisterstück, das mit zwei Schlüsseln geöffnet werden muss.«

Nickel hörte geistesabwesend zu, erzählte ihnen, was ihm gerade einfiel, und hatte nur Augen für die Geliebte, die gar zu vertraulich mit Jonas Meyer umging. Zu gern wäre er aufgestanden und hätte dem gewichtigen Mann den Hals umgedreht, aber der vornehme Rock, den er trug, hielt ihn davon ab. Er warf Anna einen mahnenden Blick zu, erntete aber nur ein maskenhaftes Lächeln.

Als er sie nach aufgehobener Tafel zur Seite nahm,

ihr eine Szene wegen Meyer machte und seine Bedenken äußerte, lachte sie ihn höhnisch ins Gesicht. »Liebster, du willst ein erfahrener Räuberhauptmann sein und weißt nicht, dass es mit dem Stehlen allein nicht getan ist? Es bedarf zudem geschickter Hehler, die das Geraubte rasch verkaufen. Da können die Reize eines Weibes recht hilfreich sein. Außerdem, wie sollte diese Gilde ihr Gewerbe richtig ausführen, ohne zusammenzuhalten. Keiner von ihnen möchte Hehler bei Euren Diebereien sein, wenn er sich nicht hinter einem größeren verstecken könnte. Und Jonas ist so einer, hinter dem sich alle verstecken können.« Sie sprach von Jonas Meyer mit einem Leuchten auf dem Gesicht und erging sich in solch überschwänglichen Worten über seine Fähigkeiten, dass Nickel rasend vor Eifersucht zum Regimentsquartiermeister in den Pferdestall lief, ihn in eine Stallecke zog und versuchte, ihm Jonas Meyer als Verbündeten auszureden. Er erinnerte ihn an Lipmann, erzählte ihm von seinem Anteil an der Beute, den er sich mit Gewalt hatte nehmen müssen, und von seiner Angst, Meyers Beteiligung am Diebstahl könnte die Männer um Lipmann gegen sie aufbringen, was zu Auseinandersetzungen zwischen den beiden Räuberbanden und letztendlich zum Verrat führen könnte.

Der Offizier ahnte, was Nickel wirklich bedrückte, und verbürgte sich für den großen Juden. Er lobte ihn als einen der besten, mit der allerfeinsten Kundschaft, der das gestohlene Gut über Lakaien und Magazinmeister bis an den kurfürstlichen Hof bringen konnte. Während Peermann alles in den schönsten Farben schilderte und mit großen biblischen Worten untermauerte, sah Nickel im Geiste Anna mal in den Armen des Regimentsquartiermeisters, mal in denen von Jonas Meyer. Traurig dachte er bei sich, aufhalten kannst du das Unheil nicht mehr, aber du musst jetzt wachsamer denn je sein und auf deine Kräfte vertrauen.

Wenige Minuten später sah man ihn im Kreise seiner neuen Gesellen sein Misstrauen im Wein ertränken. Als Keyser erzählte, wie gewitzt er den Wirt um die Zeche geprellt hatte, stimmte Nickel vergnügt in das Lachen ein. Später besprachen sie bei gebratenem Ferkel und reichlich Wein nach Braunschweig zu ziehen und den Schatz aus der Gruft der Katharinen-Kirche zu heben. Peermann schlug vor, dass der Doktor und Jonas als Kaufleute getarnt zur Braunschweiger Messe vorausfahren sollten, um kein Aufsehen zu erregen und die Lage zu erkunden. Er und die anderen, eingeschlossen die Dame, wollten dann nachkommen.

Die Blicke, die die Geliebte und Peermann heimlich wechselten, und die Frechheit, Anna in Nickels Beisein in sein Haus einzuladen, während Nickel selbst in Braunschweig die Lage auskundschaften sollte, machte ihn so wütend, dass er den Krug gegen die Wand schleuderte und mit Galgenhumor dem Wirt zurief: »Mehr Wein, Wirt, es sind zu viele Vögel hier, die gefüttert werden müssen!«

Spätestens jetzt begriff Anna, dass sie den Geliebten nicht weiter verärgern durfte, um die Hebung des Schatzes nicht zu gefährden. Sie eilte auf ihn zu, warf die Arme um seinen Hals und hauchte ihm ins Ohr: »Alles nur Tarnung, Nickel. Ich liebe allein dich, ich schwöre es dir«, und küsste ihn innig vor aller Augen. Verwirrt stieß er sie von sich, riss sie jedoch im nächsten Augenblick erneut an seine Brust. Sie aber entschlüpfte ihm kichernd und lief lachend zur Tür hinaus. Dieser von ihr geschickt angebrachte Liebesbeweis bewirkte, dass er sich besser fühlte. Er ließ noch mehr Wein bringen und stieß mit den neuen Kumpanen auf Bruderschaft an, bis sein Kopf vollkommen leer war vom wüsten Zechen und er sich an nichts mehr erinnern konnte.

Doch nicht nur Nickel wurde von Eifersucht geplagt, auch der Wirt, Otto Müller, hatte herausgefunden, dass sein Weib Dore die hochwohlgeborene Frau von Götzel nicht nur spielte, sondern ihre Rolle gar zu ernst nahm. So schlich er sich im Morgengrauen auf ihr Zimmer, wo er Lorenz nackt, wie Gott ihn schuf, in ihren Armen fand. Es kam zu einer Auseinandersetzung, in der der stark betrunkene Wirt den Kürzeren zog und es dem Verführer gelang, sich in die Stube gegenüber zu flüchten: in das Zimmer des Doktors. Dort lag Anna angekleidet auf dem Bett, wohin sie sich wegen leichter Kopfschmerzen zurückgezogen hatte.

Seitdem sie die Geliebte des edlen Herrn von der Mosel war, hatte Lorenz noch keine Gelegenheit gefunden, sie allein anzutreffen. Als er nun so plötzlich nackt vor ihr stand, verließ ihn sein Mut und er wich zur Tür zurück, wo er nach einem Zipfel des schweren Samtvorhanges griff, um seine Blöße zu bedecken. Aber bevor er sich wieder hinausschlich, wollte er einen Blick auf das schlafende Weib riskieren, das in seinen schweren Pelzen ausgestreckt vor ihm in den glänzenden Kissen lag. Dabei zog er etwas zu fest an dem Vorhang, sodass der schwere Stoff auf ihn herabfiel und Anna weckte. Sie dachte, dass es ihr Mosel sei, stützte sich leicht benommen auf die Ellbogen und blinzelte mit zusammengekniffenen Lidern zur Tür. Es dauerte eine Weile, bis sie begriff, dass es nicht Nickel war, sondern Lorenz, und sie fing schallend an zu lachen.

»Still!«, zischte Lorenz, sprang auf sie zu, riss den Vorhang mit und drückte ihr die Hand auf den Mund. Er hielt sie in den Kissen, bis sie ganz still wurde, aufhörte zu Lachen und ihn mit ihren schwarzen Augen unsicher taxierte.

»Was machst du denn hier?«, flüsterte sie leise, als er seinen Griff lockerte. »Du weißt doch, dass du dich im Zimmer des Doktors befindest? Ich würde dir raten, schnell zu verschwinden, bevor er kommt. Nackt mit seiner Geliebten in seinem Bett, das würde er dir nie verzeihen. Er hat nun mal etwas gegen Revierräuber!«

Als er überrascht reagierte, aber nur schlecht das wollüstigen Verlangen verbergen konnte, das ihr Anblick auslöste, begann sie verhalten zu lachen.

»Du machst dich lustig über mich, Weib. Doch das Lachen wird dir noch vergehen«, bemerkte er wütend, während er langsam seine Selbstbeherrschung zurückgewann. »Mir ist bewusst, in wessen Zimmer ich mich befinde. Du musst mich nicht darauf hinweisen. Ich weiß aber auch, dass der Doktor seinen Rausch unten in der Gaststube ausschläft und er erst in ein paar Stunden mit einem mächtigen Brummschädel aufwachen wird.« Auf seinem Gesicht zeigte sich ein überlegenes Grinsen. Er stützte sich auf die Hände und beugte sich über sie, sodass er ihr näher kam und sie zwang, ihm in die Augen zu sehen. »Dass du mal seine Geliebte wirst …? Hätte mir jemand das in Stedten erzählt, ich hätte es für einen Witz gehalten. Wie kann der große Meister nur so blind sein und sich in eine Rose verlieben mit giftigen Dornen? Wie oft hast du ihn versucht zu bestehlen? Oder ihn zu betrügen oder gar zu töten? Gib es zu!« Er lachte, aber es schwang Sarkasmus mit. Dann fasste er sie wieder scharf ins Auge. »Ich habe dich einmal geliebt, Weib. Hast du das schon vergessen?«

»Habe ich nicht …« Sie schob ihn sanft von sich und hob den Oberkörper etwas an. »Und wenn du dich nicht beeilst und die Stube verlässt, wird Nickel kommen und das zu Ende bringen, was mir damals nicht gelungen ist.«

Die Antwort war ihm nur ein höhnisches Lachen wert. Sie konnte ihn nicht einschüchtern, schon gar nicht, wenn sie mit Nickel drohte. Er ließ sich neben sie in die Kissen fallen und sagte mit geschlossenen Lidern: »Ich wusste es, du hast dich nicht geändert. Bist immer noch dieselbe.« Plötzlich schien ihm etwas eingefallen zu sein. Er schnellte hoch und hielt ihren Blick fest, sodass sie ihm nicht ausweichen konnte: »Sag ehrlich, Weib, bist du glücklich mit Nickel? – Ach, ich vergaß, du kannst ja nur mit einem Sack voller Goldtaler glücklich sein«, nahm er ihr die Antwort vorweg. »Erinnerst du dich an Beutha, an die Taler? Ich bewahre sie noch immer für dich auf. Ich wüsste, wie man sie vermehren könnte.«

»Das weiß der Nickel auch«, antwortete Anna.

»Aber seine Ziele sind nicht mehr dieselben, wie die, als er Stedten verließ. Er weiß nicht mehr, wohin sein Schiff ihn treibt. Er ist kurz davor, auf einen Felsen aufzulaufen. Die Herren von der Wunstorfer Betrügerzunft werden ihm das Genick brechen. Aber eigentlich hat das ja schon das Weib besorgt, das mit seiner Liebe genauso spielt wie mit seinem Geld.«

»Du meinst sicher mich mit dem Weib. Dem Himmel sei Dank, dass du nur sein Diener bist. Es steht dir nicht zu, so mit mir zu reden.« Sie schürzte geringschätzig die roten Lippen.

»Ich bin niemandes Diener, Anna oder Simse, was wohl besser zu dir passen möge. Aber ich kenne deine Geldgier und denke, du solltest dir anhören, was ich dir vorschlage. Ich möchte auf mein Angebot von damals zurückkommen … Gut, es sollte nicht sein mit dem Raubgut vom Floßverwalter zu Halle. Du weißt ja selbst, was geschehen ist. Wer konnte ahnen, dass Magdalena ihrem Ehemann aus Rache den Büttel auf den Hals hetzt.«

»Rede nicht um den heißen Brei herum, was willst du?«, fragte Anna gelangweilt. Sie war müde und wollte schlafen.

»Das Erbe der Frau Generalin von Ehmin.«

»Du bist verrückt.«

»Stimmt! Verrückt genug, um dafür alles zu opfern. Es wäre ein Leichtes für mich, den Raub allein zu machen. List hat mich losgeschickt, Wachsabdrücke von den Schlössern zu nehmen. Dabei könnte ich die Schlüssel längst selbst feilen, bin ja schließlich bei dem großen Meister in die Lehre gegangen«, brüstete er sich. »Aber es geht nun mal nicht ohne einflussreiche Hehler, und Meyer würde keine gemeinsame Sache mit mir machen.«

»Das ist auch gut so«, unterbrach sie ihn. »Du hast Nickel die Treue geschworen und willst ihn nun betrügen wie Lipmann. Ich werde ihn vor dir warnen, Judas.«

»Mit einer solchen Antwort aus deinem süßen Mund habe ich gerechnet, meine Schöne«, grinste er, erhob sich, schlang den Vorhang um die Schultern und lief zur Tür, wo er sein Ohr an das Holz legte und auf den Flur hinaus lauschte. Es dauerte nicht lange, da kam er zurück, setzte sich zu ihr auf die Bettkante und flüsterte: »Es geht mir gar nicht so sehr um den Raub in Braunschweig.« Er beugte sich zu ihrem Ohr hinab, spielte mit der Zunge an ihrem Ohrläppchen. Dann sprach er weiter: »Von einem geheimen Informanten habe ich erfahren, dass die Hamburger schon lange einen großen Einbruch planen. Einen Kirchenraub, der alle bisherigen in den Schatten stellt. Es geht um den berühmten Welfenschatz, wie dergleichen nirgendwo anders zu finden ist als in Lüneburg, die sogenannte güldene Tafel. Nur ein Kaiser hat ein solches Kleinod. Der Überlieferung nach wurde der Altarschrein von Heinrich dem Löwen gestiftet. Er besteht aus achtundachtzig goldenen Fresken und Tafeln von hohem Kunstwert. Am wertvollsten soll die namensgebende Mitteltafel sein. Sie ist mit einem von getriebenem Goldblech überzogenen Brett versehen und mit vielen kostbaren Edelsteinen bestückt.«

Seine Worte hatten Anna neugierig gemacht. Der warme, kitzelnde Atem an ihrem Ohr erregte sie.

»Bisher hat nur ein Mann versucht, die Tafel zu rauben. Er ließ sich abends in der Kirche einschließen und man hat ihn dafür an den höchsten Galgen gehenkt.«

»Dann ist es gefährlich?«

»Nicht gefährlicher als die anderen Einbrüche, wenn Nickel es in die Hände nimmt. Und nur du kannst ihn dazu überreden, in die Kirche St. Michael in Lüneburg einzubrechen.«

Nun war es heraus, das verlockende Angebot, das aber auch Zweifel aufwarf. Sie überlegte einen Moment, wog ihre Vor- und Nachteile ab, und sah ihm lange und kritisch in die blauen Augen, die sie einmal betört hatten. Nach einer Weile sagte sie: »Ich kann mir denken, warum ich es ihm beibringen soll, Lorenz. Nickel hätte sich sicher eine bessere Geliebte gewünscht, als ich es für ihn bin, aber ich werde ihn nicht an das Messer liefern, wenn du das damit meinst!«

Er sah den Zweifel in ihrem Blick und beruhigte sie: »Ich will List nichts Böses. Immerhin habe ich ihm einiges zu verdanken. Lediglich die betrügerische Diebeszunft hat eine Strafe verdient. Wenn nur wir drei, Nickel, du und ich, den Schatz heben, brauchen wir auch nur durch drei zu teilen. Mit unseren beiden Anteilen könnten wir gemeinsam ein neues Leben beginnen.«

»Das heißt, wenn Nickel dir die Türen geöffnet hat,

willst du dich mit seiner Geliebten und dem größten Teil des Schatzes aus dem Staub machen?« Sie starrte ihm überrascht ins Gesicht. »Hast du dabei bedacht, dass ich von meinem Mosel den ganzen Schatz bekommen würde, wenn ich wollte?«

Er lachte leise. »Das kann schon sein. Nur bedenke, wie lange bist du noch die Geliebte des Herrn von der Mosel? Du bist jedermanns Geliebte, wenn er nur einen reichen Rock anhat. Liebst du ihn überhaupt, deinen Mosel? Ich habe Zeit gehabt, dich zu beobachten. Du darfst nicht vergessen, dass Nickel in seiner Heimat von den Bütteln gesucht wird. Nach diesem Raub wird man ihn durch alle Länder hetzen wie Wild, das zum Abschuss freigegeben ist. Er wird nirgendwo einen Unterschlupf finden, wo er sich auch mit seinem Geld verstecken will. Was habt ihr dann von eurem Reichtum? Willst du dein feines Leben aufgeben für einen Vogelfreien? Auch weißt du selbst, dass es ihn hier nicht mehr lange hält und er den vornehmen Rock des Herrn von der Mosel irgendwann ausziehen wird. Willst du wirklich zurück in die Wälder mit deinem Räuberhauptmann? Das würde ich mir an deiner Stelle gut überlegen. Mache ihm diesen Raub schmackhaft, sag ihm von mir aus, dass es der Letzte ist und du dann mit ihm gehst, aber komm mit mir, wenn es vorbei ist. Wir setzen uns mit dem Gold der Tafel ab und verschwinden. Nach uns beiden wird niemand suchen, dafür werde ich sorgen.« Er hielt ihr auffordernd die Hand hin. Seine blauen Augen bettelten. »Schlag ein zu diesem Handel. Ich habe nie aufgehört dich zu lieben, Anna!«

Sie hatte nicht gewagt ihn zu unterbrechen, ihm aber immer nachdenklicher zugehört. Sie musste plötzlich an ihre kurze gemeinsame Zeit in der Theatergruppe denken, an ihr Leben als Hannes an der Seite von Nickel und verglich beides mit ihrem eleganten Leben als Geliebte des Herrn von der Mosel. Und wie von einer langen Reise zurückgekommen, zog sie die Hand, die sie ihm in Gedanken bereits entgegengestreckt hatte, wieder zurück. »Nein, Lorenz. Mag sein, dass ich ein schlechtes Weib bin, aber tief hier drinnen liebe ich Nickel, weil er ein besserer Mensch ist als alle Meyers oder Peermanns. Ein besserer als du, Lorenz. Ich werde bei meinem Mosel bleiben und ihn nicht nach Stedten gehen lassen. Aber ich werde ihm von dem Lüneburger Schatz in St. Michael erzählen. Das wird ihn wieder zur Vernunft bringen und mein Mosel wird so reich werden, dass ich auf solche Halsabschneider, wie du einer bist, verzichten kann.«

Enttäuscht erhob sich Lorenz, öffnete wortlos einen von Nickels Koffern und wühlte schweigend darin herum, bis er eine Hose und ein Wams gefunden hatte, was er beides schnell überzog. Die Hose war viel zu kurz, denn Nickel war einen Kopf kleiner als er. Schließlich fand er seine Sprache wieder. »Der Tag wird kommen, an dem du noch einmal an meine Worte denken wirst«, sagte er. »Dann wirst du unserem Schöpfer dafür danken, wenn es jemanden gibt, der sich deiner erinnert. Wir werden uns wiedersehen, Anna.«

Seine letzten Worte blieben ihr lange im Gedächtnis und ließen sie, als er gegangen war, keinen Schlaf finden. Zum ersten Mal wurde sie von Ängsten geplagt, die sie sich nicht zu erklären vermochte.

War ihr Leben nicht ebenso zerrissen wie das von Nickel? Gehörte sie nicht auch zu den Leuten, die das ehrliche Handwerk verabscheuten und lieber von Raub und anderen krummen Geschäften lebten, um sich einen gewissen Wohlstand zu sichern? War ihr Leben nicht eine einzige Lüge, die sich wie ein hässlicher Grind durch ihre Seele fraß? Und diesen Grind empfand sie wie ein brennendes, fesselndes Mal auf der Brust. Selbst ihrem Doktor von der Mosel gelang es nicht, ihm mit Messers Schärfe zu Leibe zu rücken. Vermochte sie eigentlich noch in ihr eigenes Gesicht zu sehen, ohne dabei zu erschauern? Unruhig, von Albträumen geplagt, wachte sie immer wieder auf, warf sich von einer Seite auf die andere, rief nach ihrem Mosel und fragte sich, was gut und was böse war und was sie falsch und was sie richtig machte.

Nachdem Nickel und Meyer die Örtlichkeiten in Braunschweig ausgekundschaftet hatten, wurden die Vorbereitungen für den großen Raub in Angriff genommen. Auf dem Weg nach Braunschweig wurde zunächst in Hannover in den ›Drei Kronen‹ Zwischenstation gemacht, wo sich die restliche Gesellschaft nach und nach einstellte. Dann teilte sich die Kompanie und wählte verschiedene Unterkünfte, unter anderem das Wirtshaus zum ›Doppelten Wilden Mann‹, wo Nickel in seiner Stube die Schlüssel feilte, zu denen ihm Keyser die Wachsformen besorgt hatte.

Lorenz befand sich zu diesem Zeitpunkt in der ›Raute‹, einer berüchtigten und meist überfüllten Trinkstube Braunschweigs, vor seinem zinnernen Krug mit Mumme und betrachtete die Gäste. Sie saßen vergnügt und zufrieden an ihren Tischen und wussten nicht, dass einer unter ihnen war, der sich mit verräterischen Gedanken trug.

Annas Ablehnung hatte ihn tiefer verletzt als die Wunde, die sie ihm einst beigebracht hatte und an die ihn heute nur noch eine rote Narbe erinnerte. Wie oft hatte er versucht, sie dafür zu hassen, doch sein Herz hatte sich nie ganz von ihr lösen können. Stattdessen hatte er dem berühmten Räuberhauptmann Treue geschworen und war auch gewillt gewesen, sie nie zu brechen, weil er Nickel schätzen gelernt hatte wie einen Bruder. Aber seit er Anna an der Seite des hochwohlgeborenen Herrn von der Mosel ertragen musste, war die alte Wunde wieder aufgebrochen, und er hatte irgendwann aufgehört, ihn zu respektieren. Zwar schenkte ihm die Dore, noch so manche heimliche Liebesstunde, aber sie war nicht Anna, die Frau, nach der sich jede Faser seines Körpers verzehrte. Das durchtriebene Weib nutzte den längeren Aufenthalt, um hinter Lists Rücken mit Christian Müller, Korporal Barthold und dem Rotkopf ihre eigenen Diebesgeschäfte zu machen. Während er sich in Trübsal verging, war sie mit den Dieben zur Residenzstadt Celle geritten, wo sie vor hatten, in das Haus der Witwe Schencken von Winterstedt einzusteigen. Er hatte Dore von einer Beute von tausendsechshundert Taler reden hören, angeblich ging ihr das Geld aus für ihren aufwendigen Kleiderputz. Natürlich hatte er darüber nachgedacht, ob es nicht besser für ihn wäre, es ihnen gleichzutun. Aber das Risiko für die paar lumpiger Taler das Geschäft seines Lebens zu riskieren, war ihm zu groß. Denn was war aus dem großen Haufen um Nickel geworden? Nickel selbst hielt sich zurück, ließ sich von der Liebe aussaugen und konzentrierte sich lediglich auf seine Fertigkeiten. Man bediente sich dieser von Raub zu Raub, aber ansonsten zerbröckelte der Zusammenhalt der Gaudiebe, und die Hehler trieben mit ihren Betrügereien einen Keil der Missgunst zwischen sie. Dieses und noch viel mehr ging ihm durch den Kopf. Immer wieder sah er die Geliebte in den Armen des Herrn von der Mosel und die Eifersucht zerfraß ihm das Herz. Von Anfang an hatte er vorgehabt, sie sich zurückzuholen, aber irgendwie waren ihm die Hände gebunden.

Doch waren sie das wirklich? Er zog ein Stück Pergament aus seinem Rock und legte es vor sich auf den Tisch. Und während er noch mit dem Schicksal haderte, rief er nach dem Wirt, dass er ihm Tinte und eine Feder bringe. Als der Wirt mit dem Gewünschten herbeieilte und Lorenz die Feder zum ersten Strich ansetzte, war es ihm, als nähme eine unbekannte Macht sie ihm wieder aus der Hand. Er probierte es noch ein paar Mal, bis er mit einem leisen Seufzer die Hände vor das Gesicht schlug. Ich bin kein Judas, dachte er, und hoffte, die Geliebte möge durch die Tür treten oder sein Schöpfer werde ihm den richtigen Weg weisen. Doch sein Wunsch ging nicht in Erfüllung und so griff er erneut zur Feder und schrieb endlich mit feinen, verschnörkelten Buchstaben und mit bei jedem Schriftzug zitternden Fingern:

An Seine Churfürstliche Durchlaucht …

… über den Erzdieb ›Mause-Nickel‹, einen Kerl, der immer sechse mit sich habe … Ich habe mit meinen Ohren von sechs Juden gehört, sie wollten die Kurfürstliche Kammer berauben und den ganzen Schatz daraus nehmen … Dieser Erzdieb und seine Schelme gehen bei einem Quartiermeister in Wunstorf ein und aus …

Er hielt inne, wie nach großer Anstrengung, und sah in Gedanken dem zähen, dickflüssigen Tropfen hinterher, der langsam von der Feder tropfte und einen kreisrund verlaufenden Klecks auf dem Papier hinterließ. Nur schwer vermochte er es, seine Augen von dem Geschriebenen zu heben. Als er es schaffte, verlor sich sein Blick irgendwo über den Köpfen der Gäste im Leeren. Denn einem aufrechten Menschen ins Gesicht zu sehen, würde er wohl nie mehr können. Immer wieder fiel ihm Judas aus Kerijot ein und die Furcht, ebenso zu handeln und zu enden wie der Jünger Jesu von Nazareth übermannte ihn.

Mitternacht war längst vorüber, der Lärm war lange verklungen und die anderen Gäste gegangen, da saß er immer noch in seiner Ecke und hielt den Brief unschlüssig in den Händen. Er las ihn immer wieder durch, veränderte und ergänzte, schrieb ihn neu, bis er sich plötzlich einen Ruck gab, das Siegelwachs über der Kerze erhitzte und das Schreiben langsam in seinem Rock verschwinden ließ.

In dieser Nacht, als Lorenz das verräterische Schreiben verfasste, lief Nickel allein mit einem großen Schlüsselbund durch die dunklen Straßen von Braunschweig und gelangte ungesehen in den Kirchhof, der selbst im Mondlicht ein gutes Versteck abgab. Die Lichter in den hohen, schmalen Fenstern waren längst erloschen und so tastete er sich im Schutze der Dunkelheit an den meterdicken Pfeilern vorbei bis zum Tor, wo sich das erste Schlüsselloch befand. Als die schwere, gusseiserne Glocke im Turm sich bewegte und der Klöppel vier Mal auf die brummende und klingende Bronze schlug, wurde ihm unheimlich zumute und er schob den groben Schlüssel in das Schloss. Rasch trat er in die Kirche und verriegelte sorgfältig die Tür hinter sich.

Innerhalb der kirchlichen Mauern war es dunkel und still wie in einem Sarg. Obwohl er den Weg kannte, stand er ratlos auf der Stelle und wusste nicht, wohin er sich wenden sollte. Er dachte einen Moment daran, wie er tagelang unlustig und ohne den Glauben, das es ihm jemals gelingen würde, an den Schlüsseln gefeilt hatte. Doch trotzig hatte er den Schwierigkeiten ins Auge gesehen und bei all der Mühe und Erschöpfung war es ihm, als hatte er nicht nur das Eisen gebogen, sondern auch das Vertrauen in seine eigenen Fähigkeiten wiedergewonnen, und es freute ihn, dass er all denen, welche die Schlösser und Schätze verwalteten, gerade eine Nase drehte. Er fühlte so etwas wie eine neu gewonnene Freiheit und erkannte, dass er einen falschen Weg eingeschlagen hatte, als er beschloss, ein Räuber zu werden und alle menschlichen Bindungen hinter sich ließ.

Aber er hatte nur eine Kette mit der anderen vertauscht, als er aufhörte ein ehrlicher Mann zu sein. Dabei konnte er sich nicht vorwerfen, jemals seiner Sache untreu gewesen zu sein. Er war nur ein gutmütiger Mensch und er wusste, dass er hart und unerbittlich gegen sich selbst werden musste, nur so konnte er sich in dieser Welt behaupten. Dann erst war er wirklich frei von den denen, die ihn betrogen, sein Geld ausgaben und seine Schlauheit und Geschicklichkeit ausnutzten. Hier, in dem dunklen, hallenden Gewölbe, lag sein Weg klar vor ihm und er tastete sich sicher vorbei an Pfeilern, Gruftkapellen, Votivtafeln und Chorstühlen, bis er hinter steinernen Stufen, unter einer Grabplatte, die Falltür fand, die ihn zum Gewölbe führte. Er kauerte sich nieder und lauschte. Als sich nichts rührte in der Dunkelheit, schob er den Grabstein zur Seite, zündete eine Kerze an und steckte den Schlüssel ins Schloss. Freudig erregt und voller Genugtuung spürte er, wie mühelos der Dietrich sich in das Gewinde einfügte und sich drehen ließ. Er hob die Falltür auf und kalter Modergeruch schlug ihm entgegen. Das Licht in seiner Hand flackerte unruhig in dem Sog und so musste er sich mehrmals hinabbeugen und das Dunkel ausleuchten, bis er die in die Wand geschlagenen Stufen erkannte, die hinab in die schwarze Tiefe führten.

Vorsichtig setzte er einen Fuß vor den anderen, doch auf der letzten Stufe fiel ihm das Licht aus der Hand. Als er danach griff, stieß er mit dem Kopf an eine schwere Tür und seine Finger ertasteten die Umrisse eines mächtigen Schlosses. »Verdammte Hexe!«, brummte er. Der Fluch galt der Schließerin, die Keyser die wohl verwahrte Tür vorenthalten hatte. Mit diesem Schloss kamen neue Schwierigkeiten auf ihn zu und er überschlug in Gedanken seine Barschaft, die keinen Aufenthalt mehr vertrug. Der Grimm packte ihn, wenn er daran dachte, dass er den anderen hatte ein Schnippchen schlagen wollen und es jetzt vielleicht noch lange dauern würde, bis er dem Wirt die Zeche bezahlen konnte, und er sich womöglich von Jonas auslösen lassen musste. In diesem Moment überlegte er wieder einmal, sich heimlich in die Heimat aufzumachen. Er hielt die Kerze in der Hand, betrachtete im Lichtschein das gewaltige Schloss und erinnerte sich an die Röhre mit dem dünnen Bart, die ihm schon einmal geholfen hatte. Rasch zog er sie aus der Tasche und maß sie an der Länge des Loches, bestrich sie mit dem Wachs der Kerze und führte sie vorsichtig ein, um das Innenleben des Schlosses zu erproben. Er war erstaunt, als er die seltene Form des doppelten Kreuzes erkannte, und besah sich sogleich hastig die Schlüssel seines Schlüsselbundes, bis er den fand, den er suchte.

Als sich der Schlüssel mit Leichtigkeit im Gewinde drehte und die Tür mit einem Mal nachgab, konnte er die Freude kaum noch zurückhalten. Die schwere Tür knarrte in den Angeln, er stieg über die Schwelle und stand in einem unterirdischen Keller. Im trüben Schein des Kerzenlichtes sah er vor sich neun große, stattliche Koffer stehen. Alles war so, wie es Keyser ihm nach dem Bericht der Schließerin geschildert hatte. Acht der Koffer waren mit Seilen umwickelt und mit jeweils zwei Schlössern versehen. Der neunte, eine etwas kleinere Truhe, hatte ein zierliches Schloss mit Griffen und Kupferbeschlägen. Es bereitete Nickel wenig Mühe, alle Schlösser mithilfe eines Meißels zu öffnen. Er stellte das Licht auf einen geöffneten Deckel und begann gierig den ersten Koffer zu durchwühlen.

Aber er fand darin nur die Kleider aus der Hinterlassenschaft der Generalin, zog sie einzeln hervor und betrachtete sie kopfschüttelnd im Lichtschein. Den größten Teil ließ er unbeachtet, lediglich einen feinen, silberdurchwirkten Mohrenrock breitete er auf dem Boden aus und häufte darauf, was er an Gold und Silber tragen konnte. Neben dem mehrere Pfund schweren Geschirr, darunter Tafelsilber, allerhand Becher, Schüsseln, Teller und Leuchter, steckte er sich ein kleines geschnitztes Kästchen ins Wams, in dem sich eine goldene Panzerkette, ein Brasselett nebst einem Porträt mit Diamanten und ein paar Armbänder, mit Diamanten und Rubinen besetzt, befand. Sorgsam räumte er, was er zurücklassen wollte, wieder in die Koffer, band die Stricke darum und fügte die Schlösser zusammen, sodass auf den ersten Blick niemand erkannte, dass sie erbrochen worden waren. Dann beseitigte er die Wachsspuren am Türschloss, band den Mohrenrock wie einen Sack zusammen und schleppte ihn die Treppe hinauf. Oben legte er das Diebesgut ab und lief zurück. Mit boshafter Freude über den gelungenen Raubzug verriegelte er die Falltür, schob die Grabplatte darüber, vergaß nicht das Schloss vor der Tür und stahl sich in die Nacht hinaus.

Ungesehen gelangte er in die Herberge, schlüpfte hinein und stieg auf Zehenspitzen die Treppe hinauf. Leise öffnete er die Zimmertür und zog sie ebenso leise wieder hinter sich zu. Dann warf er mit einem erlösendem Seufzer die schwere Last von sich in eine Ecke. Als er sich zu seinem Bett tastete, hörte er plötzlich eine Stimme aus dem Dunkel. Sie klang gereizt.

»Wer ist da? Bist du es Mosel?«

Er wusste sehr wohl, wem die Stimme gehörte, und blieb einen Moment stehen, um Zeit zu gewinnen, denn er fühlte, wie sein heimlicher Plan ins Wanken geriet. »Bist du es, Anna?«, fragte er und drückte das Kästchen an seine Brust. Wenn du jetzt nicht stark bleibst, war alles umsonst, dachte er. »Du bist nicht bei Peermann?«, fragte er höhnisch und entzündete mit zitternden Fingern das Licht der Öllampe.

»Er hat mich hierher gebracht und ist weiter zum Christian gefahren.« Sie erhob sich aus dem Sessel, in dem sie auf ihn gewartet hatte und kam auf ihn zu. »Warum hast du mich so lange warten lassen? Hast dich mit deiner Maschine vor mir versteckt, oder ist es wegen eines Weibes? Du, ich werde noch eifersüchtig«, schmollte sie und versuchte ihn zu küssen.

Misstrauisch geworden, löste er ihre Arme von seinem Hals und schob sie von sich.

»Was hast du Mosel?« Sie schien verwirrt. »Magst mich nicht mehr?« Erst jetzt bemerkte sie, dass er ohne Perücke, mit nassen, verklebten Haaren und verschmutzten Kleidern vor ihr stand. Sie zog die Brauen hoch und sah ihm prüfend ins Gesicht.

»Ich war mit den Gesellen in der Trinkstube. Wir haben zu lange gezecht«, log er. »Musste mich duellieren. Ging um meine Ehre.«

»Du – und duellieren? Dass ich nicht lache. Mit wem denn?«, hörte er ihre Stimme, die nicht in seinen Geist vordrang. Anna fühlte sich verletzt und hintergangen, und das zeigte sie ihm auch. »Muss einer von den reichen Geldsäcken gewesen sein. Was versteckst du da vor mir? Lass sehen!«

Er hielt verwirrt den Finger an den Mund zum Zeichen, dass sie leiser sprechen möge. Dann zog er das Kästchen hervor und leerte dessen Inhalt vor ihr auf den Tisch. Sie griff nach den Armbändern, hielt sie ins Licht und sah ihn teils voller Bewunderung, teils voller Zweifel an.

Er wartete einen Moment, sah ihr zu, wie sie sich an den Schmuckstücken erfreute, erst dann sagte er mit einer seltsamen verlorenen Stimme: »Ich biete es dir noch einmal an. Es ist alles Dein, wenn du mit mir gehst. Du kennst meine Bedingungen. Jetzt sofort.«

»Ist das alles aus der Kirche?«, fragte sie, seiner Frage

ausweichend, und schob sich die blinkenden Bänder spielerisch über das Handgelenk.

»Ja!«

»Dann warst du allein drin?«

»Ja, ich war allein drin. Weil ich mich endlich auf mich selbst besonnen habe. Weil meine Name Nickel List ist und ich listig bin.«

Sie legte die Schmuckstücke nur widerwillig auf den Tisch zurück und seufzte leise. »Nein, Nickel, du weißt, wie ich darüber denke. Ich liebe den edlen Herrn von der Mosel, nicht den armen Schlucker List.«

»Gut, dann musst du ab jetzt ohne den Johann von der Mosel leben.«

Er hatte mit ihrer Ablehnung gerechnet und auch wenn es schmerzte, fühlte er so etwas wie Erleichterung, als er das Geschmeide zurück in das Kästchen legte. Dann drehte er ihr den Rücken zu, und als hoffte er auf ein Wunder, begab er sich langsam zu einem der Koffer, öffnete ihn und kramte seine schwarze Räuberkleidung hervor. Er kümmerte sich nicht um ihre bittenden Blicke, sondern ging zum Spiegel, legte die verschmutzten, edlen Kleider ab, stieg in die neuen und war wieder der Räuber Nickel List. Wortlos gürtete er sich die Pistolen um, stülpte sich den Hut auf den Kopf, warf den Mantel über und griff nach dem zusammengebundenen Mohrenrock.

Anna hatte seinem Treiben bis jetzt schweigend zugesehen, nun, als er langsam, ein wenig unschlüssig, an ihr vorbei ging und den vollbepackten Mohrenrock wie einen Sack über den Boden hinter sich herschleifte, war sie mit einem Sprung an der Tür und stellte sich ihm in den Weg.

»Bitte, Nickel, geh nicht weg!«, bat sie ihn und schlang die weißen Arme um seinen Hals. »Du darfst mich nicht verlassen, du bist doch mein Mosel. Wir waren so glücklich.«

Nickel schüttelte nur den Kopf, sah ihr ernst und auch ein wenig traurig in die schwarzen, flehenden Augen. Er hatte sich entschieden. Während er sie zur Seite schob und die Tür öffnete, sagte er: »Geh mir aus dem Weg! Peermann wird dich schon trösten und wenn nicht, übernimmt das Jonas.«

»Nickel«, flehte sie jetzt, sank auf die Knie und umklammerte seine Hüfte. Sie hatte erkannt, dass es ihm bitterernst war. »Wenn dir unsere Liebe so wenig bedeutet, dann denk wenigstens an dich, wirf dein Leben nicht so einfach weg.« Sie hob den Kopf mit dem tränenüberströmten Gesicht.

Ihr Weinen war gespielt, ebenso ihre Verzweiflung, das wusste er. Trotzdem blieb er stehen und blickte nachdenklich auf sie herab. Es hätte alles so schön werden können mit uns, dachte er, aber sie ist eben nur eine Frau und hat mich nie verstanden. Dennoch war da etwas, was ihn nicht in Ruhe gehen ließ, und er fragte sie: »Welches Leben meinst du, das ich nicht wegwerfen soll, das des Nickel oder das des Mosel?«

»Meines geliebten Mosels natürlich«, antwortete sie mit neuer Hoffnung. Sie erhob sich rasch, wischte sich die Tränen vom Gesicht, griff nach dem Sack, den er abgelegt hatte, befühlte ihn und begann wie eine Katze zu schnurren: »Du hast Großes geleistet, Nickel. Bist ein berühmter Räuber und hast goldene Hände. Willst du in der Mitte deines Weges stehen bleiben? Wolltest du nicht immer schon das ganz große Geschäft machen? Ich wüsste eins, danach hätten wir beide so viel Geld, dass wir damit bis an das Ende unserer Tage sorgenfrei leben könnten. Nur noch dieser eine Raub, Nickel, und ich gehe mit dir, wohin du willst.«

Sie wartete einen Moment, hing wie gebannt an den unbeweglichen Zügen, bis sich in ihnen Unsicherheit ausbreitete und sein Zögern ihr zeigte, dass ihre weibliche List Früchte trug.

Er lief jetzt wie ein gefangenes Tier im Raum hin und her. Plötzlich blieb er vor ihr stehen und sah ihr fest in die Augen. »Von was für einem Raub sprichst du?«, fragte er.

Als sie nach seiner Hand fassen wollte, entzog er sie ihr. »Es geht um die güldene Tafel.«

»Ich soll den Welfenschatz aus Lüneburg stehlen?« Jetzt lachte er laut und hart auf.

»Ja, mein Mosel, wäre das nicht ein krönender Abschluss? Wenn dir das gelingt, bist du der König unter den Dieben«, sagte sie und blickte ihn von unten herauf an, mit so viel Verschlagenheit in die Augen, dass er Gift und Galle hätte spucken können.

Fürwahr, sie war eine gute Komödiantin, die beste, die es gab, und ihm war, als schaute er Magdalena ins Gesicht. Mit einem Fluch auf den Lippen ließ er sich auf der Bettkante nieder. »Du bist nachlässig geworden, hast vergessen zu sagen, wir wollen den Schatz holen und wissen nur nicht, wie wir es anstellen sollen. Wir brauchen einen Dummen dazu. Nehmen wir den Nickel.«

»Aber nein, Mosel …«

»Nenne mich nicht immer Mosel.«

»Gut, Nickel, du magst schlecht von mir denken, aber erinnere dich an die Zeit, als ich noch Hannes für dich war, sieh hinter meine Stirn, lies in meiner Seele … ich liebe dich, aber es ist immer wieder das Geld … Es ist so schwer über seinen eigenen Schatten zu springen. Du liebst mich doch auch. Wir können gemeinsam glücklich werden … nur dieses eine Mal noch. Mach es für uns.« Sie ging erneut vor ihm in die Knie, um ihn zu beeindrucken, und bettelte jetzt mit verheißungsvollen Blicken: »Unsere gemeinsamen Liebesnächte, unsere Schwüre, Küsse und Liebesbezeugungen … ist dir das alles nichts mehr wert?«

Er hatte den Kopf grübelnd in die Hände vergraben und beobachtete sie nachdenklich durch die geöffneten Finger, während sie wusste, dass er, längst aller Zweifel enthoben, sich von ihrem Angebot geschmeichelt fühlte.

»Was ist, wenn's schiefgeht?«, fragte er nach langem Schweigen und hob den Kopf.

»Es wird nicht schiefgehen, meine Freunde werden alles vorbereiten. Du musst nur für die Schlüssel sorgen.« Ihr Herz machte einen Sprung.

»Von den Betrügern will ich nichts wissen. Wenn ich es mache, dann zusammen mit meinen Gesellen.«

»Aber wir müssen das Diebesgut verkaufen, Nickel. Dazu brauchst du Jonas. Er wird uns nicht betrügen. Ich kenne ihn.«

»Das glaube ich dir aufs Wort«, antwortete Nickel grimmig und dachte bei sich: Was kann denn noch schiefgehen? Ist doch schon alles den Bach runtergegangen, bin gefangen in den Fängen eines Weibes, Satan und christliche Hure in einem. »Sag deinem Schwager und den anderen, wir treffen uns morgen Nacht im ›Wilden Mann‹, es ist noch ein Teil des Schatzes in der Kirche. Den müssen wir zuerst holen. Bis dahin werde ich es mir überlegen.«

In ungestümer Freude, dass sie es geschafft hatte, ihn umzustimmen, sprang sie auf, nahm sein Gesicht zwischen ihre kleinen Hände und küsste und herzte ihn.

Nickel presste einen Moment ihre Rippen, dass sie leise aufschrie, dann stieß er sie von sich und rief: »Geh weg von mir!« Ihm stand jetzt nicht der Sinn nach dem herrlichen Körper dieser Frau, die ihren einzigen Trumpf ausspielte und sich verführerisch gab. Er lief stattdessen hinunter in den Pferdestall, suchte sich eine Ecke im Stroh neben Lore und rollte sich dort in seinen Mantel wie ein Igel ein. Aber der Schlaf floh ihn wie so oft. Er wälzte sich unruhig von einer Seite auf die andere und fühlte alsbald jedes Glied seines Körper. Nach Stedten! Immer wieder hämmerte der Gedanke durch sein Gemüt und die alte Herberge erschien vor seinem inneren Auge wie die Bilder seiner Kindheit und die ersten glücklichen Jahre zu Ramsdorf, bis ihm Tränen über die Wangen liefen. Er schlief kurz ein, aber nicht leicht und erholsam, sondern dumpf und voller Albträume.

Und es war ihm plötzlich, als sitze er auf der Lore, die schwarz war wie die Raben und riesige Flügel hatte, mit denen sie mit ihm zur Tür hinaus durch die Nacht flog, über Dächer, auf denen der Schnee lag wie ein Leichentuch, um Kirchtürme herum, in denen die Glocken leise schlugen, hinaus zur Stadtmauer bis hin zum Galgenberg, wo im Wind die Gebeine der Gehenkten klapperten. Auf dem Schafott stand ein langer Kerl mit dem Richtschwert und über ihm flogen schwarze Vögel und krächzten: »Kehre um! Kehre um auf deinem Weg!« So quälte er sich zwischen Wachsein und wilden Träumen bis zum ersten Morgengrauen, wo er sich schweißgebadet von seinem Strohlager erhob, den Hut aufstülpte, die Kleider glatt strich und dann die Lore sattelte.

Das alte Mädchen wieherte ihm leise zu. Er schwang er sich in den Sattel und trabte durch die morgendlich stillen Straßen, ohne zu wissen, wohin ihn sein Weg führte, nur getragen von dem seltsamen Traum. Er kam ans Stadttor, das ein Stadtsoldat gerade aufriegelte, und fragte nach dem Galgenberg, ein wenig erschrocken, als hätte er etwas gesagt, was er nicht laut aussprechen durfte.

»Über die Brücke«, sagte der Soldat, »und dann rechter Hand. Er ist nicht zu verfehlen.«

Nickel nickte, trabte rasch durch die dumpfe Wölbung des Tores über die Brücke und sah schon von fern im aufsteigenden Flussnebel die riesigen hölzernen Gerüste. Er gab Lore die Sporen und galoppierte den Berg hinauf. Unter dem mächtigen Galgen zügelte er die Stute und blickte auf drei leblose Bündel Kleider. Er presste die Hand auf das Herz und betrachtete sie lange und nachdenklich, sah, wie der Wind sie leise hin und her bewegte, und hörte auf die raschelnden und singenden Geräusche.

Plötzlich kam erneut Bewegung in ihn. Er zog den Säbel, beugte sich über den Pferdehals, galoppierte zu der ersten der drei Leichen und durchtrennte den Strick über dem Hals mit einem gut gezielten Hieb. Das wiederholte er bei der zweiten und der dritten. Als die Körper rauschend zu Boden fielen, flogen drei schwarze Vögel erschrocken auf. Wütend schrie Nickel in ihr Kreischen: »Sollte das ein böses Zeichen sein, oh, göttlicher Vater, dann pfeif ich drauf! Ich bin Nickel List. Lieber verbünde ich mich mit dem Teufel, bevor du mich da oben hängen siehst!«, und drohte mit der Faust zum Himmel.

Seine Worte waren noch nicht verklungen, da hörte er plötzlich, wie jemand beifallspendend in die Hände klatschte, und er nahm eine Bewegung unter dem dritten Galgen wahr. Ein Reiter tauchte aus dem Nebel auf und galoppierte von der anderen Seite des Berges auf ihn zu. Seine Hand umschloss den Säbelgriff so fest, dass die Adern hervortraten, als der Reiter vor ihm anhielt. Er traute seinen Augen nicht, es war der Jude Jonas Meyer.

»Ihr könnt fürwahr gut mit Eurem Degen umgehen«,

begrüßte Jonas ihn und grinste hämisch. »Aber müsst Ihr Euren Ärger ausgerechnet an den armen Sündern auslassen? Was hat Euch so aufgebracht, dass Ihr zu einer unchristlichen Zeit, wo die Hühner noch schlafen, auf die armen Gebeine eindrescht?«

»Das fragt Ihr noch?« Nickel hatte nach Überwindung der Überraschung seine Sprache wiedergefunden. »Was treibt Ihr überhaupt in dieser Gegend, Jonas? Reicht Euch das Betrügen nicht mehr, müsst Ihr mir auch noch hinterher spionieren?«

»Warum misstraut Ihr mir so, Mosel oder Nickel, wer Ihr jetzt auch seid?« Jonas Meyer saß auf seinem Pferd, so schwarz wie ein Priester vor der Andacht.

Seine Worte waren ruhig und mit Bedacht gewählt, doch etwas schwang in seiner Stimme mit, was Nickel argwöhnisch werden ließ.

»Ihr seid mir gram, wegen der Simse. Habe ich recht?«, fragte Jonas lauernd. »Das müsst Ihr nicht. Aber lasst Euch von mir etwas raten und zügelt Euer sächsisches Temperament. Die Simse liebt Euch und wenn Ihr Euch Tagelang weggesperrt, um an Euren Schlüsseln zu feilen, dann tröstet sie sich eben mit mir oder Peermann. Sie ist ein hitziges Weib mit feurigen Augen und einem wachen Verstand und versteht sich in der eleganten Welt besser zu bewegen als ihr. Deshalb tragt es ihr nicht nach, solange Ihr ihre ausgefallenen Wünsche und Launen bezahlt, wird sie Euch lieben, andernfalls schenkt sie eben einem anderen ihre Gunst. Müssen wir uns deswegen verachten? Wir sollten lieber unser Misstrauen begraben, unserer gemeinsamen Sache wegen. Ich bin nicht Lipmann, Mosel, ich bin von Eurem Schlag, umso mehr erstaunt es mich, Euch an diesem unheimlichen Ort vorzufinden.«

»Ihr seid ja auch hier«, antwortete Nickel und schaute

sich argwöhnisch um, ob Meyer nicht jemand gefolgt war.

»Ich habe Euch in diese Richtung reiten sehen und bin Euch aus Sorge gefolgt. Euer Aufenthalt an einem solchen Ort ist gefährlich, Mosel.«

»Nicht gefährlicher als der Eure«, erwiderte Nickel scharf und sein Misstrauen wuchs. »Wo habt Ihr überhaupt die ganze Zeit gesteckt, Jonas?«

»Ich war auf der Suche nach einem kleinen Koffer, der mir nach dem Einbruch bei der Marschallin von Stubenvoll abhanden gekommen ist. Bis nach Wunstorf bin ich geritten, aber ohne Erfolg. Er muss mir aus dem Sack gefallen sein ...«

Lore schnaubte. Nickel klopfte ihr beruhigend den Hals und bemerkte dabei, dass Meyers Pferd bis zur dichten Mähne hinauf verschmutzt und schweißverklebt war. Ein Beweis für ihn, dass Jonas die Wahrheit sprach und einen langen Ritt hinter sich hatte. Er grinste: »Das muss ein großer Verlust für Euch gewesen sein. Vom Raub im Amt Neustadt Rübenberge habe ich gehört, auch, dass außer Euch der große Leopold und Keyser mit von der Partie waren.«

Jonas lenkte sein Pferd an Nickels Seite und senkte die Stimme. »Die Ausbeute war es nicht wert, ein paar Rubine, Smaragde und etwas Geld. Aber ihr Verlust ist nicht das Problem, Mosel. Es sind die Schlüssel, Eure Schlüssel, die sich an einem Bund in dem Koffer befanden. Ich befürchte, dass sie in falsche Hände geraten könnten, wenn sie nicht wieder auftauchen. Auch zwei Brecheisen sind dabei«, bemerkte er kleinlaut.

»So, meine Schlüssel ... Ihr habt sie Euch ausgeborgt ...?« Obwohl es Nickel ärgerte, freute es ihn insgeheim, dass die Wunstorfer ohne ihn nichts Gescheites zuwege brachten. Er ließ ihn seine Überlegenheit spüren und grinste breit. »Ihr wollt es mir gleichtun, geht Euren eigenen Weg mit meinen Schlüsseln und scheitert bereits an einem so lächerlichen Raub?«

»Ihr spottet zu Recht über mich, Meister.« Jonas, verzog keine Miene. Nickels Ironie traf ihn nicht. Er beugte sich über den Pferdehals und sah Nickel scharf in die Augen. »Ihr habt meine Frage nicht beantwortet. Ihr beleidigt mich mit Eurem fortwährendem Misstrauen. Ihr wisst zurecht, was das Leben in Hannover und Braunschweig kostet und dass ich Euch ein ordentliches Geld für den Schatz der Generalin von Ehmin geben soll. Was kann ich tun, damit Ihr mir endlich vertraut?«

Der Räuber hielt dem Blick stand und dachte: Was für ein seltsamer Mensch. Unergründlich wie die See. Und ihm fiel ein, dass er seine Beute in der Herberge zurückgelassen hatte. Mit einmal war es ihm ganz recht, dass er den Juden getroffen hatte. »Ich habe Ware für Euch, Jonas. Reiten wir zurück. Er riss Lore herum und jagte den Berg hinab, im Rücken noch seine Worte auffangend, die wie eine Zustimmung klangen.

Zurück in der Herberge wartete bereits die nächste Überraschung auf ihn. Eigentlich hatte er die Geliebte erwartet, doch statt ihrer sprang ein junger Mann vom Sessel auf, als er die Tür zu seiner Stube öffnete, und kam ihm mit offenen Armen entgegengelaufen. Er stutzte, rief dann erstaunt: »Ernst!«, und stürzte ihm voller Glück entgegen.

»Meister, Ihr seid es!«, freute sich der Junge.

Nickel riss ihn in seine Arme, und es war ihm, als hätte er soeben ein Stück Heimat wiedergefunden.

»Meister«, lachte der junge Buttelstedt an seiner Brust, »wenn Ihr wüsstet, wie froh ich bin. Seit Hamburg bin ich Euch immerfort hinterhergereist. Warum habt Ihr mich zurückgelassen? Ach, Meister Nickel, was glaubt Ihr wohl, wie viel Angst ich ausgestanden habe, dass Ihr den Häschern in die Hände gefallen sein könntet. Oder von einer Krankheit ans Lager gebannt.«

»Wie kommst du darauf, Ernst? Ich bin gesund und munter, gefangen ja, aber in den Fängen eines Weibes«, lachte er.

»Eben, Meister, das ist es ja, was mir Kopfzerbrechen bereitet. Und deshalb denke ich, ist Euer Leben umso mehr in Gefahr. Hier, seht selbst!« Völlig aufgelöst zog der Bursche ihn am Ärmel zum Tisch, kramte mit zitternden Fingern einen aufgeweichten Zettel hervor und breitete ihn vor ihm aus.

Mit ernstem Gesicht nahm Nickel im flackernden Kerzenlicht das zerknüllte Stück Papier in Augenschein.

»Woher hast du das, Ernst?«, fragte er und strich über die Brüche in dem Papier, um die stark verwischten Zeilen zu glätten.

»Ich hab es in ›Der Raute‹ gefunden, im Stall im Pferdemist, beim Pferdewechsel.

Nickel grinste und zwinkerte ihm über den Papierrand zu. Während er die ersten, in feinstem Hochdeutsch verfassten Wörter überflog, sagte er: »Gut, hast du es gelesen?«

»Ihr wisst, wie schlecht ich lese, Meister Nickel aber das, was ich erkennen konnte, sagte mir, es ist der Entwurf eines verräterischen Schreibens.«

»Du hast recht, Ernst, dein Gefühl hat dich nicht betrogen, es ist das Schreiben eines Judas …« Nickel fuhr mit dem Finger die Zeilen entlang und begann nun das Ungereimte genauer zu lesen:

… an die edlen Herren vom Stadt Gerichten … in diesem speziellen Lokal in Stedten stünden immer gesattelte

Pferde im Stall, und es sei wichtig, gleich erst die Pferde wegzukriegen. In den Oberstuben würden sie liegen – die müssten sie, wie auch die zwei, die, immer im Stall liegen, zugleich überfallen, und zwar, wenn sie noch schlafen, um ihnen das Gewehr nehmen zu können. Man solle nur ein paar totschießen, dass es Furcht in sie jage. Andernfalls werde noch so manche Seele um ihr Geld kommen …

Als er geendet hatte, hob er den Zettel auf, ging zum Fenster, hielt ihn gegen die Scheibe und drehte ihn zwischen den Fingern hin und her, in der Hoffnung auf einen Namen oder einen anderen Hinweis auf den Verfasser. Er konnte sich keinen Reim darauf machen was die zerrissenen Sätze bedeuten sollten, obwohl der Hinweis deutlich auf Stedten hinzielte. Einen Moment war es ganz still in der Stube, so still, dass man nur schweres Atmen hörte. Nickel brach als Erster das Schweigen und sagte mit ernster Stimme, während er den Zettel über der Flamme in Feuer aufgehen ließ: »Bist ein aufmerksamer Bursche, Ernst. Aber es wäre gut zu wissen, was weiter in dem Brief geschrieben stand. Ich muss erst darüber nachdenken. Was glaubst du, Ernst, wer könnte der Judas sein?«

Der Junge zuckte mit den Schultern. »Ich weiß es nicht, Meister. Vielleicht ist es Lipmann?«

Nickel nickte und dachte, ihm sei so ein Verrat zuzutrauen. Er wusste, dass Eile geboten war, und so zeigte er Ernst den verknoteten Mohrenmantel. »Wir müssen die Sachen zu Jonas Meyer bringen, damit er uns ein ordentliches Wegegeld dafür gibt, und dann geht es zurück in die Heimat.«

»Nach Stedten, Herr«, murmelte Ernst wie geblendet, fragte nicht, woher die Sachen stammten, und vergaß den Zettel, als Nickel den Schatz vor ihm ausbreitete. Aber es blieb ihm keine Zeit, sich an dem glänzenden Metall zu erfreuen, denn der Räuber packte alles in zwei unauffällige Koffer, rief nach Lorenz, die Pferde anzuspannen, und betrat wenige Stunden später als Herr von der Mosel in Begleitung seines Jägers und des jungen Buttelstedt die Schankwirtschaft ›Am Markt‹, wo die Pferde und Wagen der Räuber untergebracht waren.

Der Wirt führte den edlen Herrn rasch hinauf zum Zimmer des Hamburger Seefahrers Schwancke, der hier Quartier genommen hatte und am Tisch umgeben von seinen Freunden Peermann, Kornett, Dore, dem Rotkopf und Keyser saß, ausgenommen Jonas Meyer, der mit seinen langen Beine auf dem Sofa neben Anna fläzte und lüstern jede ihrer Bewegungen verfolgte. Mit keiner Miene verriet er die Begegnung am Galgenberg.

Der Regimentsquartiermeister Peermann erhob sich bei Nickels Eintreten leicht verärgert, was er sogleich zum Ausdruck brachte: »Also, Herr Doktor, Ihr habt schon wieder länger nichts von Euch hören lassen«, sagte er vorwurfsvoll. »Wir haben es hingenommen, weil wir wissen, dass Ihr ein langatmiges Gewerbe betreibt, was viel Ausdauer erfordert. Aber offenbar überspannt Ihr den Bogen unserer Geduld. Da nun schon viel Zeit vergangen ist, haben wir uns hier zusammengefunden, um zu beratschlagen, wie es weitergehen soll. Jetzt, nachdem wir so lange vergebens auf Euch gewartet haben, platzt ihr in die Stube von unserem Christian, als wärt Ihr nie weg gewesen. Allein Eure getreue Freundin, die edle Frau von Sien, meine hoch geschätzte Base, hat mich mehr als einmal gedrängt, nach Euch zu rufen. Alle meine Versuche sie zu unterhalten, woran ich wahrlich nicht gespart habe, vermochten sie nicht aufzumuntern, so sehr verlangte sie nach Euch.«

Über diese Äußerung musste Nickel lächeln, aller Wahrscheinlichkeit unterschätzte ihn der Herr Offizier und glaubte, dass er diese Lügen für bare Münze nahm. Der Jäger grinste belustigt.

Nickel trat mit finsterer Miene an den Tisch und warf wortlos die Koffer darauf. Noch ehe die anderen sich von ihrer Verblüffung erholt hatten, raschelte Anna heran, drängte sich zwischen Peermann und ihren Schwager, öffnete hastig die Behälter und leerte den wertvollen Inhalt auf den Tisch, dass es nur so blinkte, schepperte und klapperte. Sie blickte Nickel verschwörerisch an und sagte: »Seht, Vetter Quartiermeister, ich habe wohl allen Grund gehabt mich nach meinem Mosel zu verzehren, denn es gibt keinen zweiten Mann wie ihn unter der Sonne. Seht, was er geleistet und zuwege gebracht hat, während ihr Eure Zeit nur mit Fressen und Saufen vertan habt. Das alles hat er ganz allein aus dem Schoße der Katharinen gehoben, nur mithilfe seiner List und seiner Schlüsselkunst. Ja, da seid Ihr sprachlos, Vetter, und Ihr, Schwager, macht den Mund wieder zu. Fragt meinen Mosel lieber, wie viel von dem Schatz noch in dem Gewölbe liegt. Er hat sicher nur nicht mehr schleppen können, der Ärmste, weil ihr ihn allein gelassen habt. Und jetzt ist er zu Euch gekommen, da Ihr Euch endlich ermannt, etwas zu unternehmen, und er brennt darauf, Euch in das Gewölbe zu führen, um es gründlich auszuräumen.«

Triumphierend warf sie das Haar in den Nacken und trippelte auf Nickel zu, wobei sie auffällig mit einem blauen Saphir, der ihm nicht unbekannt vorkam, an ihrem Finger spielte. Wieder lag etwas in ihrem Blick, was ihm das Blut ins Gesicht trieb, und er musste sich am Tisch festhalten, weil er sich nicht sicher war, ob er das Miststück verdreschen oder in seine Arme reißen sollte. Sie hatte plötzlich so viel Ähnlichkeit mit Magdalena, dass es ihn eher von ihr wegtrieb und er laut auflachen musste.

Jonas trat in seiner ruhigen, überheblichen Art an den Tisch, griff nach einem von den Kelchen, kratzte mit den Fingern prüfend an dem Gold und wog ihn dann abschätzend in der Hand ab. Alles mit einer unbeweglichen, ausdruckslosen Miene.

Verärgert und erneut von Misstrauen geplagt sah Nickel ihm auf die Finger. Aber dann ging ein Grinsen über das Gesicht: »Da staunt Ihr, Meyer. Fasst es ruhig an, es ist reines Silber und Gold. Da seht Ihr mal, dass der Doktor von der Mosel mehr kann, als nur Euer Handlanger für Dietriche zu sein. Wie sagtet Ihr so schön, Jonas, die Simse liebt den Reichtum und solange man ihr die ausgefallenen Wünsche erfüllt, steht man in ihrer Gunst. Nun, an welchen Kerl wird die Simse sich wohl jetzt hängen?« Er schickte seinen Worten ein gehässiges Lachen hinterher, zog Anna blitzschnell in seine Armen und presste seine Lippen auf ihren Mund, bis sie keine Luft mehr bekam und ihn schwer atmend von sich stieß. Dann wischte er sich langsam mit dem Handschuh über die Lippen.

Da die anderen nicht recht wussten, was hier gespielt wurde, warteten sie still ab, bereit, für den einen oder den anderen Partei zu ergreifen. Doch Nickel schien sich zu schade dafür, ihnen das Schauspiel des gekränkten Liebhabers zu liefern. Wortlos nahm er Jonas den Kelch aus der Hand, packte das Gold und Silber wieder in die Koffer und forderte die Anwesenden auf, in der kommenden Nacht zusammen den restlichen Schatz zu heben. Er winkte seinem Jäger, würdigte Anna keines Blickes mehr und verlies das Zimmer.

In besagter Nacht schleppten Lorenz und Andreas zwei Koffer mit Linnen, 30 Pfund Silbergeschirr und allerhand seidene Frauenkleider aus dem Gewölbe. Dabei wurden sie vom Küster gestört. Um nicht entdeckt zu werden, harrten sie stundenlang platt auf dem kalten, feuchten Boden liegend aus und konnten erst am darauffolgenden Abend weitermachen.

Pante, der zur Wache abkommandiert war, musste sich später Hänseleien seiner Kameraden gefallen lassen, weil er glaubte, dass es in der Kirche spuke, und sich lange Zeit weigerte, hineinzugehen. Dass Lorenz die bösen Geister mit Gestank vertreiben wollte, indem er seine Notdurft vor der Gewölbetür verrichtete, machte die Sache nicht besser. Trotz allem wurde noch einmal allerhand Silberwerk erbeutet. Lorenz und der Jäger brachten, eskortiert von Schwancke, zwei prall gefüllte Koffer in Schwanckes Quartier. Unter anderem fand sich ein türkischer Säbel mit goldenen Beschlägen und diamantener Klinge darunter, der dem Seemann später zum Verhängnis werden sollte.

So war also unseren Dieben auch dieser Anschlag geglückt und entsprechend zufrieden fuhren Schwancke, Anna und Dore von Braunschweig mit der Post über Hannover nach Blumenau. Sie hatten das Silber, das Nickel allein erbeutet hatte, bei sich. Die Koffer mit den Linnen nahm der Blumenauer Wirt Otto Müller, der beim Heraustragen geholfen hatte, in seinem Vierspänner mit. In seinem Wirtshaus, und zwar des Abends bei Kerzenschein, wurde die Beute verteilt. Jonas Meyer konnte das Silber und Gold nach langem Feilschen für sich beanspruchen; die wertvollen Kleidern teilten sie unter den beiden Frauen auf. Da aber zu viele Gesellen in dem Beutetopf mit dem Geld, das ihnen Jonas dafür gezahlt hatte, wühlten, schrumpfte der Braten zusammen wie das Wachs einer Kerze, und Nickel war am Ende lediglich um achtzig Taler reicher, was er mit einem kräftigen Fluch quittierte.

Da es für Nickel beschlossene Sache war, bevor er nach Stedten zurückging, sich noch einmal im großen Stil die Taschen zu füllen, beschlossen er und seine Gesellen heimlich, ohne die anderen von Blumenau nach Lüneburg zu reisen. Sie nahmen den Weg über Hannover, wo sie in den ›Drei Kronen‹ ein üppiges Mal einnahmen, bevor sie nach einem kurzen Zwischenstopp in Celle, frische Pferden und eine Kutsche mieteten. Einige Zeit später saßen Nickel, Andreas, Lorenz und Ernst Buttelstedt in einem Saal, im Seitenflügel der Gastwirtschaft Mühlenhof, bei einer Flasche besten französischen Weins vor dem vergilbten Grundriss des Klosters.

Sie hatten die Köpfe über die Karte gebeugt, als Ernst, von der Ungeduld der Jugend getrieben, fragte: »Ob die Hamburger Herren uns wohl folgen werden, Meister Nickel, wenn sie entdeckt haben, dass wir sie hintergangen haben und ausgeflogen sind?«

»Und ob sie das werden!«, lachte Nickel und etwas vom alten Stolz schoss in ihm empor. Er stellte sich die Simse in ihrer Wut vor, wie sie in der Wirtschaft in Blumenau vor dem leeren Bett stand. »Es wird der Betrügerzunft eine Lehre sein.«

Der Andreas aber hegte seine Zweifel. »Der Schwancke wird's nicht gutheißen, dass wir ihn zurückgelassen haben. Zudem wäre seines Vaters Haus, hier in Lüneburg, ein gutes Versteck für das Gold.«

»Schon möglich«, sagte Nickel und beruhigte ihn, »wenn er mit weinvernebeltem Schädel aufgewacht ist, wird er nachkommen. Ich habe ihm eine Nachricht hinterlegt.«

Lorenz war dem Gespräch nachdenklich gefolgt. Er hatte Nickel beobachtet und wollte den Raub ohne den Jäger und Ernst Buttelstedt begehen. Er legte dem Jäger die Hand auf den Arm: »Hört mich an, Andreas. Es ist kein einfach Ding, das mit der güldenen Tafel. Ich habe das Kunstwerk im Kloster gesehen, um das die Leute im ganzen Land so ein großes Geschrei machen. Es ist aus kostbarem Golde gemacht und besetzt mit mancherlei Edelgestein, darunter ein gewaltiger, in Silber gebetteter Onyx. Dergleichen habt ihr nie zuvor erblickt.«

»Dann ist die Tafel sicher wohl verwahrt«, unterbrach ihn der Jäger. »Wir haben genug von den Pfaffen in Sachsen und ihren verriegelten Schätzen gesehen.«

»Von wegen. Kaum bewacht ist sie«, ereiferte sich Lorenz. »Es hat mich bass erstaunt, dass man eine solche Kostbarkeit nicht hinter Hunderten von Schlössern verbirgt, sondern sie frei und offen für jedermann zugänglich hinhängt wie ein einfaches Bild aus der Druckerpresse. Aber die Schwierigkeit soll der Fluch sein, der auf ihr lastet. Ich habe einen Messknaben befragt und er hat mir gesagt, dass die güldene Tafel gefeit vor Diebeshänden sei. Kaiser Otto, der sie einst der Kirche St. Michael gestiftet hat, hat einen Fluch über sie verhängt. Jeder, der versucht sie zu stehlen, wird durch ihre Berührung von einer gar schrecklichen Krankheit befallen und muss elendig sterben. Eine Königin soll einmal so in Liebe zu dieser Tafel entbrannt sein, dass sie einen kleinen Diamanten aus der Mitteltafel für ihre Krone hat herausbrechen lassen. Sie hat einen so schrecklichen Aussatz bekommen, dass ihr die Nase und die Ohren abgefallen sind. Sie und alle, die ihre Krone berührten, sind an der seltsamen Krankheit gestorben.«

»Was faselt er da!«, lachte Nickel. »Sind wir etwa Weiber, die sich wegen solcher Märchen fürchten? Wozu gibt es Handschuhe! Also, Freunde, was ist, wollen wir uns, bevor wir nach Hause reisen, dieses Kleinod holen?«

Andreas und Ernst sagten, ohne zu überlegen, ja, hoben die Gläser und tranken Nickel zu. Allein Lorenz blieb in sich gekehrt und schaute in das Feuer, das in einem Ofen brannte. Er hatte gehofft, mit der Mär vom Fluch die beiden Kumpanen von ihrem Vorhaben abbringen zu können. Nun war sein Plan, die Tafel mit Nickel allein zu holen, zerplatzt und so seufzte er leise, holte schweren Herzens aus seinem Wams zwei Wachsformen hervor und legte sie vor Nickel auf den Tisch. »Hier, Meister, sind die Abdrücke. Als ich in der Kirche war, habe ich sie genommen.« Dass er gehofft hatte, es würde ihm gelingen, die Schlüssel ohne ihn anzufertigen, verschwieg er.

Aber auch die Hamburger Kaufleute waren an der Hebung der güldenen Tafel interessiert und da sie schon bei der Beraubung der Katharinen-Kirche zu kurz gekommen waren, spannten sie kurzerhand die Pferde an und fuhren den Edelherren um Johann von der Mosel hinterher. Da sie in Blumenau einen Zwischenstopp einlegten kann man sich den Schreck vorstellen, als Lipmann, Moses Hoscheneck und der große Leopold um sieben Uhr Morgens, mit umgeschnallten Degen und Karbatschen bewaffnet, wütend in die Gaststube stürmten, in der sich unsere edle Gesellschaft mit Saufen und Prassen das Warten auf Mosel nicht lang werden ließ.

Guidon Peermann hatte in seiner Trunkenheit den Arm um Anna geschlungen und ihr mit erhobenem Glase anzügliche Intimitäten ins Ohr gelallt. Als er sah, wie sie sich vor Lachen ausschüttete, erhoffte er sich mehr, knetete unauffällig die pralle Brust unter der Seide, sprang auf und wollte Anna mit sich ziehen. Doch statt zu einem Schäferstündchen zu kommen, starrte er plötzlich etwas dümmlich in das wütende Gesicht des Kaufmann Lipmann. Er benötigte einen Moment, bis er sich von der

Überraschung erholt hatte und die Sprache wiederfand. Der kalte Blick des Hamburgers versprach nichts Gutes und so versuchte er, während er einladend auf den freien Stuhl neben sich wies, die Angelegenheit in günstigere Bahnen zu lenken. »Ah, bei Gott«, sagte er aufstehend. »Ihr kommt wie gerufen, Monsieurs. Wir waren gerade bei der Morgensuppe. Ihr könnt mit uns frühstücken!«

»Ihr frühstückt doch nicht allein, Monsieur Peermann. Wo ist er Euer ach so berühmter Doktor, der Hundsfott!«

»Er wird gleich erscheinen, Monsieur. Setzt Euch so lange zu uns und seid unsere Gäste, es gibt Eiersuppe mit Safran und Honig sowie Hühnchen in Mandelmilch«, forderte Peermann ihn auf und wechselte einen Blick mit Meyer, der wie immer einen kühlen Kopf bewahrte und als ginge ihn das alles nichts an, nach einer Hühnchenkeule griff. Aber die Besonnenheit des Juden war nur gespielt. In ihm brodelte es wie in einem Vulkan, der jederzeit ausbrechen konnte, und wehe dem, der sich nicht rechtzeitig in Sicherheit brachte. Wachsam erfasste er das Geschehen, während er ruhig seine Zähne in das Fleisch schlug. Pante dagegen vermochte sich nach der durchzechten Nacht kaum mehr auf den Beinen zu halten, dafür war sein lautes Fluchen über die Störung umso grässlicher. Er war der Einzige, der beim Eintreten der drei Hamburger aufgesprungen war und den Degen gezogen hatte. Mit diesem hielt er sich mit etwas unsicherer Hand den großen Leopold vom Leib. Kramer lag auf der Bank und schnarchte laut. Lediglich Keyser, der als Saufheld und Raufer einen gewissen Ruf hatte, kam Peermann, die Hand an der Pistole, zu Hilfe.

»Simse! Geht nachsehen, was der Mosel treibt und wo

er bleibt. Ist schon wieder zu viel Zeit verstrichen!«, forderte Keyser Anna auf. Doch Lipmann erwischte sie am Ärmel und wollte sie an seine Seite zerren.

Sie aber entzog sich ihm, huschte an ihm vorbei, lief hinaus über den Hof, bis sie zu Nickels und ihrer gemeinsamen Stube kam. Eine seltsame Unruhe befiel sie, sodass sie schon an der Tür laut nach ihrem Mosel schrie. Als ihr niemand antwortete, stürzte sie auf das Bett in dem verdunkelten Zimmer zu und fand einen leblosen Körper in den Kissen. »Nickel!«, rief sie erschrocken und die Angst krampfte ihr das Herz zusammen, sodass sie mit einem Schlag nüchtern war. »Nickel, um Gottes willen, was ist mit dir?«, rief sie und schüttelte den schweren Leib, aber nur ein Grunzen war zu hören. Da rannte sie in panischer Angst zurück in die Gaststube, wo ein Handgemenge bereits in vollem Gange war, und brüllte in den Lärm: »Der Mosel! Hilfe! Er liegt wie tot in seiner Stube.«

Ihr Schrei fuhr unter die Streitenden, als hätte sie kaltes Wasser über sie ausgegossen. Einen Moment war es totenstill im Raum. Alle Augen hingen wie gebannt an ihren Lippen. Als Erster gewann Meyer seine Fassung wieder und sprang auf. Dann klirrte Glas, fielen Stühle und die bunte Gesellschaft, vornweg Meyer, rannte Hals über Kopf über den Hof, polterte die Treppe hinauf und stolperte in das Zimmer. Jonas Meyer war als Erster am Bett. Er entzündete eine Kerze leuchtete in das bleiche Gesicht. Doch was er im trüben Schein sah, war nicht der Doktor. Es war der Seefahrer Schwancke, der sturzbetrunken seinen Rausch ausschlief.

Anna schrie gellend auf, schob Meyer zur Seite und zerrte den Betrunkenen an den hellen Haaren, bis er die Augen öffnete und etwas Irres, Unverständliches lallte. In ihrer Not sah sie sich nach dem Waschkrug um, doch

Jonas war ihr zuvor gekommen. Er hielt das Gefäß bereits in seinen starken Pranken und kippte dem Seemann den vollen Krug mit Wasser über den Schädel. Die kalte Dusche bewirkte, dass der Betrunkene sich kräftig schüttelte, bevor er sich halb aufrichtete.

»Wo ist mein Mosel?«, rief Anna und rüttelte ihn an den Schultern. »Wach auf, Schwager! Was ist geschehen?«

Als sie keine Antwort erhielt, bekam sie Hilfe von dem nur schwer zu zähmenden Leopold. Er stieß sie unsanft zur Seite, packte den Seemann am Kragen, zog ihn zu sich hinauf, bis er ihm in die umflorten Augen sehen konnte, und zischte: »Sprecht endlich, Kapitän, wenn Euch Euer Leben lieb ist! Wo ist der Doktor?« In dem hageren Gesicht zuckte es gefährlich.

»Lasst es gut sein«, sagte Meyer in einem Ton, der keinen Widerspruch duldete, befreite den Seemann aus dem Griff und schubste ihn auf das Bett zurück.

Jetzt kam der Betrunkene langsam zu sich, blickte verwirrt von einem zum anderen und stotterte: »Wie lange habe ich geschlafen …? Zwei, drei Nächte … Ach der Mosel?« Er erinnerte sich. »Er hat eine Nachricht hinterlassen. Sie sind abgereist. Ich soll nachkommen.« Er zeigte zum Tisch auf dem ein aufgerissenes Billet lag und fiel zurück in die Kissen.

Anna wurde leichenblass. Sie dachte plötzlich an Braunschweig und daran, wie er ihr gesagt hatte, dass er die anderen verlassen wollte. Es hätte ihr eine Warnung sein sollen. Sie schrie: »Der Schuft! Der Lump! Hintergangen hat er mich!«, und taumelte, sodass Peermann sie auffangen musste. Halb von Sinnen verfluchte sie die Zechgelage, die ihr wichtiger gewesen waren, verfluchte es, dass sie sich mit Peermann und Meyer abgegeben hatte, anstatt kein Auge von Nickel zu lassen.

»Lasst Mosel ziehen«, sagte Meyer, und überflog die Zeilen. Er erinnerte sich an die Begegnung mit Nickel am Galgenberg. »Der Mosel ist listiger als ihr alle zusammen. Ich bin felsenfest davon überzeugt, dass er das Kloster schon ausgeräumt hat und auf dem Weg nach Stedten ist.«

»Nein«, meldete sich jetzt der Seemann zu Wort. »Er sitzt sicher noch in Lüneburg, im Mühlenhof. Das Unternehmen braucht größerer Vorbereitungen. Ich muss vom Wein eingeschlafen sein.«

»Dann lasst uns fahren!«, rief Lipmann. »Auf nach Lüneburg. Vergeuden wir keine Zeit mehr und holen wir uns, was uns zusteht!«

Christian Schwancke schüttelte den Kopf. »Geht nicht. Ich soll allein kommen.«

»Dann wisst Ihr, wo der Mühlenhof ist?«, fragte Meyer.

»Ja, mein Vater hat ein Haus in Lüneburg. Ich bin dort aufgewachsen.«

Anna überkamen Zweifel. Trotz allem liebte sie ihren Mosel und vermochte ihm nicht lange zu grollen. »Der Vogel ist ausgeflogen – lasst ihn fliegen! Hat er nicht genug goldene Eier für uns alle gelegt? Ich werde ihm nicht nachrennen«, sagte sie. Sie war sich ihrer Macht über ihn bewusst, dachte: Er liebt mich und wird schon wiederkommen.

»Weib, habt Ihr so viel Zaster in den Taschen, dass Ihr keine goldenen Eier mehr nötig habt?«, entrüstete sich Leopold. Mit seiner Geduld war er am Ende. Er wollte den Verräter unbedingt zur Rede stellen. »Morgen Früh werden wir nach Lüneburg fahren und Christian wird uns zu Mosel führen!«, sagte er, als wäre es beschlossene Sache.

Anna warf einen unschlüssigen Blick hinüber zu ihrem

Galan Peermann. Sofort spielte er den Kavalier, legte seinen Arm um sie und sagte: »Dann auf, meine Herren, wir werden Euch begleiten und wenn es bis in die Wüste sein sollte.«

Am nächsten Morgen fuhr noch vor dem ersten Hahnenschrei ein Vierspänner, reich beladen mit Koffern und Mantelsäcken, durch das Tor der Herberge. Im fürstlich ausgestatteten Inneren der Kutsche saßen Peermann und Anna, während der Seefahrer es vorgezogen hatte, neben Keyser auf dem Bock zu sitzen. Meyer und Pante hatten sich den Hamburgern angeschlossen und folgten dem Wagen zu Pferd. Sie reisten wie zuvor die anderen, über Hannover, und rasteten spät am Abend in Celle gar bescheiden, denn sie hatten die Zeit vergessen und solange gar üppig gezecht bis in ihrem Geldbeutel nur noch wenige Taler klimperten.

Den größten Teil der Fahrt verbrachte Anna seltsam still, in ihren Mantel gehüllt, in einer Ecke. Sie wirkte müde und hatte die Lider gesenkt. Nachdem Peermann vergeblich versucht hatte, sich ihr zu nähern, ließ er sie in Ruhe. Für einen Moment war sie eingeschlafen. Der Kopf war ihr auf die Brust gesunken und ihre Nasenflügel bebten leicht, während ihr Oberkörper im Takt der Räder sanft hin und her geschaukelt wurde. Aber ein Albtraum ließ sie plötzlich erschrocken hochfahren und sie musste sich erst eine Weile orientieren, bis sie begriff, dass sie sich wohlbehütet in der Kutsche befand. In ihrem Traum war Hannes maskiert in einem weiten, schwarzen Mantel auf sie zugekommen, hatte sich in einen mächtigen Adler verwandelt und sie in seinen messerscharfen Klauen auf einen Berg entführt, auf dem ein riesiger Galgen stand. Als er sie unter der Richtstätte absetzte, sah sie einen Gehenkten. Sein leerer Körper bewegte sich leise singend im Wind, der Balken über ihm ächzte und die schwarzen Vögel auf dem Galgen schlugen mit den Flügeln und kreischten dazu. »Er kommt zurück und wird dich holen!« Als sie einen Schritt auf das Kleiderbündel zumachte, hob das Gerippe den Kopf mit den schwarzen Haaren und sie erkannte Nickel. Er streckte ihr die Arme entgegen und starrte sie aus leeren Augenhöhlen an. Vor Entsetzen wollte sie weglaufen. Aber ihre Füße waren auf der Stelle gebannt. Plötzlich funkelten in den leeren Höhlen zwei riesige Diamanten. Sie vergaß, dass es Nickel war, und wollte nach den Steinen greifen, da fing das Gerippe schauerlich an zu lachen und plötzlich war es nicht mehr Nickel, der so grässlich lachte, sondern der feine fürstlich gekleidete Herr von der Mosel.

Mit einem leisen Schrei auf den Lippen schlug sie die Augen auf und sah, dass Peermann besorgt ihre Finger in seinen Händen hielt. Leise fragte er sie: »Hattet Ihr einen schlechten Traum, meine Liebe? Dann erlaubt mir, die bösen Gedanken zu vertreiben.«

Noch Stunden zuvor hätte sie lachend eingewilligt, doch jetzt schaute sie nur starr über ihn hinweg auf die purpurnen Samtpolster und murmelte, ohne auf seine Frage einzugehen: »Sagt, Guidon, kann ein Mensch zwei Gesichter haben? Ein hässliches hinter einer Maske verborgen, das andere schön für alle sichtbar?«

Peermann lächelte. »Euch plagen Gewissensbisse, Madam? Sagt mir, was Euch beschäftigt. Oder wartet, lasst mich raten – Ihr habt Liebeskummer.«

»Kann denn ein Weib wie ich lieben, Guidon?«

Peermann überlegte und sah ihr prüfend in das schöne Gesicht. »Fragt Euer Herz, Madam. Nur dort findet Ihr die Antwort. Ich kann lediglich von mir sprechen und denke, dass ich zärtlich und verliebt genug bin und durch

Eure Liebe zu dem Doktor zum unglücklichsten aller Männer gemacht werde.«

»Ach, Guidon. Welcher Liebhaber hätte nicht ebenso gesprochen.« Sie sah ihn jetzt geradewegs an. »Alle Verliebten rühmen sich die gleiche Liebe zu fühlen, alle bilden sich ein, dass eine Herzensaffäre von Vernunft begleitet so viel bedeutet wie Unkenntnis in der Liebe. Aber ist denn mein Herz nicht von der gleichen Art wie das Eure? Warum werde ich immer dazu gezwungen, mir einzugestehen, dass ein beständiges Zusammensein schließlich zum Überdruss führt? Warum fliege ich wie ein Schmetterling von Blüte zu Blüte? Fühle ich mich gerade bei einer wohl und genieße ihren goldenen Nektar, kommt die nächste schönere und die Herrlichkeit der ersten wird zerstört. Ist es der Vorzug des Geldes, unseren Gefühlen immer wieder Aufschwung zu geben?«

Peermann überlegte und sagte nach einer Pause: »Ihr ängstigt mich, meine Liebe. Aus Euren Reden entnehme ich, dass Ihr fürchtet, der Wohltaten Eures Mosels verlustig zu gehen, wenn Ihr ihm eingesteht, dass Ihr weiter den Nektar anderer Blüten trinken werdet?«

»Ach, Guidon, das ist es ja. Ich glaube, ich habe seine Liebe bereits verspielt. Es ist nur so grausam, dass man erst, wenn es zu spät ist, bemerkt, was für einen Edelstein man verloren hat.«

Es geschah selten, dass er die schöne Anna so nachdenklich erlebte, und während er ihre Hände nahm und nach Worten des Trostes suchte, kamen sie, bevor sie in die Stadt Lüneburg einfuhren, durch das kleine Ebstorf, wo die Kutsche vor dem Posthaus anhielt. Meyer sprang vom Pferd, öffnete den Kutschenverschlag und rief in das Wageninnere: »Meine Liebe, die Stadt Lüneburg ist nicht mehr weit entfernt. Vom Bock aus kann man bereits die Kirchtürme schimmern sehen. Wir werden den Wirt im Posthause nach Mosel fragen, vielleicht hat er in der Herberge logiert und ist von hier aus weiter zum Mühlenhof gefahren.«

Die Abwechslung der Rast begrüßend erhob sich als Erster der Regimentsquartiermeister, bückte sich, um aus der Kutsche zu klettern und seiner Geliebten herauszuhelfen, doch Meyer war schneller, umfasste kurzerhand mit seinen Pranken ihre schmalen Hüften, wirbelte sie durch die Luft und setzte sie wie ein rohes Ei auf dem Boden ab. Zur Strafe erntete er einen höhnischen Blick von seinem Nebenbuhler und verlor Anna gleich wieder an den Lipmann, der die Zügel seines Pferdes einem herbeieilenden Knecht zuwarf, ihr höflich den Arm reichte und mit Siegermiene sagte: »Ihr, meine Herren, bleibt bei den Pferden. Es ist zu gefährlich, wenn so viele Fremde gemeinsam das Posthaus betreten. Der Wirt könnte Verdacht schöpfen.

Die kleinen Rivalitäten der Männer ihretwegen schmeichelten Anna und ließen sie den Schmerz um ihren Geliebten für einen Augenblick vergessen. Neugierig und angeregt plaudernd folgte sie dem Kaufmann in die Gastwirtschaft und erfuhr vom Wirt, dass der hohe Herr von der Mosel erst gestern mit seinem Jäger in der Herberge logierte und dabei ein Bund Schlüssel mit einigen Dietrichen vergessen hatte. Er war erfreut darüber, dass die Herrschaften den edlen Herrn kannten, und übergab der schönen Frau die Schlüssel, damit sie sie ihrem rechtmäßigen Besitzer zurückbrachte. Was er dabei übersah, war der seltsame Blick, den die beiden Fremden sich beim Anblick des Schlüsselbundes zuwarfen, und den Schreck, der Annas Hand zum Zittern brachte, bevor sie das Bund in ihren Kleidern verschwinden ließ. Später, auf ihrem Weg zum Mühlenhof, war sie wieder seltsam still und mit ihren Gedanken beschäftigt. Sie sah in dem vergessenen

Schlüsselbund eine Warnung des Schicksals und bekam Angst, der Wirt könnte Verdacht geschöpft haben.

Als sie zum Mühlenhof gelangten, sah sie vor dem Krug eine Kutsche stehen. In dem junge Mann auf dem Bock, in der roten Livree, mit den langen, feinen braunen Haaren, die ihm gelockt unter seiner Kappe hervorkrochen, erkannte sie Ernst Buttelstedt, wenngleich sie ihn bisher nur selten zu Gesicht bekommen hatte. Um sicherzugehen, dass sie sich nicht irrte, beugte sie sich aus dem Fenster und rief hinüber: »Heda, Bursche! Wem gehört das Gefährt?«

»Meinem Herrn«, kam die Antwort und während Keyser die Pferde zügelte, drehte der Junge ihr langsam den Kopf zu.

»Und wer ist dein Herr?«

»Seine Gnaden, der Herr Doktor von der Mosel.«

Vor Freude schrie sie leise auf, riss den Kutschenverschlag auf, sprang auf die Straße und noch ehe Peermann sie zurückhalten konnte, stand sie vor dem Jungen. »Du bist Ernst Buttelstedt. Ich habe dich gleich erkannt. Welch glücklicher Zufall. Ist dein Herr da drinnen?«, fragte sie und warf ihm einen Blick aus ihren schwarzen Augen zu, der in ihm einiges an Verwirrung stiftete, sodass er ihr verlegen auswich, auf die dampfenden Pferderücken starrte und nur ein Nicken zur Antwort gab.

»Ihr wartet hier, bis ich wieder herauskomme!«, rief sie Leopold zu, der vom Pferd gesprungen war und grimmig an ihr vorbeistürmen wollte. Dann stieg sie rasch die drei Stufen zum Wirtshaus empor, klinkte die Tür zur Gaststube auf und sah Nickel, Andreas und Lorenz beim Branntwein sitzen.

»Guten Tag, Mosel«, sagte sie leise in seinem Rücken, sodass er jäh herumfuhr und ihr sprachlos in die Augen starrte.

»Anna ...!« Das war alles, was er hervorbrachte.

Betreten schwiegen alle vier, bis Anna entschlossen an den Tisch trat und mit belegter Stimme sagte: »Ich muss mit dir reden, Mosel. Schick sie einen Moment hinaus. Aber nicht zu weit, draußen warten Leopold und Lipmann auf das, was du ihnen zu sagen hast. Ihre Wut auf dich ist nicht mehr lange im Zaum zu halten. Deshalb möchte ich vorher noch ein paar Worte mit dir allein wechseln.«

Auf einen Wink erhoben sich der Jäger und der Kornett. An der Tür drehte sich Lorenz noch einmal nach Anna um. In dem Blick, den er ihr zuwarf, lag eine versteckte Warnung. Aber sie ignorierte es, wartete, bis die beiden die Tür hinter sich geschlossen hatten, und setzte sich dann dem Geliebten gegenüber.

Einen Moment sahen sie sich stumm an, bis Anna das Schweigen brach: »Warum hast du uns verlassen, Nickel?«, fragte sie leise.

Doch er gab ihr keine Antwort. Stattdessen wirkte er seltsam verschlossen und versuchte sich ihr zu entziehen.

»Du sollst nicht glauben, dass ich dir nachlaufe – oh nein! Ich halte dich nicht, wenn du mich nicht mehr willst. Aber sag mir die Wahrheit, warum hast du dich von mir weggestohlen ...?«, drängte sie jetzt ungeduldig. »Hast du wirklich alles vergessen? Unsere schöne gemeinsame Zeit?« Ihre klaren Augen nahmen einen seltsamen düsteren Ausdruck an. Als er immer noch trotzig schwieg, zog sie mit zitternden Fingern den Schlüsselbund aus ihren Kleidern hervor und warf ihn rasselnd auf die Tischplatte. »Dass du mich allein zurücklässt, Nickel, und dafür noch nicht einmal eine Erklärung findest, ist schon schlimm, doch dass du deine Schlüssel bei deinen Zechgelagen vergisst, lässt dich vor allen lächerlich erscheinen. Was ist mit dir, Nickel, sag es mir, oder ist dies der Anfang vom Ende?«

Beim Klang der Schlüssel kam wieder Leben in Nickel. Er machte eine Bewegung, wie etwa ein Mensch, der aus einem langen Schlaf erwacht. »Meine Schlüssel …!«, rief er überrascht. »Wo hast du sie gefunden? Ich habe sie überall gesucht. Gerade habe ich mich mit meinem Jäger und dem Lorenz beraten, ob wir unsere Zelte nicht abbrechen und abreisen sollten. Viel zu gefährlich wäre es hier für uns geworden, hätte ein anderer die Schlüssel gefunden.«

Als sie sah, dass ihm die Erleichterung die Zunge löste, hoffte sie auf ein Geständnis. Und tatsächlich sah er sie einen Moment an wie früher, mit der gleichen Glut und der gleichen Sinnlichkeit. Aber dann trafen sie seine höhnischen Worte wie ein Keulenschlag. »Das ist zu viel der Gnade! Womit habe ich das alles verdient, Simse …?«

Er hatte sie ›Simse‹ genannt, abfällig, eine Hamburger Hure. Die Kälte, mit der er ihr seine Haltung zu verstehen gab, zeigte ihr, wie sehr sie ihn verletzt hatte, und sie erbleichte. Tapfer versuchte sie zu lächeln, während sie ihm mit gedämpfter Stimme drohte: »Du willst mich nicht verstehen, Nickel. Aber bedenke, ich weiß gar viel von dir und könnte dir noch mehr schaden, als es der Finder dieser Schlüssel hätte tun können. Nein, Mosel, sieh mich nicht so zornig an und lass deine Hand ruhig auf dem Tisch liegen – ich fürchte mich nicht vor dem großen Räuber Nickel List. Draußen sind Peermann, mein Schwager, Jonas, Keyser und die Hamburger, die du ebenso enttäuscht hast. Sie wüssten mich wohl vor dir zu schützen.«

Jetzt musste Nickel lächeln. »Dummes Weibergeschwätz, denkst du, ich vergreif mich an dir?«, antwortete er gekränkt. Doch hinter seiner Stirn, in die tief das schwarze Haar hing, überstürzten sich die Gedanken. Er warf ihr einen Blick zu, in den er all seinen Schmerz legte, und öffnete sich ihr endlich. Er griff nach der schmalen Hand und betrachtete sie einen Augenblick nachdenklich, während er sie festhielt. »Oh, Anna, du willst so klug sein und verstehst nichts von einem verwundeten Herzen, noch weniger verstehst du etwas von der wahren und reinen Liebe. Aber da wir nun einmal offen miteinander reden, ich habe dich niemals verlassen wollen – Gott ist mein Zeuge! Ich habe dich in Hamburg und noch in Braunschweig gefragt, ob du mit mir in meine Heimat ziehen willst. Du weißt, dass der Boden hier für mich zu heiß geworden ist und ich eine so edle Kompanie von fetten Bäuchen nicht satt bekomme, geschweige denn mich selbst. Du weißt, dass mir der Braunschweiger Raub so gut wie nichts eingebracht hat. In meiner Heimat müsste ich für so wenig Taler keinen Schweiß vergießen und ich könnte dir auch in Stedten das Leben bieten, nach dem du dich so sehr sehnst. Nur kann ich es nicht verstehen, dass du so an diesem Stück Land und an diesen Leuten hier festhältst. Ein Land, in das ihr mich mit verbundenen Augen gelockt habt, zu den Betrügern, die du deine Freunde nennst und die mir nur das Fell über die Ohren ziehen wollen. Aber ihr habt euch alle verrechnet …«

Er kam nicht mehr dazu, ihr zu sagen, wie sehr er sie trotz allem liebte, denn Leopold, gefolgt von Hoscheneck und den anderen, stürzte lärmend in die Gaststube. Er sprang sofort auf und trat den Störenfrieden unerschrocken, mit der Hand am Degen, entgegen. Sein Gesicht blieb dabei ruhig und ohne Argwohn, so, als hätte er sie längst erwartet. Das brachte Leopold durcheinander, er zügelte sein Temperament und trat zunächst mit dem Respekt, der seinem Stand gebührte, auf Nickel zu und neigte ehrerbietig den Kopf. »Ihr wisst, List, dass Ihr unsere Zunft mit Eurer Eigenmächtigkeit beleidigt habt. Es gibt Gesetze unter uns Dieben, die für alle gelten und Euch nicht unbekannt sein dürften. Ich, der Führer der Hamburger Räuberzunft, fordere eine Erklärung. Denn offensichtlich seid Ihr stark an einem Anschlag interessiert, den wir bereits seit langer Zeit geplant haben. Offensichtlich wollt Ihr diesen großen Bissen den Juden wegfischen.«

Die Worte entlockten Nickel ein Lächeln. Er ging vor dem Herausforderer auf und ab, ohne die anderen, die sie abwartend umstanden, aus den Augen zu lassen. Der Jäger, Ernst und Lorenz waren mit gezogenen Waffen hinter Nickel getreten, bereit, ihrem Hauptmann beizustehen.

»Wer sagt, dass ich mich für Eure Anschläge interessiere? Fragt doch Lipmann, wenn Ihr nach Antworten sucht«, sagte Nickel ruhig und wies mit einer Kopfbewegung auf den betrügerischen Hamburger, der Anna in die sichere Nähe der Tür gezogen hatte. Er hatte ihn schon lange als Schreiber der verräterischen Depesche in Verdacht und vermutete, dass er ihm ernsthaft ans Leben wollte. »Er ist der Verräter, er versteht es nur zu gut, Christian mit ein paar Gläsern Wein die Zunge zu lockern, um uns auszuhorchen. Wohin Euch das führt, seht Ihr ja selbst.«

»Ihr wollt Euch herausreden, List!«, entgegnete Leopold grob und hob die Stimme. »Unter uns gibt es keine Verräter!«

»Aber Betrüger … und deshalb ziehe ich meine Pfoten aus der Falle, ehe sie zuschnappt, und seile mich von denen ab, die mir nachstellen. Ich werde von hier aus in meine Heimat zurückzukehren.«

»Das ist aber seltsam, List, dass Ihr erst bis nach Lüneburg reisen musstet, um zu dieser Erkenntnis zu kommen. Ist es nicht vielleicht doch die Klosterkirche, der Ihr zuvor einen kleinen Besuch abstatten wolltet?«

»Ihr wiederholt Euch, Leopold. Solltet Ihr einmal Lust verspüren in meinem Revier in Sachsen zu jagen, so kann ich Euch und den Hamburger Herren meine ergebenen Gesellen nur empfehlen. Sie werden Euch einen vortrefflichen Empfang bereiten.«

Diese Abfuhr war zu viel für den hitzigen Leopold. Beleidigt zog er die Karbatsche vom Ledergürtel und schwang sie drohend über dem Kopf. Aber Nickel war schneller. Er hatte die Reaktion vorausgesehen und war mit einem Sprung auf dem Tisch, wo er nun seinerseits die Lederpeitsche in den Händen schwang und herausfordernd mit ihr vor Leopold herumknallte. Andreas und Lorenz sprangen mit gezückten Degen zwischen die Streithähne, doch Nickel wies sie mit einer Geste zurecht, dass er ihrer Hilfe nicht bedurfte. Da nun auch die anderen drei nicht untätig blieben und besonders Keyser Leopold lautstark beistand, fühlten sie sich alle persönlich angegriffen und gingen aufeinander los.

Einzig Jonas mit seinem besonnenen Kopf und seiner Urgewalt gelang es, die Wütenden hinter seinen ausgebreiteten Armen zurückzuhalten, während er sie donnernd zurechtwies: »Zurück, meine Herren, das ist eine Sache zwischen dem Doktor und Leopold. Sollte einer anderer Meinung sein, so wende er sich an mich!« Die Drohung wirkte. Niemand wollte sich mit ihm anlegen und Nickel und Leopold konnten sich jetzt nach Herzenslust die Lederpeitschen um die Ohren schlagen. Am Ende hingen beiden die Kleider in Fetzen am Körper herab. Leopold gab sich geschlagen und verließ mit Lipmann und Hoscheneck die Trinkstube.

Anna sah ihre Chance gekommen und riss sich von ihrem Galan los. Sie zischte: »Geh mir vom Leib!«, als er sie mit zur Tür hinausziehen wollte, und lief rasch zu ihrem Mosel. »Oh Liebster«, flötete sie und hängte sich an den schwer atmenden Nickel. »Ich habe ja nicht gewusst, dass Lipmann so ein Verräter ist. Ich schwöre es dir beim Andenken meines Vaters, der unter den englischen Soldaten verschollen ist. Ich kann nur für meinen Schwager sprechen, der ein einfältiges Gemüt hat und gern mit den Winden segelt, die man in sein Tuch bläst. Aber meine Hände sind sauber, das musst du mir glauben, Geliebter, und wenn dein Herz noch für mich schlägt, so nimm mich und lass mich nie wieder los – dann will ich mit dir gehen, wohin du mich auch führst.«

»Anna!«, brach es glücklich aus Nickel heraus und er zog sie stürmisch an die verschwitzte Brust.

»Dein Weg wird ab jetzt auch der meine sein!«, wiederholte sie in seinen Armen. »Und damit du siehst, wie ernst es mir ist, will ich denen da draußen auf der Stelle den Laufpass geben.«

Hätte in diesem Augenblick jemand in sein Herz gesehen, hätte er ein Feuerwerk der Freude erlebt. Viel zu leicht war Nickel umzustimmen. Eben noch voller Verachtung für die untreue Geliebte, lächelte er nun glücklich auf sie herab, ahnungslos, was wirklich in ihrem hübschen Kopf vor sich ging. Er winkte seine zwei Gefährten herbei, die unschlüssig in der Tür standen, und sagte beschwingt: »Aber ehe wir heimkehren, werden wir uns aus der Klosterkirche das Reisegeld holen …«

Darauf lachte sie, löste sich aus seinen Armen und hüpfte hinaus. Am Fenster sah Nickel, wie sie Ernst anwies, ihre Koffer auf seine Kutsche zu laden und wie sie mit Peermann und Lipmann heftig redete, und sein Herz sprang vor Glück. Vielleicht hätte in diesem Moment sein Schicksal eine andere Wendung genommen, hätte er gehört, was sie ihnen zuflüsterte.

»Reist nach Hamburg und wartet dort auf mich. Das letzte Wort ist noch nicht gesprochen. Ich bring Euch die Tafel.«

Die Strafe für ihre Doppelzüngigkeit folgte auf dem Fuß. Sie hatte nicht mit Lorenz gerechnet, der ein paar Wortfetzen aufgeschnappt hatte und am Tor auf sie wartete. »Ich warne dich, Anna!«, flüsterte er mit einem Blick hinauf zum Fenster, wo er glaubte, Nickels Gesicht gesehen zu haben. »Die güldene Tafel war meine Idee. Sie gehört nicht den Hamburgern. Solltest du Schlange ein doppeltes Spiel spielen, wirst du dir wünschen, niemals geboren zu sein.«

Doch Anna schürzte nur die Lippen, sah ihn spöttisch an und huschte dann lachend an ihm vorbei ins Haus.

Ungefähr drei Wochen später, in den Vormittagsstunden, befand sich unter den edlen Besuchern, die sich für die Schätze der Klosterkirche St. Michaelis interessierten, Lorenz – in der Maskerade des edlen Herrn von Götzel mit seiner Gemahlin. Das Gesicht hielt das Weib sorgsam unter einem weiten Hut mit blauseidenen Pfauenfedern verborgen, wozu sie allen Grund hatte. Denn die schönen Züge hinter dem feinen Spitzenschleier gehörten diesmal nicht Dore, sondern hatten sehr viel Ähnlichkeit mit der verführerischen Anna. Auffällig war auch das kostbare Geschmeide mit achtzehn blitzenden Diamanten um ihren Hals, dem der Küster des Klosters St. Michaelis, Jacob Methfessel, an diesem Tag wenig Aufmerksamkeit schenkte. Andernfalls wäre ihm wohl aufgefallen, dass er die Diamanten noch vor drei Tagen an der güldenen Tafel gesehen hat. Stattdessen mühte er sich redlich, das Schloss der Klosterkirche aufzuschließen. Nie zuvor hatte es geklemmt. Der Schlüssel wollte sich nicht bewegen lassen, noch konnte er die beiden vorderen Flügel des eisernen Portals aufziehen, sodass der Herr von Götzel sich schließlich erbat, ihm zu helfen.

Als sich mit vereinten Kräften das schwere Tor endlich öffnete und der Weg ins Innere frei war, lenkte der Küster, von einer bösen Ahnung getrieben, seine Schritte sofort zum Altar. Hier wurde er kreidebleich und hastete an den verstörten Besuchern vorbei ins Freie, wo er, als sei der Teufel hinter ihm her, über den Klosterhof lief, zur Wohnung des Herrn Geheimrat Augustus Grote, der von seiner herzoglichen Gnaden zum Direktor des Klosters eingesetzt worden war. Die edlen Besucher, die sich verwirrt hinter dem Gitter des Tores drängten, wurden Zeuge, wie der Geheime Rat, den bisher niemand anders als ehrwürdig schreitend gesehen hatte, hinter dem Küster aus dem Hause stürzte. In der Eile hatte er nicht nur den Hut, sondern auch die wallende Perücke vergessen, sodass sich auf seinem runden und glänzendem Schädel die Frühlingssonne spiegelte. Er drängte sich durch die neugierigen Gaffer in die Kirche, wo ihm augenblicklich die Farbe aus den Wangen wich, als er mit eigenen Augen sah, was der Küster ihm in seiner Verwirrung zu erklären versucht hatte. Die güldene Tafel war zerstört, das Gold zum größten Teil abgerissen, die Edelsteine ausgebrochen, die Reliquien, die goldenen Schellen, Kreuze und zahlreiche Stücke von besonders sakralem Wert geraubt. Selbst die heiligen Gebeine aus den Reliquienbehältern waren herausgerissen und lagen verstreut auf dem Fußboden umher.

Als der Geheime Rat wie versteinert vor diesem Trümmerberg stand und die Zähne aufeinander biss, um sich gegen die aufsteigenden Tränen zu wehren, trat der Herr

Leutnant aus der Gruppe der neugierig Wartenden auf ihn zu. Er stellte sich ihm als ein Herr auf Reisen vor, der auf Anraten seines Studienfreundes, des Seefahrers und Schankwirtes Christian Schwancke aus Hamburg, vorhatte, sich in der berühmten Stadt Lüneburg die güldene Tafel anzusehen. Galant, aber doppelzüngig, sagte er: »In tiefstem Herzen nehme ich Anteil an dem Schmerz des Herrn Geheimrat, dessen ich und meine Gemahlin unfreiwillig Zeuge geworden sind. Wie groß muss solch ein Verlust sein, dass er selbst an mir, einem Fremden, nicht spurlos vorbeizieht. Besonders meine Frau Gemahlin zeigt sich untrüglich, dass ihr die Schönheit dieses heiligsten und wundertätigsten Werk, das unsere hochseligen Majestät Kaiser Otto mit dem Golde aus der Schlacht gegen die Sarazenen der Klosterkirche gestiftet hat, nun für immer verwehrt bleibt. Wie empörend, dass sich Räuber nicht scheuen, auf die zum Dienst ihres Schöpfers geheiligten Altäre zu steigen und selbige zu berauben und zu verwüsten. Wie weit sind wir in unserem deutschen Lande gekommen! Das ist alles die Frucht unseliger Kriegsschwänke. Was gedenkt der Herr Geheime Rat vorerst zu tun?«

»Euer Gnaden, Herr Geheimer Rat«, mischte sich der Küster in das Gespräch, den Hut in den Händen, dessen Krempe er in heller Aufregung zwischen seinen Fingern zerknüllte. »Mit Verlaub, die äußeren Flügel waren diesmal nicht auf die gewöhnliche Art verschlossen. Nachdem mir der hohe Herr, Euer Gnaden, der Herr Leutnant, hilfreich zur Seite gestanden hat und wir den Flügel aufbekamen, musste ich mit Schrecken feststellen, dass die innere Tür geöffnet war. Dabei kann ich es bei meiner Seele beschwören, dass ich sie so sicher wie immer verschlossen habe.«

»Besinn Er sich, Methfessel«, sagte der Geheimrat,

der langsam zu seiner Würde zurückfand. »Wann ist das gewesen?«

»Es war gleich nach dem Gottesdienst. Da habe ich den Schrein geöffnet, wie alle Sonntage nach Eurer Anweisung, damit die andächtige Menge die Tafel, von Ferne, hinter dem Eisengitter sehen kann ...«

»So ein Unglück in einer wohlbehüteten Stadt. In einer fest verschlossenen Kirche«, entfuhr es dem Leutnant, während er den Kopf unterwürfig beugte und den Geheimen Rat von unten herauf lauernd beobachtete. »Hegt Ihr einen bestimmten Verdacht, Euer Gnaden?«

»Noch weiß ich es selbst kaum«, sagte der würdige Herr etwas betreten, »mit welchen Worten ich unserer herzoglichen Durchlaucht und der hochfeinen Regierung von dem Vorkommnis Meldung machen soll. Wenn man bedenkt, dass nicht einmal in Kriegszeiten es ein Feind gewagt hat, an das Heiligtum frevlerisch Hand anzulegen. Ach, mein Herr, wenn ich nur wüsste, wo mir der Kopf steht ...«, seufzte er und wies den Küster an: »Lauf Er, Methfessel, und rufe Er den Herrn Ausreiter Werner August von Meding zur Stelle, damit er nach Celle eile und der herzoglichen Regierung Bericht erstatte ...«

»Gebe Gott«, verabschiedete sich darauf der Herr von Götzel, »dass es der hohen Weisheit der Regierung gelinge, die infamen Räuber noch innerhalb der herzoglichen Grenzen zu fassen. Die Zeiten sind gar schlecht, überall hört man von großen Diebstählen und Einbrüchen, dass es einem gar übel werden kann, denkt man an die vielen Gaudiebe und ihre Helfer und Hehler! Kann man heute noch ein Geschmeide für seine Dame erwerben, ohne dass es gestohlen ist? Erst kürzlich hab ich bei einem wohlangesehenen Kaufmann in Hamburg mit Namen Lipmann ein solches Kleinod für mein schönes Weib zum Namenstag gekauft. Oh Gott, ich werde das teure Stück wohl zurückbringen müssen, will ich nicht Gefahr laufen, mitschuldig zu werden.« Er hob die Stimme und wechselte einen bedeutenden Blick mit der Schönen an seiner Seite. »So gestatte der Geheime Rat mir und meiner Frau Gemahlin, dass wir unseren Abschied nehmen, denn da wir die Zierde der Stadt Lüneburg nicht angetroffen haben, wollen wir rasch unsere Reise nach Dänemark fortsetzen.«

Der Geheime Rat bedankte sich für die Anteilnahme und versicherte dem edlen Offizier: »Herr Leutnant mögen glauben, dass wir nichts unversucht lassen werden, die Räuber zu erwischen und sie ihrer gerechten Strafe zuzuführen. Ich werde der Regierung in Celle hochlöblich empfehlen, dass sie sogleich eine Depesche an seine Kaiserliche Majestät aufgibt und Requisitionsschreiben an die Städte Hamburg, Lübeck, Bremen, Wismar und Rostock sendet. Ich will mich selbst rasch an das traurige Geschäft machen, eine Spezifikation der geraubten Stücke aufzusetzen, damit der Rat dieser Städte die Juweliere und jüdischen Kaufleute zur Anzeige verpflichtet, für den Fall, dass ihnen vom Raub etwas zum Kauf angeboten wird. Zugleich will ich zum Bürgermeister eilen, dass er alle Herbergen und Gasthöfe unserer Stadt befragen lasse, welche Fremden dort in den letzten Tagen Rast gemacht haben. Vielleicht finden wir auf diesem Wege eine Spur.«

»Dann wünsche ich Euch gutes Gelingen und hoffe für mich und aus Rücksicht auf meine reizende Frau Gemahlin keine unliebsamen Verzögerungen für unsere Abreise. Sollten unsere Zeugenaussagen aber erwünscht sein, so findet Ihr uns im Hamburgischen, im Gasthof des Christian Schwancke, von wo aus wir unsere Reise ins Königreich Dänemark fortsetzen werden.«

»Für Herr Leutnant und Gemahlin eine glückliche

Reise«, schloss der Geheimrat, »ich kann Euch versichern, dass es niemand in der Stadt einen Edelmann kompromittieren wird, dem wir für seine Anteilnahme an unserem Unglück den größten Dank schuldig sind.«

Nach einigen weiteren unbedeutenden Höflichkeiten trennten sich die beiden, und der Leutnant und seine Gemahlin sahen beim Verlassen der Klosterkirche einen Mann eilig eintreten, bei dem es sich offensichtlich um den Ausreiter, den Boten Herrn Werner August von Meding handelte. Vor dem Portal der Kirche wartete auf sie bereits die reisefertige Kutsche mit zwei prächtig aufgezäumten, weißen Pferden davor. Aber als der hochedle Offizier seiner Begleiterin die Hand zum Einsteigen reichen wollte, da entzog sie ihm diese in Ungnade, lüftete ein wenig den Schleier am Hut und sagte, sich dabei vorsichtig umschauend: »Du bist bei Gott, recht unverschämt, meinen Schwager Schwancke zu denunzieren!«

»Aber meine Liebe, ich habe nur in deinem und deines Mosels Interesse gehandelt, die Hamburger Juden auszuschalten.« Mit einem Ausdruck der Erleichterung ließ er sich ihr gegenüber auf der Bank nieder, streckte nachlässig die Füße von sich, nahm den Hut vom Kopf und tupfte sich mit einem parfümierten Spitzentüchlein aus der Rocktasche den Schweiß von der Stirn.

»Sie werden meinen Schwager gefangen nehmen«, entgegnete Anna kühl. »Ich kenne ihn, er wird unter der Tortur reden und Mosel und uns alle verraten.« Sie warf ihm einen abfälligen Blick zu, während sie dem Kutscher mit einem Spitzentüchlein am Fenster zuwinkte, was das Zeichen zur Abfahrt war. Polternd setzten sich die schweren Holzräder in Bewegung.

»Bis dahin ist dein Mosel längst auf dem Weg nach Stedten, fort aus der Gerichtsbarkeit der Celler Regierung. Außerdem werden sie einen so hochedlen Herrn nicht inkommodieren. Deine Besorgnis, meine Liebe, ist also unnötig. Wir dagegen haben das freie Geleit des Geheimen Rates im Gepäck und so viel Geld, dass wir uns alle Wünsche erfüllen können.« Mit bissiger Freude fügte er hinzu. »Und Nickel weiß nichts davon, dass ich von der zehn Pfund schweren Tafel ein viertel Pfund der goldenen Strahlen entwendet und an Lipmann verkauft habe.«

»Du glaubst doch nicht etwa, dass ich wegen lumpiger zweihundertzwanzig Spezies und zweihundert Talern meinen Mosel verlasse? Allein die Kleinodien aus der goldenen Tafel brachten zweihundertzwanzig Spezies Dukaten und zweihundert Taler bar ein, den größten Teil hat Nickel kassiert. Da wäre ich schön dumm, würde ich mit dir gehen, Lorenz!« Sie rümpfte überheblich das Näschen. »Du kannst dich glücklich schätzen, wenn ich Mosel deinen Verrat nicht hinterbringe …«

»Das würdest du wirklich tun, Anna?« Vor Staunen entfiel ihm das Taschentuch und er brauchte einen Moment, um sich zu fassen. Zum ersten Mal ließ ihn seine Selbstsicherheit im Stich. Bis jetzt hatte er immer noch gehofft, ihr Herz von Neuem gewinnen zu können. Zum Glück wusste sie nicht, dass Nickel ihn beauftragt hatte, den Koffer mit dem Gewinn der Kleinodien aus Schwanckes Haus zu holen, wo er nicht mehr sicher war. Es war ausgemacht, die Geliebte zusammen mit dem Geld auf dem schnellsten Wege nach Stedten zu bringen, vorher aber noch in der Klosterkirche den Geheimrat Grote auf die falsche Fährte zu führen, um Nickel Zeit zu geben, den Rest des Goldes an einen Händler in Lübeck zu verkaufen, den ihm Jonas Meyer empfohlen hatte. Nur ahnte der große Meister nichts von Lorenz' Plänen. Denn in seinem Inneren war der immer noch ein Schauspieler, der seine wahren Gedanken gut hinter der lachenden Maske verbergen konnte und nun durch Annas Drohung an das Fläschchen mit dem betäubenden Elixier erinnert wurde, das er seit kurzer Zeit für alle Fälle bei sich trug. Er umschloss den Flakon in seinem Rock fest mit den Fingern und dachte, während er sie aus den Augenwinkeln heraus lächelnd beobachtete: Sie will nicht mit mir gehen, dann soll es so sein. Gott sei mit ihr.

Aber er war kein Unmensch und hoffte nach wie vor, sie umzustimmen. Deshalb gab er ihr eine weitere Chance und ergriff mit gespielter Reue ihre Hand. »Ich habe es doch für dich getan, meine Schöne. Bedenke, in unserem Gepäck befinden sich unsere Anteile aus dem Braunschweiger Diebeszug und dein Gewinn aus dem Raub der güldenen Tafel, Perlen, einen edlen Türkis, hundertachtzig Taler und die wertvollen Diamanten, die du um den Hals trägst. Wenn wir jetzt nach Holland reisen, sind wir sicher vor Verfolgung. Ich habe nicht umsonst die Schlüssel vorher, unter Einsatz meines Lebens, in der Kirche ausprobiert und dann für nichts, bis drei Uhr in der Frühe, zusammen mit den anderen alles auf dem Buckel aus dem Gemäuer in Schwanckes Haus geschleppt. Frag deinen Schwager, der die Wache gehalten hat, ich habe mir bei diesem Anschlag vor Angst in die Hosen geschissen. Deshalb bin ich es leid, weiterhin bei jedem Schritt fürchten zu müssen, es könnte mein letzter sein. Wie dein Mosel so schön zu sagen weiß …, hier wird mir der Boden zu heiß unter den Füßen. Entscheide dich, Anna, noch hast du die Wahl.«

Einer raschen Eingebung zufolge, wie es sie nur in Augenblicken, die über Glück und Leben entscheiden, geben kann, erwiderte sie: »Du bringst mich zu Mosel«, und wendete ihm ihre Rückseite zu.

»So sei es denn, meine Schöne.« Er schlug mit einem verächtlichen Lächeln die Beine übereinander, lehnte sich lässig in die Polster zurück und dachte, während er die feinen Linien ihres Rückens und ihrer Hüften betrachtete, dass es nicht mehr fern war, bis er sich in den Besitz des gesamten Goldes gebracht hatte. Das wertvolle Gepäck im Kutschenkasten zählte bereits dazu.

In der nächsten Herberge, in der sie Rast machten, tröpfelte er ihr in einem unbeobachteten Augenblick einige Tropfen des betäubenden Elixiers in den Wein, und als sie nach dem ausgiebigen Mahl plötzlich schläfrig in sich zusammensackte, trug er sie mit der Begründung, dass es Madam nicht gut ginge und sie sich ausruhen müsste, hinauf in das Zimmer, das er für sie hatte herrichten lassen. Dann stieg er in die Kutsche und ohne dass ihm ein bestimmtes Ziel angegeben wurde, setzte der Kutscher die Pferde in Galopp. Nach einer Viertelstunde rief er dem Mann auf dem Bock zu, er solle wenden, und kurze Zeit später schon befand sich das prächtige Gespann auf dem Weg nach Lübeck.

Von Norden kam ein eisiger Wind und so zog er die Gardinen zu, lehnte den Kopf zufrieden an die rüttelnde Wand und dachte an seine schöne und naive Begleiterin, die mittlerweile bestimmt bereits erwacht war. Sie wird, so hol mich der Teufel, schön getobt haben, aber sie hat es nicht anders verdient, dass sie jetzt ohne alles dasitzt. Ohne mich, ohne Geld und ohne ihren Mosel. Er schloss die Augen, träumte von den Menschen, die ihm bald zujubelten und von dem Glanz eines großen, hell erleuchteten Theaters, das er von dem Geld errichten wollte, und von den fürstlichen Herrschaften, die an seiner Tafel speisen und seiner Kunst huldigen würden. Er dachte an Nickel und an das Gold der Tafel, das der

Doktor von der Mosel wohl gerade in blinkende Dukaten verwandelte.

Auch das wird mir am Ende gehören, wenn der Plan gelingt, frohlockte er und ein zufriedenes und entspanntes Lächeln glitt über seine Züge. Am Ende wird es nur einen Sieger geben.

IX.

Entgegen Lorenz' Plan war Anna bereits nach einer Stunde tiefen, traumlosen Schlafes erwacht, obwohl die Dosis des Schlafmittels etwa sieben Stunden wirken sollte. Die ersten Augenblicke ihres Erwachens waren furchtbar. Unter heftigen Wutausbrüchen stürzte sie, die Haare aufgelöst, der Hals nur halb bedeckt unter zerknitterter Spitze, die Stufen hinab, in die Trinkstube.

»Was, mein Herr, ist mir geschehen? Wo ist mein Begleiter!«, schrie sie, obwohl sie längst ahnte, dass Lorenz über alle Berge war und ihr eine Komödie vorgespielt hatte.

Die Farbe im Gesicht des Wirtes wechselte bei ihrem Anblick von Grau, zu fahlem Gelb und verfärbte sich dann bis zum Haaransatz in ein tiefes Rot. Er fürchtete weitere Wutausbrüche. Dass ein hoher Herr seine Dame mittellos in seiner Schänke zurückließ, war ihm noch nie vorgekommen, weshalb er keine Antwort darauf wusste. Hastig wischte er sich die Hände an einem Tuch ab, kroch verlegen hinter dem Schanktisch hervor und versuchte die Aufgeregte mit einer kleinen Notlüge zu beruhigen, um Zeit zu gewinnen. »Der edle Herr, Euer Begleiter, ist, während Ihr selig schlieft, Madam, von Soldaten denunziert worden. Um Euch zu retten, ließ er Euch in meiner Herberge zurück. Ich soll gnädiger Frau ausrichten, dass er ins Geistlich Hildesheimsche gefahren ist, wo er schnellstmöglich Eure Ankunft erwartet.«

»Der Herr erwartet mich in Hildesheim?«, fragte sie sarkastisch und lachte böse. Schnell war sie wieder Herrin über ihre Gefühle, stieß einen schwachen Seufzer aus, ließ sich erschöpft auf einen Stuhl fallen und jammerte, die schlanken Finger vorm Gesicht, immer wieder: »O mein Gott, mein Gott! Mit was habe ich armes Weib das bloß verdient. Mein Gemahl ist mit allen unseren Koffern abgereist und hat mich Ärmste fast nackt in der Fremde zurückgelassen!«

Noch nie war sie so gedemütigt worden und während sie dem Wirt die verlassene Ehefrau vorspielte, brodelte es tief in ihr wie in einem Vulkan. Denn hinter den Tränen arbeitete es fieberhaft, immerhin glaubte sie zu wissen, welches Ziel Lorenz verfolgte, und so spann sie sich bereits einen Plan zurecht, wie sie dem Verräter das geraubte Gut wieder abjagen konnte.

Der Wirt empfand Mitleid mit dem schönen Weib und als er sah, wie ihre runden Schultern bebten und sie – von neuer Verzweiflung befallen – vor sich hinschluchzte, sagte er: »Der Herr hat alles Gepäck mitgenommen, aber einen Koffer hat er in der Eile vergessen. Vielleicht kann ich Euch damit weiterhelfen?«

Sogleich war ihr Kummer verflogen. »Wo ist er?«, fragte sie heftig und konnte es gar nicht erwarten, dem Herbergsvater in die Diele zu folgen.

In dem angrenzenden Wirtschaftsvorraum schob der Wirt einen Einspänner zur Seite und öffnete in einer Nische, unter Decken und Zaumzeug verborgen, den Deckel einer großen, eisenbeschlagenen Truhe. In ihrer Ungeduld wartete Anna nicht, bis er den Koffer hervorgeholt hatte, sondern stürzte mit einem Aufschrei der Erleichterung an ihm vorbei, riss ihm das Reisegepäck aus seinen Händen und untersuchte hastig den Verschluss, bis das Schloss aufsprang. Dann lächelte sie dem Wirt zu, als wollte sie sagen: ›Ihr seid sehr liebenswürdig, aber Ihr wäret allerliebst, wenn Ihr Euch entfernet.‹ Kümmerte sich jedoch nicht weiter um ihn, sondern warf die Kleidungsstücke aus dem Koffer achtlos auf den Boden, bis sie verstört auf den Berg bunter Seide blickte und nicht begreifen wollte, dass einzig ihre Garderobe in dem Koffer gewesen war.

Erst als sie wütend in den Stoffberg trat und auf etwas Hartes, Klirrendes stieß, wurde sie etwas ruhiger. Über ihr schönes Gesicht flog ein hämisches Grinsen, als sie den ledernen, mit Rubinen besetzten Geldbeutel mit den hundertachtzig Talern aus dem Raub der güldenen Tafel in den Händen hielt. Vor Freude, Lorenz eins ausgewischt zu haben, fiel sie dem Wirt um den Hals und jubelte: »Mein Herr Gemahl hat gedacht, er könnte mich überlisten. Doch Gott hat meinen Schmerz erhört.« Im gleichen Augenblick kniete sie auf dem Boden und durchwühlte die Kleider nach Perlen und Geschmeide. Sie kontrollierte jede Tasche und jede Naht, bis sie seufzend innehielt und einen Augenblick überlegte. »Was nehmt Ihr für den Einspänner und ein frisches Pferd, mein Herr?«

»Es kommt darauf an, was Ihr mir dafür bezahlen wollt, Madam.«

Sie wurden schnell handelseinig. Ein paar vielversprechende Blicke aus ihren schwarzen Augen bestimmten den Preis. Sie packte ihre Kleider wieder in den Koffer und fuhr wenige Minuten später durch das Tor der Herberge. Eingehüllt in ihre Pelze saß sie selbst auf dem Kutschbock und lenkte das Pferd mit sicherer Hand ihrem Ziel entgegen. Zunächst hatte sie vor, nach Stedten zu Nickel zu fahren, um ihn vor Lorenz zu warnen, doch dann war ihr Peermann eingefallen, zu dem sie sich hätte flüchten können. Letztendlich hatte sie sich entschieden, nach Hamburg zu ihrem Schwager zu fahren, wo sich noch ein kleiner Teil ihres Anteils des Schatzes aus dem Hamburger Dom befand.

Das, was sie gefürchtet hatte, war mittlerweile eingetreten. Der gerechte Gott war dabei, eine Fackel anzustecken, um die Werke von den Dieben der Finsternis sichtbar zu machen. Egal, an welcher Herberge oder Kirche sie vorbeikam, überall prangten riesige Plakate an den Häuserwänden, Türen und Mauern, die mit hohen Geldprämien lockten und selbst den Verrätern aus den eigenen Reihen freies Geleit versprachen. In den buckligen Kopfsteinpflasterstraßen verkündeten Trommler, begleitet von steifen, höfischen Amtsdienern, in ihren Liedern von den gewissenlosen Räubern. Mit einer so raschen und derart groß angelegten Verfolgung hatte sie nicht gerechnet.

Je näher sie der Stadt Hamburg kam, desto mehr beschlich sie das Gefühl, sie könnte zu spät kommen, weil man ihre Dukaten bei ihrem Schwager längst gefunden hätte. Denn dass die Büttel auch die Gastwirte nach Verdächtigen befragen würden, die in den letzten Tagen eine Herberge aufgesucht hatten, hing plötzlich wie ein Damoklesschwert über ihr und so gönnte sie dem Pferd keine Pause. Der Schwager ist in Gefahr, hämmerte es unaufhörlich in ihr, und sie dachte an das Gästebuch des Mühlenhofes, in dem sein Name geschrieben stand. Es bedurfte nur einer kurzen Überlegung und seine eigene Schankwirtschaft würde in das Interesse der Untersuchungen rücken, wo man schnell die Zusammenhänge herausfände.

Nach einer langen Fahrt bog Anna mit ihrem Wagen in den Weg zur Gastwirtschaft ihres Schwagers ein und lenkte ihn zielsicher an der dunklen See und den zahlreichen Schiffsmasten vorbei, bis sie vor der breiten Treppe ihr Pferd zügelte. Rasch sprang sie vom Bock und blickte nachdenklich von der sich leicht im Wind bewegenden Glasleuchte zu dem Lichtstrahl, der in kleinen runden

Kreisen über die Stufen bis hin zu den erloschenen Fenstern hüpfte. Die Stadt Hamburg und auch die kleine Gastwirtschaft empfingen sie an diesem frühen Morgen ruhig und verschlafen und ließen vermuten, dass die Kunde noch nicht bis hierhin vorgedrungen war. Trotzdem war Eile geboten, und nachdem sie die Zügel an der Deichsel befestigt hatte, rannte sie immer zwei Stufen auf einmal nehmend den Aufgang hinauf und hämmerte mit beiden Händen an die verschlossene Tür. Es dauerte nicht lange, da ging Licht hinter den Fenstern an und der Schwager steckte verschlafen seinen Kopf durch den Türspalt.

»Was führt Euch so früh zu mir, Schwägerin? Und ohne jeden männlichen Schutz?«, fragte er erstaunt und ließ misstrauisch die Augen umherschweifen. Dann zog er sie rasch in die Diele. »Ist etwas mit Mosel geschehen? Sind Euch die Büttel auf den Fersen?«

»Noch nicht, Schwager, aber sie werden bald bei Euch sein. Es hängen überall Schriftrollen aus mit der Kunde über den Raub, und die Spatzen pfeifen es bereits von den Dächern, dass Ihr etwas mit der güldenen Tafel zu tun habt. Packt rasch Eure Koffer und lasst uns zu Peermann fahren. Sein hochedler Name wird uns allen Schutz bieten.«

»Darauf würde ich nicht vertrauen, Schwägerin, aber ich denke, Ihr seht die Dinge zu schwarz. Gott ist uns wohlgesonnen, er wird uns weiterhin schützen. Doch tretet erst einmal ein und wärmt Euch auf.«

Seine letzten Worte vernahm Anna nicht. Ungeduldig hatte sie ihn stehen gelassen und war die Treppe zum ehelichen Schlafgemach hinaufgelaufen, wo sie die Schwester vermutete. Sie riss die Tür unsanft auf, stürzte an das Bett und rüttelte die Schlafende. »Aufwachen, Gertrud!«, rief sie. Aber die Schläferin stellte sich taub. »Schwester, wir müssen fliehen! Wo ist der

Schmuck, den ich dem Schwager zur Aufbewahrung gegeben habe?«

»In der Kleidertruhe«, kam es müde vom Bett zurück. Gertrud hatte sich in den Kissen gedreht und rieb sich verwundert die Augen. Zu so früher Stunde hatte sie nicht mit einer Störung gerechnet. Doch sie war es von Anna gewohnt, dass sie kam und ging, wie es ihr gefiel, und meistens besuchte sie sie nur wegen Christian. Ehrliche geschwisterliche Zuneigung hatte es zwischen ihnen nicht mehr gegeben, seit Anna den reichen Weinhändler von Sien geheiratet hatte.

»Was ist los?«, fragte sie, während sie Anna zusah, die in der Truhe nach Dukaten und Schmuck wühlte. Als Anna endlich fündig wurde, steckte sie ihren Schatz eilig unter den Rock. Dann warf sie Gertrud eines von ihren Kleidern und einen Mantel auf das Bett und befahl ihr: »Zieh dich an, du kommst als meine Hofdame mit mir.«

Endlich wurde Gertrud wach. Sie angelte mit den Füßen nach den bestickten Pantöffelchen und ordnete mit ein paar Handgriffen ihr langes Haar. Dann besah sie sich nachdenklich die Kleider und erst als Anna ungeduldig mit den Fingern auf der Tischplatte zu trommeln begann, hob sie den Kopf. »Ich lass meinen Ehemann nicht deiner Flausen wegen allein zurück. Nimm Dore mit. Sie hat in der oberen Stube Quartier bezogen. Lorenz hat sie ausgenommen wie eine fette Weihnachtsgans und dann wie eine abgetragene Hose hier zurückgelassen. Nun liegt sie schon drei Nächte auf ihrer Stube und heult sich die Augen aus. Ihr Mann, Otto Müller, will sie nicht mehr zurück und ihr Bruder, Monsieur Pante, ist derzeit mit Christian Müller auf dem Weg nach Stedten zu Nickel.«

Anna ließ nicht locker. »Der Schwager und du, ihr seid in Hamburg in großer Gefahr. Verrat ist im Spiel, du kannst nicht hierbleiben, bitte rede mit deinem Mann und kommt mit mir«, forderte sie mit Nachdruck, ohne ihr die ganze Wahrheit zu sagen, und warf ihr das Kleid in den Schoß. »Vorerst haben wir genug zum Leben. Alles Weitere regle ich.«

Da erhob sich Gertrud. Sie war die ältere Schwester. Entschlossen gab sie Anna das Kleid zurück und schüttelte energisch den Kopf. Dabei sah sie ihr spöttisch in die Augen: »Dir geht es doch nur um den Schwager. Nimm dein Geld und Dore, Mosel erwartet dich sicher schon«, entgegnete sie. »Und merke dir, es wird nicht so heiß gegessen, wie es gekocht wird. Selbst wenn es so ist, wird sich die Lage bald wieder beruhigen, sobald ihr in Stedten seid. Ich habe nichts zu befürchten, auch nicht für meinen Ehemann. Wir gelten als ehrbare und unbescholtene Leute, anders als du und dein Mosel.«

Ärgerlich ließ Anna die Schultern sinken. »So Gott es will – dann ist dir nicht zu helfen!«, sagte sie und wusste, dass jedes weitere Wort an die Schwester eine Verschwendung war. Sie kannte Gertruds Hartnäckigkeit und dass es besonderer Überredungskünste bedurfte, sie umzustimmen. Und da ihr dazu die Zeit und die Beweise fehlten, erhoffte sie sich von ihrem Schwager Gehör. So rauschte sie aus dem Zimmer, an Dores Stube vorbei und lief hinunter in die Gaststube. Im Schankraum erwartete sie eine weitere Überraschung. Hatte sie eben noch gehofft, den Schwager allein vorzufinden, war sie umso erstaunter, die Herren Keyser, Hoscheneck und Andreas in edel gearbeiteten, tiefschwarzen Uniformen anzutreffen. Besonders der Anblick des Jägers überraschte sie, und ihr erster Gedanke war: Er reist nie ohne Mosel. Sie begrüßte Andreas mit einem leisen Freudenschrei und fragte hastig: »Wo ist er?« Dabei suchte sie den Schankraum nach dem Geliebten ab.

Bei ihrem Anblick hatte sich der junge Edelmann verwundert erhoben. Er verbarg sein Erstaunen hinter einem galanten Lächeln und sagte, während er einen Kuss auf ihren Handrücken hauchte: »Ihr sucht ihn vergeblich. Mosel, Madam, befindet sich auf dem Weg nach Lübeck, ich dachte, Ihr wüsstet davon. Mich hat er gebeten, in der Zwischenzeit bei den Hamburgern nach dem Rechten zu sehen. Mit Eurem Erscheinen hier habe ich allerdings nicht gerechnet. Soweit mir bekannt ist, glaubt Euch der Doktor längst mit Lorenz auf dem Weg nach Stedten – es ist doch nichts passiert?« Seine Miene drückte Besorgnis aus, während er sie sanft neben sich auf die Bank zog. Der Platz gewährte ihr einen Blick auf den Hinterhof, wo drei reisefertig gesattelte Pferde standen. Demnach befanden sich die drei ebenfalls auf der Flucht.

»Ihr wisst also schon von den großangelegten Ermittlungen des Geheimen Hofrates von Hedemann?, Andreas?«, fragte sie und leerte hastig den Krug, den ihr der Schwager zuschob.

»Die Wirtin vom Mühlenhof sagte es mir«, Andreas lächelte im Gedanken an die Zärtlichkeiten der Wirtin. »Auf die Requisition von Lüneburg sind alle Gasthöfe durchsucht worden. In einem Wirtshaus hat man einen Koffer von der Mosel gefunden und Lipmann und Leopold verhaftet. Ihre Waren wurden ebenfalls mitgenommen. Auch den Wirt in Ebstorf hat man befragt. Er hat angegeben, ein hoher Herr hätte einen Beutel mit Dietrichen bei ihm vergessen, den eine sehr schönen Frau für ihn abgeholt hätte.« Seine grünen Augen ruhten prüfend auf ihrem Gesicht. »Die Dame seid Ihr gewesen, Madam?«

»Zum Teufel noch mal, ja! Sicher wissen sie jetzt, wer ich bin, und verfolgen mich schon.« Sie war merklich bleicher geworden.

»Nur der Allmächtige selbst wird darauf eine Antwort wissen. Aber ich bin gekommen, um alle zu warnen. Allerdings habe ich es schwer mit Eurem Schwager. Er will nicht mitkommen. Vielleicht gelingt es Euch mit ein wenig weiblicher List …?«

»Gebt Euch keine Mühe. Ich habe es schon bei meiner eigensinnigen Schwester versucht«, sagte sie und suchte über den Tisch hinweg die blauen Augen des Seemannes.

Hartnäckig wie sein Weib, wich er ihrem Blick aus. Stattdessen lächelte er über die übertriebene Aufregung, zog an seiner Pfeife, paffte Qualmringel in die Luft und sah ihnen nachdenklich hinterher, wie sie unter den Balken als feine Rauchschwaden verschwanden. Er war immer noch der Meinung, dass viel Wasser den Berg hinunterlief, und sagte zu dem Jäger: »Ich danke Euch, Andreas, aber ich schließe mich meinem Weib an und denke, es ist zu viel der Besorgnis. Doch, um Euch zu beruhigen, werden wir morgen in aller Frühe mit der Post zu meinem Vater fahren, um den Gerüchten nachzugehen.«

»Gerüchte … Ihr haltet das alles für Gerüchte und wollt in die Höhle des Löwen zurück?« Vor Überraschung setzte Andreas den Krug, den er gerade zum Munde geführt hatte, so heftig auf die Tischplatte ab, dass der Branntwein in einer Fontäne emporspritzte.

»In der Herberge zu Harburg haben die Büttel ein Goldplättchen auf einer der Stuben gefunden, ein Juwelier soll bei der Trennung von Gold und Silber mit Scheidewasser herausgefunden haben, dass es mit dem Gold aus der güldenen Tafel übereinstimmt«, bekam er Unterstützung von Pante. »Reicht Euch das nicht, Christian? Es ist nur eine Frage der Zeit, dass sie kommen und Euch holen werden!«

Aber auch seine Worte fanden kein Gehör und als vor der Schänke ein Gespann vorfuhr, erhoben sich die drei Männer und verließen eilig die Gaststube durch den Hinterausgang. Der Jäger flüsterte Anna zu, sie solle den Weg nach Lübeck nehmen, er werde sie mit seinem Pferd einholen. Ein dankbarer Augenaufschlag war die Antwort, dann umarmte sie Schwester und Schwager und folgte rasch dem Knecht, der ihre Koffer zur Kutsche trug, die jetzt, anstelle des Einspänners, mit frischen Pferden vor dem Tor auf sie wartete. Auf der Treppe kamen ihr drei mit Degen und Pistolen bewaffnete Männer entgegen und als sie ihr höflich Avancen machten, konnte sie sich des Gefühls nicht erwehren, dem Offizier im eleganten, roten Rock schon einmal begegnet zu sein. Sie vermied es, ihn anzusehen, und lächelte gedankenverloren vor sich hin, während er höflich den Dreispitz lüftete. Auf der Schwelle zur Diele aber drehte er sich noch einmal nach ihr um und verfolgte nachdenklich, wie sie an der Hand des Knechtes in der Kutsche verschwand.

Als die Tür hinter ihm ins Schloss fiel, wusste sie plötzlich, woher sie den Mann kannte, und gab dem Kutscher hastig den Befehl zur Abfahrt. Die Begegnung verunsicherte sie und sie fühlte sich bedroht. Selbst als die Türme Hamburgs weit hinter ihr lagen, hatte sie sich nicht beruhigt und ihre Gedanken kehrten immer wieder zurück zu dem Mann im roten Rock, bis sie sich ganz sicher war, dass es sich bei ihm um einen alten Bekannten, den Amtmann von Bokeloh, handelte.

Die Bilder ihrer eigenen Verhaftung nach dem Raub beim Amtmann waren noch zu frisch, was sie das Schlimmste für den Schwager befürchten ließ. In Gedanken sah sie ihn bereits in Ketten, und so betete sie, dass die Begegnung nur ein Zufall war und der Amtmann die Schänke nicht gezielt aufgesucht hatte. Doch diese Frage konnte ihr niemand beantworten. Sie befahl dem Kutscher, die Pferde noch mehr anzutreiben. Der Mann schwang die Peitsche, bis das rasende Gefährt in eine dichte Wolke aus Straßenstaub gehüllt war und sie kräftig geschüttelt wurde. Als sie wieder einmal heftig gegen die Wände prallte und ihre Hände vergebens nach einem Halt suchten, hörte sie im Gesang der Kutschenräder Hufgetrappel. Dann teilte der Umriss eines einzelnen Reiters die Staubwolke. Erschrocken zog sie sich in eine Ecke der Kutsche zurück und betete, bis sich das Fenster verdunkelte, eine Gestalt durch die Fensteröffnung geklettert kam und hart neben ihr auf der Bank landete. Vor Schreck öffnete sie den Mund, um zu schreien. Sie kam nicht jedoch dazu, denn eine Hand presste sich auf ihre Lippen und eine Stimme zischte: »Still, ich bin es, Andreas!«

Als der Griff sich langsam lockerte und sie in das von der Anstrengung angespannte, aber freundliche Gesicht des Jägers sah, hätte sie vor Erleichterung tausend Dankesgebete zum Himmel schicken können. Beeindruckt von seiner körperlichen Gewandtheit und froh, ihn endlich an ihrer Seite zu wissen, versuchte sie sogar zu scherzen. »Es muss etwas Schlimmes geschehen sein, Andreas, dass Ihr einen so ungewöhnlichen Weg wählen musstet, um mich wiederzusehen?«

»Meine schöne Simse, schaut Euch um und blickt durch das kleine Fenster in Eurem Rücken, dann werdet Ihr mein Handeln verstehen«, antwortete er und schenkte ihr nur einen kurzen Blick. Wachsam behielt er die Straße hinter ihnen im Auge. Er gab ihr ein Zeichen, den Platz zu wechseln, und zielte mit der Pistole aus dem Fenster.

»Ihr werdet doch nicht schießen?«, fragte sie erschrocken und lüftete ein wenig die Gardine. Aber das Pferd des Jägers, das mit geblähten Nüstern und losen Zügeln neben dem Fenster galoppierte, nahm ihr die Sicht, und so wendete sie sich der Öffnung in der Rückwand des Coupés zu, wo sie im Staub die Umrisse einer schwarze Kutsche bemerkte, die ihnen im Galopp folgte. »Wer könnte das sein?«, fragte sie zu Tode erschrocken. »Trägt das Gespann das fürstliche Wappen?« Vor Aufregung kniete sie jetzt neben ihm auf der Bank, während Andreas das Gefährt durch ein silbernes, ineinander steckbares Fernrohr beobachtete.

»Es ist die Kalesche des fürstlichen Amtmanns zu Schwarzenbeck aus Sachsen-Lauenburg«, mutmaßte er. »Er befindet sich offenbar in der Begleitung eines uns sehr gut bekannten Regierungsbeamten, der Amtmann von Bokeloh. Ihr müsst ihm vor der Herberge begegnet sein.«

Anna nickte. »Aber er hat mich nicht erkannt.«

»Doch, das hat er«, antwortete Andreas, schob das Fernrohr in den Aufschlag seines Rockes und ließ das Radschloss der Pistole klicken. »Ich bin Eurer Equipage nicht gleich gefolgt, sondern habe mich, als die Kutsche des Amtmannes vorfuhr, in den Pferdeställen im Hof versteckt und so durch ein Loch in der Wand mit angesehen, wie sie Christian und sein Weib befragten. Zunächst hat er zwar noch versucht zu leugnen, sich aber dann von einem Widerspruch in den anderen verstrickt. Er hat Gott als seinen Zeugen angerufen, dass er den Herrn Doktor von der Mosel nicht kenne und auch von den Koffern im Zusammenhang mit dem Raub nichts wüsste. Aber die Herren hatten den Karrenschieber von Lüneburg mitgebracht, der hat ihnen das Gegenteil bewiesen. Der Amtmann wollte wissen, weshalb Ihr in der Herberge abgestiegen seid, und hat Schwancke zu verstehen gegeben, dass er über Eure verwandtschaftliche Beziehungen Bescheid weiß, Anna. Mit fünf Leuten haben sie das gesamte Haus auf den Kopf gestellt, auf der Suche nach Euren Koffern, und dabei einen Koffer von Nickel gefunden, den Euer Schwager, ohne Nickels Wissen, aus dem Haus seines Vaters in Lüneburg mitgenommen hat. Sie haben darin den Säbel mit der Damaszener Klinge, eine Schlaguhr aus Messing, Silberlöffel, zwei goldene mit Diamanten besetzte Armbänder, viele Perlen und zahlreiche geschliffene Diamanten nebst hundertvierundsechzig Taler und hundertdreißig Reichstalern aus der Katharinen-Kirche zu Braunschweig gefunden. Eure Schwester, die Gertrud, hat rasch versucht den Rest eines Billetts mit Mosels Unterschrift zu beseitigen. Aber es ist ihr nicht gelungen. Einer von den Leuten des Amtmannes hat sie ertappt und es ihr entrissen. Jetzt haben sie ein Beweisstück, dass Mosel und auch Ihr im Hause des Seemanns verkehrt.«

Da seine Aufmerksamkeit nach wie vor der Straße galt, entging ihm, wie still die schöne Anna bei seinen Worten geworden war. Entgegen ihrer sonst so tüchtigen Beredsamkeit, konzentrierte sie jetzt alle Kräfte darauf, wie sie wohlbehalten aus der Sache herauskommen konnte. Lediglich als der erste Schuss aus seiner Pistole fiel und Pulverdampf durch die Kutsche zog, entfuhr ihr ein leiser Schrei. Sie hielt sich mit beiden Händen die empfindlichen Ohren zu und erlitt einen Hustenanfall. Andreas pustete den Ruß vom Lauf, wartete, bis sie sich wieder erholt hatte und beugte sich dann besorgt zu ihr hinab.

»Sie werden uns töten«, jammerte sie, die Hände noch immer an den Ohren.

Aber der Jäger fasste ihr unter das Kinn und hob ihr Gesicht an, sodass sie ihm in die Augen sehen musste.

»Soweit wird es nicht kommen«, beruhigte er sie. »Lebendig sind wir für sie viel zu wertvoll. Außerdem werden sie uns sowieso nicht einholen. Vor uns sind bereits die Türme von Lübeck. Nickel erwartet mich in Meuslingen in der Post. Deshalb werde ich jetzt in den Wagenkasten klettern und Euer wohlbehütetes Geld herausholen.« Er atmete stoßweise. »Die Kleider lassen wir zurück. Wenn sie mich nicht herunterschießen, springen wir beide von der Kutsche. Sie werden die leere Kutsche verfolgen und wir können uns, so Gott will, unbemerkt zu Nickel durchschlagen und ihn warnen. Haltet Euch also bereit und springt, wenn ich Euch den Befehl dazu gebe.« Sprach es und wollte sich sogleich aufmachen und durch das Fenster auf den Baldachin klettern, doch sie hielt ihn besorgt an den Rockschößen zurück. In ihren Augen stand Todesangst, aber auch Entschlossenheit und Begierde, wie bei einem Menschen, dem im Angesicht des Todes der Wunsch nach einer letzten Pfeife steht.

Er hielt einen kurzen Moment inne und überlegte. Plötzlich nahm er ihr Gesicht zwischen seine Hände und küsste die blutleeren Lippen. Als er spürte, dass sie seinen Kuss erwiderte, presste er sie kurz an sich. »Falls ich nicht wiederkomme, springt Ihr an der nächsten Wegkreuzung ab und schlagt Euch allein zum Doktor durch. Vergesst nicht, ich liebe Euch nicht weniger als meinen Herrn, den Mosel. Aber Ihr seid ein Bestandteil meiner Träume und Sehnsüchte. Ich hoffe, Ihr vergebt mir die Unverfrorenheit im Angesicht des nahenden Todes.«

»Andreas ...!«, rief sie und wollte ihn festhalten. Doch der Jäger hangelte sich bereits am Coupé hinauf. Sie hörte zwei, drei Schüsse, sah mit Entsetzen ihre schönen Kleider und Pelze am Fenster vorbeifliegen, versuchte nach ihnen zu greifen und seufzte erleichtert, als Andreas sich, in den Händen den Beutel mit den Dukaten und Kleinodien, zu ihr zurückhangelte.

»Da, steckt das hier in Euren Kleidersack!«, befahl er mit heiserer Stimme.

»Und alle meine schönen Kleider …?«, fragte sie.

»Macht Euch keine Sorgen. Der Doktor wird Euch neue und hübschere kaufen. Jetzt nehmt meine Hand und wenn ich ›Ho‹ sage, springen wir.«

Alles in ihrem Körper wehrte sich gegen dieses Ansinnen und sie zeigte ihm ihre Bedenken, indem sie die Hand, die er ergriffen hatte, erschrocken zurückzog. »Ich kann das nicht!«, rief sie, als sie unterhalb der geöffneten Tür die staubige Straße dahinfliegen sah.

»Ihr müsst!«, antwortete er, griff von Neuem nach ihrer Hand und hielt sie diesmal fest umschlossen, so fest, dass sie seine Kraft spürte und Vertrauen zu ihm fasste. Vielleicht lag der neu gefasste Mut auch an der Angst vor ihren Verfolgern, die bedrohlich nahe kamen. Zu allem bereit, die Augen geschlossen, stieß sie einen spitzen, verwegenen Schrei aus.

»Ho!«, brüllte Andreas gleichzeitig, dann gab der Boden unter ihren Füßen nach, sie wurde vom Sog mitgerissen, wie von einer fremden Kraft durch die Luft geschleudert, spürte einen schmerzhaften Aufschlag und verlor kurz das Bewusstsein. Als sie wieder zu sich kam, sah sie sein Gesicht über sich, sah die Sorge in den grünen Augen und spürte die Wärme seiner weichen Hände, die ihr zärtlich das Haar aus dem Gesicht strichen.

Der Staub hatte sich verzogen. Sie lagen im weichen Gras, gut getarnt hinter einer wilden, blühenden Hecke, über ihnen der azurblaue Himmel. Da vergaß sie die Schmerzen des Aufpralls. Die Nähe und die Wärme seines Körper, die ungewohnte Geborgenheit in seinen Armen verwandelten das entstandene Vertrauen in Verlangen. »Liebe mich. Andreas«, kam es leise über ihre Lippen und ihr Körper wurde ganz weich.

Der Jäger blickte ihr tief in die Augen. Sie sah das Aufblitzen in ihnen, spürte das Schlagen seines Herzens durch das Mieder, seinen Atem, der jetzt stoßweise ging. In jeder anderen Situation hätte er ihren weiblichen Reizen nur schwer widerstanden. Aber da waren die lauernde Gefahr, die Verantwortung, die er für ihr Leben trug, und er fühlte noch etwas anderes in seiner Brust.

Und so küsste er sie zärtlich auf die Nasenspitze und sagte: »Vor nicht zu langer Zeit hätte ich mein Leben für einen solchen Augenblick gegeben, Anna. Aber jetzt ist es der falsche Ort und die falsche Stunde. Und da ich weiß, dass Ihr Nickel tief in Eurem sündigen Leib liebt und ich sein vielleicht letzter Vertrauter bin, verbietet es mir meine Ehre, diese Situation auszunutzen. Wir würden es später bitter bereuen.«

Seine Worte holten sie rasch in die Gegenwart zurück und während der Zauber wie eine Seifenblase zerplatzte und seine Aufrichtigkeit sie beeindruckte, dachte sie an den Verräter Lorenz und an Nickel, der sich nach einem Vertrauten sehnte, ohne den wahren Freund an seiner Seite zu erkennen. Sie lächelte, wich verschämt seinem Blick aus und sagte: »Gott wird es Euch vergelten, Andreas, dass Ihr mich auf den rechten Weg gebracht habt. Vergebt mir meinen sündigen Wunsch. Nickel kann sich solch eines Freundes, wie Ihr es seid, wirklich glücklich schätzen.«

»Fürwahr, auch Ihr, Madam, gehört dazu. Denn ich hatte das Glück, in Euren schwarzen Augen bis auf den Grund Eurer Seele zu schauen.« In diesem Moment knackte ein Ast im Gehölz. Sofort waren sie sich der Gefahr bewusst, in der sie sich noch immer befanden.

Andreas sprang auf und zog sie hinauf in seine Arme.

»So Gott es will, wird unsere Liebe einmal Erfüllung finden, jetzt aber müssen wir uns auf unsere Aufgabe konzentrieren und den Doktor warnen.«

Drehen wir die Zeit ein Stück zurück, nämlich, als die schöne Anna und Lorenz in der Kirche Sankt Michael die Lage ausbaldowerten. Zu diesem Zeitpunkt saß Nickel mit seinen zwei, mit Gold und Silber beladenen Koffern und seiner Maschine in der Postkutsche auf dem Weg nach Lübeck. Er hatte seinen Namen und auch das Äußere geändert und nannte sich jetzt Hofrat von Minckewitz – nach einem alten Bekannten, den er 1697 in der Oberlausitz um siebentausend Taler erleichtert hatte. Standesgemäß hatte er im Inneren Platz genommen, während sein Begleiter, Jonas, sich zum Kutscher auf den Bock begeben hatte, obwohl es eisig von Norden her über die Ebene blies. Aber schon nach kurzer Zeit bereute Nickel, Jonas nicht bei sich zu haben, denn unter den vielen Gesichtern in dem schwankenden Wagen fühlte er sich ohne die Gesellschaft des Schutzjuden unwohl.

So schloss er die Augen und verkroch sich tief in seinem Pelz, die Hand immer in der Nähe der Pistole. Woher dieses seltsame Gefühl kam, konnte er sich nicht erklären, war er doch am Höhepunkt seiner räuberischen Karriere angelangt. In wenigen Stunden würde der letzte Rest des Goldes in reichlich Dukaten aufgewogen, womit er den Weg nach Stedten antreten würde. Doch so sehr er sich auf den Tag seiner Rückkehr freute, umso nervöser wurde er. Er hatte längst bemerkt, dass ein Viertel Pfund der goldenen Strahlen entwendet worden war, und Christian Müller hatte ihn kurz vor der Abfahrt vor einem Verräter in den eigenen Reihen gewarnt.

Nun überlegte er hin und her, wer dafür infrage käme. Bisher hatte er Lipmann für den Verräter gehalten, doch je mehr er darüber nachdachte, umso mehr bohrte sich ein Pfeil durch seine Brust, riss mit seinem Widerhaken in der Wunde, während Annas Gesicht vor ihm auftauchte und ihn höhnisch auslachte. Alles in ihm wehrte sich dagegen, die Geliebte zu verdächtigen, aber letztendlich fiel ihm niemand von seinen Männern ein, der zu einem solchen Verrat fähig wäre. Es beruhigte ihn ein wenig, dass er Lorenz mit ihr vorausgeschickt hatte, und er dachte, auf den wackeren Burschen kann ich vertrauen, er wird das Weib sicher im Auge behalten.

Noch ungewisser war ihm, zu welcher Schlange ihn Jonas wohl führte. Er hatte sehr geheimnisvoll getan mit dem Käufer, auf den Nickel gleich treffen sollte. Jonas schwor bei Gott, dass er für Nickel kein Fremder sei und er von ihm einen gerechteren Preis für das Gold bekommen würde als von den jüdischen Händlern. Er kannte Jonas jetzt länger und hatte Zeit genug gehabt, sich mit ihm näher zu befassen. Was Nickel zu der Einsicht gebracht hatte, dass Jonas von einer, wenn auch etwas seltsamen, Aufrichtigkeit war. Er hatte ihm deshalb auch sein Verhältnis mit Anna verziehen und war allmählich sogar bereit, seine Seligkeit für ihn zu verpfänden. Der große Schutzjude war zwar ein geriebener Bursche, aber selten vom rechten Wege abzubringen.

Als der Kutscher auf dem Bock in sein Horn blies und die Kutsche mit Getöse vor der Post in Meuslingen hielt, forderte Nickel vom Wirt eine Stube, ließ die Koffer abladen und nach oben schaffen. Er setzte sich in der Gaststube an einen Tisch, der sich etwas verdeckt hinter einem großen Ofen befand, wo ihn nicht jeder Gast sehen konnte, und bestellte ein Mittagessen für Jonas und sich. Als es aufgetragen wurde, winkte Jonas nach dem Wirt und fragte ihn leise nach dem Weg zu dem Hehler.

Der Wirt blickte verwundert auf den Reisenden, den

er für einen Pastor gehalten hatte in seinem tiefschwarzen Gewand, und dann auf den vornehmen Reisenden, der in seinem pelzverbrämten Rock breit und gemütlich am Tisch saß und sich seinen Wein schmecken ließ. Aber da es ihm nicht zustand, sich Gedanken über seine Gäste zu machen, sagte er beflissen: »Beliebt es Euer Gnaden, so will ich Euch gern zu ihm führen.«

»Keine Mühe, Herr Wirt!«, antwortete Nickel darauf und wischte sich mit dem Mundtuch den Bart. »Uns wird es nach der langen Fahrt guttun, wenn wir den lahmen Beinen ein wenig Bewegung verschaffen. Zeichnet uns den Weg auf und wir werden ihn allein finden.« Er winkte einem Knecht, dass er ihm Pelzmantel und Kappe bringe.

»Wenn Euer Gnaden an der Kirche vorüberkommen, im letzten Haus zur Linken, nahe am Schinderacker. Euer Gnaden kann es nicht verfehlen«, sagte der Wirt mit einer tiefen Verbeugung.

Nachdem sie gegessen hatten, verließen Nickel und Jonas die Gaststube.

Der Gesuchte hauste in einer niedrigen Hütte, die Nickel an die Kate seiner armseligen Kindheit in Waldenburg erinnerte. Das Dach war mit Schilf gedeckt, von den löchrigen Mauern fiel Lehm und die kleinen Fenster starrten ohne Glas in das hohe, alles umwuchernde Gestrüpp. Als sie eintraten, mussten sie sich bücken, so niedrig war die Tür. In dem dunklen Flur kam ihnen ein altes Weib entgegen, das Jonas nach dem Kaufmann fragte. Nickel wunderte sich, dass hier ein Mann wohnte, der ihm gleich das Gold in reichlich Taler aufwiegen sollte.

»Er schläft, Euer Gnaden«, war die Antwort.

»So weckt ihn!« Jonas winkte ihm zu folgen, während die Alte davonschlurfte und sie in eine kühle Stube führte.

»Mir ist die Sache nicht geheuer, Jonas«, flüsterte Nickel in seinem Rücken. »Wohin bringt Ihr mich? Und was verlangt Ihr für diesen Dienst? Ihr macht es sicher nicht für ein Butterbrot.«

Die Alte stieß einen der Fensterläden auf, schlurfte zur Tür und rief in den Nebenraum: »Perla! Sollst aufstehen! Ein Herr ist gekommen deinetwegen!«

Bei der Erwähnung des Namens horchte Nickel auf und fasste Jonas scharf ins Auge. »Ihr treibt ein falsches Spiel, Jonas. Was wollt Ihr wirklich von mir?«

Die Alte verschwand, ohne eine Antwort abzuwarten. Jonas beugte sich zu Nickel hinab, wobei er die Tür im Auge behielt, und raunte ihm leise ins Ohr: »Vertraut mir. Ihr werdet gleich sehen, dass Ihr das Gold nirgendwo besser verkaufen könnt. Ich verlange nur eines dafür: die Simse.«

Einen Augenblick schien es so, als zucke Nickel wie unter einem Peitschenhieb zusammen. Rau antwortete er, ohne Jonas anzusehen: »Sie wird sowieso wieder nach Hamburg zurückverlangen. Aufhalten kann ich sie nicht. So sei es.«

Das letzte Wort hatte gerade seine Lippen verlassen, da erschien im Türrahmen eine hagere, lange Gestalt und verbeugte sich tief vor den vornehmen Herren. »Ihr Diener, Euer Gnaden. Euer Gnaden untertänigster Diener.« Er war bemüht mit seinen schmutzigen Fingern sein Wams zu ordnen, das ihm gar schlottrig am Leibe hing.

Nickel fuhr plötzlich wie aus einem Traum hoch, richtete sich gerade auf und ging einen Schritt auf den Mann zu. »Seid Ihr Perla Einohr, genannt der Wachtmeister?«

»Ja, Euer Gnaden«, war die Antwort und Nickel fasste mit der behandschuhten Rechten unter das spitze Kinn, mit der Linken griff er nach dem Kerzenstumpen auf dem Tisch und leuchtete dem Mann in das Gesicht, um es besser betrachten zu können. Jonas hinter ihm konnte nicht sehen, wie blass Nickel wurde, als er in die verwüstete Gaunervisage sah. »Ja, Ihr seid es. So hat man Euch mir beschrieben und so ist Euer Äußeres gezeichnet in dem Steckbrief, den die kurfürstliche Regierung in Sachsen hinter Euch herschickt«, stellte er mit einer Stimme fest, die sich anhörte, als käme sie geradewegs aus dem Grab. Er weidete sich daran, wie das vom Feuer zerfressene Gesicht noch gelber wurde, und die Finger des Mannes, schwarze, verbrannte Fleischstumpen, voller Angst an dem dünnen Kinnbart spielten, seiner einzigen Behaarung.

»Das ist eine infame Lüge. Es gibt keinen Steckbrief!«, schrie jetzt der Mann. »Bin zeitlebens ehrlich gewesen. Was habe ich getan, dass man einen Steckbrief hinter mir her schickt?«

»Lüge nicht, Mann«, antwortete Nickel bestimmt, während er den Schmerz tief drinnen verbarg, der durch das unverhoffte Wiedersehen mit dem verhassten Nebenbuhler aufloderte. »Es hilft dir nicht vom Fleck. Du siehst in mir den kursächsischen Kommissar von Minckewitz, der mit einer Vollmacht des Rates zu Lübeck versehen ist, dich gefangen zu setzen und in das Gefängnis nach Leipzig zu überführen, wo du hingehörst wegen deiner Vergehen und Gaudiebereien«, setzte er den Halunken unter Druck und kostete mit Genugtuung seine Rache aus.

»Was habe ich getan, Euer Gnaden?«, stammelte Perla und trat flehend einen Schritt auf Jonas zu, der sich still im Hintergrund hielt. »Ich beschwöre Euch, Euer Gnaden, Eure Heiligkeit«, er hielt die Fingerstumpen zum Gebet gefaltet dem Jonas entgegen, während er den Nickel anflehte: »Ich beschwöre, Euer Gnaden, was ist es, wessen man mich bezichtigt in Sachsen? Habe ich doch nimmer bisher einen Fuß ins sächsische Land gesetzt, so alt ich geworden bin, geschweige denn, dass ich dort hätte eine Gaudieberei verübt …?«

»Lügenbold. Schade, dass Deine Zunge nicht mitverbrannt ist, Schelm«, bekam Nickel von Jonas Unterstützung. »Es wird dir nichts helfen. Denn deine Kumpane, mit denen du bei der Frau von Trettau in das Gewölbe gestiegen bist, sitzen alle hinter Schloss und Riegel. Du siehst, Gottes Mühlen mahlen langsam – doch sie mahlen …«

Jetzt war es an Nickel, überrascht zu sein. Er strafte Jonas mit einem verächtlichen Blick und zischte leise: »Das könnt Ihr nur von der Simse wissen!« Aber schnell hatte er sich wieder in der Gewalt und widmete seine Aufmerksamkeit dem Wachtmeister. Denn der beteuerte nun, während er vor ihm auf den Knien rutschte: »Gott meiner Väter, hab ich doch den Namen, den Euer Gnaden genannt haben, noch nie gehört …«

»Auch nicht den Namen Mechelgrün?«, fragte Nickel lauernd.

»Niemals, bei meinem Leben.«

»Bist du wirklich nie in das Haus der Frau von Trettau in Mechelgrün eingedrungen?«

»Niemals, Euer Gnaden!«

»Dann kennst du auch nicht Christian Müller, der sich der ›Student‹ nennt und mit von der Partie war?«

»Nein, Euer Gnaden!«

»Er sitzt fest verschlossen im Turm zu Leipzig und kennt dich sehr wohl, Schelm!«

»So soll Gott ihm die Zunge verfaulen lassen, die solche Lüge spricht!«

»Kennst du auch nicht den Schankwirt zu Ramsdorf, der dich nach Mechelgrün fuhr und den du um ein gutes Stück der Beute geprellt hast? – Und nicht nur das, du hast es dir auch mit seinem Weib gutgehen lassen. Verhöhnt habt ihr den armen Tropf – besinn dich, Mann, er heißt Nickel List …«

»Ich kenne ihn nicht«, log der Mann und schüttelte den borkigen Kopf.

Da war es mit Nickels Geduld zu Ende. Er brach in ein dröhnendes Gelächter aus, riss sich die wallende Perücke vom Kopf und rief: »Ermuntert dich das hier, Wachtmeister oder Perla Einohr, wie immer du dich nennen magst? Willst du Nickel wirklich nicht kennen, denn er steht vor dir!«

Der Mann taumelte gegen den Türpfosten. »List!«, rief er und griff mit den Händen in die Luft.

Nickel fing ihn auf, packte ihn bei den Schultern und schüttelte ihn. »Jawohl, mein Freund! In diesem Rock eines Edelmannes steckt Nickel, dein gelehriger Schüler und Nebenbuhler, den du aus seiner Wirtschaft vertreiben wolltest, um mit seinem Weib gemeinsam sein Geld durchzubringen. Hast du nie von mir gehört? Ich hatte angenommen, das Feuer hätte deinen Verrat an mir gerächt. Aber wie ich sehen muss, bist du bei bester Gesundheit.«

»Gott der Gerechte!«, flüsterte der Mann und sank auf die Knie. »Dass ich noch einmal den großen List mit eigenen Augen sehe! Ja, ich habe von Euch gehört, von Euren Taten im Sächsischen und in Hamburg und jeder, den ich von der Zunft traf, hat Euch hoch gerühmt als einen großen Künstler, einen Meister aller Schlösser und Riegel. Und irgendwann hatte ich meinen Groll gegen Euch vergessen, dass Ihr mich damals habt schmoren lassen wollen mit Magdalena, und bin fast schon stolz gewesen, dass ich den großen Nickel kennen durfte, dessen Lehrmeister ich einst gewesen bin. Bei Gott, Nickel, zürnt mir nicht länger, dass ich Euch damals um die Taler und Magdalena erleichtert habe. Sie war kein gutes Weib, hat mich wie eine halb gegarte Gans liegen lassen und ist mit dem nächsten Hergelaufenen weiter gezogen. So muss jeder sein Lehrgeld zahlen, und ich bitte Euch untertänigst, Nickel, um der einstigen Freundschaft willen, legt ab und seid mein Gast. Denn mit Eurem Besuch widerfährt meinem Hause eine große Ehre.«

Nickel überlegte, ließ ihn los und sah zu Jonas hinüber, der mit seiner Pfeife im Mundwinkel und übereinandergeschlagenen Beinen auf dem einzigen Stuhl in der Stube saß. Durch das versteckte Grinsen in seinem Gesicht glaubte er plötzlich zu wissen, weshalb er ihn hierher geführt hatte, und wehrte die Hand ab, die ihm beflissen aus dem Pelz helfen wollte. »Großen Dank, aber noch bin ich nicht bereit, dir zu verzeihen. Man wartet in Lübeck auf mich und ich muss mich eilen. Die Taler, um die du mich vor Jahren geprellt hast, sind nicht abgegolten, auch wenn ich dir einen tüchtigen Schrecken eingejagt habe mit meinem Auftauchen. Doch ich will es dir jetzt vergelten und nicht mehr nachtragen, wenn du bereit bist, auf einen Handel einzugehen, den ich nie zuvor jemandem angetragen habe. Hast du Geld im Haus?« Er sah sich zweifelnd um – wo sollte hier Reichtum sein?

»Nicht viel«, sagte der Mann.

»Lästere nicht Gott mit einer Lüge«, drohte ihm Jonas. »Wir wissen sehr wohl, dass du mehr als genug Geld hast und wenn es dir ausgehen sollte, kannst du dir jederzeit welches borgen. Deine augenscheinliche Armut ist nur eine Tarnung, aber uns täuschst du nicht. Wir brauchen viel Geld. Kannst du es besorgen?«

Der Mann überlegte einen Moment, dann lenkte er ein: »Ja, das kann ich.«

»So komm mit uns«, sagte Nickel. Sie gingen zusammen zurück zur Post und stiegen hinauf in die angemietete Stube, wo eine Überraschung auf Nickel wartete.

Lorenz saß in Reisekleidern auf dem Bett und hantierte mit einem Schlüsselbund an den Kofferschlössern. Jeder andere wäre bei diesem Anblick rasend geworden, aber Nickel ließ sich nichts anmerken, obwohl sein unerwartetes Auftauchen ihn für einen Augenblick verwirrt hatte. Er lief mit ausgebreiteten Armen auf ihn zu und rief überglücklich: »Lorenz, wie hast du mich gefunden?«

»Das war nicht schwer«, lachte Lorenz und hatte Mühe sein Erschrecken über die Störung hinter der Maske der Scheinheiligkeit zu verbergen. Er sprang auf und kam ihm mit gespielter Freude entgegen.

Die beiden umarmten sich und Nickel sprach die Frage aus, die ihm schon lange auf der Zunge lag: »Ist alles zur Zufriedenheit gelaufen? Ist sie ...?«

»Es ist alles geregelt, Meister«, beruhigte ihn Lorenz. »Anna erwartet Euch ungeduldig am vereinbarten Ort.«

Es war so überzeugend gesprochen, dass Nickel sich zufriedengab und nicht weiter nachfragte. Sein Vertrauen in Lorenz war grenzenlos. Er drückte dem Verräter ohne Argwohn die Hand und forderte ihn, erfreut über die gute Nachricht, auf: »Öffne rasch die Koffer, Lorenz!« Dann weidete er sich an der Überraschung des zerlumpten Wachtmeisters, dessen Augen immer größer und gieriger wurden, je mehr Lorenz aus dem Koffer hervorholte, auf den Tisch legte und in der Sonne funkeln ließ: arabisches Gold und Silber, kostbare Missalen mit Perlen besetzt, Armleuchter, edle Steine und wertvolle Perlen und zuletzt den großen Onyxstein in seiner schweren silbernen Fassung.

»Gott, Gerechter!«, stammelte Perla schier fassungslos.

Nickel stand neben ihm und beobachtete ihn aus schmalen Lidern. Er fühlte sich mächtiger als ein Fürst, weshalb ihm entging, dass Lorenz jedes Stück sehr eingehend betrachtete und das Diebesgut zählte. Berauscht von dem Machtgefühl brüstete er sich vor dem Wachtmeister: »Dies alles, wie es da vor dir liegt, hab ich gewogen mit meinen eigenen Gewichten, Stück für Stück, und bin auf eine Summe von zehntausend Taler gekommen.«

Nickel sah, wie das zerfurchte Gesicht des Mannes vor Gier zu leuchten begann und der Geiz sich an die Oberfläche kämpfte.

»Sage achttausendfünfhundert«, brachte er heiser hervor.

»Zehntausend! – Und diesmal sollst du mich um keinen einzigen Taler betrügen, Schelm! Vergiss nicht, dass du vor Jahren beinahe in den Flammen verbrannt bist. Vergiss vor allem nicht, dass du steckbrieflich gesucht wirst. Was ist dir lieber – das Gold, der Tod oder der Kerker von Leipzig?«, drohte ihm Nickel und ließ keinen Zweifel daran, wie ernst er es meinte. »Sieh, Perla«, fügte er milder hinzu, nachdem der Mann lange nachdachte. »Vor dir liegt das Gold, nach dem es Königinnen gelüstet. Perlen vom Grunde des Meeres. Missalen, mit denen du dich in Gottes Paradies lesen kannst, wenn einmal dein letztes Stündlein schlägt. Ich kenne deine Tricks und weiß, dass du den ganzen Kram an der nächsten Ecke für wenigstens das Fünffache losschlägst. Es war harte Arbeit all das edle Gestein kunstgerecht zu lösen, ohne etwas zu beschädigen. Das habe ich nicht von dir gelernt und bin dir deshalb auch kein Lehrgeld schuldig. Schuldig bist allein du mir etwas …«

»Ich kann Euch nicht so viel geben«, flehte der Mann und war in sich zusammengesunken. Seine vor Gier kranken Augen verfolgten heimlich Lorenz, der sich daran machte, die besten Stücke wieder in den Koffer zu packen. »Mein letztes Angebot, neuntausend«, kam es leise aus dem schlotternden Haufen Lumpen.

»Im Lande öffnen sich genug Hände, wenn ich meine Beute losschlagen will. Nun, du hast genug Zeit gehabt – wirst kein Gold mehr ankaufen. Es reut mich dennoch nicht, dass ich in Meuslingen Halt gemacht habe, um an der Ratte aus meinem Haus zu vollenden, was mir vor Jahren misslungen ist«, drohte er erneut.

»Haltet ein«, rief darauf der Händler und fiel Lorenz in den Arm. Die Narben in seinem Gesicht glühten vor Angst, als er begriff, dass Nickel es todernst meinte. »Zehntausend – schlagt ein, Nickel!«

Der Räuber zögerte, ihm die Hand zu reichen. »Wann bringst du das Geld?«, fragte er und seine Stimme verbarg nur mühsam die Befriedigung, die ihn erfüllte. »Ich werde erwartet!«

Der Mann ließ sich Zeit mit der Antwort, entriss Lorenz die goldenen Ketten, die gerade in dem Koffer verschwinden sollten, raffte sie rasch zusammen mit dem, was noch vor ihm auf dem Tisch lag, und grunzte dann: »Vor Sonnenuntergang.«

»Ich nehme dich beim Wort, vor Sonnenuntergang«, wiederholte Nickel und zog nach einer kurzen Überlegung den Türkis-Ring mit neun Diamanten vom Finger, gab ihn zu dem Edelmetall auf dem Tisch und sagte: »Für den Ring, Mann, besorgst du mir für vier Leute, Pferde, schwarze Mäntel, Sättel und Pistolen, alles vom Besten.« Dann winkte er Jonas zu sich und streckte Lorenz die Hand hin: »Das Pflaster, auf dem wir uns bewegen, ist heiß, Lorenz«, sagte er. »Jetzt kommt es darauf an, mir dein Vertrauen zu beweisen. Ich fahre weiter nach Lübeck, wo ich den Jäger treffen werde, wenn er aus Hamburg zurückkommt. Wir erwarten dich nach Sonnenuntergang mit dem Geld und den Kleidern. Du wirst dem Halunken hier auf die Finger sehen und ihn nicht aus den Augen lassen, bis du alles geregelt hast. Dann reite, als wenn der Teufel hinter dir her wäre. Die Pferde lass gesattelt im Stall stehen, wir werden sie später abholen.« Er umschloss Lorenz' Hand mit beiden Händen und hielt sie lange fest. Nur für einen kurzen Moment lag etwas Warnendes in seinen schwarzen Augen. »Der Herrgott wird dich beschützen, aber sein Zorn wird dich treffen, so wie ich jedes Mauseloch nach dir absuchen werde, solltest du auf die Idee kommen, uns zu verraten.«

Dann ging er wortlos aus der Stube, die Treppe hinab und die Dorfstraße hinunter. Vor den anderen hatte er seine Gefühle zurückgehalten. Jetzt aber trieb ihn der Gedanke an die Vergangenheit noch einmal zu der niedrigen Kate und sein Herz quoll über vor Rachegedanken. Am liebsten hätte er eine brennende Kerze in das Schilfdach geschleudert und sich an den Flammen geweidet, so wie einst in Ramsdorf, wo alles begann. Doch er drehte sich nur seufzend um und ging zurück, uneins mit sich, weil er seine Rache für Geld verschachert hatte, wie damals die Ruhe seiner Seele.

Jonas war ihm ein paar Meter gefolgt, blieb dann aber in der Nähe der Poststation stehen und sah ihm kopfschüttelnd hinterher. Als das Posthorn erklang und das schwere Gespann ratternd in die Straßenmündung einbog, lief er rasch noch einmal zurück in die Herberge, wo ihm Lorenz mit Perla Einohr auf der Treppe entgegenkam. Unauffällig steckte Jonas seinem Kumpan ein Billett zu. Dann sprang er zufrieden auf das Pferd, das gesattelt vor der Herberge auf ihn wartete, während Nickel ahnungslos von dem, was sich über seinem

Kopf zusammenbraute, allein in die Postkutsche nach Lübeck stieg.

Eine Stunde vor Sonnenuntergang saß Lorenz beim trüben Schein der Stalllaterne auf der Futterkiste im Pferdestall vor den gesattelten Pferden und überflog den Brief, den ihm Jonas zugesteckt hatte. Aber je mehr er sich in die Zeilen vertiefte, desto steiler wurde die Falte zwischen seinen Augenbrauen, und manchmal entwich ihm ein Fluch. Er wirkte längst nicht mehr so heiter gestimmt wie zur Mittagszeit, als er das Gold einstrich und Perla Einohr zu dem Goldschmied begleitete, von dem Perla sich das Geld und die Kleider leihen wollte. Nach der Störung in der Herberge und Lists Weiterreise nach Lübeck bot sich für Lorenz' die Gelegenheit, auch Nickels Gold an sich zu bringen. Denn was lag näher, als die Gunst der Stunde zu nutzen, nachdem dieser Haufen Lumpen ihm das Geld übergeben hatte, ihm auch das Gold abzunehmen.

Sein Interesse galt nur dem Schatz, den er nach Frankreich schaffen wollte, und nicht unbedingt dem Geld, was die Sünde in Lorenz' Augen ein wenig schmälerte. Er hatte nur nicht damit gerechnet, dass der Halunke sich sträubte und er ein wenig mit dem Messer nachhelfen musste. Doch selbst angesichts der scharfen Klinge an seiner Kehle war der Geizhals nicht bereit gewesen, sich von dem Gold zu trennen, und hatte so lange gestrampelt und um sich geschlagen, bis ein Stich in den Hals den gewünschten Erfolg brachte. Die Spuren der Tat zu verwischen, war ein Leichtes gewesen. Die Kate ging rasch in Feuer auf und ein zweites Mal, das wusste Lorenz, würde der Gauner seinem Schicksal nicht entgehen.

Aber Jonas' Brief in seinen Händen änderte alles.

Der schlaue Jude hatte ihn durchschaut, verlangte das Gold und schrieb ihm, dass er ihn in der Herberge in Blumenau treffen würde, um es in Empfang zu nehmen. Ansonsten wolle er Nickel von dem denunzierenden Schreiben berichten, das kürzlich beim Leipziger Stadtgericht eingegangen war und Nickel arg belaste. Jonas schrieb, er habe von einer guten Freundin erfahren, dass er, Lorenz Schöne, der Verfasser der Zeilen sei, durch die Salomon David, der Korporal, der kleine David und Lucy Drachenstüber in Leipzig in ›Continuation‹ genommen wurden.

Mit Jonas' Drohung war sein Plan, Nickel das Geld zu überbringen und in einem günstigen Augenblick mit dem Gold zu verschwinden, erst einmal zunichte gemacht. Hätte er den undurchsichtigen Juden, der überall und nirgends auftauchte und über alles, was in der Diebeszunft geschah, bestens informiert zu sein schien, zwischen seine Finger bekommen, wer weiß was geschehen wäre. Doch die Zeit drängte. Er musste sich etwas einfallen lassen, wollte er aus dem letzten großen Raub als Sieger hervorgehen.

»Niemals!«, rief er, sprang auf, zerknüllte wütend das Papier und hielt es über den brennenden Kerzendocht in der Laterne. Er wartete, bis der letzte Schnipsel verglüht war, und stieg, mit einer neuen Idee im Kopf, die Treppe zu der Stube hinauf, wo er die verwaisten Koffer mit dem Gold versteckt hatte. Nachdem er sich vergewissert hatte, dass er allein im Zimmer war, zog er sie rasch unter dem Bett hervor, öffnete einen, warf den Beutel mit dem Geld hinein und verschloss ihn wieder sorgsam. Dann rief er nach dem Wirt, gab ihm die Kleider mit dem Hinweis, dass ein Herr von Minckewitz sie alsbald abholen würde. Im Hof wartete die gemietete Kalesche reisefertig auf ihn. Zufrieden sah er in den Kasten unter dem Bock, wo der Hofknecht die Koffer verstaut hatte, schwang sich dann auf den Bock und fuhr in Richtung Hamburg zum Tor hinaus.

Etwa zwei Tage später, zu jener Stunde, als der Jäger mit Anna in Meuslingen in der Post eintraf, saß Lorenz bereits auf einer Bank in einer verräucherten Schankwirtschaft der Schifffahrtgesellschaft unter den Rümpfen uralter Segelschiffe und verhandelte bei einem Krug Bier mit zwei düsteren, bärtigen Piratenkapitänen seine stattliche Ladung, die er nach Barcelona und von dort nach Frankreich weiter verfrachten wollte.

Für Anna und den Jäger war die Enttäuschung groß, als sie in das leere Zimmer traten und der Herbergsvater ihnen betrübt das mitteilte, was wir schon wissen. Nun war höchste Eile geboten, auch wenn der Wirt ihnen versprach, der feine Herr käme zurück, denn er hätte Kleider und Pferde hier gelassen. In Andreas' Rock war noch etwas Geld, mit dem er die Kleider und zwei von den gesattelten Pferden auslöste, und so sah man Anna und den Jäger eine Stunde später nach Lübeck reiten, zur Herberge am Markt, wo sie im Schatten des hohen Giebels schon von Weitem den Herrn von der Mosel in der Tür stehen sahen. Sie sprangen gleichzeitig von den Pferden, und während Anna dem Knecht die Zügel in die Hand warf, gab der Jäger Nickel ein Zeichen und ging vor ihm her die leere Straße hinunter. Indessen betrat Anna die Herberge und wartete in der menschenleeren Wirtsstube in einer dunklen Ecke, von wo aus sie durch das Fenster die beiden Männer beobachten konnte.

»Warum kommst du schon zurück? Gibt es schlimme Nachrichten aus Hamburg?« Andreas' seltsames Verhalten, dass er immer noch einen halben Schritt vor ihm ging, als würden sie sich nicht kennen, beunruhigte Nickel.

Der Jäger sagte: »Bin ohne Säumens zurückgekommen, Euch zu warnen. Es ist etwas im Gange.«

»Anschläge der Hamburger Gilde?«

»Der Satan mag es wissen. Der kurfürstliche geheime Hofrat hat Schwancke und sein Weib verhört. Sie haben die Koffer gefunden. Aber zum Teufel, die Koffer aus der Post sind auch weg, und drinnen in der Wirtschaft sitzt die Simse. Die Wirtin vom Mühlenhof sagte mir, auf die Requisition von Lüneburg werden alle Gasthöfe durchsucht. Sind auch schon welche von der Gilde verhaftet wurden, die Namen wollt sie jedoch nicht wissen.«

Am Ende der Straße holte ihn Nickel ein, blieb stehen und legte ihm die Hand auf die Schulter. »Glaubst du, dass sie uns kennen?«

»Weiß nicht. Aber klüger wäre es, wir heben uns weg von hier und reiten nach Stedten.«

»Hast recht. Im Käfig sitzen die goldenen Vögel und schreien nach Freiheit. Lassen wir sie fliegen!«

Wenige Augenblicke später saß er Anna am Tisch gegenüber. Sein Erschrecken über ihr Auftauchen verbarg er geschickt hinter seinem Lächeln. Nur seine schwarzen Augen schweiften unsicher durch den Saal, bevor er sich ihr zuwendete. »Was machst du hier?«, fragte er mit belegter Stimme.

Sie zuckte mit den Schultern. »Es war nicht so geplant.«

»Ich glaubte dich sicher in Stedten.«

»Lorenz hat sich nicht an den Plan gehalten«, entgegnete sie, während es ihr nicht anders erging wie Nickel. Die Gefahr lauerte überall und sie kämpfte mit ihren Gefühlen und konnte nicht in das geliebte Gesicht unter der wallenden Perücke sehen, ohne sich schuldig zu fühlen. Es kam ihr vor, als wären die markanten Züge eingefallen und die Ränder unter seinen Augen tiefer und dunkler. Sie schimpfte sich eine gottlose Landläuferin und hätte zu gern die blassen Wangen geherzt und geküsst. Aber sie sah seine Ungeduld und fügte leise hinzu: »Ich glaube, er ist der Verräter.«

Einen Moment schien es ihr, als überzöge eine fahle Blässe sein Gesicht und er müsste sich an der Tischkante stützen. Aber nichts weiter an ihm verriet die Erregung über den Verrat, der seine lang gehegten eigenen Befürchtungen bestätigte. »Wir werden ihn finden«, bemerkte er ein wenig härter als sonst und ergriff ihre Hand. Er stand auf, ohne sie loszulassen, und zog sie zu sich hinauf. Einen kurzen Moment trafen sich ihre Blicke, verschmolzen ineinander, dann sagte er hastig: »Man darf uns nicht zusammen antreffen. Jeder von uns reist allein nach Stedten und wird die Hüte, Mäntel und Perücken öfters wechseln als seine Unterhosen. Wir kennen uns nicht mehr, auch nicht, falls einer von Gaudieben gefangen und der scharfen Frage unterzogen wird.« Er ließ ihre Finger wieder los, zog ein Papier aus dem Rockärmel und steckte es ihr zu. »Nimm das und präge dir jedes Wort gut ein. Es ist eine geheime Sprache, von mir sorgfältig erdacht, damit wir uns im Notfall untereinander verständigen können.«

Sie nickte zustimmend. »Ich werde es auswendig lernen und den Weg über Leipzig nach Stedten nehmen.«

Während ihrer Unterhaltung saß der Jäger bereits reisefertig auf einem frischen Pferd und ritt ungeduldig vor dem Fenster auf und ab. Es war ausgemacht, dass er als Erster vom Hof ritt. Als Nickel das Gesicht zum Fenster drehte, beugte er sich aus dem Sattel, lüftete den Hut und winkte zum Abschied. Anna drängte es, den Geliebten ein letztes Mal zu umarmen. Doch sein warnender Blick hielt sie zurück. Es war Zeit zu gehen.

Galant verbeugte er sich vor ihr und flüsterte ihr zu: »Wir sehen uns in Stedten, Anna, folge mir nicht.« Dann verließ er schnellen Schrittes die Wirtschaft.

X.

An einem schwülwarmen Augusttag des Jahres 1698 waren im Rahmen der großen Inquisition zwei besonders fähige Beamte auf der Straße von Celle ins Lauenburgische unterwegs in jene Orte, wo man die Räuber vermutete.

Der eine, der fürstliche Ober-Amtmann zu Schwarzenbeck, ein schneidiger junger Offizier aus gutem Hause und am Beginn einer vielversprechenden Beamtenlaufbahn, voller jugendlichem Ehrgeiz und regierungstreu, war der rechte Mann für die Ergreifung der berüchtigten Diebesbande. An seiner Seite eine Amtsperson mit hündischem Spürsinn, viel Erfahrung und kriecherischem Wesen, Hugo von Stolzenau, der Amtmann zu Bokeloh, der ihm als Amtwächter bei der Überführung der Gefangenen zur Seite stehen sollte. Er war davon überzeugt, die Fäden zu der Diebesrotte schon lange fest in seinen Fingern zu halten.

Zunächst aber hatte er Mühe sich, einer leichten Beleibtheit wegen, zu Pferd zu halten, er war es nicht gewöhnt, solche langen Strecken auf Schusters Rappen zurückzulegen. Er bevorzugte die bequemere Art in seiner gepolsterten Kutsche und war erleichtert, als der Ober-Amtmann vor dem Obergasthof zu Freiberg auf einer bewaldeten Lichtung das Zeichen zum Halten gab. Die Sonne stach vom Himmel. Er sprang galanten auf den Boden und warf die Zügel seines Pferdes einem Unteroffizier zu. Dieser gehörte zu einem aus sechzehn Mann bestehenden Gefolge, das die Beamten begleitete.

Der Amtmann wischte sich erschöpft mit einem Tuch über das schweißglänzende Gesicht, bevor er sich ebenfalls mit einem leisen Grunzen zu Boden gleiten ließ. Als er das mitleidige Lächeln seines Begleiters sah, stakste er etwas steif auf ihn zu, lehnte sich an einen der Wagen und bemerkte erschöpft: »Gottes Finger weist uns den Weg nach Halle und Sachsen, aber dass sein Pfad derart anstrengend ist, wer hätte das gedacht. Ich wünschte, die Diebe wären schon in Celle und nicht in Plauen und Greiz zu finden.«

Der junge Schwarzenbeck schüttelte die gepuderten Locken, die streng frisiert das schmale Gesicht unter dem Dreimaster wie ein Rahmen umspannten. Um die schmalen Lippen mit dem energischen, etwas vorstehenden Kinn erschien ein spöttischer Zug. »Er hatte sich doch freiwillig bei der Regierung in Hildesheim gemeldet und wollte uns unbedingt begleiten. Ging es Ihm nicht um ein Weibsbild, um eine gottlose Landläuferin, wie nennt sie sich doch gleich ... Anna Meyer?«

»Anna von Sien, geborene Moyers, unter den Gottlosen auch ›Simse‹ genannt, Euer Gnaden«, berichtigte ihn Hugo von Stolzenau.

»Was findet Er nur an diesem Weibsbild? Sie soll ein unbedeutendes Licht sein und ziemlich anstrengend ...«

»Euer Gnaden, es ist die Schwägerin des Seefahrers Schwancke, er ist bis jetzt der Einzige, der uns unter der scharfen Frage erdrückende Beweise geliefert hat, dass die Hamburger Juden und ein gewisser gottloser Erzdieb aus Sachsen zu ein und derselben Diebesrotte gehören.«

Schwarzenbeck lächelte, gab den Offizieren den Befehl zum Absitzen und antwortete nachdenklich mit gefurchter Stirn: »Ich werde noch mehr Soldaten zur Verstärkung anfordern. Unter den Gaudieben soll einer sein, der Nickel heißt und besonders gefährlich ist. So ein berufener Dieb, den die Freiherren von Schönburg, in deren Herrschaft er sich aufgehalten hat, schon vor zwei Jahren in Haft nehmen wollten. Er ist damals entkommen und hat auf der Flucht zwei Männer erschossen.«

»Man meint, dass ein gar vornehmer Herr von der Mosel mit ihm identisch sei.«

»Möglich, aber lassen wir die Förmlichkeiten, Hugo, wir haben noch einen weiten Weg vor uns. Stärken wir uns in der Trinkstube und ruhen uns ein wenig aus.«

Ein paar Minuten später saßen sie an einem grobgehauenen Holztisch im Schankraum, zwischen eisenbeschlagenen Bergbaugeräten und glitzernden Steinsammlungen aus den Silbergrotten.

»Was halten Euer ... äh, Gnaden von dem Regimentsquartiermeister Peermann ...?«, fragte der Amtmann ein wenig unsicher wegen des Angebotes der ungewohnten Anrede und wartete, bis sein Gegenüber seine Suppe ausgelöffelt hatte.

»Irre ich mich, oder war das nicht dieser Offizier, der nach der Gefangennahme des gottlosen Seefahrers nach Leipzig geritten ist, um die Diebesrotte zu warnen?«

Hugo von Stolzenau hatte sich erlaubt, die Schüssel mit dem Hühnchen heranzuziehen, und pulte etwas umständlich die goldbraune Haut von der Hühnerbrust.

Pikiert verzog der junge von Schwarzenbeck den geschminkten Mund, was den Amtmann aber weniger störte. Er aß zu Ende, tauchte dann die Finger in das Wassergefäß, das ihm von einem Diener gereicht worden war, schob den Teller mit den Knöchelchen zur Seite und tupfte sich mit einem Tuch die fettigen Mundwinkel. Dann erst bestätigte er kopfnickend: »Ganz recht, Euer Gnaden. Wie unklug von einem Offizier dieses Ranges, sich mit solchem Gezücht einzulassen. Nun befindet er sich unter strengster Bewachung in einem Wirtshaus in der Stadt Celle. Der Umgang mit derartigem Gesindel wie dem Jonas Meyer hat ihm offenbar das Genick gebrochen. Leider konnte er uns entwischen, aber dafür sind uns zwei andere wichtige Mitglieder dieser weitverzweigten Gaunerschaft ins Netz gegangen.« Er hatte jetzt nach der Karaffe mit dem Wein gegriffen und nahm einen tiefen Schluck. »Ein guter Tropfen«, lobte er das Getränk, leckte sich genießerisch über die Lippen und sagte, vom Interesse seines Gegenüber angeregt: »Ich glaube, ich hatte sie schon einmal erwähnt. Ihr müsst Euch erinnern, Euer Gnaden. Die beiden waren beim Bokeloher Raub mit zuwege. Ein äußerst schädliches Gezücht mit Namen Keyser und Pante.«

»Potz Blitz!«

»Sie haben zusammen im Sandkrug zu Celle gesessen und sich augenscheinlich sicher gefühlt. Zu sicher, denn sie haben lustig miteinander gezecht und gewürfelt, bis Pante mit einem Regimentsfeldscher in heftigen Streit geriet und sie mit entblößten Degen aufeinander losgingen. Bei der Abwehr ist Pante die Degenspitze abgebrochen, was Keyser wohl befürchten ließ, der Kamerad könnte unterliegen. Dieser hat sich darauf in das Gedränge gestürzt und dem Feldscher ein paar böse Hiebe auf den Kopf versetzt. Das hat natürlich Aufsehen erregt und wir konnten die beiden festnehmen. Aber kurz darauf sind sie uns wieder entwischt. Dieser Keyser muss über enorme Kräfte verfügen, hat er doch mit einem Brecheisen Steine aus der Wand des Hühnerstalles gehoben, in dem er vorläufig untergebracht war, von denen etliche so schwer waren, dass wir uns wundern mussten, wie sie ein einzelner Mensch anheben konnte. Sogar seine Ketten hatte er zurückgelassen. So war er, wie auch Pante, zunächst noch flüchtig. Die Stationen seiner Flucht führten ihn unter anderem nach Neustadt am Rübenberge und Dassel. Überall war er stark im Saufen und Spielen. In Dassel trug er eine Perücke und einen langen, weißen Mantel, versuchte auch sein Pferd zu verkaufen, da er sich wegen des schlechten Wetters länger aufhalten musste. Die Behörde wurde hier auf ihn aufmerksam, und er musste gestehen, der Keyser aus Wunstorf zu sein. Doch aus dieser wohl verwahrten Haft gelang ihm abermals die Flucht. Jetzt führte es ihn nach Worms und Heidelberg. Aber auch hier ließ er das Stehlen nicht. Er musste sich aus dem Staube machen und ging nach Frankfurt, wo er gefangen genommen und in dem Börnheimer Turm festgesetzt wurde. Und nochmals gelang ihm die Flucht und diesmal konnte er dingfest gemacht werden. Und stellt Euch vor, Euer … äh … Gnaden, ausgerechnet in seiner Heimat Wunstorf versteckt, in einem Kasten bei Weib und Kind, konnten wir den Erzdieb endlich festsetzen.

Ein Amtmann aus Mannsfeld schrieb uns von vier verdächtigen Berittenen, die bei Eisleben in Haft genommen worden seien, darunter Christoph Pante. Man hat ihn auf Begehr der fürstlichen Regierung von Braunschweig-Lüneburg wohl verwahrt nach Halle gebracht.« Er ließ seine Worte einen Moment auf sein Gegenüber wirken und genoss die anerkennenden Blicke seines jungen Begleiters. »Das alles haben wir einem gewissen Gottlieb Schnorbus zu verdanken, der dem Lüneburger Bürgermeister eine gute Beschreibung des schädlichen Gezüchts geliefert hat.«

»Ihr erstaunt mich, Hugo. Gottlieb Schnorbus ist sicher nicht sein richtiger Name. Dabei würde es uns doch sehr interessieren, wer dahintersteckt«, sagte der junge Schwarzenbeck. Er fühlte sich von dem Amtmann köstlich unterhalten, was zur Folge hatte, dass er seine steife Haltung aufgab und sich eine von den dunklen, reifen Kirschen in den geschminkten Mund steckte, die der Diener in einer weißen Porzellanschale mit einer eleganten Schwanenhalsöffnung an den Tisch gebracht hatte.

Schwarzenbeck lächelte heimlich, als er sagte: »Vielleicht war es ja dieser Mörder, der vor Jahren in einem Duell einen Richter zwischen Leipzig und Görlitz ermordet haben soll, dieser … Wie hieß er doch gleich?«

»Andreas Schwartzer.«

»Ach ja, der Erzdieb mit dem versilberten Degenkoppel, der schon so viele Leute arm gemacht hat und die rechte Hand des Nickel sein soll.«

»Keine Bange, Hugo, wir bekommen alle, auch diesen, der sicher unter den Gesellen im bayrischen Hof zu finden ist.«

Ein Soldat in einem schmutzigen Mantel mit Straßenstaub an den Stiefeln unterbrach das Gespräch. Durch ihre angeregte Unterhaltung hatten sie ihn nicht rechtzeitig bemerkt. Umso mehr Aufmerksamkeit schenkte ihm nun der junge von Schwarzenbeck. Auf seinem Gesicht lag etwas wie Vorfreude, als hätte er nur auf den Kurier gewartet. Er ließ dem Soldat keine Zeit, sich, der Höflichkeit gemäß, vor ihm zu verbeugen. »Was bringt Er, Kurier? Gebe Er es mir, geschwind!«, sagte er und winkte auffordernd mit den Fingern.

Der Mann zog einen Depesche aus seinem Rock und gab sie ihm. »Es war nicht einfach Euer Gnaden zu folgen«, entschuldigte sich der Mann. »Aber lest rasch, was Euch die Regierung aus Sachsen geschrieben hat.«

Schwarzenbeck winkte dem Wirt, dass er dem Mann Speis und Trank bringe, und erbrach hastig das Siegel. Er faltete das Papier auseinander und überflog mit unbeweglicher Miene das Schreiben. Dann blickte er zufrieden lächelnd über das Papier hinweg zum Amtmann. »Hugo, wollt Ihr wissen, was in dem Billett steht?«

»Zu gern, Euer Gnaden.«

Um die Spannung zu erhöhen ließ er den Amtmann noch ein wenig zappeln, bevor er mit der wichtigen Information herausrückte. Genüsslich schlürfte er einen Schluck Wein und beobachtete sein Gegenüber aus schmalen Augen. Erst nachdem er das Glas zurück auf den Tisch gestellt hatte, sagte er gedehnt: »Es handelt sich um Eure Läuferin, diese Meyer oder Sien.«

»Sagt bloß?« Hugo von Stolzenau hob überrascht die Brauen.

»Ein kleines, geschminktes Weibchen wurde in einem Wirtshause zu Kerspleben gesehen, und zwar in Begleitung eines Herrn. Es soll ein zweites Weib dabei gewesen sein und alle waren sehr vornehm gekleidet. Sie trugen Perücken und ritten auf schönen Pferden. Weiterhin schreibt die sächsisch-weimarische Regierung, dass diese Weibsperson, sollte sie auf ihrer Flucht unterwegs in Herbergen Rast einlegen und erkannt werden, dringlich in Verwahrung gebracht werden müsse.«

Für Hugo von Stolzenau war diese Nachricht wie ein warmer Sonnenregen. Ab sofort behielt er die Tür fest im Auge und konnte sich auf kein Gespräch mehr konzentrieren. Nach ungefähr einer Stunde hoffnungsvollen Wartens sollte seine Ausdauer belohnt werden.

Als er sich in übertriebenen Schilderungen über das Weib ergehen wollte, um vor Stolzenau mit seinem Wissen zu glänzen, fuhr im Hof eine vierspännige Landkutsche vor. Schwere Holzräder gruben sich in den Sand und knarrten, Pferde wieherten leise und Stimmen wurden laut, die rasch näher kamen. Das helle zwitschernde Lachen eines Weibes verriet die Ankunft der Erwarteten. Entschlossen erhob sich von Schwarzenbeck, gab dem Amtmann ein Zeichen, hinter der Tür Stellung zu nehmen. Dem Unteroffizier am Nachbartisch gab er die Anweisungen, sich für die Verhaftung bereitzuhalten. Der Herbergsvater sollte sich verhalten wie immer.

Schwarzenbeck selbst trat ans Fenster und behielt, versteckt hinter einer Gardine, die Treppe vor der Eingangstür im Auge. Es dauerte nicht lange und die Tür wurde aufgestoßen. Gleich darauf betrat eine Gruppe Reisender die Wirtsstube, gefolgt von einem kleinen, grell geschminkten Weib in einem auffallenden Reisekostüm. Sie hielt sich sehr aufrecht und sah sich vorsichtig im Raum um, bevor sie nach ihrem Knecht winkte und ihm ein paar Anweisungen gab. Dann raschelte sie in ihren mit reichlich Posamenten und Falbeln versehenen Röcken zu einem der Tische neben dem Schank.

Der Amtmann war ihr vorsichtig gefolgt und schien etwas irritiert von der fürstlichen Erscheinung, die ihm Achtung abverlangte. Es war einfacher, eine Dirne im haarigen Bauerngewand zu verhaften als eine Dame von Welt. Ihre Erscheinung glich eher dem Bildnis der Madonna über dem Alkoven im Amtsgebäude, in das er sich so verliebt hatte, dass er in so mancher heimlichen Mußestunde, anstatt sie anzubeten, reichlich Hand an sich legte. Anna trug ein fest anliegendes Oberteil aus feinstem Chiffon mit einem vorn geöffneten und nach hinten kokett gerafften Rock. Ihr üppiges Dekolleté reichte bis zu den runden Schultern. Das pechschwarze, glänzende Haar, hatte sie seitlich gebauscht und am Hinterkopf aufgesteckt und lediglich links und rechts ihres hübschen Gesichtes lugten vorwitzig zwei Löckchen unter dem Rand der zierlichen Spitzenhaube hervor, die sie zur Fontange hochgezogen hatte. Obwohl von Schwarzenbeck ihn angewiesen hatte, auf sein Zeichen zu warten, konnte der Amtmann nicht umhin, ihr in den Weg zu treten. Er hatte erwartet, dass sie vor Schreck erbleichen würde oder zumindest Anstalten machte zu fliehen.

Aber die schöne Anna hob nur ein wenig die Augenbrauen und sagte ohne eine Spur der Verwunderung: »Oh, welche Ehre, Amtmann Hugo von Stolzenau? Ach, was ist die Welt doch ein Dorf. Wo man sich überall über den Weg läuft.«

Allerdings war nicht zu übersehen, wie sie sich nervös umschaute, bevor sie ihre schwarzen Augen mit einem sinnesbetörenden Lächeln auf ihn richtete, sodass er unter ihrem Blick zu schwitzen begann und reichlich verwirrt stammelte: »Madam sind anscheinend nicht überrascht, mich wiederzusehen ...?« Sein Wille war stark, aber sein Fleisch schwach, und so vergaß er die Ketten, die er ihr anlegen wollte, und starrte lüstern auf die weißen, zarten Wölbungen unter den Spitzen, die drohten, bei jedem Atemzug herauszufallen. Als der junge Schwarzenbeck, in Begleitung zweier Offiziere, an seine Seite trat, war er im Nu wieder der Amtmann Hugo von Stolzenau und waltete mit einer kurzen, knappen Verbeugung, steif und bestimmt, seines Amtes: »Das Maß, Madam, ist voll. Wir, die Fürstliche Regierung zu Braunschweig-Lüneburg, hegen den Verdacht, dass Ihr zu der diebischen Gesellschaft des Herrn von der Mosel gehört und Ihr nicht Anna Meyer, sondern Anna von Sien gerufen werdet.«

Zum Glück sah er nicht, wie es hinter der schöne Stirn arbeitete, wie die in der Falle gefangene Maus verzweifelt nach einem Mauseloch suchte, ohne ihr betörendes Lächeln zu verlieren, und jetzt selbst den jungen Ober-Amtmann mit in ihre Koketterie einbezog. »Oh, mir sind durchaus derartige Namen bekannt, aber zu der diebischen Gesellschaft habe ich, Gott sei Lob und Dank, mein Lebtag nicht gehalten«, beteuerte sie.

Ihre schwarzen Augen lockten verführerisch. Doch Schwarzenbecks Gesicht blieb unbeweglich. An ihm schien die weibliche Verlockung, wie an einem Eisblock, abzuprallen. Kühl antwortete er: »Madam, da wir dies jetzt nicht zu unserer aller Zufriedenheit regeln können, werden wir Euch mitnehmen müssen und vorerst nach Weimar, in die Gustodia, bringen. Dort werden Euch Personen gegenübergestellt, die zur Klärung der Angelegenheit beitragen. Wir haben gehört, dass noch ein Frauenzimmer unterwegs sein soll, eine gewisse Dore, die als Dienerin der Anna von Sien umherreist. Vielleicht ist sie ja dieses Weib, wenn Ihr schon nicht diese Sienin sein wollt«, sagte er und gab den Offizieren den Befehl, Madam zum Wagen zu führen.

Aber es sollte anders kommen. Anscheinend hatte der Herrgott Mitleid mit der schönen Sünderin und ihre Gebete erhört. Denn plötzlich war die Wirtsstube von Lärm erfüllt. Lautes Sporengeklirr erklang, Schreie und ein wütendes Fluchen. Tische und Bänke wurden umgestoßen und ein aus dem Nichts auftauchender Mann, fast noch ein Knabe, drängte sich zwischen sie und die Offiziere. Niemand hatte den Burschen bisher bemerkt, der in einer Ecke verborgen, das Geschehen verfolgt hatte. Im richtigen Augenblick, gerade als die Offiziere Hand an die schöne Frau legten, war er aufgesprungen und stellte sich jetzt schützend vor Anna. Sie nutzte die Gelegenheit, entwand sich dem Griff des Offiziers und suchte hinter ihrem Verteidiger Schutz. Da ihr Retter schwarze Kleidung trug und maskiert war, vermutete sie hinter der Maskerade einen von Nickels Gesellen und hoffte insgeheim, dass es Andreas war.

»In Gottes Namen, mein junger Herr, versündigt Euch

nicht!«, versuchte der Amtmann die Situation ohne Blutvergießen zu retten. »Ihr verteidigt eine gottlose Landläuferin und bringt Euch selbst in Gefahr.«

Aber seine Worte blieben ungehört. Stattdessen glänzte jetzt der Degen in der Hand des Burschen, und er richtete ihn gegen Schwarzenbeck, der eine solche Unverschämtheit nicht ohne Weiteres hinnahm und den Herausforderer parierte. Er hoffte, ihn ob seiner Jugend leicht einzuschüchtern. Der Junge schien jedoch entschlossen keine Handbreit zurückzuweichen. Die Degen prallten aufeinander und da der junge Mann fest auf seiner Stelle blieb, machte sein Gegner einen folgenschweren Schritt zurück.

Der Bursche nutzte den Augenblick, als die Klinge des Ober-Amtmanns bei dieser Bewegung von der Linie abwich, machte seine Klinge los, führte einen meisterhaften Hieb von oben herunter und traf seinen Gegner an der Schulter. Der Kommissar sackte, für alle unfassbar, stöhnend vornüber in die Arme des Amtmannes, während der Sieger in der allgemeinen Verwirrung blitzschnell Annas Hand ergriff. Sie fest in der seinen haltend, schlug er sich mutig den Weg durch die Soldaten zur Tür frei, wo sie ungehindert zu den Pferden gelangten. Rasch half er ihr auf eines der gesattelten Soldatenpferde, die angepflockt vor der Herberge warteten, und sprang ebenfalls auf den Rücken eines der Tiere. Fast gleichzeitig setzten sie über den niedrigen Holzzaun und lenkten ihre Pferde, fernab von der Straße, in einen Hohlweg, der hinauf in die dichtbewaldeten Berge führte.

»Nach Stedten!«, rief ihr junger Retter, der zuvor kein Wort mit ihr gewechselt hatte.

Sie war überrascht, da sie die Stimme erkannt hatte, lachte befreit und rief: »Ernst …? Wer hat dich denn so eine meisterhafte Fechtkunst gelehrt?«

Der junge Buttelstedt lachte geschmeichelt zurück, während die Pferde nebeneinander die schroffwandige Furche hinaufschnauften: »Der Nickel! Ihr solltet diese Degenführung doch am besten kennen, Madam!« Übermütig riss er sich die Maske vom Gesicht und jubelte »Ho … ho …« Dabei wies er mit der Hand nach vorn, dorthin, wo das breite Hochtal begann und die wandartigen Felsflächen an den Hängen wie turmartige Gebilde aus dem Wald ragten. Es war die Grenze nach Thüringen. Hier war sie vor langer Zeit Nickel begegnet.

Um den Geschehnissen zu folgen, begeben wir uns zu dem Zeitpunkt, als der gerechte Gott begann, dem Treiben des großen Kirchenräubers Nickel List ein Ende zu bereiten, um seinen Namen mit schwarzer Kohle aus allen Büchern zu streichen. Auf dem Weg nach Lübeck noch frohen Mutes und voller Zuversicht, dass es ihm in Stedten wieder besser gehen würde und er zu einem normalen christlichen Leben zurückfinden könnte, ahnte er nicht, welche Enttäuschung ihn ausgerechnet hier, in seiner Heimat, erwarten sollte. Er hegte gegen den Verräter Lorenz keinen Groll, auch weinte er dem gestohlenen Gold nicht hinterher. Insgeheim aber hoffte er, der ungetreue Räuber besänne sich auf ihre Freundschaft und kehrte reumütig zu ihm zurück. Zum anderen war er schon zu oft betrogen worden, als dass ihn der Vertrauensbruch noch ernsthaft erschüttern könnte.

Seine Satteltaschen waren trotzdem prall gefüllt, als der kurz vor dem Ziel zu ihm gestoßene Andreas und er an jenem sonnigen Julitag um die Mittagsstunde an das Tor des ›Weißen Rosses‹ in Stedten klopften, wie sie es früher oft getan hatten. Aber das Nest, woraus er vor vielen Monaten wie ein stolzer Raubvogel nach Hamburg geflogen war, schien leer und empfing ihn kalt. Kein Pferd wieherte auf dem Hof und es war kein geschäftiges Kommen und Gehen, wie er es gewohnt gewesen war. Nur der alte Wirt Buttelstedt schlurfte über den Hof und riegelte den Torweg auf. Als er List erkannte, sprang ihm kein Freudenschrei von den Lippen, sondern er sagte mürrisch: »Seid Ihr es, Hauptmann? Tretet ein. Es ist niemand im Haus, um Euch zu begrüßen. Sind alle von dannen, gefangen oder ausgeflogen.«

»Wo ist Anna?«, fragte Nickel rasch.

Buttelstedt zuckte die Achseln: »Das weiß der Satan. Sie haben das Weibsbild abgeholt!«

»Und Ernst, Euer Sohn?«

Still und traurig sah ihm Buttelstedt in die Augen: »Ihr habt nicht recht getan, dass Ihr das Frauenzimmer hierher geschickt habt. Geht ins Haus, ich will den Riegel vorschieben.«

Nickel fragte nicht weiter, sondern zog das Pferd am Zügel in den Stall und band es an die mit Heu gefüllte Raufe. Ihm schwante Böses, während er seine Satteltaschen über die Schulter hängte und gesenkten Kopfes ins Haus, hinauf in seine Stube stieg. Die Fragen brannten ihm auf der Zunge. Aber nach weiteren Misslichkeiten stand ihm im Moment nicht der Sinn. Er wünschte sich nur Ruhe, sehnte sich nach der Geborgenheit seiner Stube. Um in die Gaststube hinunterzusteigen, war er einfach zu erschöpft. Die ständige Angst vor Entdeckung und der lange, gefahrvolle Ritt hatten ihn ermüdet. Am Ende seiner Kräfte warf er sich auf das Bett und schloss die Augen. Da ihn jedoch die Vorboten der Hölle nie ganz losgelassen hatten, ängstigten sie ihn in der Stille des Hauses von Neuem.

Er nickte kurz ein, fuhr aber jäh hoch, als er glaubte ein Weibsbild zu sehen, das ins Zimmer kam und sich an seinen Satteltaschen zu schaffen machte. Da erhob er sich wieder, schloss die Taschen weg, tastete sich etwas benommen über den Flur, die Treppe hinab und öffnete nun leise die Tür zur Gaststube. Dort sah er Andreas und Buttelstedt im trüben Licht am Tisch sitzen. Der Wirt starrte düster in sein Glas und hatte den Kopf schwer in die Hände gestützt. Nickel setzte sich ihm gegenüber, warf einen Taler auf die Tischplatte und rief mit lauter Stimme, wie einst in alten Zeiten: »Habt Ihr Wein, so bringt drei Krüge, wir wollen unser Wiedersehen feiern!«

Buttelstedt erhob sich schwer von der Holzbank und sah ihm betrübt in die Augen: »Mir ist nicht nach feiern zumute, List. Trinkt alleine. Habt ja noch den Schwartzer.«

»Wo ist die ganze Bande hin?«, fragte Nickel etwas zurückhaltender, als Buttelstedt zurückgekehrt war. »Ernst hat mir doch gemeldet, dass sie hier alle versammelt sind und auf meine Rückkehr warten?«

»Ja, List«, sagte der Buttelstedt und nickte trübe. »An allem ist das Weib Schuld!«

»Was hat sie getan?«, fragte Nickel und schlug, obwohl es in seinem Herzen einen Stich gab, mit der Faust auf den Tisch. »Sagt es mir, Buttelstedt, damit ich es ihr heimzahle, wenn ich sie jemals wiedertreffe!«

»Das werdet Ihr nicht, List. Sie ist mit den anderen in der Gustodia. Ich wünsche ihr, für meinen Sohn, dass man mit scharfen Messern das Fleisch aus ihrem Leibe schneidet, das sie zum Weibe macht. Sie kam in der Nacht, mit Ernst, nachdem sie sich, wie wir später erfuhren, zuvor im Lande herumgetrieben hat. Irgendwann hat sie sich dann doch wohl entschloss nach Stedten zu reisen. Keine Woche hat sie gebraucht, um die Gesellen hier zu verführen, bis sie sich uneins wurden, sich fast täglich betranken und miteinander rauften. Ernst muss sie zum Dank, dass er sie den Häschern entrissen hat, einen Trunk verabreicht haben, denn er wich nicht mehr von ihrer Seite, selbst Prügel nützte nichts. Sie hat ihn behext und verzaubert und auf ihr sündiges Lager gezogen wie ein billige Hure.«

»Ach, Buttelstedt«, Nickel lächelte trübe. »Dieses Getränk kenne ich wohl, habe selbst genug davon getrunken … Aber von Ernst hätte ich das nicht gedacht …«, fügte er nachdenklich hinzu, »er ist doch noch ein Kind.«

»Solch ein Hexenweib hilft einem schneller vom Kind zum Manne als Ihr denkt. Sie hat meinen Jungen dazu gebracht, mit einem Knüppel auf Christian loszugehen, als der gerade in ihre Kammer schleichen wollte. Und während die beiden aufeinander loshauten, hat sie lauthals gelacht über ihre Eifersucht und sich den nächsten genommen. Ihre Kammer ist keine Nacht leer gewesen Auch Ernst hat sie in das noch warme Bett gezogen, bis ihn die Soldaten des Amtmanns von Stolzenau aus ihren Armen gerissen haben. Sie kamen mit zahlreichen Wagen, Unteroffizieren und Wachmännern und hatten das ganze Haus umstellt, sodass keine Maus mehr hinaus konnte. Ernst haben sie, wie Gott ihn schuf, aus dem Bett des Weibsstücks, die Treppe hinabgeschleift, nachdem er sich wie ein Teufel mit dem Bratspieß gewehrt hatte. In seinem Blute ist er vor der Hure auf dem Boden gekrochen, der nichts Besseres einfiel, als sofort dem Amtmann schönzutun. Aber es hat ihr, dem Herrgott sei gedankt, nicht viel genützt. Sie hat zwar bei ihrer Seele beteuert, nicht deren gesuchte Dame zu sein. Doch die Amtmänner hatten einen Zeugen bei sich, den Wirt der ›Drei Kronen‹ in Hannover, der zwar ihren Namen nicht kannte, jedoch bestätigte, dass das Weib im vergangenen

Herbst bei ihm Rast gemacht und einen ebensolchen liederlichen Lebenswandel geführt habe, aber immer einen guten Vorrat an Gold bei sich hatte. Darauf hat man sie gemeinsam mit dem Vieritz, dem Rotkopf, Christian Müller, Hirtentoffel, Caspar und dessen Sohn Christian nach Weimar gebracht. Sie waren alle so betrunken, dass sie kaum Widerstand geleistet haben.«

Das Gehörte tauchte Nickel in ein Bad wilder Gefühle. Er ballte die Fäuste, während die Verzweiflung in ihm nach einem Ausweg suchte. Seinen Blick hielt er auf die Tür gerichtet, als brauchte sie sich nur zu öffnen, alles wäre wieder wie früher und der Buttelstedt hätte nur, wie immer, ein wenig übertrieben. Im gleichen Moment griffen Wut, Enttäuschung und Beklemmung wie mit Klauen nach seinem Hals und würgten ihn, bis er sich mit einem heftigen Schlucken davon befreite. »Hat sie auch Kundschaft empfangen von ihren Hamburger Leuten?«

»Ja, List. Lippmann war schon vor ihr da und hat auf sie gewartet. Sie hat sich mit ihm eingeschlossen, wohl an die zehn Stunden, und ist sehr zärtlich mit ihm umgegangen. Ernst, der am Schlüsselloch hing, kam zu mir gelaufen, vor Wut ganz krebsrot im Gesicht und hat geschrien, dass sie den alten Zausel ihren lieben Mann genannt hat. Aber zu einer Auseinandersetzung kam es nicht mehr. Der Kaufmann ist ganz plötzlich in der Nacht verschwunden. Seitdem haben wir ihn nicht mehr gesehen.«

»Lipmann«, lachte Nickel höhnisch auf. »Er ist wie ein Schatten, kommt und geht und schlüpft wie ein Fisch durch alle Netze. Es lohnt nicht, noch irgendeinen Gedanken an ihn zu verschwenden. Wie es aussieht, sind wir jetzt nur mehr drei? Wie soll es weitergehen?«

Der Wirt antwortete niedergeschlagen: »Ihr seht ja, wie hier alles verödet ist. Um diese Stunde saß sonst die ganze Stube voll, der Wein floss in Strömen und meine Kasse füllte sich mit Talern. Ich komme mir vor wie eine ausgetrocknete Flunder und fast hätte ich mir gewünscht, sie hätten mich auch mitgenommen. Es wird uns wohl nichts anderes übrigbleiben, als dass wir wieder ehrlich werden …«

»Unsinn!«, höhnte Nickel, »versucht es! Ihr könnt zurück! Ich nicht. Für mich ist es zu spät. Mein Leben ist vertan, meine Rache verkauft, meine Liebe mit Füßen getreten, meine Treue verspottet! Lohnt es sich da noch, ein neues Leben zu beginnen?«

Buttelstedt sah ihm von unten herauf in die Augen: »Hauptmann«, sagte er, »In Eurem Kopf spukt das vermaledeite Weib. Ihr könnt es nicht vergessen. Und das hindert Euch daran, klar zu denken.«

Wie wahr gesprochen, dachte Nickel, und ihm fiel ein, wie er einst vor ihrer Abreise nach Hamburg zu Lorenz sagte: »Leider schützt uns vor den Weibern auch die größte Klugheit nicht.«

»Was glaubst du, Andreas? Sind es wirklich die Weiber, oder bin ich einfach nur zu schwach, mich den Dingen zu stellen?« Sein Blick ruhte fragend auf dem Jäger, der in sein Glas starrte und vor sich hin schwieg. »Wie du siehst, habe ich meine alten Sachen angetan, habe den Dreimaster, das Spitzenhemd, den Rock und die feine Hose ausgezogen, in denen ich mich nie richtig wohl gefühlt habe. Aber habe ich damit auch meine Erinnerungen abgelegt? Kann ich so einfach wieder der List werden, der ich in Ramsdorf war?«

»Mir scheint eher, Ihr werft gerade Euer Leben weg, List«, brummte Andreas.

Nickel nickte. »Ja, damit kannst du recht haben.

Manchmal frage ich mich, zu was ich noch auf dieser Welt lebe. Wir Menschen sind ein seltsames Gezücht, greifen nach den Sternen und vergessen am Ende uns selbst, Andreas. Aber wenn wir einst vor unserem Richter stehen und Rechenschaft ablegen müssen, dann sind wir so armselig klein und allein.«

Das war Buttelstedt zu viel fremde Philosophie. Er erhob sich, griff die drei leeren Krüge, um sie zu füllen, und brummte »Ich vergesse mich nicht. Und bis ich vor meinem Richter stehe, halte ich mich lieber an den Wein.«

Diesen Moment nutzte der Jäger, um mit Nickel unter vier Augen zu sprechen: »Ich denke, List, Ihr habt ein ehrliches Herz, zu ehrlich für das Amt eines Räuberhauptmannes.« Er beugte sich etwas über den Tisch. Der Wirt sollte nicht hören, was ihn bedrückte. »Aber wir beide wissen doch genau, wer sich einmal satt gegessen hat, wird niemals wieder des Hungers Freund. Was Ihr sucht, List, ist ein Kamerad fürs Leben, der nicht von Eurer Seite weicht. Ich habe Euch einst auf den Tod geschworen, dieser Freund zu sein, aber ich weiß nicht, ob ich dem immer gerecht werde. Denn ich mag nicht als Bettler durch das Land ziehen, mir gelüstet es eher, weiter an Eurer Seite, als Euer Jäger, nach Abenteuern auszuziehen. Ich möchte mein schmuckes Wams und meinen geliebten Hirschfänger nicht ablegen. Ich will den Weibern, bis ich alt werde, damit gefallen.«

»Dann habe ich wohl nicht gut daran getan, mich mit einem Gecken zu verbinden, dem Eitelkeiten und Liebschaften wichtiger sind als eine Männerfreundschaft«, entgegnete Nickel und war beleidigt.

Die Miene des Jägers verdüsterte sich. »Ihr wollt mich nicht verstehen, List. Ich habe Euch immer vertraut. Ihr wart für mich wie ein Vater. Nacheifern wollte ich Euch.

So werden wie Ihr wollte ich, das war mein Bestreben. Jetzt seid Ihr dabei, das alles wegzuwerfen, nur wegen eines Frauenzimmers, das sich durch Eure Adern frisst wie süßes Gift. Es macht Euch krank und schwach, sodass Ihr nicht einmal mehr bemerkt, wer es ehrlich mit Euch meint. Besinnt Euch, wer Ihr seid, List. Verwandelt Euch aus der Raupe in den Falter zurück und ich verspreche, ich reite noch heute für Euch nach Weimar und hole das Weib, wenn Euch damit geholfen ist.«

Die Liebe geht manchmal seltsame Wege, gerade noch hatte Nickel versucht, sich die Geliebte aus dem Herzen zu reißen, und schon kehrte bei der Aussicht, sie wiederzusehen, das Lächeln auf sein Gesicht zurück. Er griff nach der Hand des Freundes und rief: »Auf! Mach das, Andreas. Ich kann nicht ohne sie leben. Wenn es wahr ist, was Buttelstedt gesagt hat, erwürge ich sie mit eigenen Händen, aber solange sie nicht vor mir steht und mir ehrlich in die Augen sieht, will ich sie nicht verdammen. Vor allem kann ich sie nicht vergessen. Ich will sie hier haben, Andreas. Scheue kein Geld und wende jede List an, die für ihre Befreiung nötig ist. Wenn du es schaffst, wollen wir auf ein Neues akkordieren.«

»Wo finde ich Euch?«, fragte der Jäger hastig und erhob sich, um den Auftrag auszuführen.

Ebenso eilig sprang Nickel auf. »Du findest mich zu Waldenburg, in meiner Heimatstadt. Hier will ich sehen, ob es bei ein paar Geldsäcken nicht etwas zu holen gibt.«

Über das Gesicht des Freundes flog ein Lächeln. »So kenn ich Euch, List. Nach vorn zu schauen ist die beste Medizin gegen Traurigkeit.«

Kehren wir nun zu unserer Heldin Anna zurück. Man hatte die freizügige Geliebte inzwischen unter strenger

Bewachung nach Weimar gebracht und dort in einem besonders sicheren Kerker in Verwahrung genommen. Noch ahnte sie nicht, was ihr diese Nacht an Überraschungen bringen würde, eine Nacht, die drohend herannahte, denn schwarze Wolken wälzten sich am Himmel dahin und ferne Blitze kündigten einen Sturm an. Für die Wutausbrüche, die sie beim Anblick der Festung überfallen hatten, zahlte sie jetzt den Zoll. Ihr Kleid war über der Schulter zerrissen, die teure Perücke hatte das Aussehen eines ausgefransten Staubwedels und die Schminke war von Tränen verwischt. In ihrem trostlosen Gefängnis befand sich neben einem Stuhl und einem Tisch auch ein Bett mit einer Strohmatratze. Sie setzte sich darauf und dachte, dass ein paar Stunden Ruhe sicher nicht nur ihrem Kopf und ihren Gedanken, sondern auch ihrem Teint guttun würde.

Doch ehe sie sich niederlegte, kam ihr eine bessere Idee. Sie hatte vom Abendessen sprechen hören. Sie hoffte, man würde nicht länger zögern, ihr das Mahl zu bringen. Dann wollte sie keine Zeit verlieren, um den Charakter ihrer Wärter zu erforschen. Sie zweifelte nicht einen Augenblick daran, ihrem Gefängnis bald entfliehen zu können.

Als ein Lichtschein unter der Tür die Rückkehr ihrer Kerkermeister ankündigte, ließ sie sich flink hintenüber auf das Bett sinken, die Haare aufgelöst, eine Hand auf ihren Herzen, eine herabhängend und die Lider zur Hälfte geschlossen. Der Riegel wurde zurückgeschoben, die Tür ächzte in ihren Angeln. Tritte erschallten und näherten sich.

»Rückt den Tisch hierher«, befahl eine Stimme, hinter der sie den Wächter vermutete. Der Befehl wurde vollzogen.

Es war einen Moment still, dann hörte sie den Wächter erneut: »Ich glaube, die Gefangene schläft, Hochwürden. Ihr solltet morgen wiederkommen zur Befragung der Delinquentin. Dann braucht ihre arme, verirrte Seele sicher Euren göttlichen Beistand.«

»Ich glaube nicht, dass sie schläft, sie ist sehr blass. Vielleicht ist sie ohnmächtig. Ich höre, wie sehr ich auch lausche, keinen Atemzug.«

Die Schritte kamen näher und Annas Herz begann plötzlich wild zu schlagen, sodass die Hand auf ihrer Brust nervös zuckte und sie befürchten musste, man könnte es sehen. Die Stimme war ihr nicht unbekannt. Sie gehörte ihrem treuen Galan Jonas Meyer und sie nahm an, er sei gekommen, um sie zu retten. Das bewog sie, die Augen zu öffnen und einen schwachen Seufzer auszustoßen. Augenblicklich wandte der Wärter sich um.

»Ah, Ihr seid erwacht, Madam«, sagte er. »Ich habe Besuch für Euch. Hochwürden ist gekommen und möchte Euch die Beichte abnehmen. Vielleicht geht Eure arme Seele daraus geläutert hervor und Ihr entgeht der scharfen Frage. Ich wäre sehr betrübt, würden Eure zierlichen Füße durch die spanischen Stiefel ein Leid nehmen«, erklärte er und maß ihren Körper unverschämt von oben bis unten. Zu dem großen, ganz in eine grobe, schwarze Soutane gekleideten Mann gewandt sagte er: »Herr von Stolzenau wird es nicht gutheißen, wenn ich Euch mit ihr allein lasse, Hochwürden.«

»Nicht notwendig, Bruder«, kam es aus der Soutane. »Lasst mich nur kurz mit dem Weibe reden.«

»Aber ich habe Order, das Frauenzimmer nicht ohne Bewachung mit Euch allein zu lassen. Sie soll ein gar lasterhaftes Leben geführt haben und zu allerhand Schandtaten bereit sein.«

»Ihr habt ja vor dem Kerker genügend Soldaten abgestellt und wie mir bekannt ist, werdet Ihr die Tür wie ein

Schießhund bewachen. Herr von Stolzenau ist von mir informiert. Er hat mich zu der Sünderin geschickt, in der Hoffnung, dass Gottes Wort ihr die Zunge lösen wird«, log er hinter vorgehaltener Hand.

»Euer Wort in Gottes Ohr.« Voller Misstrauen und sich nur widerwillig der Geistlichkeit beugend, winkte der Kerkermeister dem Soldaten neben der Tür und schloss selbige geräuschvoll hinter sich.

Anna wartete, bis der Schlüssel sich quietschend im Schloss drehte und die schweren Schritte sich langsam entfernten. Dann vergewisserte sie sich noch einmal, dass sie niemand hören oder sehen konnte, sprang auf und fiel vor dem vermeintlichen Priester auf die Knie.

»Jonas, mein Freund, Ihr kommt um mich herauszuholen?«, flüsterte sie und küsste zum Schein das Kreuz, das er ihr hinhielt. »Aber wie wollt Ihr das anstellen? Ich befinde mich in der Gewalt von Leuten, auf die ich nicht mehr Einfluss ausüben kann als auf Steinsäulen. Sie kennen mich auswendig und fallen auf meine Komödien nicht herein«, sprudelte es jetzt aus ihr heraus.

Der vermeintliche Priester war bei ihrem Wortschwall noch nicht zu Wort gekommen. Er schob sie sanft von sich und flüsterte: »Zähmt Eure Zunge, Simse, man könnte uns hören.« Er sah zur Tür und lauschte einen Augenblick. Alles blieb ruhig. »Die Zelle über Euch wird heute Nacht nicht leerbleiben. Es ist der Schwartzer. Ich habe einen Abdruck von den Schlössern im Gefängnis genommen. Der Jäger, als guter Schüler seines Meisters, hat die passenden Schlüssel dazu gefeilt. Schwartzer wird in der leeren Zelle einen günstigen Augenblick abwarten und dann die Schlösser zu den anderen Zellen öffnen. Die gefangenen Gesellen sind durch mich informiert. Wenn es zweimal lang und einmal kurz an der Zellenwand klopft, macht Euch bereit. Im Wald, auf der anderen Seite des

Grabens hinter dem Mauerwerk, warten gesattelte Pferde und eine Kutsche auf Euch. Beeilt Euch! Ihr steigt in den Wagen. Schwartzer wird Euch zu Nickel nach Stedten bringen. Habt Ihr alles verstanden?«

»Und Ihr, Jonas?« Sie hatte ihm zweifelnd, mit großen Augen zugehört.

»Ich decke Euren Rückzug, falls Ihr verfolgt werdet.«

»Oh, Jonas, das alles nehmt Ihr für mich auf Euch? Was für ein großes Herz wohnt in dieser Brust?« Sie sah beschämt zu Boden.

»Dankt nicht mir. Der Jäger hat sich den Plan ausgedacht auf Veranlassung des Doktors, der mit Scheuklappen durch die Gegend läuft wie ein alter Gaul, weil ihn der Liebeskummer auffrisst. Er will Euch wieder in seine Arme schließen oder Euch, bei Gott, den hübschen Hals umdrehen.« Er grinste wie über einen gelungenen Scherz, als er ihre erschrockenen Augen sah. »Und jetzt kniet nieder und verhaltet Euch so, als ob Ihr die Absolution von mir empfangt. Küsst meinen Rock.«

Gehorsam drückte sie erneut ihre Lippen auf das Kreuz, das nun an einer Schnur an seinem Gewand herunterhing. Sie spürte, dass er unter der Soutane Waffen trug. Jonas neigte sich zu ihr hinab und betrachtete mit ernstem Gesicht den gebeugten Nacken mit den schwarzen Locken. Für einen Augenblick übermannte ihn die Erinnerung und er stellte sich vor, wie es wäre, wenn er sie jetzt küsste. Stattdessen legte er seine Hand auf ihren Kopf und schlug wie ein echter Priester das Kreuz über ihr. Dann drehte sich rasch um und klopfte an die Tür. »Die Sünderin ist geläutert«, rief er und Anna hörte, wie sich der Schlüssel von Neuem in dem rostigen Schloss drehte.

Als sie wieder allein war in ihrem Gefängnis, dachte

sie nicht mehr an Ruhe, sondern unterzog das schwere Schloss an der Tür und die dicken Eisenstäbe vor dem Fenster einer eingehenden Untersuchung. Zwischendurch horchte sie immer auf das verabredete Klopfen. Ein paar Mal versuchte sie durch die Klappe in der Tür mit dem Wärter zu kokettieren, doch als keine Reaktion kam, zog sie sich den Schemel heran und wartete.

Um Mitternacht glaubte sie ein Scharren und Schleifen von der gewölbten Decke über sich zu hören. Dann war es erneut still. Sie begann nervös umherzulaufen und versuchte durch das Fenster zu sehen. Gleich darauf ertönte das verabredete Klopfen. Rasch drückte sie ihr Gesicht an die kalten Stäbe und rief in der Sprache, die Nickel sie gelehrt hatte: »Andreas, seid Ihr es?«

»Still«, kam es schwach zurück. »Die Wärter dürfen uns nicht hören. Ich werde gleich bei Euch sein. Macht Euch bereit!«

Wenige Augenblicke später vernahm sie einen dumpfen Aufschlag, leise Stimmen, schnelle Schritte und Schlüsselgeklirr. Dann öffnete sich die Tür und sie stürzte dem Jäger in die Arme. »Dem Himmel sei Dank, Ihr seid es, mein Retter …«, flüsterte sie mit ehrlicher Freude.

Der Jäger löste sich rasch aus ihren Armen und befahl: »Still … Keine unnötigen Worte! Folgt mir!« Er ergriff ihre Hand und sie rannten gebückt einen Gang entlang, durch verschiedene schmale Röhren, die in ein niedriges Gewölbe mündeten. Eine in den Stein gehauene Treppe führte sie wieder aufwärts. Hier wären sie beinahe über einen schlafenden Wächter gestolpert und erschraken, aber Andreas hastete unbeirrt weiter durch das hallende Gemäuer. Endlich, oberhalb der Treppe, erreichten sie eine in die Steinwand gefügte Falltür. Andreas steckte einen Schlüssel in das rostige Schloss und flüsterte: »Dahinter wartet die Freiheit. Sobald ich die Tür geöffnet habe, springt Ihr und lauft den Hang hinab bis zum Wassergraben. Ich habe hier noch etwas zu erledigen. Ich muss die anderen befreien. Wenn Ihr ihn durchschwommen habt, erwartet Euch am anderen Ufer die rettende Kutsche.« Anna nickte. Er drückte ihre Hand, hob die Fackel und blickte ihr einen Moment lang in die Augen. Fast sah es so aus, als wollte er sie in seine Arme reißen, doch dann stieß er sie durch die Öffnung und schaute ihr hinterher, wie sie von ihren Röcken gebremst den Hang hinabrollte.

Neben ihr raschelte und knackte es im Gehölz und es war ihr, als wenn etwas dumpf auf dem Boden aufschlug, einmal, zweimal – weiter zählte sie nicht. Dann trieb sie die Angst weiter und so sprang sie, wie ihr geheißen, in den Graben, schwamm ein, zwei Züge mit kräftigen Bewegungen und kletterte dann triefnass die Böschung hinauf. Oben angekommen, wurde sie bereits erwartet. Zwei starke Hände packten sie an den Armen und schoben sie lautlos in die bereitstehende Kutsche. Im gleichen Moment zogen die Pferde hart an und zwischen ihrem nervösen Schnauben hörte sie leise Zurufe und sah die Umrisse von Reitern im Dunkel verschwinden. Dann krachte plötzlich ein Schuss und noch einer. Während die Kutsche im Galopp auf den Wald zusteuerte, stemmte sie sich gegen die Arme, die ihre Hüften umklammerten und sie festhielten. In ihrem Kopf war nur noch ein Gedanke: Andreas, und sie lehnte sich, trotz der an ihren Röcken klebenden Hände, weit aus dem Fenster, um nach ihm Ausschau zu halten.

Aber die Dunkelheit war grausam. Wie ein riesiger, schwarzer Schlund schluckte sie die eine Szene, um den Vorhang für die nächste zu öffnen. Vor dem düsteren Mauerwerk im Hintergrund flackerten jetzt unzählige Lichter. Grelle Schreie ertönten zwischen peitschenden

Schüssen, während ein einzelner Mann, von seinem riesigen Schatten umgeben, sich tapfer gegen eine Gruppe Soldaten wehrte. Sie vermutete in dem Attackierten ihren Retter und rief verzweifelt hinter den fliehenden Reitern her, in der Hoffnung, sie würden sie hören und umkehren: »Die Soldaten töten den Jäger. Ihr könnt ihn nicht zurücklassen!«

Jonas erschien auf ihr Rufen am Fenster, galoppierte einen Augenblick neben der Kutsche her, beugte sich aus dem Sattel und schrie ihr zu: »Wir können ihm nicht mehr helfen. Der Narr hat versucht, das Tor hinter sich zu verschließen, um die Verfolger abzuschütteln! Aber es waren ihrer bereits zu viele! Die anderen sind gerettet. Sie reiten nach Stedten. Es ist besser, einen zu opfern als alle!« Dann beschrieb sein Pferd einen Bogen und er jagte zurück in die Dunkelheit, bis sie auch ihn verschluckte.

Über die Maßen erschöpft, am ganzen Körper zitternd vor Kälte und mit Tränen in den wunderschönen Augen, griff sie nach dem Pelz, der ihr im Dunkeln gereicht wurde und legte ihn sich um die zuckenden Schultern. Dann lehnte sie sich zurück, schloss die Augen und ließ sich von dem Geschaukel des Wagens einen Augenblick lang treiben. Aber so sehr sie es sich auch wünschte, es kam keine Freude über ihre Rettung auf. Immer wieder musste sie an den Jäger denken und seinen verzweifelten Kampf gegen die Verfolger, ebenso wie an den traurigen Blick, mit dem er sie vor dem Sprung in die Freiheit angesehen hatte. Das Gewissen ließ ihr keine Ruhe, bis sie die Augen wieder öffnete und erst jetzt den Mann erkannte, der sich mit ihr im dunklen Coupé befand.

Sein Anblick erstaunte sie nicht, dennoch tastete sie heimlich mit den Fingern die Rückwand ab nach einem Gegenstand, den sie im Notfall als Waffe benutzen konnte. Aber kaum hatte ihr Gegenüber seinen Hut gelüftet, entfuhr es ihr wütend: »Lipmann ...? Ihr seid mein Retter? Was soll das bedeuten?« Gleichfalls jagte ihr ein Gedanke schnell und schmerzhaft wie eine Kugel durch den hübschen Kopf. Von einer seltsamen Vorahnung befallen, schob sie die Gardine zur Seite und sah rasch durch das Fenster hinauf zum Kutschbock.

Der Jude hielt sie nicht zurück. Lächelnd ließ er sie gewähren. Er war sich sicher, dass sie nach dieser weiteren Ernüchterung seiner Hilfe bedurfte. Denn auf dem Bock stand breitbeinig Lorenz, mit wehendem Mantel, die Zügel fest in den Händen. Sie benötigte einen Moment, um sich zu fassen. Dann sah sie, wie er die Zügel in eine Hand nahm und mit der anderen freien übermütig den Hut schwenkte. Undeutlich vernahm sie sein höhnisches Lachen und die vom Wind getragenen Worte: »Ja, da staunt Ihr, ich bin es, meine geliebte Schönheit. Freut Ihr Euch nicht, mich wiederzusehen?«

Mit der Erkenntnis, dass sie nur eine Gefangenschaft gegen eine weitere eingetauscht hatte, zog sie hastig die Gardine zu und nahm wieder ihren Platz ein. Einen Augenblick lang kam ihr der Gedanke, dass das Schicksal sich an ihr rächen könnte. Sie sah das höhnische, wie eingefrorene Lächeln und bemerkte bitter: »Meine Rettung war also ein abgekartetes Spiel. Einzig, um Eure Rachegelüste zu befriedigen! Gebt es zu, Ihr dachtet nicht einen Augenblick daran, mich nach Stedten zu meinem Mosel zu bringen!«

»Gut erkannt, meine Liebe«, bestätigte Lipmann. »Allerdings war es nicht allein mein Plan. Die grandiose Idee stammt von unserem Herrn von Götzel. Wir befinden uns auf dem Weg nach Frankreich und er wollte das Land nicht ohne Eure angenehme Gesellschaft verlassen. Ich teile durchaus seine Meinung, dass, wenn sich die Wogen geglättet haben und man die Missetäter gefasst hat, wird niemand mehr nach uns suchen wird. Solange wird der französische Hof unser Plaisir sein. An genügend Talern soll es uns dabei nicht mangeln.«

Seine Worte machten sie wütend, so wütend, wie eine Frau nur werden konnte, die gerade erfuhr, dass ihre eben gewonnene Freiheit in Wahrheit nur gegen eine andere Art von Gefangenschaft war. Sie glaubte jetzt sogar zu verstehen, warum Nickel in seine Heimat zurückwollte und er den Hamburgern nie über den Weg getraut hatte. »Ihr missbraucht Jonas' Plan für Eure Zwecke …? Vielleicht weiß er nicht einmal, wer die Kutsche lenkt? Denn wüsste er es, wäre ihm eine Kugel für den Lorenz nicht zu schade gewesen. Es ging Euch also nur um mich und es lag von vornherein in Eurer Absicht, Euch nicht den anderen anzuschließen und den Jäger zurückzulassen«, nahm sie das Gespräch wieder auf, »vielleicht, weil er Euch ebenso unbequem wurde wie sein Meister …?«

»Welch große Gefühle. Ihr fordert Erklärungen?« Lipmann schnitt eine Grimasse und besah sich gelangweilt den Nagel seines kleinen Fingers, der scharf angespitzt wie ein Dolch war. Er ließ sich Zeit mit der Antwort und ergötzte sich lieber noch eine Weile an ihrer Verzweiflung. Schließlich hatte er auf diesen Augenblick lange warten müssen. Bei dem Gedanken an Mosels Gesicht, wenn er von ihrer ›gemeinsamen‹ Flucht erfuhr, überfiel ihn fast so etwas wie eine diebische Freude. Er musste Anna recht geben. Zunächst war es ihm nur um seinen Zwist mit dem aufgeblasenen Mosel gegangen. Aber wie oft hatte sie ihn gedemütigt und mit ihm gespielt, um ihn dann für so einen Gernegroß wie List wegzutreten wie einen Hund. War das Geld ihrer Liebhaber mit vollen

Händen ausgegeben, erinnerte sie sich an ihn und kam reumütig zurückgekrochen, die Hure.

Zum Glück interessierte es ihn nicht, was die Frauen im Kopf hatten. Für ihn wurden sie erst vom Gürtel abwärts interessant. Er leckte sich über die schmalen Lippen bei der Erinnerung, wie die Stute ihn ranließ, selbst als Mosel schon längst an ihr dran war. Was war das für eine Welt, in der man für Geld alles haben konnte? Jetzt sah er auf und lächelte süßlich. »Ein Gauner mehr oder weniger? Warum so viel Aufsehen um ihn? Oder habt Ihr etwa so etwas wie ein Herz in Euch entdeckt, meine Liebe? Ich war immer der Annahme, die Gedanken in Eurem hübschen Köpfchen würden sich auf blinkendes Geschmeide und schöne Kleider beschränken. Aber wenn es Euch tröstet, die anderen aus der Moselbande werden auch nicht weit kommen. Abgesehen von Euch natürlich, meine Schöne. Ach, wenn Ihr wüsstet, wie ich diesen Augenblick herbeigesehnt habe, um mich endlich für die erlittene Schmach an Euch und Mosel gütlich zu tun. Jetzt habe ich das Gold *und* seine Geliebte!«

»Ihr denkt wirklich, Ihr könnt Nickel vernichten?« Sie lachte hart auf. »Was für ein armer Tor! Allein und ohne Eure edlen Freunde, nur mit einem Gauner wie dem Lorenz im Gepäck? Eine Schlange, die nicht giftiger sein könnte. An Eurer Stelle würde ich mich eher vor ihm hüten.«

»Ich war schon immer ein Bewunderer Eurer blühenden Fantasie, geliebte Anna. Um mich macht Euch keine Sorgen. In Bälde werden wir uns auf einen Schoner begeben und in Frankreich einschiffen. Dann werden die Gebeine der sächsischen Räuber, so Gott es will, längst Fraß der Krähen sein.«

»Verrat …? So weit werdet Ihr nicht gehen.« Sie spürte, wie ihr die Knie weich wurden.

»Aber natürlich, meine Liebe, von langer Hand geplant. Während wir uns sicher auf dem Weg zum Hafen befinden, ist Euer hoch geschätzter Doktor längst in Hof, um dort den hochgestellten fürstlich brandenburgischen Beamten, Christoph Schmidt, zu bestehlen. Ich weiß es vom Leopold. Über diesen Diebstahl haben wir den Beamten bereits informiert. Im Schreiben solcher Billetts ist, wie Ihr bereits feststellen konntet, unser Herr von Götzel ein wahrer Meister. Es ist also nur noch eine Frage der Zeit, wann Euer Geliebter Fußfesseln bekommt. Sicher sitzt er schon längst in Gewahrsam.«

»Als Doktor von der Mosel hat er Euch große Dienste geleistet. Durch ihn seid Ihr zu Reichtum gekommen! Habt Ihr wirklich vor, Ihn auf eine so gemeine Weise zu hintergehen? Ist das Euer wahres Gesicht, Monsieur Lipmann? Dann muss ich feststellen, dass ich mich mit gepuderten und federgeschmückten Banditen umgeben habe.« Empörung funkelte in ihren Augen und das machte sie noch schöner.

Ein Reiz, dem sich der Jude schwerlich verschließen konnte. Er näherte sich ihr und fuhr einschmeichelnd fort: »Was weint Ihr List hinterher? Er wird den edlen Rock wieder ausziehen müssen und dann ist er nur mehr ein gemeiner Dieb.«

Bei diesen Worten erinnerte sie sich an ihre Liebesnächte, als sie sich den Liebkosungen ihres Mosels wollüstig hingegeben hatte und er ihr Liebesworte in das Ohr flüsterte. Und obwohl sie vor dem ungeliebten Mann ins Hintere des Wagens auswich, überkam sie bei der Erinnerung an die lustvollen Berührungen ihres Räubers hier in der Kutsche die Begierde. Sie entschloss sich, ihren körperlichen Bedürfnissen nachzugeben. Denn die Wollust wurde nur von einem noch stärkeren Gefühl beherrscht:

der Angst um ihren Mosel. So kreisten ihre Gedanken auch darum, wie sie den Verrat der beiden Halunken verhindern könnte.

Als er ohne Scheu und Hast in schamloser Gelassenheit ihre Taftröcke anhob und sie spürte, wie seine kühlen Hände genießerisch über ihre Beine hinauf bis zu ihren Schenkel strichen, flötete sie sanft, in der Hoffnung ihn zu täuschen: »Bis Hamburg ist es ein langer Weg, mein Liebster. Ich bin nass bis auf die Haut. In welcher Herberge werden wir eine Rast einlegen? Ich vergehe vor Begierde, dass Ihr mir endlich den Hengst macht.«

»Herbergen und Wirtshäuser anzufahren ist zu gefährlich. Überall suchen die Soldaten nach dem Doktor. Auch Eure Flucht wird bald kein Geheimnis mehr sein. Wir werden uns noch ein wenig gedulden müssen, aber ich verspreche Euch, es wird ein ganz besonderes Vergnügen«, antwortete er leidenschaftlich und gab ihr schon mal einen kleinen Vorgeschmack auf das, was sie erwartete.

Überwältigt von der Angst um den Geliebten, schwankte sie zwischen Scham und Begierde. Lipmanns Berührungen erregten sie und stießen sie zugleich ab, während in ihrem verwirrten Geist sich die absurdesten Bilder jagten: Nickel in schweren Ketten, blutüberströmt in der Hand des Henkers, auf der Folterbank, Andreas mit Händen und Füßen an die finstere Kerkerwand gekettet, beide qualvoll ihren Namen rufend. Sie wand sich und versuchte sich der Umschlingung zu entziehen, als ihr plötzlich eine alles rettende Idee kam. »Ich habe in Leipzig von einem Mann gehört, einem Bruder des Schwartzer, einem Kapitän der fürstlichen Garde. Total vertrauenswürdig«, schnurrte sie. »Dort könnten wir die Pferde wechseln.« Nervös beobachtete sie ihn.

»Hm …«

Wortlos rückte er seine Kleidung zurecht, nahm sie dann beim Arm und zog sie aus der Nische in das trübe Licht der Wagenlampe. Am liebsten wäre sie im Erdboden versunken, als er ihr in die Augen sah. Er durchschaute sie. Oder doch nicht? Denn er schien es sich anders zu überlegen, beugte sich zum Fenster hinaus und rief Lorenz zu: »Haltet auf Leipzig zu, Kamerad! Zwischenstation am fürstlichen Hof!« Als Lorenz die Pferde zügelte und sich erstaunt umdrehte, fügte er einlenkend hinzu: »Keine Bange, Kamerad, niemand wird vermuten, dass der Hase direkt in den Fuchsbau läuft.«

Da sie, um die verschärften Kontrollen an den Schlagbäumen und in den Herbergen zu vermeiden, Leipzig in einem Bogen anfuhren, verloren sie wertvolle Zeit. Andreas Schwartzers Bruder empfing sie freundlich und brachte ihnen alle Ehrerbietung entgegen, die ihnen gebührte. Er hatte sehr viel Ähnlichkeit mit seinem Bruder, dem Jäger, benahm sich Anna gegenüber äußerst galant und ließ von Anbeginn an kein Auge von ihr, obwohl ihn ihr Anblick zunächst eher an einen gerupften Schwan erinnerte. Doch er besorgte ihr die gewünschten Kleider und alles nach dem sie verlangte, auch Feder und Papier. Als Anna mit wogendem Busen in ihrem eng geschnürten, gerafften Rock aus leuchtendem Samt, mit der neu aufgetürmten, von Perlen durchwirkten Fontange, auf der ein winziger Hut wippte, vor ihm stand, war er so überrascht von ihrer Schönheit, dass er einem Schäferstündchen mit der schönen Dame nicht abgeneigt war. So fiel es ihr nicht schwer, ihm heimlich ein in Eile verfasstes Billett für den Geliebten zuzustecken. Aber als sie ihn bat, es dem Herrn von der Mosel ins Wirtshaus nach Stedten zu bringen, erwartete sie eine Enttäuschung.

Er nahm stattdessen ihre kleine Hand und machte ihr höflich Avancen. Dann bedauerte er betrübt: »Ihr seid recht kühn Madam, dass Ihr Euer Vertrauen in einen völlig Fremden setzt. Doch Ihr habt richtig entschieden, denn ich würde bis an das Ende der Welt für Euch reiten. Nur wird dieser Brief leider seinen Empfänger nicht erreichen.« Zum Beweis führte er sie zu einem kleinen Tisch mit einem goldenen, geschwungenen Fuß auf dem ein vom Regen aufgeweichtes Flugblatt lag. »Habt Ihr die Nachrichten noch nicht gelesen, Madam Anna? Der große Räuberhauptmann Nickel List ist gefangen genommen und nach Greiz gebracht worden, zusammen mit einem gewissen Christian Rohr und einem Hans Krause.«

Plötzlich hinterließen seine hohen Holzabsätze ein unerträgliches schabendes Geräusch auf dem glänzenden Marmorfußboden und sein aufdringliche Parfüm verursachte ihr Übelkeit. Sie spürte, wie ihr das Blut in das Gesicht drang, und sie durchlebte zum zweiten Mal die Ereignisse dieser furchtbaren Nacht. Es war zu spät ...

»Auch Ernst und Hornickel ...?«, fragte sie mit leiser Stimme. Sie hatte sofort erkannt, wer mit Christian Rohr und Hans Krause gemeint war.

Er senkte den Kopf. »Ich bedaure, über diese beiden liegt mir nichts vor. Aber mein Bruder Andreas ist in Weimar gefangen. Er hat heute Nacht erneut versucht auszubrechen, weshalb er nun noch schärfer bewacht wird. Ihr seht, ich bin umfassend informiert, schöne Anna.«

Sie beherrschte sich nach bestem Vermögen. »Können wir denn nichts für ihre Rettung tun?« Ernüchtert entzog sie ihm die Hand und begab sich schweigend zum Fenster, wo sie in Gedanken versunken den wunderbaren Schlossgarten betrachtete. Jenseits der mosaikartigen Blumenbeete sah man die weißen Flocken einer großen Mandelbaumgalerie schimmern und etwas weiter entfernt die grüne Masse des Parks. Als sie Lorenz mit zwei Pferden an der Hand unterhalb der breiten Freitreppe sah, hatte sie einen brillanten Einfall, der ihr neue Hoffnung gab. »Eure hohe Stellung und Euer Einfluss, Kapitän, könnte uns Zugang zum Gefängnis verschaffen. Ich würde die Wächter verführen und ihnen einen Schlaftrunk verabreichen. Meinen Reizen werden sie nicht widerstehen. Allerdings, ich wage es kaum auszusprechen …, Ihr müsstet Euch bereit erklären, mich zu begleiten, um mir die Türen zu öffnen. Für die Flucht brauchen wir lediglich ein paar zusätzliche Pferde. Wir binden sie an einem sicheren Ort fest.«

»Wie ich hörte, wart Ihr unlängst gezwungen an einem solchen düsterem Ort zu verweilen«, entgegnete er und sie errötete ein wenig unter seinem leidenschaftlichen Blick, als er seine ungezwungene Haltung aufgab und sich ihr näherte. Er legte die Hand auf ihre Hüfte. Ihr Körper versteifte sich, aber sie entzog sich ihm nicht. »Meiner Treu«, sagte er, »bedenkt, welcher Gefahr Ihr Euch aussetzen würdet! Ich wäre untröstlich, würde man Euch ein zweites Mal gefangen nehmen.«

»Haltet mir nur den Lipmann und den Lorenz vom Hals«, sagte sie und erbebte ein wenig vor der Berührung der Lippen, die sie auf ihrem gebeugten Nacken erwartete. »Wir reiten nach Greiz, befreien Nickel und mit seiner Hilfe Euren Bruder Andreas. In die Festung einzudringen, sollte uns nicht schwer fallen. Nickel wird schnell wieder ein paar seiner Gesellen zusammentrommeln, mit denen es uns gelingen sollte, den Jäger bei seiner Überführung nach Halle zu befreien.«

»Nach Halle …«

»Es steht so in der Flugschrift.«

Ein Weib las manchmal mehr und so beugte er sich über die Pergamentrolle auf dem Tisch, um sich von der

Richtigkeit ihrer Behauptung zu überzeugen. Anna trippelte rasch hinter ihm her. Ihre schwarzen Augen lockten und ihre roten Lippen versprachen jetzt sinnliche Lust. Sie war bereit, alles auf eine Karte zu setzen.

»Ihr wisst, dass die Zeit für Euer Vorhaben knapp bemessen ist und wir Gefahr laufen, getötet zu werden. Ist List Euch das wert?«, fragte er und drehte ihr wieder sein Gesicht zu.

»Beide, Nickel wie sein Jäger, sind es mir wert. Sie würden nicht anders handeln, wäre ich in Gefangenschaft. Außerdem dürfte Euch ja bekannt sein, dass ich an der Gefangennahme Eures Bruders Andreas einen Anteil trage«, antwortete sie und entblößte ein wenig von ihrer runden, weißen Schulter. »Ihr seid ein Offizier der fürstlichen Garde. Für Euch müsste es ein Leichtes sein, Zugang zu den Gefängnissen zu bekommen.« Mit Befriedigung spürte sie jetzt, wie die Hände an ihrem Mieder leicht zitterten. »Ihr seid also einverstanden?«, flötete sie und machte Anstalten, die weißen Arme um seinen Hals zu legen.

Aber er schob sie plötzlich weg, hielt sie am ausgestreckten Arm von sich entfernt und betrachtete sie schweigend. Als sie das feine Lächeln bemerkte und seinen Blick, mit dem er ungeduldig ihre schwarzen Augen zu erforschen versuchte, fühlte sie sich ihrem Ziel wieder näher.

»Ihr spielt ein gefährliches Spiel, Madam«, beendete er das Schweigen und sie sah, wie schwer es ihm fiel, sich in ihrer Nähe zu beherrschen. »Sagt mir, seid Ihr auch meines Bruders Geliebte? Man erzählt, dass Ihr sehr freizügig mit Euren weiblichen Reizen umgeht.«

Verlegen suchte sie nach den richtigen Worten und flüsterte: »Ihr versucht in mir ein Gefühl der Schuld zu wecken …?«

»Ihr müsst mich verstehen, Madam. Ich möchte mich nicht damit zufrieden geben müssen, einer von Euren zahlreichen Liebhabern zu sein«, antwortete er. »Ich bin Euer ergebenster Diener, Madam. Nehmt mein Leben, wenn es Euch danach gelüstet. Doch für diesen gefährlichen Dienst verlange ich mehr von Euch – Euer Herz. Eure Schultern sind wie zwei Elfenbeinkugeln und Eure Brüste sind so schön, dass man sie mit nichts vergleichen kann. Sie sind wie gemacht für die Höhlung der Hand eines Mannes. Sicher sind Eure Schenkel weich und wohlgeformt. Aber diese Meisterwerke der Natur, geschaffen, einen Mann glücklich zu machen, sind nicht für mich bestimmt. Denn ich bin nicht egoistisch genug, um die Hand nach den Schätzen auszustrecken, die bereits einem anderen gehören.«

Ein feiner Zug von Ironie und Grausamkeit umspielte seine Lippen, der ihr Respekt einflößte, ohne dass sie recht wusste, warum. Ein ersticktes Lachen kam aus ihrer Kehle. Dann schluckte sie mühsam. Es war lange her, dass jemand so zu ihr gesprochen hatte, und sie bekam Angst, er könne sich über sie lustig machen. Durch seine Ritterlichkeit ihr und Nickel gegenüber und sein taktvolles Verhalten, hatte er ihr, angesichts dessen, was sie erwartete, die Gewissheit gegeben, dass sie ihm bedingungslos vertrauen konnte.

Eine halbe Stunde später galoppierten sie auf ausgeruhten Pferden in schwarzen, glänzenden Uniformen mit wehenden Federbüschen durch das Labyrinth der Parkanlage vor seinem Schloss und nahmen ein geheimes Hintertor.

Die Abenddämmerung brach bereits herein, da sah man den Juden und Lorenz noch immer nichtsahnend im Salon an dem festlich gedeckten Tisch sitzen. Sie hatten dem köstlichen Wein den ganzen Tag reichlich zugesprochen, sodass es ihnen unmöglich war, den Ort der Lustbarkeiten auf geraden Beinen zu verlassen. Zwischen hohen, goldumrandeten Spiegeln, gleißenden Leuchtern aus purem Silber und den edlen Ahnen des Offiziersgeschlechts, die ihnen aus Gemälden zulächelten, vergaßen sie im Weinrausch die Zeit und ihre hübsche Gefangene, von der sie annahmen, sie hätte sich übermüdet auf ihr Zimmer zurückgezogen, so wie es ihnen der Kapitän durch seine Diener hatte ausrichten lassen.

XI.

Noch während in Weimar Annas Flucht vorbereitet wurde, wozu Andreas sich mit Jonas verbündet hatte und sich absichtlich gefangen nehmen ließ, ging Lipmanns verräterisches Schreiben beim Leipziger Stadtgericht ein. Von hier aus nahm es seinen vernichtenden Weg zum hochgestellten fürstlich brandenburgischen Beamten Christoph Schmidt. Aber die letzten Diebe um Nickel waren schneller gewesen. Nachdem Christoph Schmidt sein Gewölbe erbrochen vorfand, ließ er sofort Leute aussenden, die nach fünf Reitern mit stark bepackten Pferden auf dem Weg von Hof nach Greiz suchen sollten. Woher der schlaue Lipmann diese Informationen hatte, sei dahingestellt – vielleicht hat der schwere Wein es doch einmal geschafft, Jonas' Zunge zu lockern. Jonas war auf seiner Flucht vor den Häschern zu Nickels Vertrautem geworden und hielt ihm seltsamerweise so etwas wie Treue, blieb dabei aber immer ein eigenständiger Mensch und Dieb.

Die Sonne glühte wie ein riesiger Feuerball am Horizont, als Nickel und seine Gesellen den Wald hinter sich ließen. Zu ihren Füßen breitete sich die weite, satte und grüne Ebene aus, hell und unschuldsvoll lag das Land vor ihnen. Über den gezackten Bergspitzen gehaucht lag ein weißer Schleier, silbergrau zog sich die Saale mit ihren vielen Krümmungen durch das Land. Überwältigt von so viel erhabener Schönheit stieg Nickel aus dem Sattel, band sein Tier an einen Baum und setzte sich auf den Boden, den Kopf an eine borkige Linde gelehnt. Er sah das weite Land unter sich und ihm wurde das Herz schwer, als er so über die Berge seiner Heimat schaute. Er fragte sich, warum er damals den Lockungen der Fremde gefolgt war und der Heimat den Rücken gekehrt hatte. Aber er kam nicht dazu, eine Antwort zu geben, denn Ernst war ebenfalls vom Pferd gesprungen, als er sah, dass sein Meister absaß.

Nun kam er mit dem Pferd an der Hand auf ihn zu, berührte ihn sanft an der Schulter und fragte: »Ihr denkt an Waldenburg, Eure Heimat, Meister?«

»Ja, Ernst. Als unschuldiges Kind habe ich einst dort gelebt. Nur wie lange es war – das weiß ich nicht mehr. Aber ob es nun zu Merseburg, zu Altenburg oder Pegau ist, überall in den Städten und Dörfern verflucht man mich, weil ich ihnen alles genommen habe, was sie sich ein Leben lang gespart und angehäuft haben.«

»Was für trübe Gedanken, Meister! Niemand wird Euch erkennen mit Eurem glatten Gesicht und in der abgewetzten Kleidung. Waldenburg hat uns gute Beute gebracht, Heldrungen, Querfurt und Köln, und mit dem Raub heute Nacht beim fürstlich brandenburgischen Beamten Christoph Schmidt könntet Ihr Euch für alle Zeiten zur Ruhe setzen. Es wird schon noch ein Fleckchen auf dieser Erde geben, das Gott für Euch bereithält, denn tief in Eurer Seele, Meister, seid Ihr ein gottesfürchtiger Mensch geblieben. Ich fühle, wie Euch zumute ist beim Anblick der heimatlichen Gefilde. Aber wir haben Perlen, Ringe, Silberzeug im Überfluss in den Säcken. Es wird Zeit, dass wir das Beutegut teilen und für uns ein Lager zur Ruhe finden, bevor wir vor Müdigkeit vom Pferderücken fallen«, mahnte Ernst und gab Hornickel, Leopold und Jonas, die ebenfalls Anstalten machten abzusitzen, ein Zeichen, auf ihren Pferden zu bleiben.

»Du hast ja recht, Ernst«, antwortete Nickel, blickte einen Moment zu dem Jungen hinauf und lächelte nachdenklich. »Ich muss nur immer daran denken, wie ich in der Kirche, in Waldenburg, niederkniete und Gott anflehte, dass er mir wohl gnädigst den Weg weisen würde. Doch als ich dann in die silbernen Becken geschaut habe, in denen ich getauft wurde, und mein Gesicht gesehen habe, in dem sich alle meine Verfehlungen spiegelten, erfasste mich von Neuem die Wut. Ich musste den ganzen blinkenden Plunder herausreißen und mitnehmen, obwohl ich nie vorhatte, mich jemals innerhalb der christlichen Mauern, wo ich die Taufe erhielt, zu versündigen. Dabei habe ich zum ersten Mal Gottes zorniges Auge auf mir gespürt, kalt und vorwurfsvoll – aber ich habe nicht aufgehört und dem Allerheiligsten die Zunge herausgestreckt. Meine Seele ist nicht gottesfürchtig, Ernst. Aber ich spiele weiter dieses gefährliche Spiel und wer mich erkennt, wird mich jagen wie einen räudigen Hund. Für mich gibt es keinen Platz mehr auf dieser Erde«, sprach er und putzte sich die Erde vom Rock. Müde wie ein Mann, der eine schwere Last zu tragen hatte, begab er sich zu der altgewordenen Lore und schwang sich wieder in den Sattel. »Wir reiten noch ein Stück bis zur ›Neuen Schänke‹, dort sind wir vorerst sicher. Der Wirt, Bartel Winkler, ist mir bekannt«, rief er den anderen zu, wies mit erhobener Hand auf die Dächer im bewaldeten Tal, wo neben der ausladenden Krone einer schön gewachsenen Sommerlinde das Dachschiff ihres Zieles hervorblitzte, und galoppierte, gefolgt von seinen Kumpanen, die ausgefahrene Höhenstraße hinab.

Wenige Augenblicke später die ritten fünf schwarzgekleidete Gestalten durch die efeuumrankte Toreinfahrt der Schänke mit ihrem auffälligen, weithin sichtbaren Oberbau aus einheimischem Schiefer. Die starken Eisenringe zum Festbinden der Pferde in den Steinmauern ließen sie links liegen und trabten bis zu den Pferdeställen, wo sie absaßen, die Sattelgurte lockerten und die Tiere an die Raufen banden. Alles lief ruhig und wie einstudiert ab. Sie machten wenig Worte, als sie über eine Leiter auf den Heuboden stiegen, und verständigten sich mit Gesten, während sie mit geübten Griffen die Quersäcke öffneten und die Beute ausschütteten. Ebenso still nahm sich jeder das, was ihm zustand. Ernst und Hornickel vergruben ihren Teil tief im Heu und legten den Mantelsack darüber, der ihnen später als Schlafstatt dienen sollte. Danach bekamen sie Durst und so betraten sie gebückt durch eine Pforte die Diele und die Trinkstube. In dem festen Rundbogengewölbe war es schummrig, ein Leichtes für sie, sich ungesehen in eine dunkle Ecke zurückzuziehen, wo Nickel bescheiden vom Wirt für jeden einen Krug Bier verlangte. Still verharrten sie in ihrer Ecke, tranken sich leise zu und beobachteten aufmerksam den Schankraum, wo sich eine Gruppe Landsoldaten vor einem grüngekachelten Ofen, vom Bier angeregt, lautstark miteinander unterhielt. Ab und zu drangen ein paar Wortfetzen zu ihnen herüber und Nickel, von schwermütigen Gedanken gefangen wie in einem Spinnennetz, machte plötzlich einen langen Hals, als er einen sagen hörte: »Es war zu Weimar, wo sie ihn aufgegriffen haben.«

Ein zweiter lachte laut auf. »Kurios genug. Aber wir wussten immer, welchen kostbaren Fisch wir da an der Angel hatten. Zunächst war er ja nur wegen der Entleibung verhaftet worden, die er vor Jahren in Leipzig begangen hatte und derenthalben er steckbrieflich gesucht wurde.«

»Welcher Fisch serviert sich schon selbst auf einem Teller?«, mischte sich ein Dritter in das Gespräch ein. »So viel Torheit auf einem Fleck. Hat sich für sein Liebchen geopfert. Ist mit nachgemachten Schlüsseln durch die Mauer spaziert und sitzt nun selbst fest dahinter verschlossen.«

»Zweie und das Weib sollen entkommen sein«, hörte Nickel den Soldaten am Ende des Tisches sagen. Dabei schielte er zu Ernst hinüber. Wie froh war er gewesen, als der Junge wohlbehalten mit Jonas in Stedten angekommen war. Die schlechten Nachrichten, die der Junge mitbrachte, dass Anna verschwunden und Andreas von den Häschern niedergeschlagen worden war, hatten ihn so wütend gemacht, dass er noch in der gleichen Nacht die Kirchen zu Waldenburg und Wunsiedel heimsuchte.

»Erst nachdem man seine teure Kleidung genauer untersuchte und sie dann mit der Beschreibung im Lüneburger Requisitionsschreiben und den Aussagen des Hamburger Seemanns verglichen hatte, kam uns der Gedanke, dass dieser wohl der große List selber sein musste oder zumindest einer aus seiner Kompanie«, sagte wieder der Erstere.

»Und hat er gestanden, wer er ist?«, fragten gleich zwei auf einmal.

»Unter der scharfen Frage soll er gebeichtet haben.«

Bei diesen Worten wurde nicht nur Nickel blass. Er fühlte sich, als ob ihm jemand mit der Faust mitten in das Gesicht schlug. Auch Ernst presste die Lippen aufeinander und Jonas verschüttete mit einem lästerlichen Fluch sein Bier.

»Gehen wir«, sagte Nickel und winkte den Wirt herbei. »Habt Ihr ein Lager für mich und meine Gesellen?«, fragte er, wobei ihm die Worte wie eine zähe Masse über die Lippen flossen. »Können wir die Pferde in Eurem Stall stehen lassen? Im Morgengrauen reiten wir weiter, wollen nach Chemnitz.«

Der Wirt nickte und leuchtete ihm mit der Kerze in

das Gesicht. »Ihr seht müde aus, mein Freund, als ob ihr einen schweren Tag hinter Euch habt. Ich werde Euch ein Nachtlager in der oberen Stube zubereiten. Ihr werdet sehen, morgen früh fühlt Ihr Euch wieder wie neugeboren. Eure Gesellen können auf dem Heuboden übernachten.

Eine Stunde später warf sich Nickel in seinem Bett immer noch schlaflos von einer Seite auf die andere, während Jonas und Leopold nebenan so laut schnarchten, dass das Echo, welches die Steine im Deckengewölbe zurückwarfen, sich wie das Röhren gewaltiger Hirsche anhörte.

Die Erinnerungen plagten ihn in dieser Nacht, von der er nicht ahnte, dass es seine letzte in Freiheit sein sollte. Sie waren wie wundgerittene Stellen an seinem Körper, die ihm, wie das Gesicht seines getreuen Jägers, immer wieder den Schlaf raubten. In wilden Träumen sah er den Freund mit blutigen, zerstoßenen Gliedern in Ketten liegen und voller Schmerz seinen Namen rufen. Irgendwann wurde sein Gesicht von dem Landsoldaten aus dem Schankraum abgelöst und er hörte, wie sein vermaledeiter Name wie ein Spielball über den Tisch hin und her flog: »Nickel List soll hängen!« Dann wieder glaubte er, sich nach Ramsdorf reiten zu sehen, zu der Stelle, wo sein abgebranntes Haus gestanden hatte. Er saß ab und wollte nach der Asche greifen, die noch glühte, als plötzlich Anna vor ihm saß, die Hände nach ihm ausstreckte und mit ihrer hellen Stimme zwitscherte: »Komm zu mir, mein geliebter Mosel!« Er wollte zu ihr laufen, sie in seine Arme reißen, ihren weichen Leib an seine Brust pressen, da hockte mit einem Mal Lorenz auf dem Gold der Tafel und lachte laut und höhnisch. Um seinen Hals hing ein riesiger Schlüssel, aus dessen Bart ihn die kalte Fratze Lipmanns anstarrte.

»Gott hört mich nicht. Gott hat mich nie gehört«, vernahm er seine eigene Stimme. Er nestelte etwas aus seinem Sack, presste das Eisen gegen die Stirn, hatte die Finger am Hahn …

In diesem Moment erklang wüster Lärm auf der Treppe, Schüsse fielen und Nickel sprang erschrocken hoch. Er war sofort hellwach und lauschte mit klopfendem Herzen in die Dunkelheit. War da nicht der Wirt, der laut um sein Leben flehte, und eine Stimme, die rief: »Es sind frische Spuren im Hof!«

Mit einem Sprung war er am Fenster, sah hinunter auf Soldaten, überall Soldaten, die den Pferdestall mit einer Kette absicherten, die Ausgänge besetzten, den Wirt auf die Knie zwangen und Ernst, der wie ein verwundetes Tier um sich schlug, zu Boden rissen. Hornickel hing verschnürt wie ein Paket an einem Seil hinter dem Pferd eines Soldaten, nur mit einer Hose bekleidet. Auch einer der Offiziere wälzte sich in seinem Blute am Boden, während Jonas und Leopold aus ihren Gewehren feuerten und sich, jeder mit einem Quersack vor dem Sattel, den Weg zum Tor freischossen. Nickel entfuhr ein Fluch, dann galt es, schnell zu handeln. Er sah Lore im Hof stehen, schob den Riegel vor die Tür, griff nach seinen Waffen und öffnete das Fenster, um vom Sims aus in den Sattel zu springen. Aber Gott hatte ihn verlassen und so folgte er einer teuflischen Eingebung, die ihm riet, nicht ohne den feinen Rock des Herrn von der Mosel zu fliehen. Rasch nahm er den Fuß vom Fensterbrett, wo er bereits zum Sprung angesetzt hatte, und war mit drei Schritten an der Wand, an der der glänzende Rock mit dem kostbaren Pelz an einem Haken hing. Im Anblick der Gefahr, geleitet von der männlichen Eitelkeit, wollte er den Häschern nicht in seinen alten Kleidern gegenübertreten, griff nach dem kostbaren Kleidungsstück und schlüpfte hinein, was ihn wertvolle Zeit kostete.

Während er mit zitternden Fingern die Knöpfe schloss, polterte es laut im Treppenhaus, Stimmen und Sporengeklirr drangen die Treppe herauf und ein kräftiger Fußtritt riss den schweren Eisenriegel, den er vorgeschoben hatte, aus der Halterung. Er warf sich gegen die Tür, aber vergebens, krachend gab das Holz nach. Verzweifelt versuchte er zum Fenster zu flüchten, wurde von hinten gepackt, spürte harte, rohe Fäuste und einen Stiefel im Genick und wurde zu Boden gerissen. Jetzt ergriff ihn Todesangst und er nahm alle seine Kräfte zusammen, rollte sich zur Seite, auf den Rücken, bekam eine Hand frei, griff nach der Pistole und schoss dem Soldaten über sich in sein grinsendes Gesicht.

Von einem Offizier hörte er, dass er einen Johann Georg Stempeln in die Augen geschossen hatte, kam auf die Beine und schoss gleich aus zwei Pistolen, während er rücklings zum Fenster zurückwich. Fast hätte er es geschafft, der Weg in die Freiheit lag zum Greifen nahe vor ihm. Er setzte gerade zum Sprung an, als ihm ein gewaltiger Schlag zwischen die Beine fuhr. Als ob ihm jemand sein Gemächt abgerissen hätte, sackte er mit schmerzverzerrtem Gesicht in die Knie und schlug hart auf dem Boden auf. Im Nu waren sie wieder über ihm und der, den sie Hans Wolf riefen, der ihm den Schlag versetzt hatte, prügelte noch zweimal hart auf seinen Kopf ein, während Nickel sich wie ein tollwütiger Hund wehrte und immer wieder auf die Füße kam.

Letztendlich aber sackte er vornüber und kam auf dem Bauch zu liegen, wo man ihm sofort Arme und

Beine dermaßen verdrehte, dass er glaubte, Himmel und Hölle würden ihn gleichermaßen verschlingen. In diesem Augenblick höchster Not wollte er nur noch seinen Häschern entgehen, egal, wie er es anstellte. Er hatte vorn im Rock in einer jeden Tasche ein Messer, in der einen sein Brot -, in der anderen sein Schermesser. Was er jetzt vorhatte, hätte ihn sicher vor der Gefangennahme bewahrt, seine Seele jedoch wäre vollends in den Abgrund des Verderbens hinabgesunken. In einem Moment heftigster Gegenwehr, als er ein letztes Mal seine Hände frei bekam, wollte er nach dem Brotmesser greifen, erwischte aber in der Hitze des Gefechts die falsche Tasche und das falsche Messer. Zu spät bemerkte er den Irrtum.

Mit einem grässlichen Lachen fuhr er sich mit der scharfen Klinge den Hals entlang und durchschnitt sich die Gurgel. Er spürte keinen Schmerz, aber der Tod war auch nicht gnädig zu ihm. Er spuckte Blut, röchelte und rang mit weit aufgerissenen Augen nach Atem. Verzweifelt wälzte er sich auf dem Boden in der rasch wachsenden Blutlache und hielt die freie Hand auf das riesige Loch in seinem Hals, aus dem jetzt sein Lebenssaft wie eine Fontäne herausspritzte, begleitet von einem hässlichen Glucksen. Aber seine Hoffnung, dass sie ihn in seinem Blute liegen und sterben ließen, ging nicht in Erfüllung. Zusammen mit den beiden schwer verletzten Offizieren wurde er dem herbeieilenden Chirurgen übergeben und nach einer ersten medizinischen Versorgung auf einen von den mitgeführten Wagen geworfen, um nach Greiz in das Gefängnis gebracht zu werden.

Als er auf dem Weg dorthin einmal aus seinem dumpfen Dämmerschlaf erwachte, starrte er in ein zerbeultes, von blauen Flecken übersätes Gesicht. Nur schwer wollte er sich daran gewöhnen, dass diese unförmige Masse einmal das Antlitz seines Burschen gewesen war. Ernst hielt ihn wie ein Kind in den Armen und versuchte seinen bandagierten Kopf vor den Erschütterungen zu schützen. Der holzvergitterte Wagen schaukelte bei jeder Unebenheit wie ein führerloses Schiff, während die schweren Holzräder tief im Schlamm versackten. Mit einem ängstlichen Blick aus einem der zugeklebten Augenschlitzen bat ihn der Bursche, sich nicht zu bewegen.

Dennoch wagte er, den bandagierten Kopf ein wenig zu drehen, um zu sehen, wer sich noch auf dem Wagen befand. Ihm gegenüber in einer Ecke hockte Hornickel mit klappernden Zähnen. Durch sein dünnes Haar sickerte Blut und über sein knochiges Gesicht lief eine tiefe, breite Schnittwunde, die wohl von einem Degenhieb herrührte. Er hielt die Hände vor der Brust gefaltet und betete mit geschlossenen Lippen. Auch er war im Schlaf überrascht worden und trug nur eine Hose, durch die eisig der Wind pfiff, sodass der hagere Mann vor Kälte am ganzen Körper schlotterte. Traurig wandte der Räuber den Blick ab, der nun auf die zahlreichen, blutigen, von Karpatschen herrührenden Striemen auf der Brust des Jungen prallte, und er ahnte ein wenig von der heldenhaften Verteidigung der Gesellen. Mühsam rang er sich dazu durch, etwas zu sagen, aber es wurde nur ein verunglücktes Glucksen und Röcheln.

Der Junge bemerkte es und versuchte ihn zu beruhigen. Er strich ihm der sanft über das Gesicht und sagte leise, wobei sich die geschwollenen Lippen kaum merklich bewegten: »Nicht reden, Meister! Eure Verletzung ist zu schwer. Schlaft ruhig weiter. Ich wache über Euch. Leopold und Jonas sind entkommen. Sie werden uns nicht im Stich lassen.«

Was ist er nur für ein guter Junge, dachte Nickel, und sah Ernst in das entstellte Gesicht. Zu gern hätte er ihm gesagt, was er von der menschlichen Kameradschaft hielt. Mit vor Schmerz verzogenem Gesicht suchte er nach der Hand des Burschen, als er sie zwischen seinen Fingern spürte, drückte er sie mit letzter Kraft. Dann fiel er in ein tiefes Loch, über das sich ein sanfter Schleier legte und das ihn in eine Welt entführte, ohne Schmerzen und ohne Leid.

Bereits bei der ersten Rast, die der Zug machte, stießen die beiden aus der Schänke geflohenen Gesellen zu ihnen, unter strenger Bewachung und mit schweren Ketten gefesselt. Leopold wurde zu List auf den Wagen gestoßen, weil er aus einer Schusswunde im Oberschenkel stark blutete und zum Laufen zu schwach war, während Jonas von vier Soldaten, wie ein in Ketten gefangener Bär, zwischen den breiten Pferdeärschen mitgezogen wurde. Bei jedem zweiten Schritt stolperte er über seine Fesseln, stürzte und hinderte den Treck am Vorwärtskommen. Er fluchte und lästerte abscheulich, und nicht nur einmal fürchteten die Offiziere, die ledernen Sattelgurte, an denen man ihn festgemacht hatte, würden seiner Kraft und seiner Wut nicht standhalten.

Nickel bekam von all dem nichts mit. Er erwachte erst wieder in einem Gefängnis, wo er zunächst so weit auskuriert wurde, dass man ihn mit Ernst und Hornickel nach Greiz bringen konnte. Von Greiz überführte man die drei später unter scharfer Bewachung nach Hof.

Indessen ritten Anna und ihr Begleiter, als ob der Teufel hinter ihnen her wäre, mieden weder unwegsame Täler noch felsige Schluchten und legten nur einmal eine Rast ein, um die Pferde zu wechseln. Als sie endlich in dem kleinen Ort Greiz ankamen, ritt der Offizier den Landsitz eines Freundes an und gebot Anna, an einer Waldschneise, unter einer von Efeu umwucherten Linde, auf ihn zu warten.

Er drückte ihr eine goldene Sanduhr in die Hand und sagte: »Wenn der Sand durchgelaufen ist und ich nicht wieder aus dem Haus gekommen bin, dann schont nicht Euer Pferd und reitet ohne mich weiter.«

Kurz darauf sah sie ihn in dem eleganten Haus verschwinden. Aber noch bevor die feinen Körnchen ihren Weg in die untere Glasglocke gefunden hatten, erschien der Offizier wieder mit einem Mantelsack auf der Schulter und neuen Nachrichten. »Nickel und vier seiner Gesellen wurden inzwischen in die Fronfeste der Hochfürstlichen brandenburgische Hauptstadt Hof gebracht«, kam es atemlos aus ihm heraus. »Dort soll der Räuberhauptmann der scharfen Frage unterzogen und einem Wirt aus Hannover gegenübergestellt werden. Man ist sich nicht sicher, ob der Gefangene auch der Berühmte ist. So steht es auf einem Flugblatt, das ich bei meinem Freund gelesen habe.« Jetzt öffnete er den Mantelsack und zog zwei Uniformen der Wachsoldaten hervor. Auf ihren erstaunten Blick hin sagte er: »Ich habe einen Plan, wie wir Euren Herrn von der Mosel retten können, und hoffe, Ihr seid bereit, dieses Risiko einzugehen.«

»Sprecht, rasch, und wenn ich sterben müsste, ich bin bereit …«

»Dann hört mir gut zu. Ihr wisst, dass ich den Rang eines Wachoffiziers inne habe und es deshalb nicht auffallen würde, wenn ich mich dem Gefangenentransport anschließe. Ich habe einen Kameraden, der mir noch einen Gefallen schuldete, um zwei alte Uniformen gebeten. Eine davon ist für Euch, sie ist für einen kleinen Mann gemacht und müsste Euch passen. Wie mir zu Ohren gekommen ist, sollt Ihr bereits Erfahrung mit Männerkleidung haben.« Er lächelte.

»Wird man mich auch nicht erkennen? Bedenkt, ich bin eine Weib.«

»Eure Zweifel sind berechtigt. Aber wenn Ihr Euch an mich haltet und alles so macht, wie ich es Euch rate, müsste es gelingen. Vielleicht kommen wir nahe genug an den Berühmten heran, um unser Vorhaben durchzuführen. Zugleich werde ich versuchen, Neuigkeiten von den Offizieren zu erfahren. Und sollte unser Plan fehlschlagen, gibt es noch eine letzte Möglichkeit: diese hier …« Er nahm ihre Hand, legte eine kleine Kapsel auf die Handfläche und schloss ihre Finger darüber. »Es ist ein schnell wirkendes Gift, das ihn für ein paar Stunden in einen todesähnlichen Schlaf versetzen wird. Wenn sie dann seine Leiche zurücklassen, haben wir gewonnen. Er wird in Euren Armen erwachen und uns nach Weimar zu Andreas führen.«

»Wird er die Kapsel auch schlucken?«, fragte sie, noch immer zweifelnd.

»Das weiß nur Gott. Doch es ist eine sanfte und sichere Lösung.«

Am letzten warmen, sonnigen Herbsttag sollte Anna Nickel oder ihrem Mosel, wie sie ihn oft liebevoll genannt hatte, ein letztes Mal in seine großen, schwarzen Augen sehen. An der Seite des Kapitäns der fürstlichen Garde war es nicht allzu schwer gewesen, sich während einer Rast unter das Gefolge zu mischen. Der redegewandte Kapitän hatte den fürstlichen Amtmann, der den Konvoi anführte, mit seinem beherzten Auftreten von seinen lauteren Absichten überzeugt. Nun warteten sie auf eine günstige Gelegenheit, sich dem Gefangenenwagen zu nähern.

Die Gelegenheit bot sich beim nächsten Halt, der durch einen mysteriösen Vorfall im Wagen bedingt wurde. Einer der an Stangen im Wageninneren gefesselten Räubern war nicht untätig gewesen und es war ihm, trotz der strengen Bewachung, gelungen, seine Fesseln von den Armen und Beinen zu lösen. Damit die Wachen nichts bemerkten, hatte er sich zum Schein mit Lederbändern selbst an die Stangen gefesselt, um im geeigneten Augenblick flüchten zu können. Aber ein durchgehendes Pferd riss den Wagen herum, worauf die Räder sich in einer tiefen Furche festfuhren und eine Speiche brach. Der Aufprall des Wagens wirbelte die Insassen durcheinander und brachte so die Entfesslung ans Licht. Anna ahnte sofort, dass es sich bei dem Gefangenen nur um Nickel handeln konnte. Kein anderer hätte sich ohne Hilfe aus den starken Fesseln befreien können als der große Meister aller Schlösser selbst.

Sie nutzte die Verwirrung, die unter den Wachmännern entstanden war. Flink sprang sie aus dem Sattel, verknotete die Zügel an dem Ast eines Eichenbaumes, zog den Hut tief in die Stirn und wagte sich mutig in das Gedränge. »Das Weib soll dem Liebsten folgen«, sagte sie sich, um sich Mut zuzusprechen, und mischte sich unter die Wachsoldaten. Endlich hatte sie den am stärksten bewachten Wagen erreicht. Ihr Herz begann wild zu schlagen, als sie Nickel inmitten von vier Soldaten im Gras neben dem festgefahrenen Wagen sitzen sah. Bei Jonas Meyer, nur wenige Meter entfernt, zählte sie sogar sechs Wachen. Die anderen beiden Gaudiebe hockten aneinandergekettet, ebenfalls unter starker Bewachung, auf der Erde.

Da der Wagen sich stark zur Seite neigte und unter Knarren und Ächzen umzufallen drohte, schlug eine Gruppe Wachsoldaten im Wald eilig ein paar starke Stämme, um den Wagen anzuheben, damit das Rad wieder befestigt werden konnte, während ungefähr zehn schwitzende Männer die sich neigende Seite abstützten. Befehle wurden geschrien, Holz ächzte und die Pferde stemmten sich mit aller Kraft in die Riemen. Die Verwirrung im Konvoi wurde immer größer, weil man vermutete, dass dies das Werk der restlichen, sich auf freiem Fuß befinden Gaudiebe wäre, die gekommen waren, um ihren Hauptmann zu befreien.

Mit kaltem Schweiß auf der Stirn, den geliebten Mann fest im Auge, beschrieb Anna einen Bogen an den Wachsoldaten vorbei. Sie konnte später nicht sagen, woher sie den übermenschlichen Mut genommen hatte, sich ihm unter den Augen der bis an die Zähne bewaffneten Männer bis auf vier Schritt zu nähern. Erst jetzt bemerkte sie, dass seine linke Hand an das Handgelenk eines Soldaten gefesselt war. Sein Kopf mit den wilden, schwarzen Haaren war vornüber geneigt. Seine Füße starrten weiß aus seiner Hose hervor. Er trug keine Stiefel.

»Das ist nicht mein Mosel«, sagte Anna zu sich. Er war nicht der, den sie gekannt hatte, nicht der edle Mensch, der die Freuden des Lebens genossen hatte, er war nur noch ein Schatten seiner Selbst, eine Jammergestalt. Anna wurde unruhig und alles erschien ihr wie ein Theaterstück. In diesem Moment hob Nickel den Kopf. In dem bleichen, entstellten Gesicht leuchteten nur die großen, schwarzen Augen wie in einem düsteren Feuer.

Selbst wenn sie die Möglichkeit gehabt hätte, ihn anzusprechen, wären ihr die Worte in der zugeschnürten Kehle stecken geblieben, so sehr schmerzte sie sein Zustand. Sie hätte nur die Hand ausstrecken brauchen, um ihm über das wirre, verklebte Haar zu streichen oder den Rock zu berühren, der von seinen glanzvollen Zeiten erzählte. Oh, Nickel, dachte sie und betete zum Herrgott, dass ihr Vorhaben gelingen möge. Sie würde ihm das Gift reichen und wenn er in ihren Armen wiedererwachte, würde sie ihn bitten, dass er sie ganz fest an seine Brust pressen möge. Sie würde in seine gütigen, schwarzen Augen sehen und ihn anflehen, sie nie wieder zu verlassen. Dafür wollte sie ihm versprechen, alle seine Wege mit ihm gemeinsam zu gehen, egal, wohin sie führten. Jetzt starrte sie mit vor Entsetzen geweiteten Augen auf die breite, verkrustete Wunde, die das schmutzige Halstuch freigab, das ihm wohl beim Heben des Kopfes aus dem Rockaufschlag gerutscht sein musste.

»Oh, Geliebter, was haben sie dir nur angetan?«, murmelte sie in sich hinein und hätte zu gern ein paar Worte mit ihm gewechselt. Aber mit einem ängstlichen Blick auf die Wachsoldaten, die jede ihrer Bewegungen misstrauisch verfolgten, bewegte sie nur stumm die Lippen. Dafür sprachen ihre Augen eine umso beredtere Sprache, als sie das flüchtige Aufleuchten eines Lächelns in seinem Gesicht bemerkte. Vor Glück stahl sich leise eine Träne über ihre Wange und sie erinnerte sich an ihre erste Begegnung im Gebirge, ihre ersten gemeinsamen Raubzüge und seltsamerweise daran, wie er sich für sie ins Zeug gelegt hatte, als es um die gerechte Aufteilung der Anteile ging. Und in ihren weit aufgerissenen Augen lag die stumme Frage: War es das alles wert gewesen? Ist nicht ein einziger Augenblick der Liebe kostbarer als alles Gold dieser Erde?

Das Getöse des sich aufrichtenden Wagens riss Anna aus ihren Gedanken. Die Pferde zogen mit aller Kraft an und unter Peitschenknallen und dem Gebrüll der Offiziere schoben sich die gewaltigen Räder wieder in die richtige Spur. Als das schwere Gefährt endlich auf der Straße stand, Stricke, Ketten und Proviant eingesammelt waren, sprang alles eilig in die Sättel und die Wachsoldaten erhoben sich, um die Gefangenen zurück auf die Wagen zu treiben. Einer der Wachmänner stieß Nickel an Anna vorbei zum Wagen hinauf. Diese Gelegenheit nutzte sie, um dem Geliebten ganz nahe zu kommen. Sie täuschte Geschäftigkeit am Wagenrad vor, bückte sich nach einer Speiche und hörte, wie er durch die Gitterstäbe leise zu ihr sagte: »Gott schütze dich, Geliebte. Jetzt weiß ich, wie sehr du mich liebst, und ich zweifle nicht mehr. Aber für uns ist es zu spät. Du musst mich verlassen und vergessen!« Er bediente sich ihrer geheimen Sprache. Seine Stimme klang hohl wie Luftblasen im Wasser.

Sein Sprechen erregte die Aufmerksamkeit der Wachmänner. Der an ihn gefesselte Soldat stieß ihm den Gewehrkolben in den Rücken, sodass Nickel mit dem Gesicht auf die Holzbohlen aufschlug. Bleich vor Entsetzen, diese Entwürdigung mitansehen zu müssen, biss Anna sich auf die Lippen und wandte sich ab. Sie fühlte sich beobachtet und bemerkte Jonas, der mit verbissenem Gesicht den Wagen hinaufkletterte und bei jedem Wort, das die Soldaten an ihn richteten, höhnisch ausspuckte. Einmal zwinkerte er ihr zu, aber ob er sie erkannt hatte, würde sie wohl nie erfahren. Dafür traf sie ein letzter warnender Blick aus den Augen des Geliebten. Der Grund war ihr hoher Begleiter, der die Gruppe der Offiziere verließ und nun rasch auf sie zusteuerte. Es schien ihr, als wollte er sich zum Schein bei den Gefangenen nützlich machen. Im Vorbeigehen, als sie sich kurz berührten, hörte sie ihn leise fragen: »Habt Ihr ihm das Gift gegeben? Wir müssen fort von hier! Man vermutet, dass jemand Nickel bei der Entfesselung geholfen hat.«

Das Gift. Sie hatte es fast vergessen. Als sie sah, dass ihr Begleiter die Wachsoldaten in ein Gespräch verwickelte, handelte sie rasch. Sie wühlte im Gras unter den mächtigen Rädern, als suchte sie nach etwas, und als sie sich wieder aufrichtete, griff sie blitzschnell durch die

Stäbe und schob dem Geliebten die Kapsel mit dem Gift in den Mund. Dabei sprach sie ihre letzten Worte zu ihm. »Mut, Nickel! Vertrau auf Gott und unsere Liebe, nimm dies zu dir, für deine Freiheit!«

Mit wild klopfendem Herzen hoffte sie, dass er die Bedeutung ihrer Worte begriff. Aber in seinen schwarzen Augen stand jetzt die Angst um sie und so war sein letzter Gruß an sie der verzweifelte Befehl, dass sie gehen sollte. Ihr blieb nur noch diese eine Hoffnung, und als der Offizier ihr ein Zeichen gab, folgte sie ihm heimlich. Als ihr Abstand zu dem Wagentreck groß genug war, verschwanden sie in einem unbeobachteten Augenblick im schützenden Dickicht des Waldes.

Ihr Plan, den Geliebten mit Gift zur Freiheit zu verhelfen, war fehlgeschlagen. Der Gefangene hatte die Kapsel nicht, wie Anna gehofft hatte, zerbissen und geschluckt, sondern bei der nächsten Gelegenheit ausgespuckt. Das hatte zur Folge, dass ein Wachoffizier sie fand und man nun vor weiteren Rettungsaktionen gewarnt war. Sie folgten der Wagenkolonne noch eine Weile durch das unwegsame Tal, Baumriesen und zerklüfteten Felswänden als Tarnung nutzend, und kehrten nach zwei Tagesritten unverrichteter Dinge in die auf dem Wege liegende Räuberwirtschaft in Stedten ein.

Im ›Weißen Ross‹ trafen sie auf den Studenten Christian Müller und Lorenz, der sie mit falschem Namen im Gewand eines sächsischen Offiziers von hohem Rang und bereits erwartete. Irgendwie war sie nicht sehr erstaunt, ihn hier anzutreffen. War sie es doch gewöhnt, dass er immer dann auftauchte, wenn sie es am wenigsten vermutete.

Aber es war nicht Lorenz, über den sie sich im Moment ihren hübschen Kopf zerbrach. Ihr Interesse galt Christian Müller, von dem sie glaubte, der Herrgott habe ihn geschickt, um Nickel zu retten. Christian lebte mit einer kleinen Bande von Gaudieben in Freiheit und verstand es, sich den Häschern immer wieder zu entziehen. Geschickt wusste sie es so einzurichten, dass der Offizier Lorenz in ein Gespräch verwickelte, ließ eifrig Wein auffahren und trat dann, etwas befangen, zu Christian an den Tisch. Hier, in der dunkelsten Ecke des Raumes, sicher vor neugierigen Blicken, hatte er oft zusammen mit Nickel seinen Pferdehandel ausbaldowert. Von hier aus behielt er die Tür fest im Auge, ohne selbst gesehen zu werden. Mit Erschauern erinnerte sie sich daran, wie sie ihm schon einmal in einer solchen Nische gegenüber gesessen hatte, in jener Nacht, als Nickel auf seiner Stube in Beutha seinen Rausch ausschlief. Genau wie damals senkte sie jetzt den Blick, um ihm nicht in das wilde, von Stoppeln und Narben gezeichneten Gesicht sehen zu müssen. Am meisten fürchtete sie sich vor seiner verkrüppelten Hand, deren roter Stumpf sie ekelte. Aber der Student hatte seinen Tribut an die Zeit gezahlt. Seine schwarzen Haarstoppel waren weiß geworden und seine Körperhaltung wirkte längst nicht mehr so Furcht einflößend. Er hatte etwas von seiner Gefährlichkeit eingebüßt und schien müde geworden.

»Sieh an, unsere kleine Landläuferin traut sich hierher, in die Höhle des Löwen«, rief er aus und verschränkte die Arme über der mächtigen Brust. Sein höhnisches Lachen drang ihr dabei durch Mark und Bein. »Was wollt Ihr von mir, Weib?«, fragte er. Es klang jetzt eher mürrisch.

»Es geht um Nickel«, sagte sie.

Wieder ertönte sein donnerndes Lachen. »List ist so gut wie tot. Ist selber schuld daran. Unser Pferdehandel hat ihm ja nicht ausgereicht. Wollte höher hinaus, der feine Herr. Wer hoch fliegt, fällt auch tief.«

»Ist er Euch so wenig wert? Ihr seid doch Kameraden, Ihr und Nickel …« Ihr war unbehaglich zumute, aber sie spürte, dass sie ihm überlegen war.

»Und Ihr seid seine Hure.« Jetzt bekam sein Gesichtsausdruck etwas Anzügliches. Plump versuchte er, ihre Hand zu packen.

Sie erschrak und zog sie hastig zurück. Im gleichen Moment überwand sie sich zu einem Lächeln. Ich muss mit ihm kokettieren, dachte sie, aber allein schon der Gedanke daran verursachte ihr Übelkeit. Sie riss sich zusammen, hielt dem Blick stand, der sie wollüstig, wie eine Ware, abtastete, und gurrte mit singvogelhafter Stimme: »Aus Eurem Benehmen schließe ich, dass Ihr nicht abgeneigt seid, diesen Körper zu besitzen. Bei meiner Ehre, darüber ließe sich reden. Aber im Gegenzug verlange ich von Euch Hilfe, weil ich weiß, wie treu ergeben Ihr Nickel von Herzen seid. Ihr seid der Einzige, der den Hauptmann retten kann.«

Erwartungsvoll hing sie an seinen Lippen. Doch ihre Worte schienen ihn nicht zu beeindrucken. Er grapschte nach einem der Schweinsfüße auf dem Teller vor sich, nahm das Fleisch aus der Soße und stopfte es sich in den Mund. Dann kaute er schweigend, wobei er sie nicht aus den Augen ließ. Er rülpste vor Genuss, während ihr der Essensgeruch schier die Besinnung raubte. Wahrhaftig demütigend war der Hunger, der sie seit Stunden quälte. Er sah es und lehnte sich satt zurück, ließ sie noch eine Weile zappeln und schnipste dann mit dem Finger: »Was seid Ihr denn bereit dafür zu geben, he?«

Ihr Herz krampfte sich zusammen. Sie wusste, worauf er hinauswollte. Aber sie hatte schon schlechtere Geschäfte gemacht und so antwortete sie: »Ihr bekommt meinen herrlichen Körper, mein Wort darauf, nicht mehr und nicht weniger, für das Leben von Nickel und Schwartzer.«

Sein Grinsen wurde unverschämt. »Ist das Euer allerletztes Wort?« Er hielt den Kopf schief und schaute sie von unten herauf an. Aber bevor sie ihm eine Antwort geben konnte, machte er eine Kopfbewegung in die Richtung des Kapitäns und sagte: »Andreas schlagt Euch aus Eurem hübschen Kopf. In die Feste kommt keiner hinein. Fragt Euren feinen Herrn Offizier, er ist eher der Richtige für solche delikaten Dinge. Bei Nickel wäre es schon möglich, ihn zu befreien. In der Nähe von Gera ist eine Stelle, wo ich mich gut auskenne. Aber ich werde List lieber mit der Flinte eins draufbrennen. Damit erspare ich ihm die Qualen des Todes und mir den Kerker. Er könnte mich unter der Folter verraten. Er ist viel zu weich, um der Tortur zu widerstehen.«

Der Wirt hatte ihr ein gebackenes Hühnchen hingestellt. Die Lieblingsspeise ihres Mosel. Sie aß gierig. Als sie die letzen Knöchelchen fein säuberlich abgenagt hatte, richtete sie sich mit einem Ruck auf und funkelte Christian mit ihren schwarzen Augen an. »Es sind nicht alle Gaudiebe gefangen. Das bedeutet immer noch Hoffnung. Befreit ihn, Ihr habt mein Wort, und alles wird wieder so, wie es einmal war.«

Er bemerkte zynisch: »Habt Ihr die Bewachung gesehen? Sechzehn bis an die Zähne bewaffnete Soldaten, die gut einer Bande von fünfzig Leuten gewachsen sind. So viele Männer habe ich nicht. Ich schieß ihn ab und bekomme Euch oder wir lassen es bleiben.«

Man konnte Anna ein gewisses Gefühl der Erleichterung nicht absprechen, aber immer noch redete sie wie gegen Wände und so sah sie sich verzweifelt nach ihrem Begleiter um. Ihre Hilflosigkeit blieb nicht unbemerkt. Lorenz hatte sie während seiner Unterhaltung mit dem Wachoffizier nicht einen Moment aus den Augen gelassen. Er sah seine Chance gekommen und eilte ihr nun, anstelle des Offiziers, zu Hilfe. Weder sein Körper noch sein Blick verrieten, was er vorhatte. Stattdessen bewahrte er wie immer Haltung, beugte sich galant über ihre Hand, die sie ihm reichte, und hauchte leise, nur für ihre Ohren bestimmt: »Warum so betrübt, Teuerste? Trauer macht nur hässlich. Eine Schönheit wie Ihr sollte immer lachen. Komm mit mir, und ich schwöre Euch, das Lächeln wird auf Euer Gesicht zurückkehren.«

Um dem Studenten, der sich schulterzuckend erhob, scherte er sich nicht. Ein vertrautes Zwinkern regelte die Angelegenheit. Doch für Anna lag etwas in dem verwegenem Blick, das wie eine heimliche Drohung auf sie wirkte. Sie betrachtete Lorenz kühl, nahm seinen Arm und folgte ihm, die Treppe hinauf, zu jener Stube, in welcher der Nickel einst nächtelang vor seiner Maschine gesessen und seine Schlüssel gefeilt hatte. Als er sie durch die Tür schob, wehrte sie sich, rannte zur Treppe zurück und schrie nach dem Offizier. Aber mit einem Sprung hatte er sie eingeholt, trat vor Wut gegen die Tür und stieß sie in den Raum.

»Dirne!«, zischte er außer sich. »Hast mich wohl in der ganzen Zeit vergessen. Bestimmt hast du nicht einen Augenblick an mich gedacht.«

»Bestimmt«, erwiderte sie wütend. »Ich hatte anderes zu tun, als an einen Verräter zu denken.« Dann blieb ihr das Schimpfwort, das ihr auf der Zunge lag, vor Verwunderung im Hals stecken. Denn auf dem Bett vor ihr lagen zwei kostbare Kleider ausgebreitet, ein seidener Fächer, allerliebste Handschuhe, ein goldenes, blitzendes Geschmeide, ein kleiner Spiegel und ein mit Dukaten prall gefüllter Beutel. Daneben, auf der Bettkante, saß Gertrud, ihre Schwester, in Reisekleidung. Mit einem Aufschrei der Überraschung stürzte sie in ihre Arme. »Schwesterherz, geliebte Schwester, du bist frei!«

Die Geschwister hatten sich viel zu erzählen, während Lorenz im Türrahmen lehnte und die Szene mit einem kalten, amüsierten Lächeln betrachtete. Geduldig ließ er sich Zeit, für das, was er vorhatte. Als Anna sich wieder auf ihn besann und sich nach ihm umdrehte, trat er an das Bett, griff mit den Fingern in die Seide, hob eines der Kleider auf, betrachtete es und sagte: »Das ist deine Morgengabe, Anna! Ein Mann wie ich zahlt für seine Frau wie für einen schönen Gegenstand, nach dem ihm der Sinn steht.« Dann überreichte er ihr das Kleid mit einer steifen Verbeugung. »Ich finde nämlich, dass es Zeit wird für das Leben. Die Komödie war gut gespielt, aber der Vorhang ist gefallen. Auch ist dir die Samariterin nicht unbedingt auf den Leib geschrieben. Sie ist keine Rolle für dich, Anna, schlüpfe zurück in die Kleider, die deinem wahren Wesen entsprechen. Deinetwegen ruht das Schiff nach Frankreich schon viel zu lange im Hafen. Du musst nur mit mir in die Postkutsche steigen.«

Er wartete auf die Wirkung seiner Worte und als sie ihm nicht antwortete, sondern ihn nur stumm ansah, fügte er großzügig hinzu: »Meinetwegen kann dich Gertrud als deine Hofdame begleiten. Mit Dore wird es wohl nichts werden. Als gutes Eheweib ist sie ihrem Mann gefolgt und sitzt dafür jetzt im Hamburger Spinnenhaus, während man ihn zu lebenslanger Zwangsarbeit auf dem Calenberg verurteilt hat.« Er lachte. »Wie du siehst, mahlen die Mühlen der Justiz, wenn auch etwas langsam. Deinem reichen Galan, dem Regimentsquartiermeister, solltest du auch nicht hinterher weinen. Ihm wurde zwar wegen seiner vornehmen Person Straffreiheit garantiert. Jedoch nur, wenn er ein wahrhaftes Bekenntnis ablegen würde. Der Dummkopf hat abgelehnt, weil er Nickel nicht verraten wollte. Er hat geschworen, unschuldig zu sein und von den Räubern nichts zu wissen. Schließlich aber haben ihm das Geständnis deines Schwagers, des Seemanns Schwancke, und die scharfe Frage mit ihren Daumenstöcken und Beinschrauben die verstockte Zunge gelockert. Jetzt schmachtet er, gemeinsam mit Schwancke, angekettet in einem unterirdischen Celler Gefängnis. Wie mir zu Ohren gekommen ist, streiten sich gerade drei Länder um die Hinrichtung der Anführer der Räuberbande. Ein gewaltiges Feuer wird entfacht werden. Wenn wir Frankreich noch erreichen wollen, müssen wir uns beeilen. Wie du siehst, bin ich bestens informiert und habe alles für uns geregelt.«

Er hatte jetzt hastig gesprochen und zwischendurch immer wieder auf den Flur hinausgespäht, als befürchte er, das Rad der Geschichte könnte sich im letzten Moment noch zurückdrehen. Es war sein fester Wille mit Anna gemeinsam das Land zu verlassen und so zählte er allein auf ihre Vernunft. Als sie noch immer mit einer Antwort zögerte, fügte er drohend hinzu: »Du gehörst mir, verstehst du! Du hast kein Recht mir zu verweigern, was ich von dir verlange. Ich habe mich für dich geschlagen, habe deinen Mann umgebracht, weil du es so wolltest. Ich habe für dich meine Freunde verraten und für das vermaledeite Gold getötet. Und ich würde immer wieder für dich töten, denn niemand wird dich mir mehr wegnehmen, auch nicht dein Nickel. Er wird sterben, vergiss ihn endlich. Er hat dich bereits vergessen!«

Wie eine Gefangene, die nichts mehr zu erwarten hat, lehnte Anna ihren Kopf an Gertruds Schulter. Sie fühlte sich erschöpft. Sie hörte ihm längst nicht mehr zu. Stattdessen jagte ein Gedanke den anderen. Sie sah Nickel vor sich, so wie sie ihn kannte, mit seinen lachenden und schwermütigen Augen und dachte, nie wieder werden seine weichen Hände über meinen Leib streichen und ihn zum wollüstigen Erbeben bringen, nie wieder werde ich dieses Gefühl völliger Freiheit erleben. Aber da war auch die Erinnerung an die nächtlichen, engen und verwinkelten Gassen Hamburgs, eine Stätte der Wonne für Diebe und Mörder, die Börsen stahlen, Menschen für ein Stück Brot erschlugen und für die billigen Huren, die, wie sie einst, im Schmutz der Dunkelheit, zerlumpt und schrecklich anzusehen, ihren Körper feilboten, um zu überleben. Niemals, das hatte sie sich geschworen, wollte sie in diesen Sumpf zurück. Ernüchtert fuhr sie hoch, nickte Gertrud zu, um ihr die Ungewissheit zu nehmen, hob schweigend den kleinen, filigranen Spiegel auf und erschrak über das graue, übermüdete Antlitz mit den glanzlosen Augen, das ihr eigenes war. »Du magst recht haben, Lorenz. Man muss sich im Leben arrangieren. Welche Wahl hätte ich denn, würde ich dein Angebot ablehnen.«

»Dann würdest du sterben«, sagte er und lächelte, doch seine Augen funkelten böse.

Sie verstand ihn, und sie wusste auch, dass ihr Charakter viel zu sprunghaft, das Gute in ihr zu wenig gefestigt und ihre Gier nach Geld und Reichtum so groß war, dass sie den kostbaren Dingen auf der Lagerstadt nicht lange widerstehen würde. Vorsichtig, als hielt sie wertvolles Porzellan in den Händen, prüfte sie jedes einzelne der schönen Stücke und ließ es langsam durch ihre Finger gleiten. Lorenz war hinter sie getreten, sie hörte seinen schnellen Atem, sein heißes Blut rauschen und vernahm den Geruch der großen Welt, der an seinem Rock haftete. Ihr Blick wanderte von den schönen Kleidern, zurück zu dem kurzen, weiten Wams, das sie trug, hin zu dem schmutzigen Hemd, bis zu der ausgebeulten Uniformhose über den dreckstarrenden Stiefeln.

Während sie die edlen Stoffe gegen den groben Uniformstoff abwog, strich sie gedankenverloren über den feinen Samtstoff der Schärpe mit den kunstvollen Goldstickereien. Sie griff nach dem glänzenden Mieder und hielt es an ihre Brust gedrückt, dabei schloss sie die Lider, und ihr war, als könnte sie den Duft von Wohlstand und Reichtum durch den Stoff riechen. Plötzlich hob sie den Kopf und drehte sich zu Lorenz um. Sie sah in das männliche, gereifte Gesicht, das sie vor vielen Jahren einmal geliebt hatte, den Mund mit der etwas schmalen Oberlippe, der sie so oft zum Lachen gebracht hatte, die aztekisch geschwungenen Nase, die meerblauen Augen, deren betörendem Blick sie schon damals in der Theatergruppe hilflos ausgeliefert war. Sie kannte seine Kraft, seinen Jähzorn, aber auch seine etwas plumpe Zärtlichkeit und die Art, seine Gefühle nie zu zeigen. Sie sagte zu sich: Ich werde mit ihm nie das erleben, was ich mit Nickel erlebt habe, doch ich werde lernen ihn zu lieben, und sie begriff, dass das Leben ein kostbares Gut war, das sich nur lohnte, wenn es auf Rosen und Gold gebettet war. Lorenz' Gesicht war ernst geworden und in seinen Augen stand die Ungeduld. Da wollte sie ihn nicht länger warten lassen. Es war alles gesagt, was sie zu sagen hatten, und während sie tief in ihrer Seele Abschied von ihrem Mosel nahm, sagte sie: »Wenn Gott es will, dann lasst uns gehen und die Vergangenheit begraben!«

An einem Dezembertag im Jahre 1698 setzte sich von Hof ein riesiger Gefangenentransport nach Norden in Richtung Celle in Bewegung, der nicht weniger als zehn Staaten passierte und überall dort, wo er auftauchte, größtes Aufsehen erregte.

Zuvor aber müssen wir in der Chronik ein wenig zurückgreifen und uns noch einmal Nickel zuwenden. Unter der Folter zeigte sich alsbald, wie tief die kameradschaftlichen Bande untereinander waren. Hornickel wie auch Ernst Buttelstedt gaben bereits beim Anblick der Folterinstrumente auf und verrieten ihren Hauptmann. Lediglich der eisenfeste Jonas leugnete verstockt und hartnäckig. Sein Herz, so hart wie Stahl, war mit keinem Hammer zu erweichen. Weder Daumenschrauben noch Beinstöcke konnten ihm etwas anhaben.

Erst viel später in Celle, als man ihn in die ›unterirdische Werkstatt der Wahrheit‹, ins Torturgewölbe, führte und noch härter und grausamer ansprach, gab er einige der Untaten zu. Als darauf der Wirt aus den ›Drei Kronen‹ den großen Nickel List identifizierte, wurde dieser ebenfalls mit entsprechender Schärfe befragt. Nach mehreren, qualvollen Torturen bekannte er zahlreiche ›Anschläge‹, darunter vor allem die Delikte in Norddeutschland.

Nickel war ein gebrochener Mann und sich seiner hoffnungslosen Lage bewusst. Daran vermochte auch das kurze Wiedersehen mit Anna nichts zu ändern. Für einen Augenblick hatte sie ihm so etwas wie einen Hoffnungsschimmer gegeben und die Illusion, dass sie aus Liebe zu ihm gekommen war. In seiner Verzweiflung aber steigerte er sich immer mehr in die Vorstellung, sie wäre nicht anders als Magdalena. Das Gift war für ihn der sichere Beweis gewesen, dass sie ihn verderben wollte, und so verwünschte er die Weiber, welche sich für Glanz und Reichtum durch das Leben hurten. Dann wieder erinnerte er sich an ihre Tränen und den Blick, den sie ihm zum Abschied zugeworfen hatte, und er begann zu zweifeln, ob er ihr nicht unrecht tat. Aber war es nicht so, dass man in der allergrößten Not das sah, was man sehen wollte? Hatte sie nicht ebenso wie die anderen an ihm herumschmarotzt wie eine gemeine Laus? Warum sollte sie ausgerechnet jetzt etwas für ihn tun, wo er nichts mehr besaß als sein nacktes, von Gott geschenktes Leben?

Seinen Traum, sich mit ihr am Hang des Waldes in einem kleinen, selbst gezimmerten Gehöft gottesfürchtig und friedlich in aller Stille niederzulassen, hatte sie abgelehnt. Wollte sie ihn zurückholen in ihr hektisches, reiches und ach so unerfülltes Leben?

Bei solchen Grübeleien verblasste der Gedanken an sie immer mehr und machte einem grausamen Ende Platz. Innerlich völlig zerrissen, schrieb er noch in Hof, im Oktober, sein Testament. Er vermachte seine – nach all seinen Raubzügen dennoch nur armseligen Habseligkeiten, die hauptsächlich aus Kleidern und Büchern bestanden armen und verlassenen Kindern.

In Hof erging am 29. Oktober 1698 von der fürstlich-markgräflichen, brandenburgischen Regierung zu Bayreuth das Todesurteil: Nickel sollte geschleift und lebendig verbrannt werden. Da der Missetäter in so vielen Ländern seine Untaten verübt und die bedeutendsten Kirchenraube in Niedersachsen begangen hatte, wo schon ein großer Teil der Diebesbande festsaß, scheute Herzog Georg Wilhelm zu Celle weder Kosten noch Mühen, die ganze Bande nach Celle zu holen. Die Regierung in Hildesheim übernahm die Aufgabe, die Gefangenen aus Hof und Leipzig herbeizuschaffen, zumal sie auch im Hochstift Hildesheim ihre Schandtaten verübt hatten.

So treffen wir wieder auf zwei alte Bekannte, den Amtmann Hugo von Stolzenau und den fürstlichen Amtmann zu Schwarzenbeck, jenen ›wohlversuchten‹ Leutnant der Grenadierkompanie, der den von schwer bewaffneten Soldaten bewachten Konvoi nach Celle anführte. Auf ihrem beschwerlichen Weg zeigten sich viele der heimgesuchten Länder bereit, sie an den Grenzen mit Waffen und Soldaten bei der Bewachung der aus Halberstadt, Aschersleben, Halle und Leipzig, Zeitz und Gera mitgeführten Gefangenen zu unterstützen. Die Anzahl der den Konvoi begleitenden Soldaten war daraufhin um ein erhebliches angestiegen.

Am vierten Adventssonntag konnte ihnen endlich der verlangte Nickel List durch einen Leutnant mit einem Gefolge von zwanzig Soldaten übergeben werden. Mit zwei zusätzlichen Wagen und den aufwendigsten Sicherheitsmaßnahmen, die man sich vorstellen konnte, ging es nun auf den Rückweg. Die Spitze und der hintere Teil der Kolonne wurden speziell abgesichert, und zu den Seiten hin ließen es sich unsere beiden Amtmänner nicht nehmen, alle fünfzig Schritt umherzugehen, um besonders die Wälder genauestens zu inspizieren.

Nach dem Vorfall auf dem Transport nach Hof ließ der Leutnant Nickel liegend am Wagenboden festketten, aus Angst vor weiteren Entfesslungsversuchen. Zwei seiner Leute, einer mit gezogenem Lauf und der andere mit entblößtem Degen, saßen auf dem Wagen vor und hinter ihm und jeweils zwei liefen mit schussbereitem Gewehr seitlich neben dem Wagen her. An besonders unsicheren Orten ordnete der Amtmann von Schwarzenbeck an, die Gefangenen mit Stroh und Mänteln zu bedecken, damit keiner den Räuberhauptmann erkannte. In den Wirtshäusern, wo der Konvoi Rast machte, ließ er in und um das Haus so viele Wachen aufstellen, dass keine Maus hinein- noch hinausgelangen konnte. Selbst auf Nickels Stube, die man ihm bewilligte, bekam er seine persönliche ›Schildwache‹, die mit zwei Pistolen am Gürtel und dem Degen in der Hand aufpasste, dass er sich nicht befreite oder gar selbst Hand an sich legte.

Sie reisten bei Sturm und Regen über enge Gebirgswege, durch Talschluchten, vorbei an steilen Hängen und Flussgeröllen, durchquerten das schäumende Flusswasser der weißen Elster und mussten mancherorts zu Fuß dichte Sträucher wie Haselnuss, wilde Stachelbeeren und rote Heckenkirsche passieren. Als sie vor Gera in das Dunkel eines Rotbuchenwaldes eindrangen, hob der Amtmann von Schwarzenbeck plötzlich den Arm und ließ den Konvoi halten. Er beugte sich aus dem Sattel hinüber zu dem schläfrigen, sich kaum noch aufrecht haltenden Hugo von Stolzenau und rief: »Ich habe bei der letzten Rast eine Warnung erhalten, dass sich einige der Gaudiebe im Wirtshaus nach dem Gefangenentransport, der Strecke und der Anzahl der Mannschaft erkundigt haben. Es sollen Worte gefallen sein, wie, man müsse sein Heil wagen, den List zu befreien oder wenigstens verhindern, dass er nach Leipzig käme. Was sagt Ihr dazu, Hugo? Sollen wir die Richtung ändern oder nehmen wir das Risiko auf uns?«

Der Amtmann, durch den langen Ritt genervt, murmelte etwas, wie, die Gaudiebe kennen die Wälder hier wie ihre Geldbeutel, weshalb der Jüngere seine Antwort nicht abwartete, sondern die Soldaten ermahnte, ihre schuldige Pflicht zu tun, selbst wenn man List erschießen sollte. Dann lenkte er sein Pferd mutig über eine Waldschneise in das Dunkel des Waldes. Schulterzuckend folgte ihm der Amtmann und dachte, während er sich über das übereilte Handeln ärgerte: Warum fragt er mich denn erst, der blasierte Affe, wenn er doch tut, was er für richtig hält? Plötzlich kam der Zug erneut ins Stocken.

Nickel hatte die Unsicherheit an der Spitze bemerkt und begann die schmerzenden Glieder zu regen. Mühsam bewegte er den Kopf in Jonas' Richtung, der neben ihm auf dem Wagenboden in seinen Ketten lag. »Sie kommen, um uns zu befreien«, sagte er leise und quälte sich ein hämisches Grinsen ab.

Einer der Wächter vernahm die kurzen Worte und stieß ihn mit dem Gewehrkolben in die Seite. »Ruhe!«, herrschte er ihn an.

Nickel hob den Kopf und sah ihn triumphierend an. Bestärkt und selbstbewusst über die plötzlichen, übertriebenen Abwehrmaßnahmen der Soldaten, zischte er: »Eure Sorge, meine Herren, ist nicht vonnöten, weil diejenigen, die uns befreien möchten, ohne Anführer nichts Zuwege bringen. Ja, wenn ich dabei wäre, zusammen mit Schwartzer und meinem Fähnrich, Lorenz Schöne, dann müsstet Ihr wohl um Euer Leben bangen!«

Er hatte die Worte noch nicht ganz ausgesprochen, als einer der beiden Soldaten, die links und rechts den Weg nach verdächtigen Spuren absuchten, laut rief: »Da ist jemand im Walde mit Pistolen im Gürtel!«

Im gleichen Augenblick brachten sie ihre Flinten in Anschlag. Das Klicken der Schlösser war zu hören und der warnende Ruf: »Stehen bleiben oder wir schießen!«

Ein dröhnendes Lachen, begleitet von einem entfernten, von den Bergspitzen hallenden Echo war zu hören und als Nickel den Kopf noch etwas weiter zur Seite drehte, sah er, wie ein Mann eilig den Berg hinauflief, sich nach seinen Verfolgern umwandte, ihnen eine Nase drehte und schrie: »Schießt doch, ihr Hundsfotte, habe schon auf Euch gewartet. Ich komme gleich wieder mit Verstärkung, dann werdet Ihr Euer blaues Wunder erleben!«

Darauf verschwand er hinter dem Hügel und Nickel musste trotz der Anstrengung und der Schmerzen lächeln. So sprach nur einer – Christian Müller. Jonas' ernstes Gesicht jedoch warnte ihn.

»Er ist allein gekommen, um Euch zu erschießen. Ihr solltet beten, dass sie ihn zu fassen kriegen.«

Zur Antwort grinste Nickel hämisch. »Er war schon immer eine miese Ratte, aber jetzt könnte er mir keinen größeren Gefallen tun.«

Einen Augenblick später erklangen im Wald Schüsse

und lautes Geschrei. An der Spitze schien ein Handgemenge im Gange und als der Konvoi sich kurz darauf wieder in Bewegung setzte, gab es einen Gefangenen mehr. Es war Christian Müller, der Student, den sie kopfüber auf den Wagen stießen und sofort an Händen und Füßen mit dicken Ketten an den Wagenboden fesselten. Man hatte ihm zusätzlich eine Eisenstange zwischen die Ellbogen gestoßen, da er sich wie ein wilder Stier gebärdete und allerlei unflätige Worte gegen die Soldaten ausstieß. Sein Gesicht war voller Blut und eine Kugel hatte seinen verunstalteten Arm durchdrungen.

Als er Nickel gewahrte, der ihn von unten herauf mit einem Auge anschielte, bewegte er den Stumpen in seine Richtung und grinste breit: »Der hat sowieso schon lange ausgedient. Da ändert eine Soldatenkugel auch nichts mehr. – Schade, dass Euch meine Kugel verfehlt hat, List. Ich hätte es denen und Euch gegönnt.« Er redete in der Räubersprache, sodass ihn die Soldaten nicht verstanden. »Aber ich werde Euch nicht verpfeifen, List, wenn Ihr es nicht tut. Ihr wisst, ich bin an die harte Tortur gewöhnt, an mir beißen sich die Herrschaften die Zähne aus!«

Nickel lachte verächtlich und schwieg, weil er fürchtete, der Student wollte sich bei ihm anbiedern.

Nach diesem Vorfall nahm der Gefangenentransport seinen Weg durch den Wald mit noch größerer Vorsicht und es folgten keine Angriffe mehr. Lediglich ein weiteres Mal näherte sich ein einzelner Reiter dem Wagen, ohne seinen Namen zu nennen und ohne auf den Anruf zu reagieren, worauf die Soldaten sofort Stellung bezogen. Doch es war nur ein Geleitschutz der Hochgräflichen Gnaden von Reuß, der sie bis Leipzig begleiten sollte.

Am Heiligabend traf der Treck endlich in der Messestadt ein. Einen Fürsten hätte man nicht mit mehr Aufmerksamkeit empfangen können wie Nickel List.

Überall strömte ihnen zahlreiche Menschen entgegen. Jeder wollte den ›Schwarzen Nickel‹ sehen, wie man ihn hier nannte. Nur mühsam kämpfte sich die Karawane ihren Weg durch die Masse und mehr als einmal mussten die Soldaten Hand anlegen, um den allzu aufdringlichen Pöbel vom Wagen fernzuhalten. Vor dem Rathaus auf dem Marktplatz stoppte der Transport, weil ein zweiter, aus Weimar kommend, unter nicht ganz so stattlicher Bewachung, jedoch mit immer noch prominenten Gefolge, zu ihnen stieß. Immerhin gehörten zu dem Weimarer Tross der Landrichter, ein Korporal und zwölf Mannen, die ihren für den Gefangenen zuständigen Wächter bei sich hatten.

Andreas Schwartzer, denn um keinen anderen handelte es sich hier, stand mit erhabener Miene aufrecht gefesselt auf dem Wagen und höhnte großtuerisch unter das Volk. Um dem Pöbel ein Schauspiel zu liefern oder um einfach nur die Reaktion zu testen, hatte der Amtmann befohlen, Nickel ebenfalls aufrecht anzuketten. So standen sich die beiden großen Räuber frontal gegenüber, als die schweren Karren langsam aufeinander zufuhren, und sahen sich in die Augen. Nickel hatte Mühe, eine Träne zurückzuhalten, als er den Freund in zerfetzten Lumpen, einer schweren Kette um die Hüften, mit allerhand blutigen Blessuren von der Folter, aber mit einem ungebrochenem Geist wiedersah. Thomas von Schwarzenbeck ließ beide Wagen anhalten, als sie auf gleicher Höhe waren, ritt sein Pferd an Schwartzers Wagen heran und fragte laut, dass es jeder hören konnte: »Nun, herrschaftlicher Jäger Moritz Richter, erkennt Ihr den hier anwesenden Gefangenen als den Schwarzen Nickel an? Dann sei Euch das Leben geschenkt.«

Andreas sah Nickel fest in die schwarzen Augen, um die sich jetzt kleine Lachfältchen bildeten. Nickel hielt dem Blick eisern stand und so tasteten sich die beiden Männer sekundenlang mit den Augen ab, ohne dass sie sich in die Arme nehmen konnten, wie sie es gern getan hätten. Genauso lange war es totenstill um sie herum und es schien, als hielte jedermann den Atem an, um sich gleich in einem lauten Grölen Luft zu machen. Es knisterte. Die Spannung stieg. Tausende von Blicken waren auf sie gerichtet, da beugte sich Andreas, soweit es seine Ketten zuließen, zu dem Kommissar hinüber und spuckte seine Verachtung vor ihm auf das Pflaster.

»Was haltet Ihr von mir, mein Herr, dass Ihr glaubt, ich kenne jeden dahergelaufenen Dieb? Da irrt Ihr Euch gewaltig, dieser Mann ist so unbedeutend, dass er mir nicht das Wasser reichen kann. Ich bin ihm nie zuvor begegnet!«, rief er und schickte ein lautes, höhnisches Lachen hinterher, das über die Köpfe der Menge dröhnte und in einem tosenden Geschrei aus zahlreichen Kehlen endete.

Nickel war der Szene stumm gefolgt. Jetzt sagte er, nicht ohne Ironie, zu Andreas, der bei dem Lärm kein Wort verstand, obwohl er sich ihm so weit er konnte entgegenbeugte: »Ach, du guter Kerl, wie wohl kennst du mich. Wenn sie dir aber erst die Daumen abgequetscht und die Haut vom Leibe gezogen haben, dann wirst du ganz anders reden.«

Ein letzter Blick, in dem ihre ganze Freundschaft, Treue und Trauer lag, dann ging die Reise weiter nach Halle, wohin man den Christoph Pante inzwischen gebracht hatte, der ihnen nun ebenfalls in Ketten Gesellschaft leistete. Mittlerweile waren es acht Gefangene, auf zwei Wagen verteilt. Bei Nickel saßen Jonas, Hornickel, Andreas und Ernst Buttelstedt. Man hatte sie, zusätzlich zu den Ketten am Wagen, aneinandergefesselt und zwischen ihnen wachten Soldaten mit gezogener Pistole. Vor ihnen standen nochmals je zwei Soldaten mit geschultertem Gewehr und gezogenem Degen. Hinzu kam, dass die Gefangenen ihre Plätze jeden Tag wechseln mussten, um ihnen das Reden untereinander zu erschweren. Aber die Wächter hatten es bisher mit normalen Gefangenen zu tun gehabt, nicht mit so listigen wie Nickel oder Jonas, der die mangelnden hebräischen Kenntnisse seiner Bewacher für sich nutzte und erwirkte, dass man ihm gestattete, aus einer jüdischen Bibel mit lauter Stimme andächtig zu beten.

Nickel und seine Leidensgenossen, Hornickel, Schwartzer und Buttelstedt hingegen, verstanden sehr wohl, dass Jonas nicht betete, sondern sie zu Beständigkeit ermahnte und dass sie sich durch keine Folter zum Bekenntnis bringen lassen sollten.

Am 05. Januar 1699 hielten unsere Räuber dann, von Braunschweig kommend, ihren großartigen Einzug in Celle. Wie in allen Städten zuvor, lief ihnen unglaublich viel Volk entgegen, um den großen Nickel persönlich in Augenschein zu nehmen, dessen erstaunliche Taten in aller Munde waren.

In der Celler Vorstadt wurden sie von einem Major und etwa vierzig Mann in Empfang genommen, die den herandrängenden Pöbel strategisch abschirmten und die Gefangenen sicher zum Rechtsgebäude, dem sogenannten ›Weißen Haus‹, brachten. Man führte die meisten der Räuber sofort etliche Stufen unter die Erde und kettete sie dort, in den tiefsten Gemäuern der Stadt, an die Felswände. Dennoch gaben sie sich keinesfalls furchtsam oder ängstlich, sondern beantworteten alle Fragen des Untersuchungsrichters frech und aufmüpfig und sprachen sich untereinander in ihrer Gaunersprache Mut zu, zumal ihnen allen nun die große Inquisition bevorstand.

Zur Aufdeckung der Wahrheit um die im ganzen Lande

so gefürchteten ›Räuberbande‹ war der Justiz alle Mittel recht. Die Folterwerkzeuge standen bereit und man scheute sich nicht davor, von ihnen eifrigst Gebrauch zu machen. Zum ersten Mal wurde von Aktenversendungen an urteilende Schöffenstühle und Universitäten abgesehen und Advokaten zur Verteidigung der Räuber suchte man vergebens. Stattdessen wurden die Diebe nacheinander gebrochen. Als Erster gestand Andreas, weil er das mächtige Feuer im Kamin des Kellers als eine neue Art der Folter angesehen hatte und diese Probe besser nicht kosten wollte. Der Seefahrer Schwancke versuchte mit hartnäckigem Hungern seinem Leben ein Ende zu setzen, um so weiteren Quälereien zu entgehen. Nickel, der darin schon Erfahrung hatte und wusste, das es wenig einbrachte, sich der Sünde des Selbstmordes hinzugeben, versuchte ihm, nachdem er acht Tage gehungert hatte, Mut zu machen und Hoffnung zu geben, obwohl er selbst mit dem Leben bereits abgeschlossen hatte. Aber der Seefahrer, der gar erbärmlich in seinen Ketten hing, nahm erst wieder Nahrung zu sich, als man ihm drohte, sie ihm mit Gewalt beizubringen. Der gerechte Gott bewahrte ihm seine Kräfte und hatte man in Güte nicht ein einziges Wort der Bekenntnis aus ihm herausgebracht, so gab er nun während der scharfen Frage umso offenherziger Antwort.

Einen Tag nach ihrer Ankunft brachte man auch den bis dahin hartnäckig schweigenden Peermann in Ketten in das Gewölbe. Obwohl man ihn zuvor in der fürstlichen Kanzlei ausgezogen und gebunden und ihn seine Hartnäckigkeit mit den Daumenstöcken hatte fühlen lassen, hielt er sich aufrecht und lächelte Nickel mutig zu. Er war in einem erbarmungswürdigen Zustand. Man hatte ihn bis auf ein Hemd und eine Hose seiner Kleidung beraubt und das Haar geschoren. Die Zähne waren ihm herausgeschlagen worden und das Hemd voller Blut. Aber er lächelte und schien ungebrochen. Erst als man ihn an die kalte, nasse Mauer kettete, brach er zusammen und in der Nacht, als die Ratten zu Scharen über den Boden liefen, hörte ihn der Nickel leise weinen: »Oh Gott, ich bin ein Mann des Todes, der all deinen Zorn auf sich geladen hat.«

Jonas neben ihm zischte böse: »Hört auf zu flennen, Peermann. Im Strom Euer Tränen könnte man sich ja am ganzen Körper waschen!«

Kurz darauf bekamen sie Zuwachs durch den Gardereiter Jürgen Kramer. Er gestand nach anfänglichem Leugnen alle seine Missetaten. Eines Morgens, als die Wärter das Gewölbe aufschlossen, waren die Ketten von Jonas Meyer leer. Der Jude hatte es geschafft, von allen unbemerkt aus dem Folterkeller zu fliehen. Doch unter der Bewachung von schwerbewaffneten Soldaten wurde er von Hugo von Stolzenau nach sechs Tagen wieder zurückgebracht und gab sich nun noch halsstarriger und verstockter als zuvor.

Als der Amtmann die ganze Bande höhnisch überblickte, bemerkte er bedauernd zu Schwarzenbeck: »Jetzt haben wir sie alle zusammen, bis auf das liederliche Frauenzimmer, die Meyerin, die sich weitgehend verdächtig gemacht hat, und einen sehr wichtigen Mann, den sie ›den Schönen‹ nennen. Wo sie zur Zeit in der Welt umherschwärmen, weiß nur Gott«

Feixend spie Jonas ihm daraufhin mitten in das feiste Gesicht.

Da Nickel schon in Hof zum Tode verurteilt worden war, entging er zum größten Teil der scharfen Frage und musste nun mit ansehen, wie an seinen engsten Kumpanen die Urteile vollstreckt wurden.

Das Hochgericht der Moselbande fand am 21. März des Jahres 1699 vor dem Celler Rathaus statt und die Hinrichtung vor dem Alten Celler Tor. Jedem Delinquenten wurde ein Priester an die Seite gestellt, dann ging es unter Singen und Beten über den Schlossplatz zum Rathaus. Der Seefahrer Schwancke schien an diesem, seinem letzten Morgen seltsam erregt. Er wirkte so, als freue er sich darauf, bald vor seinen Schöpfer treten zu können, und betete besonders inbrünstig, sodass er von Meyer durch einen Tritt in das Geschehen auf Erden zurückgeholt wurde. Vor dem Rathaus wurden ihnen vom Hochgericht ihre Untaten vorgelesen. Man nahm ihnen die Fesseln ab, damit sie möglichst frei und ungebunden ihr Todesurteil unterschreiben konnten. Der Fiskal verkündete die wohlverdienten Strafen, für alle zur Abscheu, nach der Verordnung der peinlichen Halsgerichtsordnung Kaiser Karls V.

Der Seemann vernahm sein Urteil mit unbeweglichem Gesicht und bestieg betend den Wagen. Anders Andreas. Ihn stieß man roh hinter ihm her. Er schimpfte und brüllte und rasselte später mit seinen Ketten, als versuchte er noch im letzten Moment seinem Schicksal zu entfliehen. Auf drei Holzwagen fuhr man zum Westerzeller Tor. Als der Zug am Brauhaus vorbeikam, begann Jonas zu toben, spie Gift und Galle und lästerte gegen das Christentum. Sein Aufbegehren steckte Peermann und Andreas an, die so voller Hass waren, dass sie unentwegt in die Zuschauer spuckten. Andreas' Gemüt brannte lichterloh vor Eifer und Rache, dass es ganzer acht Männer bedurfte, um ihn zu bändigen. Erst auf dem Schafott wurde er ruhiger und wandte sich mit einer ergreifenden Rede an den Pöbel, er möge allen Sünden widerstehen. Dann empfing er die Ausübung seines Urteils mit standhaftem Mut.

Sein Gesicht schien ruhig und sein Blick verlor sich ins Leere, als die Keule auf seine Glieder niederschmetterte.

Niemand wird jemals erfahren, wem seine letzten Gedanken galten: Anna, deren Verehrung er mit ins Grab nahm, seinem Freund Nickel, der das Schicksal mit ihm teilte, oder dem falschen Glanz des Lebens, das er nun verließ. Dann zerschmetterte ihm eine weitere Keule den Brustkorb und seine grünen Augen brachen für immer.

Etwas mehr Gnade erfuhren die geständigen Gardereiter Pante und Kramer. Sie wurden enthauptet und ihre Köpfe wurden unter dem Jubel des Pöbels auf spitze Pfähle gesteckt. Als es daran ging, das Urteil an Jonas Meyer zu vollstrecken, ereignete sich etwas Unfassbares. Jonas, von Geburt an Jude und bereits mit dem Strick um dem Hals, ärgerte sich darüber, dass man ihm keinen Rabbiner als Beistand mitgegeben hatte, und begann nun gar schauerlich zu lästern.

Fast ängstlich redete ihm der Henkerspfaffe ins Gewissen, die Menschen und das weltliche Gericht nicht noch mehr zu reizen: »Jonas, Ihr seid nun in dem letzten Augenblick zwischen Himmel und Hölle. Wir bitten Euch nochmals um Eurer Seligkeit Willen, glaubet an den Messias …«

Aber Jonas, im weißen Büßerhemd und nackten Füßen, lachte ironisch auf und antwortete mit donnernder Stimme über die Köpfe der Zuschauer hinweg: »Ich weiß sehr wohl, was Ihr mit Euren Worten bezweckt, doch merkt es Euch endlich: Ich habe mit Eurem Gott nichts zu tun!«

Inzwischen wurde der Galgen vorbereitet. Als man ihn langsam mittels einer Winde am Galgen hinaufzog, rief er: »Ich lebte als Jude und ich sterbe als Jude!«

Er hatte noch viel Kraft in sich. Als er sich dem Querbalken näherte und bereits in der Luft über Tausenden von Zuschauern schwebte, schickte er seinen Lästerungen einen bösen Fluch hinterher: »Verflucht seien alle, in deren Herzen eine Ader ist, die an Jesus glaubt!« Als er sich mit bereits brüchiger Stimme in ganz ungeheuerlicher Weise an der Kirche verging und sie die Braut des himmlischen Bräutigams nannte, wurde sein unseliger Körper, mit einem letzten Hauch Leben, vom Galgen genommen und noch einmal vor das peinliche Halsgericht geführt.

Dort erging am Tag darauf von den Richtern und Beisitzern und vor dem grölenden Pöbel wegen seiner abscheulichen Lästerungen das Urteil. Man solle ihm die Zunge, das Werkzeug des höllischen Geistes, herausreißen und verbrennen und danach seinen Körper mit dem Kopf nach unten wieder aufhängen, neben einen räudigen Hund, für alle zur ewigen Abschreckung. Jonas Meyer erlitt ein qualvolles Ende, denn die arme Kreatur neben ihm verbiss sich in ihrem Schmerz solange in seinen sterbenden Körper, bis beide ihr Leben aushauchten.

Während dieser ersten Exekutionen warteten Nickel, Ernst, Keyser und Christian Müller im Gewölbe auf ihre Hinrichtung. Um Vorfälle wie die Lästerung des Christentums auszuschließen, hatte man sie noch am gleichen Tag mit den Worten belehrt: »Wer lästert, dem wird die Zunge bei lebendigem Leibe herausgerissen, und wer die Obrigkeit schmäht, der soll mit glühenden Zangen gerissen werden.«

In dieser Nacht schlief Nickel unruhig. Die Qual, seine besten Leute verloren zu haben, ihre Schreie und ihre Lästerungen, die bis an seinen Ohren gedrungen waren, weckten in ihm nur noch einen Wunsch: Die qualvolle Haft und die Hinrichtung so schnell als möglich hinter sich zu bringen. Denn das Urteil, was ihm blühte, würde sich von den anderen nur noch durch seine Härte unterscheiden. In seinen Träumen hatte er die grausamsten Bilder vor Augen. Deshalb gestand er freimütig und verriet rücksichtslos seine ungeliebten Kumpane, von denen er nur benutzt worden war. Am Ende war er so zermürbt, dass er als Häufchen Elend mit zerschlagenem Gemüt in einem Zustand tiefster Reue sein Ende erwartete.

Doch er musste noch viele Exekutionen miterleben, bis er am 23. Mai 1699 an die Reihe kam. Obwohl ihn in dieser Nacht die Müdigkeit rasch übermannte, war es ihm, als wenn er unablässig sank und sank, als wollte er zum Herzen der Erde fahren. Er befand sich wieder in Stedten, in seiner Stube, und es schien ihm, als hörte er Schritte vor seiner Tür. Er wollte aufspringen, aber die jähe Talfahrt riss ihn weiter und weiter. In seinem Ohr rauschte es, als würde ein Vogelschwarm auffliegen. Das Schlagen der Flügel hörte sich an wie das Rasseln von Ketten. Sie flogen aus der Stadt über die nächtliche Ebene und setzten sich auf Galgen, riesige aus der Dunkelheit wachsende Galgen …

Er riss die Augen auf: Stimmen, Hannes kniete über ihm und flößte ihm etwas ein. Plötzlich wuchsen seinem Burschen lange, schwarze Haare aus dem Kopf. Sie wurden zu schwarzen Flügeln und Raben krächzten: »Stirb! Stirb! Stirb!« Wieder Galgen … Klappern von Gebeinen – Glocken klangen: Gottes Friede, Gottes Friede! Plötzlich wieder Schritte … Eine Stimme brüllte seinen Namen, riss ihn empor. Soldaten – hinter ihnen strich lüstern ein buntes Weib, die Simse. »Schlange!«, schrie er und brach in ein fürchterliches Lachen aus. Er lachte noch, als auf dem Schafott der Henker das Richtschwert schwang …

Wieder hatte sich eine große Menschenmenge zu diesem Hinrichtungsfest versammelt. An diesem sonnigen Maimorgen waren es weit mehr als bei den letzten Exekutionen. Die Straßen waren verstopft von Wagen, Pferden und Menschen, auf den Plätzen herrschte wüstes Gedränge, vor dem Rathaus atemlose Stille. Jeder aus dem Raum Lüneburg – viele waren von weither angereist – wollte den berühmten Räuberhauptmann Nickel List oder den vornehmen Freiherrn von der Mosel begaffen. Der Delinquent selbst war erleichtert, dass das Warten nun ein Ende hatte und der Tag seiner Erlösung endlich gekommen war. Er war in guter Andacht und seit Langem wieder entspannt. Vor dem Rathaus empfing er sein Urteil, das gegenüber jenem zu Hof gefällten aufgrund seines offenherzigen, ohne Tortur erfolgten Bekenntnisses gemildert worden war.

So ordnete der Fiskal an, die Glieder des Delinquent, anstatt mit dem Rad, mit eisernen Keulen von unten herauf zu zerstoßen, bis der Tod eintrete, wonach sein Kopf auf einen Pfahl gesteckt und sein Körper öffentlich verbrannt werden solle. Auf dem aus rohem Holz gezimmerten Podest, dem Schafott, kniete an diesem Morgen anstelle eines aufrechten, bösartigen Räubers ein armer Sünder vor seinem Richter. In einer öffentlichen Beichte bat er um Vergebung seiner Sünden. Nachdem ihm vom Geistlichen Absolution erteilt worden war, rief er den Namen Jesus an.

Als er die ersten Schläge auf Arme und Beine erhielt, richtete er seine schwarzen Augen noch einmal auf die kreischende und grölende Menge. Es lag etwas Seltsames in diesem letzten, gequälten Blick, als wenn er nach einem Menschen suchte, nach einem letzten Vertrauten, und als er seinen letzten Atemzug tat, klang es wie der Hauch eines Namens: »Simse!«.

Die umstehenden Richter und Schöffen zeigten sich höchst verwundert. Da man Nickel teuflische Kräfte nachsagte, beeilte man sich und war erleichtert, als die

Keule seinen Brustkorb zertrümmerte und er still die Augen schloss. Rasch wurde er auf den Bauch gedreht, dann der Kopf mit einem Beil abgeschlagen und mitsamt dem Körper in hohem Bogen auf die Erde geworfen. Der für sein Unglück verantwortliche Rädelsführer Christian Müller folgte ihm. Auch ihm zerschmetterte man mit eisernen Keulen von unten herauf die Glieder. Danach wurden ihre Körper auf das Rad geflochten und die Häupter auf spitze Pfähle gesetzt. Somit wurden sie, wie Nickel es immer in seinen Träumen vorausgesehen hatte, den Raben zum Fraß vorgeworfen. Michael Keyser und die beiden Betrüger Moses Hoscheneck und Samuel Löbl wurden als Letzte an den Galgen gehängt. Durch den zu nahe unter dem Kinn liegenden Strick erstickten sie langsam und qualvoll.

Als das Spektakel beendet war und der Pöbel sich zerstreut hatte, näherte sich aus einiger Entfernung dem Richtplatz eine schwarze Kutsche. Während der Hinrichtung war die auf einem Hügel wartende Kutsche niemandem aufgefallen, und auch jetzt, als sie langsam auf die Reihe mit den Köpfen, Galgen und Holzpfählen zufuhr und in sicherem Abstand vor dem Pfahl mit dem Kopf des Räuberhauptmannes anhielt, schenkte ihr wohl kaum jemand Beachtung. Man wunderte sich lediglich über die vielen Kisten und Koffer, mit denen sie bepackt war, und die edlen Pferde, aber weniger über die kleine Gestalt, die nun von einem weiten, schwarzen Umhang eingehüllt flink aus der Kutsche herauskletterte und leichtfüßig zur Richtstätte lief.

Am Fenster erschien das Gesicht eines edlen Offiziers mit einem prächtigen, weißen Federbusch. Er verfolgte aufmerksam durch ein kleines Rohr aus Edelmetall den Weg der Gestalt. Im Ärmel hielt er zwei geladene Pistolen versteckt. Wie der Leser sicher bemerkt hat, handelt es sich um die schöne Anna von Sien und den letzten Räuber der berühmten Listbande, den Kornett Lorenz Schöne. Bereits auf dem Weg zum Hamburger Hafen, wo ihr Schiff auf sie wartete, ließen sie es sich, trotz der lauernden Gefahren, nicht nehmen, der Hinrichtung beizuwohnen. Der Kutschkasten war prall gefüllt mit Nickels Gold und Silber, ebenso die Reisetaschen und Koffer, und so sahen sie als die einzigen Nutznießer dieser Tragödie einer goldenen Zukunft entgegen.

Solange sie sich jedoch nicht außer Landes befanden, bestand die Gefahr, dass man sie fand und verhaftete, was Lorenz nun doch zu beunruhigen begann. Er ärgerte sich wieder einmal über die Laune seiner Geliebten, die mit ihren Extravaganzen die Ausreise gefährdete. Aber wie alle ihre Liebhaber vermochte er ihr kaum einen Wunsch abzuschlagen und erlaubte ihr gnädig, sich von Nickel zu verabschieden. Da er nun einmal von heftigem Temperament war, hatte er ihr im gleichen Atemzug angedroht sie zu erschießen, falls sie vorhatte, ihn zu verraten. Insgeheim jedoch musste er sich eingestehen, dass es ihm Vergnügen bereitet hatte, der Exekution beizuwohnen. Er lächelte still vor sich hin, in der Gewissheit, das Land als Sieger zu verlassen und den großen Nickel an Schlauheit um ein Weites übertroffen zu haben.

Anna indessen ahnte nichts von seinen Ängsten. Sie beugte mit weit in die Stirn gezogener Kapuze das Knie vor den grausigen Pfählen und sah schwer atmend hinauf zu dem Pfahl, auf dem der Kopf des Geliebten, zur Abschreckung für alle Sünder, weit über dem Platz prangte.

Die ersten Krähen saßen bereits auf den Pfählen und stritten sich laut zeternd um die Überreste. Sie schlugen heftig mit ihren dolchartigen Schnäbeln in sein Fleisch. Dadurch kam es ihr vor, als bewege sich der Kopf leicht, und Anna konnte ihm noch einmal in die schwarzen Augen sehen, die jetzt zwar seelenlos, aber nicht voller Entsetzen und Qual, sondern eher erlöst auf sie herabsahen. Sie wollte die Hände zum Gebet falten, doch eine Tränenflut überschwemmte ihr Gesicht und sie musste sich an den Pfahl stützen, um nicht zu fallen. »Oh, Mosel, mein Liebster«, flüsterte sie, »ich hoffe, du hast nun dein Paradies gefunden, nachdem du immer gesucht hast!«

Den Kopf auf der Brust, verharrte sie stumm mit geschlossenen Augen, bis Lorenz die Zeit zu lang wurde und er dem Kutscher das Zeichen gab, die Pferde zur Richtstätte zu lenken.

Als sie im Rücken den Kutscher hörte: »Madam, kommen Sie, es schickt sich nicht für eine Dame Ihres Standes, um ein solches Gezücht zu weinen!«, bückte sie sich, um ein wenig Erde vom Boden unter dem Pfahl aufzuheben, und füllte das letzte Andenken an den Mann, den sie tief in ihrer Seele nie aufgehört hatte zu lieben, in ihren Brustbeutel. Als sie zum Abschied noch einmal die Reihe der toten Räuber entlangschritt, verbarg sie den Beutel in ihrem Mieder, nahe an ihrem Herzen. Wieder in der Kutsche und auf der Straße nach Hamburg, war sie lange schweigsam und hing ihren Gedanken nach. Sie war Lorenz dankbar dafür, dass er sie stumm gewähren ließ, bis sie sich wieder den schönen Dingen des Lebens zuwenden konnte und mit dem ergaunerten Glück im Gepäck einer neuen Zukunft entgegenfuhr.

Nachwort der Autorin

Die vorliegende Geschichte erzählt von der Liebe zweier Menschen im 17. Jahrhundert, die aufgrund ihrer Verschiedenartigkeit und ihres unterschiedlichen Temperaments nicht zusammenfinden konnten.

Die tragende Grundlage ist das Leben des großen Räubers Nickel List. Er wurde um das Jahr 1656 als Sohn des Tagelöhners Hans List in Eichlaide (heute ein Ortsteil von Waldenburg bei Zwickau) geboren. Am 23. Mai 1699 wurde er als der weithin bekannte Räuberhauptmann Nickel List beziehungsweise als der vornehme Freiherr von der Mosel, zusammen mit acht seiner engsten Vertrauten, in Celle, bei Hannover, hingerichtet. Zur Abschreckung seiner räuberischen Taten wurde sein Kopf auf einen Pfahl gesteckt und sein Körper verbrannt. Die Abnehmer ihres Diebesgutes, die sogenannten Hehler, hat man in einem späteren Verfahren in Celle gehängt.

Ich selbst stamme aus dem Sächsischen und lebe heute unweit der wichtigsten räuberischen Aktivitäten des Herrn von der Mosel alias Nickel List. Irgendwann, begann ich mich für das Leben und Schicksal dieses Mannes zu interessieren, von dessen Taten heute kaum noch jemand spricht. Möglich, dass der große Raub der Lüneburger Tafel einigen in Erinnerung geblieben ist, vielleicht sogar der Raub des Hamburger Domschatzes. Weniger aber weiß man über den Menschen, der sich hinter dem größten Kirchenräuber aller Zeiten verbarg. Denn genau das war es, was mich an der Figur faszinierte – ihre wechselhafte, sensible, man kann fast sagen traurige Gestalt.

Ein Mann wie er, aus der untersten Schicht, mit einer überdurchschnittliche Intelligenz ausgestattet und seiner Zeit weit voraus, hätte unter anderen Voraussetzungen der Menschheit sicher einen größeren Nutzen erbringen können. Aber alle positiven Charaktereigenschaften sind nichts, wenn man, wie Nickel List, sein Vertrauen in falsche Freunde setzt.

Seine Geliebte, die Jüdin Anna von Sien, eine sogenannte Landläuferin (Herumtreiberin), die unter ihrer schillernden Hülle Verstand und ein Herz verbarg, hat es wirklich gegeben, ebenso alle seine Gesellen, die mit ihm in engster Verbindung standen. Die Historie weist nach, dass sie ihr Unwesen in ganz Deutschland, insbesondere im sächsischen und niedersächsischen Raum trieben und die Bande hervorragend strukturiert war. Nickel List selbst war ein mutiger und kampferprobter Mann, äußerst listig und fingerfertig, wie er sich selbst bezeichnete. Aufgrund seiner Intelligenz setzte er sich mit seinem Leben auseinander und hatte, im Gegensatz zu seinen Unternehmungen, im Hinterkopf einen Traum – ein gutbürgerliches, christliches Leben, mit einer Frau an seiner Seite, die er liebte. Er wollte immer vermeiden, dass auf seinen Raubzügen Menschen zu Schaden kamen. Trotzdem wurden ihm zwei Morde zur Last gelegt, nachdem er sich in höchster Not den Weg freischießen musste. Der Gesellschaft war es wichtig, ein Exempel zu statuieren, denn üblicherweise wurden einfache Diebe nicht auf solch grausame Weise hingerichtet. Doch die Räuber hatten gewagt, sich in den Gotteshäusern zu bedienen – und das musste streng bestraft werden.

Die Hinrichtungsszenen wurden von mir, wie schon in meinen vorangegangenen Büchern, fast originalgetreu aus historischen Quellen übernommen.

Mein Dank für die hilfreiche Unterstützung bei meinen Recherchen gilt der Stadtbibliothek Rinteln; zugleich möchte ich mich bei den Lektoren des Gmeiner-Verlags bedanken, die mich mit sehr viel Geduld und Kompetenz auf dem Weg vom unfertigen Manuskript bis zum fertigen historischer Roman begleitet haben.

Bettina Szrama

Weiterführende Lektüre:

LEHRMANN, JOACHIM: Räuberbanden zwischen Harz und Weser, 2004 Lehrmann-Verlag.

HÜLSEN, HANS VON: Nickel List, Die Chronik eines Räubers, 1926, Reclam.

DANKER, UWE: Räuberbanden im alten Reich um 1700, Georg-Eckert-Institut für internationale Schulbuchforschung Braunschweig, wiss. Handbibliothek, 1988.

SCHRAMM, RUDOLF: Nickel List – Kirchenräuber und Bandit, Greizer Heimatkalender: 1958, Ter Z 10 Greiz, 1958, S. 65.

KURA, ANNETTE: Sachsens Mordbrenner, Räuber, Pascher und Wildschützen im Erzgebirge und in der Oberlausitz, Berlin; Altis-Verlag 1993.

REINOLD, FRANK: Vor 300 Jahren wurde Nickel List gefangen genommen. Aus der Geschichte der ›Neuen Schenke‹, Heimatbote 1998, 44. Jahrgang, 1998, Heft 6, S. 10.

Zum besseren Verständnis die handelnden Personen und ihre Funktionen:

NICKEL LIST alias JOHANN RUDOLPH VON DER MOSEL (Deckname Hofrat von Minckewitz): Räuberhauptmann

LORENZ SCHÖNE (Deckname Leutnant von Götzel): Bandenmitglied Lists, Kornett, ehemaliger Prinzipal

ANNA VON SIEN, GEB. MOYERS (Decknamen Simse, Anna Meyer): Hamburger Diebeszunft, Landläuferin, Edelhure, Lists Geliebte

ANDREAS SCHWARTZER (Moritz Richter): engster Vertrauter und herrschaftlicher Jäger des Herrn von der Mosel

CHRISTIAN SCHWANCKE: Seemann, Gastwirt und Schwager von Anna von Sien, Hamburger Diebeszunft

JONAS MEYER: Wunstdorfer Gentlemanbrecher, Kornlieferant des kurfürstlichen Marstalls in Hannover und Vetter des berühmten dortigen Schutzjuden und Hofbankiers Leffman Behrens, Einzelgänger, Hehler

CHRISTIAN MÜLLER: Unterführer in der Räuberbande um Nickel List

GUIDON PEERMANN: Regimentsquartiermeister, Wunstorfer Gentleman-Dieb

Michael Keyser: Gardereiter, Wunstorfer Gentleman-Dieb

Jürgen Kramer: Gardereiter, Wunstorfer Gentleman-Dieb

Christoph Pante: Gardereiter, Wunstorfer Gentleman-Dieb

Otto Müller: Blumentaler Wirt, Wunstorfer Gentleman-Dieb

Der Grosse Leopold: Führer der Hamburger Diebeszunft

Der Jude Lipmann: Kaufmann, Hehler, Hamburger Diebeszunft

Der Kleine Leopold: Bandenmitglied Lists

Salomon David (Rotkopf): Bandenmitglied Lists

Moses Hoscheneck: Hehler, Hamburger Diebeszunft

Korporal Barthold: Bandenmitglied Lists

Vincent Niclas: Informant

Weiterhin am Rande, Mitglieder der List-Bande:

Caspar Starcke und dessen Sohn Christian

Hahntoffel

Hirtentoffel

Dore: Ehefrau des Wirts Otto Müller, Frau von Götzel

Gertrud: Annas Schwester, Ehefrau von Christian Schwancke

Christoph Vieritz: Henker von Neumark

Hornickel

Samuel Löbl (Schmuel): Hehler

Perla Einohr (genannt ›Der Wachtmeister‹): Dieb und Lists Bekannter aus dem türkischen Feldzug

Herr von Sien: reicher Hamburger Weinhändler / Ehemann von Anna

Hugo von Stolzenau: Amtmann

Thomas von Schwarzenbeck: Amtmann

Weitere Romane finden Sie auf den folgenden Seiten oder im Internet: www.gmeiner-verlag.de

FRANZISKA STEINHAUER

Sturm über Branitz

462 Seiten, Paperback.
ISBN 978-3-8392-1218-9.

DUNKLES GARTENGEHEIMNIS Die Lausitz, Mitte des 19. Jahrhunderts. Ein Unwetter tobt über dem Branitzer Schlosspark. Als begeisterter Landschaftsarchitekt ist Fürst Pückler besorgt und schickt am nächsten Morgen seine Gärtner aus. Sie sollen ihm berichten, ob Bäume beschädigt wurden. Bei ihrem Rundgang machen sie einen grausigen Fund: In den Wurzeln eines umgestürzten Baums hängt ein toter Knabe. Sein Körper ist übersät von blutigen Wunden. Im Ort kommt Unruhe auf und das Volk entwickelt abenteuerliche Theorien. Hat etwa der alte Fürst etwas mit dem Verbrechen zu tun?

MARCUS IMBSWEILER

Die Erstürmung d. Himmels

462 Seiten, Paperback.
ISBN 978-3-8392-1213-4.

DER KOMPONIST UND DAS MÄDCHEN Franz Liszt, gefeierter und umschwärmter Klaviervirtuose, zieht sich im Sommer 1841 zur Erholung auf die Rheininsel Nonnenwerth zurück. Mit ihm kommen seine Lebensgefährtin, die Gräfin Marie d'Agoult, und ihre gemeinsame Freundin, die Schriftstellerin George Sand. Schon bald wird die Insel zum Ziel von Musikliebhabern und Liszt-Verehrern, die per Dampfschiff anreisen. Ruhe findet der Komponist daher kaum.

Im August gibt er ein gefeiertes Konzert zum Weiterbau des Kölner Doms, was die Liszt-Begeisterung am Rhein noch einmal steigert. Dafür kriselt es zusehends im Verhältnis mit Marie, die seinen Tourneeplänen kritisch gegenübersteht. Und als kurz vor Liszts 30. Geburtstag ein kleines Mädchen spurlos verschwindet, überschlagen sich die Ereignisse ...

GMEINER

Wir machen's spannend

Alle Gmeiner-Autoren und ihre Romane auf einen Blick